HEYNE <

FYNN JACOB

DIE TOTEN VON FRIESLAND

Kriminalroman

Ein Fall für Jaspari und van Loon

WILHELM HEYNE VERLAG
MÜNCHEN

MIX
Papier | Fördert gute Waldnutzung
FSC® C014496

Penguin Random House Verlagsgruppe FSC® N001967

Originalausgabe 03/2023

Dieses Werk wurde vermittelt
durch die Agentur EDITIO DIALOG,
Dr. Michael Wenzel (www.editio-dialog.com).
Redaktion: Loel Zwecker
Umschlaggestaltung: bürosüd, www.buerosued.de
unter Verwendung von
mauritius images/Busse & Yankushev
Satz: Leingärtner, Nabburg
Druck und Bindung: GGP Media GmbH, Pößneck
Printed in Germany
ISBN: 978-3-453-42612-2

www.heyne.de

Für meine Familie

1

Schiermonnikoog. Freitag, 25. Juli

21:30 Uhr

Es war ihr Chef. Iska van Loon blickte mit einer Geste der Entschuldigung zu Maaike und Marc, bevor sie das Gespräch annahm. »Hey, Dirk, was kann ich für dich tun?«

»Arbeiten.« Er räusperte sich. »Einen Tatort ansehen. Hast du Zeit?«

Nein, hatte sie nicht. Heute war der letzte Tag ihres gemeinsamen Urlaubs. Zwei Wochen im Ferienhaus ihrer Familie, wie die letzten zehn Jahre schon, seitdem sie das Sorgerecht aufgeteilt hatten. Diese zwei Wochen gehörten die beiden ihr, bevor sie sie wieder an ihren Ex-Mann abgeben musste, von jedem zweiten Wochenende abgesehen. Und der letzte Abend war sowieso heilig. Die Skatkarten lagen schon auf dem Tisch, um Mitternacht würden sie einen Horrorfilm gucken, irgendetwas Trashiges mit viel Blut. Außerdem hatten sie vor fünf Minuten Pizza bestellt, es war ihr eigener Vorschlag gewesen.

»Worum geht es denn?«

»Du musst wirklich sagen, wenn es nicht passt. Es ist offensichtlich Mord. Ich dachte nur, weil du eh im Moment auf deiner Nordseeinsel bist …«

»Ein Mord. Hier auf Schiermonnikoog?«

»Die Kollegen von der Polizei vor Ort haben die Meldung eben erst herausgegeben. Eindeutig Mord, aber sehr undurchsichtige Begleitumstände. Vielleicht sowieso ein Fall für uns.« Der *Dienst Landelijke Recherche* der Nationale Politie war unter anderem auf die Strafverfolgung bei schwerer und organisierter Kriminalität sowie die Terrorismusbekämpfung spezialisiert. »Wenn ich jetzt ein Team vom Festland losschicke, wären die erst in ein paar Stunden da. Darum kam ich auf dich.«

»Was ist denn passiert?«

Wenn sie den Fall jetzt annahm, dann würde sie ihn auch zu Ende führen müssen. Wer zuerst am Tatort ankam, übernahm in der Regel auch die Leitung bei den Ermittlungen. Eigentlich brauchte sie keine Entscheidung mehr zu treffen, die war schon gefallen. Urlaub hin oder her, es war ihr Fall. Es hätte sich komisch angefühlt, wenn einer der Kollegen ihn zugeordnet bekommen hätte. Mehr noch, wahrscheinlich hätte sie es Dirk übel genommen, wenn er sie nicht angerufen hätte.

»So ganz schlau bin ich aus den Kollegen nicht geworden, sie berichteten von runenartigen Schriftzeichen. Die Bilder waren verstörend, man muss aber auch sagen, das Licht war schlecht. Ich leite ihre Meldung an dich weiter. Schau dir das alles selbst an. Die Spurensicherung wird wahrscheinlich erst morgen früh eintreffen. Wir telefonieren nachher noch, wenn du dir einen Überblick verschafft hast.«

»Ich mache mich direkt auf den Weg.«

»Danke dir. Bis nachher.«

Sie beendete den Anruf. Marc und Maaike blickten sie an,

die beiden hatten jedes Wort mitgehört und wussten, dass sich die Abendplanung gerade geändert hatte.

»Du hast gerade einen Fall bekommen?«, fragte Marc. Sie konnte den Stolz aus seiner Stimme heraushören. Ich bin eine Mutter, mit der man angeben kann, dachte Iska. Na ja, schränkte sie ein. Marc war dreizehn Jahre alt. Sie sollte sich nichts einbilden, das war nicht unbedingt das Alter, in dem man sich als Junge so sehr mit seiner Mutter identifizierte, cooler Beruf hin oder her.

»Ja. Tut mir leid, dass ich unsere Abendplanung durcheinanderbringe.«

»Cool.« Er schien sich zu freuen. Vielleicht ein wenig zu sehr.

Maaike sagte nichts. Sie saß in ihrer Lieblingsecke auf dem Sofa, in die Kuscheldecke eingehüllt, und tippte auf ihrem Smartphone herum, als wäre nichts passiert.

»Ist alles okay?« Maaike antwortete nicht, sie hatte ihren verliebten Gesichtsausdruck aufgesetzt und grinste gedankenverloren in Richtung Display, wie immer, wenn ihr Typ ihr geschrieben hatte. Erste Liebe. Iska erinnerte sich daran, wie sie und Daniel, Maaikes und Marcs Vater, sich damals so oft geschrieben hatten, das waren noch SMS gewesen, und vor allem nicht kostenfrei. Es war ein Kampf um jedes Wort gewesen, um das Zeichenlimit nicht zu überschreiten. Ein Leben mit Schmetterlingen im Bauch. Sie hatte früh gewusst, dass er der Richtige für Nachwuchs war. Maaike war ihr gemeinsames Wunschkind gewesen, sie hatte viel von ihrem Vater, die gleiche liebe, aufopfernde, ehrliche Art. Sie würde auf ihre Tochter aufpassen, versprach sich Iska in Gedanken. Wehe, dieser Kerl brach ihr das Herz.

Ihr eigenes Smartphone vibrierte, die von Dirk weitergeleitete Meldung. Der Tote war bereits identifiziert worden, Ruben Veenstra, der örtliche Fahrradhändler. Ein Aussteiger, vormals Manager eines IT-Unternehmens aus Amsterdam. Er hatte sich während seiner Urlaube in die Insel verguckt und war schließlich übergesiedelt. Sie erinnerte sich, wie eines Tages das Namensschild über der Tür des Geschäftes geändert wurde. Das war bestimmt über zehn Jahre her. Sie hatte ihn als ruhigen, freundlichen Menschen in Erinnerung. In den letzten Jahren hatte er sich im Stadtrat immer wieder mit neuen Ideen dafür eingesetzt, die Insel für Bewohner und Touristen attraktiver zu machen. Zuletzt hatte er sich für eine Modernisierung des Gemeindehauses von Schiermonnikoog engagiert, in dem nun auch Räumlichkeiten und Säle für Seminare, Kongresse und Feiern angemietet werden konnten.

Der Nachricht waren Fotos des Opfers beigefügt. Iska schluckte, es war eindeutig Ruben. Eine Detailaufnahme des Oberkörpers war dabei, zwar schlecht ausgeleuchtet, zeigte aber eindeutig Schnittwunden.

Die Kollegen würden am Tatort auf sie warten. Keine Adresse, nur ein Kreuz auf einer Landkarte.

Die festen Wanderstiefel lagen noch im Hausflur, wo sie sie nachmittags ausgezogen hatte. Ruben war östlich des Dorfes aufgefunden worden, in dem Naturschutzgebiet, in dem die Wiesen und Dünen weitgehend sich selbst überlassen waren. Gegen den allgegenwärtigen Wind wickelte sie sich einen Schal um den Hals.

»Es könnte später werden, Mama, oder?« Marc schlurfte zu ihr in den Flur, auch er hatte sein Smartphone in der

Hand, auch er tippte dort irgendetwas ein. Und grinste recht ähnlich wie eben noch seine Schwester. »Dann bin ich nach der Pizza auch gleich noch mal weg.«

Bloß nicht. Und die Pizza hatte sie auch schon wieder vergessen. »Moment – äh, ich meine, nein!«

»Was?«

»Mir wäre es lieber, wenn ihr beide heute Abend zu Hause bleibt.« Die Verblüffung war ihrem Sohn deutlich im Gesicht abzulesen. »Ich möchte erst wissen, was da draußen passiert ist, okay?«

»Wenn mir jemand mit einer blutigen Axt entgegenkommt, laufe ich vor ihm weg, versprochen.«

»Marc, das ist nicht witzig. Bleibt zu Hause, bitte.«

»Vergiss es.«

Und Marc kommt ganz nach mir, stellte sie resigniert fest. »Ich verbiete es, verstanden? Ende der Diskussion.«

»Ich hab dich lieb, Mama«, sagte er grinsend. »Wir sehen uns morgen.«

»Ich verlasse mich auf euch!« Das würde nun auch nichts nützen, da machte sie sich keine Illusionen. Sie winkte noch einmal zu Maaike ins Wohnzimmer, dann zog sie die Tür hinter sich zu.

Das Ferienhaus hatten einst ihre Großeltern väterlicherseits gebaut, deren Familie schon immer als Fischer hier gelebt hatten. Nach dem Zweiten Weltkrieg hatte es die van Loons zwar auf das Festland verschlagen, aber sie hatten den Grund und Boden auf Schiermonnikoog nie aufgegeben. Und mit irgendwelchen Tricks hatte ihr Vater es auch geschafft, eine Fahrerlaubnis für Autos zu erhalten, die eigentlich nur den Insulanern zustand. Sie öffnete das vom Wetter gezeichnete hölzerne Garagentor und stieg in den uralten Passat, das »Inselauto«, wie sie ihn nannten.

Behutsam steuerte sie den Wagen durch den abendlichen Trubel im Dorf. Touristen flanierten in Ausgehkleidung im Dämmerlicht, die Restaurants waren gut besetzt. Die typische Unbeschwertheit auf einer Urlaubsinsel in der Nordsee. Iska mochte die Ironie, dass der Name der Insel an ganz andere Wurzeln erinnerte: Auf Westfriesisch hieß *schier* »grau«, *monnik* »Mönch« und *oog* »Insel«, die Insel der grauen Mönche. Die Zisterziensermönche, die die Insel im Mittelalter bewirtschaftet hatten, trugen graue Kutten.

Hinter den letzten Häusern bog Iska auf den Heereweg ab, die zentrale Straße des Banckspolders. Vor Ewigkeiten schon hatten die Inselbewohner dieses Gebiet zwischen Dorf und heutigem Hafen eingedeicht und damit dem Meer abgetrotzt. Heute war der inzwischen entsalzte Boden so fruchtbar, dass er Viehzucht auf der an sich eher kargen Nordseeinsel ermöglichte. Sie passierte die Entenkoje, einen idyllischen Teich, in dem die Inselbewohner in früheren Zeiten Wildenten gefangen und getötet hatten. Als Kind war ihr das Gelände unheimlich gewesen.

Die Sonne war bereits untergegangen, das Restlicht lag grau über dem Naturschutzgebiet, die Scheinwerfer beleuchteten tiefgrüne Wiesen am Wegesrand, im Hintergrund bewegten sich niedrige Büsche und gedrungene Bäume auf den sanft geschwungenen Dünen. Die Straße war zwar befestigt, aber schmal, der Wagen passte gerade so drauf, eigentlich war sie für Fahrräder ausgelegt.

Sie parkte am Fahrradparkplatz, der auch das Ende des für Autos befahrbaren Teils der Straße markierte. Vor ihr stand das Geländefahrzeug samt leerem Fahrradanhänger der Firma Veenstra. Daneben der Polizeiwagen der Insel, er verdeckte den Anfang des Wanderweges, der von hier weiter in das Naturschutzgebiet führte. Es war niemand zu sehen, erst als sie ausstieg, kam eine junge Kollegin in Uniform von ihrem Streifenwagen auf sie zu. Sie betrachtete prüfend erst ihren Dienstausweis, ihr Gesicht, dann wieder den Dienstausweis. »Entschuldigen Sie. Ich hatte Sie nicht direkt erkannt …«

Ja, das Bild ist etwas älter, dachte Iska.

Von hier aus ging es nur noch zu Fuß weiter. Der Wind hatte weiter aufgefrischt, wehte nun aus südlicher Richtung, verstärkte die aufkommende Flut, die das Wattenmeer in die großen Priele der Südseite drückte und die Salzwiesen überspülte.

Die Kollegin ging voraus und leuchtete mit einer Stabtaschenlampe den Weg. »Präziser Schuss aus nächster Nähe. Der Tod wird sehr schnell eingetreten sein.«

»Der Wagen auf dem Parkplatz, der mit dem Anhänger, das ist doch der Wagen von Ruben, oder? Wissen wir, warum er hier war?« Iska stolperte über ein Kaninchenloch, sie bekam gerade noch den Arm der Kollegin zu fassen. »Danke.«

Die Kollegin half ihr hoch. »Wissen wir nicht, aber wir haben eine Vermutung. Ruben hatte seit dieser Saison eine neue Kooperation mit einer Reiseagentur. Eine geführte Inseltour: erst mit dem Fahrrad hierhin, dann zu Fuß weiter durch das Naturschutzgebiet, weiter am Strand, von dort zurück mit dem Bus. Möglichst viel von der Insel sehen mit möglichst wenig Anstrengung. Er stellt die Fahrräder und holt sie abends wieder von den Fahrradplätzen ab. Holte …«

»Und das ist allgemein bekannt?«

»Ja.«

Eine perfekte Gelegenheit, wenn man es drauf angelegt hätte. Das Opfer lag in einer Mulde am Fuß der Düne, in einer halb aufrechten Position. Zwei weitere Kollegen waren gerade dabei, eine Zeltplane wie ein Dach über ihn auszuspannen. Für die Nacht war leichter Nieselregen angesagt, und die Spurensicherung hatte bereits darum gebeten, den Toten nach Möglichkeit nicht zu bewegen, aber trotzdem bestmöglich zu schützen.

Iska wartete, bis die Kollegen fertig waren. Endlich wandte sich ihr der ältere, er hatte ein rundes Gesicht mit einem auffälligen Schnauzer, zu. Sander Hoepkens, der Leiter der Dienststelle. Vor vierzig Jahren waren sie gemeinsam in den Sommerferien mit BMX-Fahrrädern über die Insel gerast, er hatte ihr die geheimen und mitunter verbotenen Wege durch die Dünen gezeigt. »Iska. Dass wir mal beruflich was miteinander zu tun haben …. Wow, du bist tatsächlich Hauptinspektorin?« Er bot ihr die Hand, damit sie besser in die Mulde hinabsteigen konnte.

»Hallo, Sander. Ja. Was zur Hölle ist passiert?«

»Purer Zufall, dass das Opfer heute Nacht noch entdeckt wurde. Zwei Wanderer hielten sich noch ganz im Osten der Insel auf. Als sie auf dem Heimweg hier vorbeikamen, fanden sie ihn genau so vor. Sie riefen uns an.« Es war angenehm, dass er sofort in den dienstlichen Modus gewechselt war.

»Gibt es Hinweise auf den oder die Täter?«

»Nein, bislang nicht. Einer der beiden berichtete, dass er eine halbe Stunde vorher so etwas wie einen Schuss gehört hätte, aber zuerst nicht weiter darauf geachtet habe. Wir schätzen, dass zwischen Tat bis zu unserem Eintreffen hier ungefähr eine Dreiviertelstunde vergangen ist.«

Alleine die halbe Stunde bis zum Anruf bedeutete, dass jemand genug Zeit gehabt hatte, um unerkannt bis ins Dorf zu gelangen. Oder an jeden anderen Ort auf dieser Insel. Zumindest per Auto oder Motorrad. »Hatte er irgendwelche Feinde, von denen wir wissen?«

»Nein. Privat lebte er in einer festen Partnerschaft mit seinem Freund, Lars, seit zwei Jahren schon. Er weiß noch nichts. Sie wollten nächstes Jahr heiraten, soviel ich gehört habe. Ich fahre gleich zu ihm rüber und überbringe ihm die Nachricht.«

Iska betrachtete den leblosen Körper. Eine Einschusswunde in der Mitte der Stirn, ein einsamer dunkelroter Punkt. Die Augen waren geöffnet und blickten leer in die Ferne. Die Arme lagen neben dem Oberkörper ausgestreckt, das blau-weiß karierte Hemd war aufgeknöpft, das ehemals weiße T-Shirt hochgeschoben worden, der Oberkörper blutverschmiert. Keine Schleifspuren oder irgendwelche Anzeichen, dass das Opfer nach seinem Tod bewegt wurde.

»Keine weiteren Wunden, außer die offensichtlichen«, beantwortete Sander ihre in Gedanken gestellte Frage.

Das musste nicht von Wichtigkeit sein, ließ aber zumindest Rückschlüsse auf den Tathergang zu. »Irgendwelche Hinweise auf Medikamente, Drogen, irgendwas in der Art? War er mal in dieser Richtung auffällig?«

»Nicht dass wir wüssten. Ich kenne ihn flüchtig, wie man halt jeden auf dieser Insel kennt.«

Sein Mörder hat wohl gewusst, dass er ihn hier antreffen

würde. Hat ihn hier abgepasst. Aber Ruben hat sich offenbar nicht gewehrt. Es wirkte fast so, als sei er überrascht worden. Oder als ob er das, was ihm angetan wurde, hingenommen hätte. Eine Hinrichtung? Iska nahm die Stablampe, die ihr Sander anbot, und ging in die Knie, um das Opfer näher zu betrachten.

Unter dem Blut auf dem Oberkörper zeichneten sich Strukturen ab. Schnittwunden, wie sie sie bereits auf dem Foto gesehen hatte. Sie bildeten ein Muster. Grobe, ungelenke Zeichen. Eindeutig Buchstaben, die aufgrund der langen Schnitte an Runen erinnerten. Beim genaueren Hinsehen ergaben sich Wörter, die zusammen … Sie musste schlucken, als sie erkannte, was dort in die Haut eingeritzt worden war.

Dann rief sie Dirk an. »Ich übernehme die Leitung der Ermittlungen. Und ich brauche ein richtig großes Team hier vor Ort.«

2

Aurich. Montag, 28. Juli

06:30 Uhr

Marten Jaspari steuerte den alten Golf stadtauswärts in südöstlicher Richtung. Sein Vater hatte ihm den Wagen zu seinem achtzehnten Geburtstag geschenkt, und er fuhr ihn immer noch, obwohl Katharina schon mehrfach Andeutungen gemacht hatte, dass inzwischen doch etwas anderes angemessen wäre. Er passierte Haxtum und Rahe, die letzten Viertel des Stadtgebietes, dann lenkte er den Wagen von der Landstraße in eine kleine Seitenstraße. Sie führte entlang dichter, robuster Hecken, zwischen denen an wenigen Stellen die goldgelben Felder dahinter durchschienen, direkt zu einem Gehölz, das sich nur unmerklich über die flache ostfriesische Landschaft erhob. Der Upstalsboom.

Auch wenn man sich nicht für die Geschichte der Gegend interessierte, hatte man, sofern man aus Aurich stammte, zwangsläufig schon mal etwas über den Upstalsboom gehört. Dieser war, soweit er sich erinnerte, im Mittelalter der wichtigste Versammlungsplatz der freien Friesen gewesen. Hier wurden damals strategische Beratungen geführt, Recht gesprochen und ganz allgemein das Zusammenleben geregelt.

Anders als in den meisten Teilen Europas hatte es in den friesischen Gebieten keinen herrschenden Adel, sondern freie, selbstständige Gemeinschaften gegeben. Und der Upstalsboom war ein Symbol für diese sogenannte Friesische Freiheit geworden. Nachdem er über die Jahrhunderte allmählich in Vergessenheit geraten war, hatte man ihn nach den Napoleonischen Kriegen wiederentdeckt, als Denkmal wiederhergerichtet und in diese waldartige Parkanlage eingebettet. Später hatten auch die Nazis versucht, den Upstalsboom in ihrem Sinne zu verklären – aus dem historischen Gelände hatte eine Thingstätte werden sollen, so hatten sie es genannt. Ein Ort, um ihrem Bild der nordischen, unbeugsamen Germanen propagandistisch zu huldigen. Zum Glück war ihr Interesse, weshalb auch immer, schnell wieder abgeflaut.

Nun war dort vor einer knappen Stunde von einem Jogger eine Leiche aufgefunden worden. Wie schaffte man es eigentlich, sich zu dieser Uhrzeit zum Laufen zu motivieren? Marten hatte sich noch im Tiefschlaf befunden, als ihn, da er Rufbereitschaft hatte, die Einsatzzentrale der Polizei Aurich aus dem Bett geklingelt hatte. Relativ knapp waren ihm die wichtigsten Fakten durchgegeben worden. Männliches Opfer, Mordverdacht. Mit einem letzten Gähnen brachte er den Golf hinter einem Streifenwagen zum Stehen. Zu beiden Seiten des Eingangs standen mehrere Fahrzeuge, rot-weißes Flatterband wogte in der Brise. Seine Müdigkeit ließ nach, das Adrenalin übernahm. Der erste Tote in seiner Verantwortung. Aus dem Handschuhfach holte er das eingeschweißte Paket mit den Tatort-Utensilien und stieg aus.

»Hier ist gesperrt, bitte wenden Sie wieder.« Ein uniformierter Kollege kam ruhigen Schrittes auf ihn zu, schüttelte den Kopf. Dann breitete sich ein Grinsen auf seinem Gesicht aus. »Ach, du bist es. Äh, also … du …?«

»Ich übernehme, ja.« Marten zeigte ihm seine Kriminaldienstmarke. »Guten Morgen.« Marten erkannte den Mann wieder. Frisch von der Polizeiakademie, vor ein paar Wochen hatten sie sich bei der Betriebsfußballmannschaft kennengelernt. Der Junge hatte ihn beim Spiel mehrmals nicht gut aussehen lassen. »Was ist denn bisher bekannt?«

»Die Leiche liegt im Zentrum der Anlage. Der schwarze 1er BMW da vorne war als einziges Fahrzeug hier geparkt. Kann gut sein, dass er dem Opfer gehört, der Schlüssel steckt noch.«

»Halterabfrage?«

»Ein Firmenwagen, GreenVision GmbH, der Windkraftanlagenhersteller.« Das Unternehmen hat seinen Hauptsitz in Aurich.

»Gut. Habt ihr sonst schon was feststellen können?«

»Keine auffälligen Spuren, wenn man von der Platzierung der Leiche absieht, natürlich. Wir haben mal alles weiträumig abgesperrt. So, wie das hier … na ja, besser ist es bestimmt. Vorsichtshalber.«

»Danke.« Die Kollegen hatten sich keinen Fehler zuschulden kommen lassen wollen. Marten trat zum BMW und sah durch die Seitenscheibe. Auf der Rückbank stand eine prall gefüllte Sporttasche, zwei blaue Anzüge baumelten an Kleiderbügeln von den Haltegriffen herunter.

Hinter ihm ertönten Motorgeräusche, ein roter Sportwagen rollte über die Straße auf ihn zu. Gudrun Hubel. Sie stieg aus, ihre schulterlangen Haare waren strähnig und wurden nur von einem einfachen Haarband zusammengehalten. Ihr hageres Gesicht wirkte noch blasser als sonst, auf Make-up hatte sie verzichtet. Auch bei seiner fünfzigjährigen Kollegin war die Morgendusche ausgefallen. »Einen wunderschönen guten Morgen«, begrüßte er sie.

»Moin, Chef.«

»Na denn mal los.«

Das letzte Mal war er auf einem Schulausflug hier gewesen, erinnerte sich Marten. Das war bestimmt gut zwanzig Jahre her. Seither hatte sich das Parkgelände nicht verändert. Warmes Licht fiel durch die Baumkronen. Vögel zwitscherten, aus dem Gehölz am Wegesrand hörten sie ein Rascheln, als ob Mäuse darin umherhuschten. Es roch noch feucht vom morgendlichen Tau. Schweigend erreichten sie die Mitte des Parks.

Der Ort wirkte erhaben, entrückt, eine stumme Erinnerung an vergangene Größe. Ein unscheinbarer sanfter Hügel, auf dem eine steile, knapp drei Meter hohe Steinpyramide aus unregelmäßigen, bräunlich grauen Quadern thronte. *Errichtet von den Ständen Ostfrieslands im Jahre 1833*, verkündete eine Granittafel auf halber Höhe. Genau so hatte es bei seinem letzten Besuch auch ausgesehen.

Heute lag nun unter dieser Tafel etwas, das von den Kollegen zum Schutz gegen den immer wieder einsetzenden Nieselregen mit einer weißen Plane verdeckt worden war. Nachher würde der Erkennungsdienst sie gegen ein Zelt eintauschen, unter dem man ungestört arbeiten konnte.

Der Kollege, der den Fundort bewachte, warnte sie, dass sie kein schöner Anblick erwarten würde. Sie zogen die weißen Overalls und Einweghandschuhe an, dazu Plastiküberzüge über die Schuhe, bevor sie die letzten Meter zum

Fundort hinaufgingen. Gudrun schoss routiniert die ersten Fotos.

Behutsam schlug Marten die Plane zurück. Der Tote lag auf dem Rücken, ein blutverkrustetes, aber bleiches Gesicht schaute ihn an. In der Stirn ein einziges Einschussloch, wahrscheinlich ein kleines Kaliber unter sieben Millimeter. Die Augen des Toten waren starr geöffnet. Markante Züge, ungefähr dreißig Jahre alt, Dreitagebart. Es roch nach Eisen.

Der blaue Pullover, den er getragen hatte, war der Länge nach von oben nach unten durchtrennt und auf die Seite geschlagen worden, wie auch das ehemals weiße T-Shirt darunter, sodass der Oberkörper frei lag. Irgendwelche Insekten hatten sich schon auf den unbedeckten Hautstellen niedergelassen.

»Eala Frya Fresena«, las er, was in langen, blau unterlaufenen Schnitten über Brust und Bauch geritzt war. Der Wahlspruch von Ostfriesland, vor allem hier in Aurich allgegenwärtig. Auf Deutsch in etwa *Steht auf, ihr freien Friesen*. Eine Erinnerung an das Recht auf Freiheit. Knapp zehn Meter weiter unten war eine Steinplatte in den Weg eingelassen, auf der das Gleiche stand. »Spontane Assoziationen?«

»Puh.« Gudrun verdrehte die Augen. »Ich fürchte, dazu bin ich jetzt noch nicht fähig.«

Marten ließ die vor ihnen ausgebreitete Szenerie im Ganzen wirken. Es war mehr als ein Mord, das war eine Inszenierung. Es war ein Bild, ein blutiges Bild. In der Mitte war der Mensch, das Opfer abgelegt … ein Menschenopfer? »Ritualmord? Okkultismus? Irgendetwas Irres in der Art?«

»Schwer zu sagen«, wich sie den Fragen aus. Sie wechselte

die Position, um die Leiche von der Seite zu fotografieren. »Was haben wir an Tatsachen?«

Okay, sie hatte recht. Langsam hockte er sich neben die Leiche. »Lässt sich kaum noch bewegen.« Wie war das noch mal gewesen? Nach ungefähr sechs Stunden war die Totenstarre voll ausgeprägt. Todeszeitpunkt also wahrscheinlich mindestens Mitternacht, wenn nicht früher. Er betrachtete den Hals. Dunkelviolette Totenflecken. Daraus konnte man doch auch was ablesen, mal sehen, was die Rechtsmedizin noch herausfand.

»Keine sichtbaren Abwehrverletzungen an den Händen.« Und weder an der linken noch an der rechten Hand war ein Ring am Finger oder auch nur Spuren davon. Also war der Tote wahrscheinlich ledig gewesen.

Marten tastete die Gesäßtasche des Toten ab, kleine Käfer krabbelten zwischen Kleidung und Körper. Rechts zog er ein Portemonnaie hervor. Einige große Geldscheine, insgesamt mehr als vierhundert Euro, überschlug er. Ein Unternehmensausweis von GreenVision, in etwa so groß wie eine Bankkarte. In Grün waren die drei stilisierten Flügel eines Windrades abgebildet. In einem hinteren Fach, etwas versteckt, fand er den Personalausweis.

»Jonathan Winkler«, las er laut vor. Er verglich das Foto mit seinem Gegenüber. Kein Zweifel, dieselbe Person. Als Wohnsitz war eine Adresse in Münster eingetragen. »Das ist doch mehr als zweihundert Kilometer entfernt.«

»Na ja, aber der Sitz von GreenVision ist direkt hier um die Ecke.«

In der linken Hosentasche des Toten befand sich ein Smartphone. Marten erkannte das Modell, erst letzte Woche hatte er erwogen, es selbst zu kaufen, Katharina hatte ihm davon vorgeschwärmt. Aber es kostete mehr als tausend Euro, das war es ihm dann doch nicht wert gewesen. Trotz der Größe war es überraschend leicht. Die Statusanzeige vom Akku leuchtete noch grün. Leider war das Display durch ein Passwort gesperrt.

Zuletzt fischte er aus der rechten Hosentasche zwei Schlüsselbunde, jeweils mit zwei größeren und einem kleineren Schlüssel. Das Metall glänzte silbern im Sonnenlicht. Die größeren waren Sicherheitsschlüssel, vielleicht zu einer Wohnung oder einer Haustür. Die anderen Taschen waren leer.

Nicht die Spuren zerstören, nichts falsch machen, bremste er sich. Mit Ruhe und Sorgfalt agieren, nicht mit Hektik. Fürs Erste hatten sie genug Hinweise. Das Weitere hier war Aufgabe für Obduktion und Erkennungsdienst. »Ich sag dem Staatsanwalt, dass wir hier oberste Priorität brauchen.«

»Nächste Schritte?« Noch während sie den Hügel verließen, fischte Gudrun eine Zigarettenpackung aus der Jackentasche. Ein Zeichen von Anspannung? So einen Fall bekam man in dieser Gegend nur einmal im Leben. Ja, wurde ihm klar, von nun an würden sie von oben unter Beobachtung stehen.

»Einer nach dem anderen. Immer schön an den Tatsachen entlang.«

3

Aurich. Montag, 28. Juli

09:30 Uhr

»Und?«

»Nicht viel.« Marten überflog die Antworten. Jonathan Winkler war polizeilich bisher nicht in Erscheinung getreten. Und die Melderegisterauskunft ergab, dass er ledig war, an seiner Adresse in Münster waren auch keine weiteren Personen gemeldet. Zusätzlich verfügte er seit einem Jahr über einen Zweitwohnsitz in Aurich, eine Viertelstunde vom Fundort der Leiche entfernt.

»Eine Zweitwohnung. Aber er ist nicht hierhergezogen«, überlegte Gudrun. Die Scheinwerfer blinkten, als sie ihren Sportwagen elektronisch entriegelte. »Über ein Jahr. Das geht schon ins Geld. Also hat ihn was oder wer zu Hause gehalten?«

»Jemand, die oder der nicht mitkommen wollte oder konnte?« Er schloss die Fahrertür seines Golfs auf und warf die gebrauchte Ausrüstung auf den Beifahrersitz.

»Mal sehen, was uns erwartet. Fahr du mal vor.« Sie stieg ein.

Ein wenig ungelenk rangierte er aus der Parklücke heraus,

aus den Augenwinkeln konnte er erkennen, wie Gudrun sich ein Grinsen verkniff.

Er ließ seinen Gedanken während der Fahrt freien Lauf. Zweitwohnung, eine zweite Existenz, ein neues soziales Umfeld, Kollegen, Bekannte, Freunde. Nicht nur räumlich weit getrennt von der Heimat … Meistens waren Tötungsdelikte Beziehungstaten, auch wenn es am Anfang nicht danach aussah. Er war gespannt, was sie in der Wohnung erwarten würde. Irgendeine Verbindung zu *Eala Frya Fresena*, zum Beispiel, welcher Art auch immer.

Das Mehrfamilienhaus befand sich am Rand eines Gewerbegebietes, war strahlend weiß verputzt, aber mindestens fünfzig Jahre alt. Ruhige Gegend, weit und breit keine Passanten auf dem schmalen Bürgersteig zu sehen.

»Ganz okay, aber schön ist anders«, bemerkte Gudrun, als sie zu ihm trat.

»Hoffentlich ist wirklich einer von den Schlüsseln der richtige.«

Direkt der erste passte in das Sicherheitsschloss der Haustür. Ihre Schritte hallten über den gefliesten Flur, eine Batterie von acht Briefkästen hing an der rechten Wandseite. Einer der kleinen Schlüssel passte auf Winklers Briefkasten, nur ein einsamer Werbeprospekt eines Supermarktes lag darin. Seine Wohnung war in der obersten der vier Etagen. Es gab keinen Aufzug.

Endlich oben angekommen, öffnete Marten die Tür. An der Garderobe im Wohnungsflur hingen nur eine leichte Jacke und ein Regenmantel, darunter zwei Paar gute Lederschuhe und ein Paar weiße Sneaker. Links war eine riesige Wohnküche.

Mittendrin stand eine Staffelei, die auf einer breiten, mit Farbklecksen übersäten Bahn einer ehemals weißen Papiertapete stand. Oben rechts an der Leinwand hing das Foto, das er offensichtlich nachgemalt hatte. Ein See, ein Bohlenweg, langes wildes Gras, knorrige Birken. Die Szene kam ihm bekannt vor, er überlegte. Das müsste am sogenannten Ewigen Meer sein, einer Moorlandschaft nördlich von Aurich. Moorleichen ... Germanische Stämme hatten früher in Mooren Tote begraben. Verbrecher, vielleicht Menschenopfer. Viele der Moorleichen, die geborgen wurden, wiesen Spuren brutaler Gewalt auf. Zertrümmerte Schädel, gebrochene Gliedmaßen. Stopp. Das war bei Winkler nicht der Fall, seine Fantasie ging mit ihm durch.

Er betrachtete die übrigen Bilder, die nebeneinander an die Wände gelehnt waren. Er erkannte den schiefen Kirchturm von Suurhusen und das Kurhaus auf Juist, das wie ein Palast über dem Strand der Insel thronte, beides bekannte Sehenswürdigkeiten in Ostfriesland. Zwei Bilder zeigten sich überschlagende Wellen, Nordsee im Sturm.

Der Rest der Wohnung war aufgeräumt, aber auch nicht gemütlich. Am Esstisch standen vier einfache Holzstühle, das graue Sofa war riesig, die Kissen ordentlich in einer Ecke drapiert. Weitestgehend kahle Wände, keine weiteren Bilder, nur zwei gerahmte Fotos standen auf einer Kommode. Marten nahm das erste in die Hand, es zeigte Winkler zusammen mit einer Frau, sie hatte sich bei ihm untergehakt. Offensichtlich auf einer Feier. Beide lächelten ein wenig übertrieben, Winkler trug einen Anzug, die Frau ein schulterfreies Kleid, ihre Haare waren tiefschwarz und glatt.

»Seine Partnerin?« Marten überlegte, so innig wirkten die

beiden nicht, es könnte auch seine Schwester sein. Wenn er denn eine hatte.

»Möglich.« Gudrun machte ein Foto von dem Foto.

Auf dem anderen war ein Pärchen Anfang sechzig. Im Hintergrund konnte man einen See erkennen, vielleicht der Außenbereich eines Ausflugslokals. Sie wirkte verlegen, der Mann machte ein mürrisches Gesicht, als ob er die Aufnahme missbilligen würde. Auf seltsame Weise machte Marten das Bild schwermütig. Vielleicht seine Eltern?

Im Vorratsschrank lagerten knapp zwanzig Konservendosen, alles Portionen für eine Person. Keine Badewanne im Bad, in der Dusche nur eine Shampooflasche, ein Zahnputzbecher mit einer Zahnbürste. Ein einsamer Kamm lag auf der Ablage unter dem Spiegel, keine Haarbürste, die auf gelegentlichen Damenbesuch hingewiesen hätte. Im Schrank im Schlafzimmer war nichts Besonderes, drei Anzüge, in den Fächern Unterwäsche nebst einem Jogginganzug. Auf dem Bett lagen nur eine Bettdecke und ein Kopfkissen, auf dem rechten Nachttisch ein Kuscheltier zu einem Kissen geknüllt. Alf aus der Fernsehserie, erkannte er erst jetzt. Bestimmt war es schon ein paar Jahrzehnte alt. Nein, diese Wohnung wirkte nicht wie das geheime Liebesnest eines Ehemannes.

»Hast du irgendwas gesehen, was mit *Eala Frya Fresena* zu tun hat?« Gudrun setzte sich mit ratloser Mine auf einen der Esszimmerstühle.

»Nicht mal eine Postkarte mit dem Aufdruck.« Keine Besonderheiten. Schlicht, geradezu funktional, unauffällig, das Ganze. Wie hatte es sein Vater gesagt: Wenn das Unauffällige das ist, was auffällt, ist das auch eine Feststellung.

»Also keine Anhaltspunkte für irgendetwas«, fasste Gudrun seine Gedanken zusammen.

»Ja. Und nein.« Er deutete auf das Fenster. Hinter den Häuserdächern war eine große graue Werkshalle zu erkennen. In der oberen rechten Ecke leuchteten drei grüne Windradflügel. »Diese Wohnung erfüllt genau einen schlichten Zweck: nah bei der Arbeit zu sein.«

4

Aurich. Montag, 28. Juli

12:00 Uhr

Die Büros der Geschäftsführung der GreenVision GmbH waren in der obersten Etage eines Bürokomplexes direkt neben einer Produktionshalle.

»Gerade ist Frau Janssen noch im Gespräch, es wird nicht lange dauern.« Ein freundlicher junger Mann bot ihnen für die Wartezeit einen Espresso an. Er servierte ihn an einem weißen Stehtisch und zog sich dann wieder hinter seinen äußerst aufgeräumten Schreibtisch zurück.

»Als ob man auf eine Audienz wartet«, bemerkte Gudrun süffisant.

»Bei den neuen Grafen von Ostfriesland?« Der Espresso war vorzüglich. Bodentiefe Fenster boten beste Aussicht über die Stadt.

»Ach, es wären ganz gute Grafen, oder?«

GreenVision war das neue wirtschaftliche Aushängeschild der Stadt, vielleicht sogar der ganzen Region. Ein Windkraftanlagenhersteller von Weltgeltung, das hatte viele zukunftssichere Arbeitsplätze gebracht. Bevor das Unternehmen seinen Sitz hierherverlegt hatte, galt Aurich eher als eine reine

Verwaltungs- und Beamtenstadt. *Eala Frya Fresena*. Green-Vision. Eine Anspielung? Na ja, das wäre schon ziemlich konstruiert.

Die schlichte weiße Bürotür schwang auf, eine Dame in schwarzem Kleid und schwarzer Strumpfhose, blonde Haare, vielleicht Ende vierzig, verabschiedete per Handschlag zwei Männer mit Anzug und Krawatte. Irgendwie hatte Marten erwartet, dass die beiden noch eine Verbeugung machen würden, was natürlich nicht geschah. Die Geschäftsführerin wandte sich ihnen zu. »Kommen Sie doch rein.«

Das Büro war überraschend klein. Janssen bot ihnen einen Platz an dem runden Besprechungstisch. Der Assistent stellte von einem Tablett Gläser und eine mit Wasser gefüllte Glaskaraffe in die Mitte des Tisches und schloss leise die Tür hinter sich.

»Leider ist es im Moment ein wenig unorganisiert. Wie kann ich Ihnen helfen?«

»Wie gesagt, es geht um einen Todesfall, den wir untersuchen. Ein Mitarbeiter Ihres Unternehmens. Herr Jonathan Winkler, vielleicht …«

»Wie bitte? Haben Sie … sind Sie sich sicher?«

Marten zeigte ihr eine Vergrößerung des Personalausweisbildes von Winkler. »Ich nehme an, Sie kennen diesen Mann? Wir würden gerne Kollegen, die …«

»Jonathan!« Die Geschäftsführerin schlug erschrocken eine Hand vor das Gesicht. Unruhig wanderte ihr Blick zwischen ihm und dem Foto hin und her. Sie griff nach einem der Wassergläser, hielt es fest. Dann nickte sie. »Ja.« Sie nahm einen Schluck. »Jonathan Winkler ist, äh, einer unserer … er ist Assistent der Geschäftsführung. Entschuldigen Sie kurz.«

Frau Janssen stand auf, machte ein paar Schritte, wandte sich ab, als ob sie aus dem Fenster schauen würde, trank einen weiteren Schluck, dann kam sie zu ihnen zurück. »Wir haben sehr eng zusammengearbeitet. Das ist gerade ein Schock, bitte entschuldigen Sie. Ich habe heute Morgen schon gesehen, dass der Wagen nicht auf dem Parkplatz stand, da habe ich noch nicht …« Sie brach ab. »Was … was ist passiert?«

»Es tut uns sehr leid. Wir müssen davon ausgehen, dass Herr Winkler ermordet wurde.« Ruhig atmete Marten aus. In knappen Worten, ohne ins Detail zu gehen, skizzierte er, was ihnen bekannt war. Seine Frage, ob sie bereit für ein paar Fragen sei, bejahte sie zum Glück. »Frau Janssen, wie würden Sie Herrn Winkler beschreiben?«

»Jonathan, also er war – das mit dem *war* fällt mir schwer, er war ein Glücksfall für diese Firma. Ein toller Mensch, herzlich und freundlich zu jedem, aber auch überaus professionell und vorausschauend. Mitdenkend und mitfühlend, verstehen Sie?«

»Also war er nicht jemand, der polarisiert hat? Der, na ja, den Konflikt gesucht hat?«

»Auf gar keinen Fall.«

Marten nickte. »Wir sind noch ganz am Anfang. Ist Ihnen bekannt, ob Herr Winkler in irgendwelchen Schwierigkeiten steckte? Hatte er sich vielleicht außerhalb der Firma Feinde gemacht? Oder gab es vielleicht mal Reibungspunkte mit Kolleginnen und Kollegen?«

Sie blickte kurz nach links oben. »Nein, nein, davon ist mir nichts bekannt. Er war zwar immer für ein Wort zu haben, aber er erzählte so gut wie nie etwas Privates. Da war er sehr drauf bedacht.«

»*Eala Frya Fresena.* Sagt Ihnen das was? Hat Winkler den Spruch mal irgendwie erwähnt?«

»Natürlich sagt mir das etwas, aber …« Sie sah ihn verständnislos an. »Worauf wollen Sie hinaus?«

Marten beschloss, das Thema nicht weiterzuverfolgen. »Wir suchen nach möglichen Motiven für seinen Tod. Die Position, die er hatte, Assistent der Geschäftsführung. Hatte er da auch Zugang zu Betriebsgeheimnissen? Themen, bei denen viel auf dem Spiel steht?«

Die Geschäftsführerin sah sie prüfend an. »Ja.« Sie wählte ihre Worte mit Bedacht. »Er hat ja Zugriff auf mein E-Mail-Postfach, wie alle aus dem Team der Assistenten, sie koordinieren unter anderem die Termine der Geschäftsführung, er bekommt da sicher einiges mit. Aber zurzeit gibt es keine kritischen Themen. Die Energiewende spielt uns in die Karten, vielleicht haben Sie von den beiden neuen Windparks westlich von Emden gehört, wir sind bei einem der beiden mit dabei, Projekt Rysum IX. Jonathan hat das Projekt intensiv begleitet. Sicherlich interessant, aber nicht außergewöhnlich. Ich würde sagen, es ist gut gehendes *business as usual.*«

»Trotzdem benötigen wir Zugang zu seiner beruflichen Kommunikation. E-Mails, Unterlagen …«

»Ja. Sie erhalten alles sofort. Ich will, dass dieser Tod schnellstmöglich aufgeklärt wird, was immer Sie brauchen, Sie werden es von uns bekommen.« Sie räusperte sich. »Bitte beachten Sie nur, dass wir Ihnen damit Zugriff auf Firmengeheimnisse geben, ich darf erwarten, dass Sie entsprechend damit umgehen.«

Marten ärgerte sich über die Belehrung, aber es brachte jetzt ja nichts, sich darüber aufzuregen. »Natürlich.«

»Was mir gerade einfällt«, schaltete sich Gudrun in das Gespräch ein. »Sie sagten, Ihnen sei aufgefallen, dass der Wagen von Herrn Winkler nicht an seinem Platz stand …«

»Ja, das war schon ungewöhnlich. Also, es ist nicht direkt sein Wagen, sondern ein Wagen aus unserem Fahrzeugpool, aus dem er sich aber auch privat bedienen darf, auch am Wochenende. Normalerweise fährt er damit am Freitagabend nach Münster, pendelt am Sonntagabend zurück nach Aurich und stellt den Wagen dann hier in der Tiefgarage ab. Unter der Woche wohnte er in einem Appartement, das wir ihm besorgt hatten, nicht weit weg von hier.«

»Jeden Sonntagabend parkte er den Wagen hier, sagten Sie?« Marten überlegte. »Ist diese Tiefgarage denn verschlossen? Ich meine, kommt man da einfach so rein?«

»Im Unternehmensausweis ist ein Chip, mit dem Mitarbeiter mit einer besonderen Zugangsberechtigung das Rolltor öffnen können. Alle anderen dürfen die Parkplätze dort auch benutzen, aber erst, wenn der Empfang besetzt ist und es zentral für sie öffnet, sofern noch Plätze frei sind.«

Ja, so hatte er sich das vorgestellt, das hatte er bei vielen Unternehmen gesehen. Über elektronische Zugangssysteme konnte man einzelne sensible Gebäudebereiche gegen unbefugten Zutritt schützen. Und vor allem auch nachverfolgen, wann wer wo gewesen war. »Werden die Ein- und Ausfahrten eigentlich gespeichert?«

»Ich denke mal schon. Es gibt eine Kamera, die alle einfahrenden Autos erfasst. So kann der Empfang auch sehen, wem er das Tor öffnet. Ich frage in der IT nach, wir lassen Ihnen gerne die Systemprotokolle und die Videos zukommen.«

Marten überlegte, wie er weiter vorgehen könnte. Es blieben noch immer grundsätzliche Fragen offen. Weiterhin hatte er kein Bild von Winkler vor Augen, was er für ein Mensch gewesen war, normalerweise war niemand einfach nur nett. Aber es sah so aus, als könnte es noch länger dauern, bis sie Verwandte oder Freunde ermittelt hätten, die sie befragen konnten.

»Kann ich Ihnen noch irgendwie behilflich sein?«, fragte Frau Janssen in seine Denkpause hinein. Warum nicht direkt hier anfangen?

»Ja, das können Sie.« Im Zweifel kann alles von Interesse sein. »Wir würden gerne Herrn Winklers Arbeitsplatz in Augenschein nehmen und mit seinen Kollegen sprechen. Wäre das möglich?«

»Aber natürlich.« Sie schlug vor, dass sie ihnen für den Nachmittag einen Meetingraum zur Verfügung stellen und bei der Organisation der Termine mit den Mitarbeitern behilflich sein könnte. Marten nahm das Angebot dankend an.

Als sie das Büro verließen, wartete ein Mann Mitte vierzig im Vorzimmer. Sie verabschiedeten sich von Frau Janssen und gingen in Richtung Fahrstuhl.

»Wir brauchen Jonathan. Ist er inzwischen aufgetaucht?«, hörten sie den Mann aufgeregt fragen.

»Komm rein. Ich muss dir was erzählen«, antwortete ihm die Geschäftsführerin und zog die Tür hinter dem Mann und sich zu.

»Und, was meinst du?«, fragte Marten seine Kollegin, als sie im Fahrstuhl nach unten fuhren.

»Wir sind dem Motiv noch nicht nähergekommen. Warum Winkler?«

»Und warum diese Inszenierung?«

Er dachte an das blutige Bild, das sich ihnen am Morgen geboten hatte. Die Schnitte auf dem Körper des Toten sahen schrecklich aus, aber vermutlich war er mit einem einzelnen, gezielten Schuss getötet worden. Eine grausame und doch seltsam rationale Tat. Er konnte sich noch keinen Reim drauf machen. Sie brauchten mehr Anhaltspunkte. »Vielleicht ergibt sich etwas aus seiner Korrespondenz. Energiewende, es ist wirklich viel Geld im Spiel …«

»Wir sollten ein paar Kollegen miteinbeziehen, die etwas mehr von der Materie verstehen.«

»Ich frage mal im Wirtschaftsdezernat nach. Vielleicht kann ich Unterstützung freischaufeln.«

»Es sollte dir doch gelingen.« Sie zwinkerte ihm zu, als Zeichen, dass er das nicht negativ auffassen sollte. Trotzdem gingen ihm die Andeutungen auf die Nerven. Er nutzte doch nur die Möglichkeiten, die ihm dank Papa nun einmal offenstanden.

»Schauen wir erst mal, was die Kollegen so über Herrn Winkler zu erzählen haben.«

Der Fahrstuhl hielt nach einer Etage bereits wieder an. Ein Mann im Anzug, hellblaues Hemd, oberster Knopf offen, Bürstenschnitt, stieg zu. Gemeinsam fuhren sie nach unten, im Flur im Erdgeschoss wandte sich ihr Mitfahrer in die entgegengesetzte Richtung.

Als sie nach draußen traten, vibrierte Martens Smartphone, ein verpasster Anruf von Katharina. Und eine Textnachricht von ihr, es wäre ihr nur danach gewesen, kurz seine Stimme zu hören, und sie wünsche ihm viel Erfolg bei den Ermittlungen.

Während Marten eine kurze Antwort eintippte, wurde er vom Anruf des Staatsanwalts unterbrochen. Er habe die Leiche bereits in die Gerichtsmedizin bringen lassen, die Obduktion sei schon für den Abend angesetzt.

5

Aurich. Montag, 28. Juli

15:30 Uhr

Paul Laninga hatte sich bemüht, als einer der Ersten befragt zu werden. Noch tappten die Ermittler ziemlich im Dunkeln, würden keine Detailfragen stellen. Und irgendwann würden sie eh mit ihm sprechen wollen, dann besser früher als später.

Er bemerkte, dass seine Handinnenflächen feucht waren. Dieses blöde Schwitzen. Er suchte nach einem Papiertaschentuch, tat so, als putze er sich die Nase, und trocknete sich dabei seine Hände ab. Gut gehandelt, kontrolliert, beherrscht, so erwartete er das von sich.

Eine Polizistin in Zivil saß ihm gegenüber, ihr Kollege war noch kurz zur Toilette. Sie sortierte etwas in ihren handschriftlichen Notizen, offensichtlich von den vorherigen Terminen mit seinen Kollegen. Auf dem Tisch zwischen ihnen lag ein Smartphone, die Kommissarin hatte ihm bereits mitgeteilt, dass sie das Gespräch aufzeichnen werde.

Sein Plan war klar. Er musste bei allem, was er sagte, so nah wie möglich bei der Wahrheit bleiben. Nur wenn es doch zu eng wurde, ins Ungefähre abgleiten. Im äußersten

Notfall besser Gedächtnisverlust vortäuschen als falsche Angaben machen.

»Guten Tag, Herr Laninga.« Ein Mann Anfang dreißig betrat das Büro. Es war wie erwartet der aus dem Aufzug, ihm war sofort klar gewesen, dass die beiden nicht aus der Wirtschaft kommen konnten. Ihr Kleidungsstil war okay, wenn auch sehr leger, an den Schuhen minimale, aber doch sichtbare Schlammspritzer. Dunkle Bartstoppeln, die verrieten, dass er heute Morgen nicht den Rasierer gefunden hatte, die kurzen braunen Haare nur nachlässig gerichtet. So fuhr man normalerweise nicht in die Chefetage. Außerdem hatte er gemeint, bei ihm eine Wölbung unter der Armbeuge erkannt zu haben, wahrscheinlich von einem Pistolenholster. »Vielen Dank, dass Sie es einrichten konnten. Entschuldigen Sie bitte die Verspätung. Jaspari.«

»Hallo.« Paul entschied sich, die dargebotene Hand nur flüchtig anzunehmen, so würde der Schweiß nicht auffallen. Kurze Antworten, Betroffenheit heucheln, aber nicht zu sehr. Augenkontakt, aber nicht übertreiben. Er wandte sich der Frau zu, in Erwartung, dass sie das Gespräch eröffnen würde, sie war älter als der Hinzugekommene.

»Wie war ihr Verhältnis zu Jonathan Winkler?«, fragte nun doch der junge Bursche.

»Gut«, antwortete er instinktiv. Die Frau notierte etwas auf einem Zettel. Lass dich nicht aus dem Konzept bringen, kalt durchziehen und raus hier. Die beiden sahen ihn erwartungsvoll an, etwas mehr musste er wohl doch noch sagen. »Es ist eine seltsame Situation für mich. Ich denke, ich habe das alles noch nicht so wirklich begriffen, verstehen Sie?«

»Aber natürlich.« Und wieder machte die Frau ihre Notizen. Ignorier das! »Sie und Herr Winkler, Sie haben also zusammengearbeitet?«

»Wir sind Büronachbarn. Jonathan hat ja für das Projekt den Geländeankauf verantwortet, und wir vom Controlling haben da etwas zugearbeitet, mal eine Finanzierung, mal ein paar Planzahlen durchgerechnet. Auch für heute, also in zwei Stunden, hätten wir einen Termin gehabt, ich weiß aber nicht, worum es ihm da ging.«

Wie erwartet sprangen sie darauf an. Die Fragen waren unverfänglich, aber systematisch. Er war versucht, ins Plaudern zu kommen, bremste sich aber selbst. Tu es nicht. Nach und nach gewöhnte er sich an die Situation, die Anspannung, die er bis in die Schultern hatte spüren können, löste sich.

»*Eala Frya Fresena*, sagt Ihnen das was?«, fragte dieser Jaspari unvermittelt.

»Äh …« Er tat so, als wäre er irritiert, so wie er es sich vorgenommen hatte, wenn die Frage kommen sollte. Er überlegte, welche Themen sie bisher behandelt hatten. Sie schienen noch nicht das richtige Motiv erkannt zu haben. Sehr schade. Vielleicht sollte er sie ein wenig in die richtige Richtung schubsen. »Es ist eine sehr alte Redewendung, soweit ich weiß. Wieso fragen Sie?«

»Nur so«, antwortete der Kommissar nach einer kurzen Pause.

Hm, war das mit der Gegenfrage jetzt klug gewesen? Egal, nicht drüber nachdenken. Körperkontrolle. Langsame Bewegungen, normaler Augenkontakt, ruhige Atmung. Es kamen nun allgemeine Fragen, die er ganz gut meisterte. Mit jedem Satz wurde er wieder ruhiger. Er hatte seine Gegenüber vielleicht überschätzt. Nein, sie würden ihm nicht gefährlich werden.

»Und bitte melden Sie sich, wenn Ihnen noch etwas einfallen sollte.« Der Kommissar beendete das Gespräch und reichte ihm eine Visitenkarte.

Paul verkniff sich ein Grinsen, das war ja tatsächlich wie im Tatort. Allerdings kein taxierender Blick zum Schluss, wie er es erwartet hätte. Entweder sein Gegenüber konnte sich verdammt gut verstellen, oder er hatte wirklich keinen Verdacht geschöpft. Aber schon Hauptkommissar, wie er auf dem Kärtchen lesen konnte. Jaspari hieß er also, hatte er sich doch nicht verhört. Irgendwas klingelte bei ihm bei dem Namen. »Es tut mir wirklich leid, wenn ich Ihnen nicht weiterhelfen konnte.«

»Doch, doch, das konnten Sie. Vielen Dank!«

Was meinte er damit? Egal. Früher hätte der Kommentar ihn verunsichert, jetzt nicht mehr. Er wusste, dass er die Situation gut gemeistert hatte. Sie hatten ihn nicht enttarnt, keinen Verdacht geschöpft. Er war ihnen überlegen. Sie konnten ihm nichts anhaben.

Paul Laninga verließ das Zimmer, grüßte aufmunternd die neue Kollegin vom Nachbarbüro, die bereits sichtlich betrübt vor der Tür auf ihre Befragung wartete, und nahm die Treppe zum Innenhof, der nur eine Etage weiter unten war. Draußen am Raucherpavillon steckte er sich eine Zigarette an, inhalierte kräftig und ließ dann den Rauch langsam zwischen den Zähnen entweichen.

Ich bin gut gewesen, stellte er fest. Gedanken kontrollieren den Körper, Gedanken kontrollieren Emotionen. Handeln war eine Willensentscheidung. Und er hatte den Willen, die nächsten Schritte zu tun.

Eine große Aufgabe wartete auf ihn, alles war sorgsam vorbereitet. Er dachte an das gewaltige Feuer, das er entfachen würde, im wahrsten Sinne des Wortes. Das Schicksal hatte ihn dazu auserkoren, und er hatte es angenommen. Stolz spürte er das alte Blut in sich pochen. Er war frei von falschem Skrupel. Das war es, was starke Menschen von schwachen Menschen unterschied.

Vögel zwitscherten in den Bäumen, die etwas verloren inmitten der Grünfläche des Innenhofes herumstanden. Die Tür zum Treppenhaus öffnete sich. Barbara, seine Lieblingskollegin aus der Buchhaltung, gesellte sich zu ihm. Sie war die einzige Frau in seinem Bekanntenkreis, die Selbstgedrehte rauchte. Wie es ihm denn gehe, fragte sie.

»Tut gut, jetzt ein paar Tage frei zu haben«, antwortete er, den Blick zum Himmel gerichtet. Ja, an Arbeit wäre jetzt nicht mehr zu denken, bestätigte sie, seinen Satz in der von ihm beabsichtigten Art falsch interpretierend.

Auch oben im Büro waren alle Kollegen ziemlich von der Rolle. Keiner wunderte sich, dass er sich früh in den Urlaub verabschiedete. Sehr gut.

Die Reise, die er vor sich hatte, die alles verändern würde, sie konnte beginnen.

6

Aurich. Montag, 28. Juli

20:07 Uhr

»Freundlich und nett. Aber nur bis zu einem gewissen Punkt.«

Winklers Kollegen hatten das Bild eines zwar herzlichen, aber auch distanzierten Mitarbeiters gezeichnet. Privat hatte keiner von ihnen Kontakt mit ihm gehabt. Keinerlei Bezüge zu *Eala Frya Fresena* oder anderer friesischer Kultur. Bei der letzten Weihnachtsfeier hatte er sich krankheitsbedingt entschuldigen lassen, beim Sommerfest sei er nur auf unverfängliche Themen eingegangen. Das Wetter, Fußball, die nächsten Projekte. Lediglich, dass er eine feste Partnerin hatte, die er an den Wochenenden besuchte, hatten einige Kollegen bestätigt. Gudrun erklärte sich bereit, mit den Kollegen die Protokolle der Befragungen noch einmal nach weiteren möglichen Anhaltspunkten durchzugehen. Sie mussten nicht beide bei der Obduktion dabei sein.

Das Institut für Rechtsmedizin befand sich in der Nähe der Innenstadt, Marten bekam trotzdem einen Parkplatz direkt vor der Tür. Carsten, der Polizeifotograf, den er schon während seiner Ausbildungszeit kennengelernt hatte, wartete am Eingang auf ihn. »Ich hab schon von dem Toten gehört. Und du hast echt diesen Fall bekommen?«

Marten nickte. Gemeinsam gingen sie hinein.

Für die Obduktion hatte die Staatsanwaltschaft eine echte Koryphäe aus Hannover hinzugezogen. Bisher hatte er noch nicht mit Dr. Zhou zusammengearbeitet, aber am Telefon hatte sie sehr reserviert geklungen. Kein Wunder. Die Leiche hatte die Abendplanung durcheinandergebracht. »Mit Ihnen sind wir vollzählig. Wir können direkt anfangen«, begrüßte sie ihn in ihrem Büro. Sie war schlank, sportlich und trug ihre grauweißen Haare kurz geschnitten. Ihre Hand war kalt.

»Entschuldigen Sie bitte die Verspätung.« Nacheinander begrüßte Marten auch die beiden anderen Anwesenden. Am Besprechungstisch erhob sich deutlich langsamer als zuvor Dr. Zhou eine zweite Frau aus einem Bürostuhl. Kaltes Lächeln, blonder Pferdeschwanz, dunkelblaue Bluse und Jeans, Marten schätzte sie auf Ende fünfzig. Ein Bauchansatz war nicht zu übersehen. Der junge Mann neben ihr stand bereits, er wirkte, als sei er eben erst von der Uni gekommen. Er freue sich über die unerwartete Gelegenheit, Dr. Zhou assistieren zu dürfen, sagte er, als sie hinausgingen. Drei Ärzte. Das volle Programm.

Wenn er eines in rechtsmedizinischen Instituten nicht leiden konnte, dann war es der Geruch, dachte er im Treppenhaus. Diese Mischung aus Desinfektionsmittel und süßlicher Verwesung. Es war, als schwitzte das Gebäude ihn förmlich aus, und gefühlt wurde der Duft mit jeder weiteren Stufe stärker. Wie jedes Mal atmete er auf dem Weg nach unten flach und achtsam ein, bis er sich halbwegs dran gewöhnt hatte.

Im Keller öffnete Dr. Zhou eine riesige Stahltür, hinter der sich die Kühlhalle befand. Der Gestank wurde noch intensiver. Sie schritten an knapp einem Dutzend Körper vorbei, die vollständig in weißen Plastiksäcken verpackt waren. Pappkarten mit Details zur verstorbenen Person baumelten an den Fußenden. Obduktionen wurden in der Regel dann angeordnet, wenn sich keine natürliche Todesursache feststellen ließ, bei knapp fünfzehn Prozent der obduzierten Leichen lag tatsächlich ein Tötungsdelikt vor. Heute war es einer der seltenen Fälle, bei denen man von vorneherein wusste, dass es sich um einen Mord handelte.

»Die Kollegen waren so freundlich, Herrn Winkler schon einmal auf den Untersuchungstisch zu legen.«

Sie gingen in den Sektionsraum. Ein einzelner Körper lag auf einem Metalltisch, bedeckt von einem weißen Laken, am Kopfende befand sich eine Metallschale. Dr. Zhou schlug das Laken zurück und gab ein Zeichen, dass die Audioaufnahme starten sollte. Dann begann sie mit der äußeren Leichenschau, indem sie die Bekleidung untersuchte und mit exakten Worten beschrieb. Marten merkte, wie er seine Bauchmuskeln anspannte. Das grelle Licht ließ die bleichen und starren Gesichtszüge noch unnatürlicher erscheinen, unmenschlich. Von Jonathan Winkler aus Münster war nur noch eine Fratze übrig. »Kopfschuss, gerader Einfallswinkel. Nur minimale Schmauchspuren«, kommentierte Dr. Zhou.

»Also ist das die tödliche Wunde und nicht – das da?« Marten wies auf den Oberkörper der Leiche.

»Ich gehe sehr davon aus. Aber wir sehen es uns an.«

Die Leichenstarre war inzwischen voll ausgeprägt. Die Ärzte mussten eine Operationsschere einsetzen, um Pullover und Shirt vollständig vom Körper zu entfernen. Die Rechtsmedizinerin beugte sich über die Wunden. Mit einem Wink forderte sie eine einfache Lupe an. Sie stutzte, besah sich die nächsten Wunden, jede einzeln, jede mit einer gnadenlosen Genauigkeit. Schließlich trat sie vom Operationstisch weg, besah sich den toten Körper im Ganzen.

»Was haben Sie bei diesen … Schnitten entdeckt?«

»Tja. Schnitt ist schon fast zu viel, sie sind nicht tief, enden knapp unter der Haut.« Dr. Zhou zeigte auf eine Stelle am Brustbein, die bereits beinahe wieder verheilt war. »Ritzen würde fast eher passen. Das ist durchaus rätselhaft.«

»Warum?«

»Obwohl diese Wunden nicht tief sind, sind sie für den, dem sie zugefügt werden, äußerst schmerzhaft. Der Körper zuckt unwillkürlich zurück, das können sie gar nicht kontrollieren.« Sie räusperte sich. »Was normalerweise zur Folge hätte, dass der Schnitt ausfransen würde.«

»Aber das ist hier nicht der Fall?«, folgerte er.

»Ja.«

»Heißt das …« Er beendete den Satz nicht, sondern blickte fragend zur Leiche.

»Dass das Opfer nicht bei Bewusstsein war. Und auch durch die Schnitte nicht wieder zu Bewusstsein kam.«

»Was ist mit Drogen oder so? Könnte er betäubt gewesen sein? Oder vielleicht gefesselt, sodass er sich nicht bewegen konnte?«

»Nein, das kann ich, denke ich, ausschließen. Es gibt keine Schwielen oder Hämatome an den Hand- oder Fußgelenken. Abgesehen davon könnte man so nicht Bewegungen von Bauch und Brustkorb verhindern. Wir machen auf jeden

Fall noch einen Tox-Screen, um herauszufinden, ob er betäubt wurde, Drogen genommen hat et cetera.« Sie räusperte sich erneut. »Es gibt noch eine zweite Auffälligkeit, die mit diesen Schnittwunden in Zusammenhang stehen könnte.«

»Ja?« Es nervte ihn, dass die Mediziner so oft eine Extra-Einladung brauchten.

»Es ist auffällig, jedoch nichts, was ich unter anderen Umständen besonders hervorheben würde. Das Opfer hat einige kleine Schrammen und minimale, aber untypische Beulen. Eine blutige Verletzung am Hinterkopf, ein paar Kratzer hinter dem Ohr, an der Hüfte, an der Handaußenfläche. Als ob er …« Dr. Zhou schien zu überlegen, ob sie ihre Interpretation preisgeben sollte.

Marten bemerkte, wie sich einige Puzzleteile zusammenfügten. »Keine Abwehrverletzungen. Das sind Bereiche, an denen man sich eher nicht verletzt …«

»… wenn man auf sich aufpasst«, stimmte sie ihm zu. »Ja, keine der Verletzungen deutet auf einen Kampf hin.«

»Also sind auch diese Verletzungen entstanden, als Winkler nicht mehr bei Bewusstsein war?«

»Ja, das wäre plausibel.«

»Also … Er war nicht gefesselt, vielleicht auch nicht betäubt. Aber trotzdem unfähig, die Wunden zu vermeiden oder sie überhaupt zu bemerken.« Fragend sah er die Rechtsmedizinerin an. Dr. Zhou nickte ihm zu, ähnlich einer Lehrerin, die einen aufmerksamen Schüler aufmuntern möchte, seine Schlussfolgerung zu äußern. Er ärgerte sich schon wieder, spielte das Spiel aber mit. »Wollen Sie sagen – wäre es möglich, dass er bereits tot gewesen sein könnte, als ihm diese Schnitte zugefügt wurden?«

»Möglich wäre es. Verletzungen, die kurz nach dem Eintritt des Todes entstehen, kann man nicht unbedingt als solche erkennen. Der Körper beginnt mit der Heilung, als würde er noch leben. Die verschiedenen Gerinnungsfaktoren im Blut werden ja nicht sofort zum Zeitpunkt des Todes abgebaut. Darum: Ja, ich denke, es könnte sehr gut sein, dass die Schnittwunden, ebenso wie die Schrammen und Beulen, post mortem zugefügt wurden.«

»Okay.« Erleichtert nahm er die Nachricht zur Kenntnis. »Sie deuten da etwas an, Wunden an den Handaußenflächen und am Hinterkopf – das sind Schleifspuren, oder? Es könnte also gut sein, dass das Opfer nach seinem Tod zum Fundort, zum Upstalsboom, transportiert wurde?«

»Ja, sehr gut möglich.« Sie suchte die rechte Körperseite ab. »Hier, sehen Sie. Sehen Sie diesen Vibex?« Sie deutete auf einen minimalen blauen Punkt vorne am Hals. »Das ist eine Einblutung von einem ehemaligen Totenfleck. Totenflecken entstehen vor allem dort, wo der Körper aufliegt, wo sich das Blut staut. So, wie Sie ihn aufgefunden haben, hätte dort niemals ein Totenfleck entstehen können, der dann auch noch einblutet. Also wurde die Lage des Körpers nach seinem Tod verändert. Zusammen mit den Verletzungen, die Sie als Schleifspuren bezeichnet haben, würde ich sagen, ja, das Opfer wurde sehr wahrscheinlich vom Tatort zu dem Fundort transportiert.«

Nachträglich zugefügte Wunden. Nachträglicher Transport der Leiche. »Wie sicher sind Sie sich?«

»Was heißt sicher? Es ist eine plausible Theorie, die zu den Spuren passt, nicht mehr und nicht weniger. Was Sie jetzt daraus machen, bleibt Ihnen überlassen.«

Dr. Zhou begann mit der inneren Leichenschau. Marten wusste, das dies der Teil der Obduktion war, der ihm am meisten zusetzen würde. Sie setzte die Knochensäge an, und er musste wegschauen. Irgendwann verstummte das surrende Geräusch, und er zwang sich, den Ärzten wieder bei der Arbeit zuzusehen. Der Schock war vorbei, jetzt war es irgendwie abstrakter.

Nun lag das vor ihm, was aus Jonathan Winkler geworden war. Ein geöffneter Körper, ein blutiges Rätsel. Marten dachte an die Wohnung, die sie am Morgen durchsucht hatten. Sie war ihm steril vorgekommen, aber der Eindruck täuschte. Die Leinwand, die Bilder, der uralte Alf in dem Bett, all das war mit Winkler verbunden, das existierte noch. Aber ihn, Jonathan Winkler, hatte man ausgelöscht, und mit ihm seine Pläne und Vorhaben, seine Hoffnungen, Träume und Ängste, seine Erinnerungen, seine Wünsche, alles. Mit ihm ausradiert, aus der Welt genommen. Er schluckte. Jonathan Winkler war genauso alt wie er gewesen.

Als Dr. Zhou die Untersuchung des Kopfes abgeschlossen hatte, legte die zweite Ärztin eine Patrone in die Metallschale für Asservate. Er trat näher und betrachtete sie. Kleinkaliber, für Pistolen. »Wir haben das Projektil auf der anderen Seite des Schädelknochens entdeckt. Wahrscheinlich wurde aus recht naher Entfernung abgefeuert, aber nicht aufgesetzt, da wir nur geringe Schmauchspuren gefunden haben. Der Mann war binnen Sekunden tot.«

Dr. Zhou wandte sich wieder dem Toten zu, bereitete den Y-Schnitt vor, mit dem sie den Oberkörper öffnen würde. Das Zusehen würde ihm ähnlich schwerfallen wie eben bei der Untersuchung des Schädels. Eine Obduktion dauerte ungefähr drei Stunden. Die Anwesenheit der polizeilichen Ermittler war nicht immer zwingend vorgeschrieben, aber es entsprach, anders als im Fernsehen, durchaus der Regel. Es hieß für ihn vor allem Warten, und Marten hasste das Warten, aber er wusste, wofür es gut war. Diese Stunden würde er nicht vergessen. Jonathan Winkler hatte es verdient. Er war es ihm schuldig. Wer immer ihn aus dem Leben gerissen hatte, er musste die Person verdammt noch mal zur Rechenschaft ziehen.

Marten ließ die Mediziner ihre Arbeit machen, und er bewunderte einmal mehr, mit welcher Akribie sie vorgingen. *Eala Frya Fresena.* Warum? Winkler hatte wohl nicht mitbekommen, was ihm angetan wurde. Warum dann das Ganze?

Ihm war kalt, als er das Gebäude verließ, und eine müde Unruhe hatte Besitz von ihm ergriffen. Am liebsten hätte er direkt das ganze Ermittlungsteam zusammengetrommelt, aber er wusste, dass das falsch gewesen wäre. Sie brauchten die Energie für die kommenden Tage. Es war ein Marathon, kein Spurt. Auch wenn er am liebsten direkt losgelaufen wäre. An Schlafen war für ihn sowieso nicht mehr zu denken, bestimmt würde er in der Nacht kein Auge zu tun.

Eine Nachricht von seiner Mutter kam an, ob er denn morgen wie besprochen zur Feier käme? Papa hätte Verständnis, wenn es nicht klappen würde. Er schloss die Augen. Aber ihr war es natürlich wichtig. Er antwortete, dass er es versuchen würde. Er hatte nur immer noch kein Geschenk besorgt. Die letzten Male hatte Katharina das übernommen, dieses Mal hatte sie auch nicht daran gedacht. Auch bei ihr war in den letzten Wochen viel los gewesen, erinnerte er sich.

Katharina hatte zwei Nachrichten am frühen Abend gesendet, in denen sie fragte, wann er nach Hause kommen würde. »Bin jetzt unterwegs«, tippte er, bevor er den Motor startete. Zu spät, wahrscheinlich würde sie die Nachricht erst morgen lesen. Normalerweise schlief sie zu dieser Uhrzeit längst. Wenn er nicht zu viel Lärm machte, würde sie nicht mal aufwachen, sie hatte einen guten Schlaf. Manchmal beobachtete er sie nachts, ihren ruhigen Atem, ihr niedliches Gesicht, wie sie es in ihr Kissen hineinkuschelte. Er mochte es zu sehen, dass es ihr gut ging. Dann war alles in Ordnung.

»Beeil dich!«, kam Katharinas Antwort.

7

Aurich. Dienstag, 29. Juli

00:03 Uhr

Als Marten die Tür aufschloss, konnte er Katharina schon hören. Sie kochte.

»Du bist noch wach?« Er legte seine Arme von hinten um ihre Taille. Warum trug sie ein schwarzes Cocktailkleid? Ungläubig sah er zur Küchenuhr, die kurz nach Mitternacht anzeigte. »Süße, was machst du?«

»Bratpaprika.« Katharina lächelte über ihre Antwort, klang aber genervt. »Ich hab uns für den Abend einen guten Wein besorgt und dazu einen kleinen Snack. Etwas Leichtes, dachte ich. Und das ziehe ich jetzt auch durch, egal wie spät es ist. Du willst doch auch?«

Gemütliche Tapas-Abende, dazu etwas Unterhaltung nebenbei im Fernsehen, das war in den letzten Jahren zu einer Art Hobby von ihnen geworden. Aber jetzt … Er entschied sich, ihr nicht zu sagen, welche Bilder ihm gerade noch durch den Kopf spukten. Und der Bratgeruch tat auch nicht gerade gut. Nein, er wusste genau, dass er jetzt nichts runterkriegen würde. »Ein Glas von dem Wein kann ich jetzt gut gebrauchen.«

»Sehr charmant von dir.« Etwas zischte am Herd. Mit dem Pfannenwender schabte sie hektisch am Boden der Pfanne. »Verdammt, jetzt ist das doch angebrannt!«

»Ich hab mich entschieden, ich möchte wirklich nichts«, zog er sie auf.

»Blödmann.« Resigniert beobachtete sie die Rauchentwicklung. »Ich bemerke da gerade ernsthafte Risse in unserer Traumbeziehung.«

»Ich begrüße mal Youri.«

»Aber weck ihn nicht!«

Marten schloss die Küchentür hinter sich. Ihre vorletzte Bemerkung hatte ihm doch einen Stich versetzt. Sie waren schon seit der Oberstufe ein Paar, genau genommen seit der Stufenfahrt nach Florenz, und lebten seit fünf Jahren zusammen, nachdem sie sich vorher eigene Wohnungen geleistet hatten. Er hatte sie damals zum Zusammenziehen überredet, nachdem sein Vater ihm einen guten Batzen Geld geschenkt hatte, als vorzeitiges Erbe und Startkapital fürs Leben. Es wäre doch blöd, sich weiter gegenseitig zu besuchen und eine Wohnung immer ungenutzt zu lassen. Machen wir ein Projekt daraus, eine Traumwohnung für ein Traumpaar mit Traumbeziehung. Aber seitdem ging es nicht mehr weiter.

Die Lockerheit, die immer den Reiz ihrer Beziehung ausgemacht hatte, sie fehlte, immer wieder bemerkte er, wie er ihre Worte auf die Goldwaage legte. Obwohl er doch wusste, dass sie sich nur gegenseitig aufzogen, so wie früher – nur dass ihre Bemerkungen ihm plötzlich nahegingen. Vor einem halben Jahr hatte er einen Ring gekauft, der Stein darin war zu einem Schmetterling geschliffen worden. Ein wirklich schönes Schmuckstück, ein Monatsgehalt hatte es ihn gekostet. Seitdem wartete er auf eine Gelegenheit, die aber bisher nicht gekommen war. Vielleicht, weil es sich nicht mehr richtig anfühlte. Und der Ring wartete noch immer in der Kommode neben dem Bett.

Auf dem Tisch brannten zwei rote, langstielige Kerzen, da standen zwei Rotweingläser, die großen, besonders bauchigen. Youri, Katharinas Barsoi, lag hinten in der Fernsehecke, sie hatte ihn vor zwei Jahren aus einem Tierheim befreit. Da sie als selbstständige Immobilienmaklerin viel Zeit im Homeoffice verbrachte, konnte sie gut für ihn sorgen. Der Windhund hatte leider die gleiche Couchecke wie Marten zu seinem Lieblingsplatz erkoren, und Marten hatte ihm inzwischen den Vortritt gelassen. Der alte Hund tat ihm leid. Der Tierarzt hatte eine kleine, aber inzwischen wohl schmerzhafte Fehlstellung im rechten Hinterlauf festgestellt, verursacht durch lange Zwingerhaltung beim Vorbesitzer. Zu wenig Bewegung.

Er kraulte durch das weiße Fell an seinem Hals, Youri legte den Kopf in den Nacken. Er war als Kind im Umgang mit Hunden immer unsicher gewesen, aber Youri … an ihn hatte er sich schnell gewöhnen können. Der Hund grinste zurück. »Na, dann warten wir mal, Youri, oder?« Der Hund legte gemütlich seinen Kopf auf Martens Bein. Ja, ich bin auch müde, dachte Marten.

Katharina kam aus der Küche, auf einem Teller waren die grün-schwarzen Paprika zu einem Haufen aufgeschichtet.

»Du siehst fantastisch aus.« Katharinas blonde Haare umspielten die nackten Schultern. Schmetterlinge, dachte er, sie sind wieder da. Er nahm den Platz ihr gegenüber ein. Wow, sie hatte sich sogar geschminkt. Warum trug sie ein schwarzes Cocktailkleid?

»Das war es, was ich eben hatte hören wollen.«

»Tut mir leid, dass ich heute so schlecht zu erreichen war. Der Tote, es war ein Mord. Er wurde erschossen, keine Ahnung, warum. Das hat mich echt mehr mitgenommen, als ich zuerst gedacht habe …« Er wollte von dem Toten erzählen, machte es dann aber doch nicht. Später, überlegte er. Mord passte nicht zur Stimmung. »Jedenfalls … ich werde da voll mitgerissen.«

»Mordermittlung? Und, behältst du den Fall?«

»Ich war für die Einsatzbereitschaft im Kriminalkommissariat eingeteilt, und Gudrun und ich haben heute schon viel erreicht. Kupernik kann mir den Fall nicht einfach so wieder wegnehmen.« Er sah zu seiner wunderschönen Freundin. »Das wird noch heftig werden, das fängt alles erst an. Eher die Vierzehn-, Fünfzehn-Stunden-Tage …« Das war auch schon bei den Tötungsdelikten so gewesen, als er noch nicht den Hut dafür aufgehabt hatte.

»Das ist doch klar. Du leitest eine Mordkommission. Zum ersten Mal. Du hast es dir verdient! Die letzten Male haben andere deine Lorbeeren geerntet.« Sie sah ihn verlegen an. »Auch wenn es mir irgendwie immer noch unheimlich ist, dass du solche Menschen jagst.«

»Mach dir keine Gedanken.« Er lächelte sie an, wollte das Thema wechseln. »Ich hoffe, wir haben schnell Erfolg. Wer weiß, letzten Endes ist es für mich auch eine gute Möglichkeit für den nächsten Schritt.« Er dachte an die Ratschläge von seinem Vater. Wer nach oben kommen wollte, musste sich zeigen. Das tat er gerade, er führte nun die Ermittlungen bei dem wahrscheinlich spektakulärsten Mordfall der letzten zehn Jahre. Wenn er erfolgreich war, könnte das der nächste Schritt sein. Ein Schritt, den er ohne Papa gemacht haben würde und mit dem er hoffentlich endlich aus seinem Schatten heraustreten könnte. Wohin auch immer.

»Okay.« Sie lächelte zurück. »Übrigens, es sieht bei uns beiden so aus, als ob wir beruflich eine ziemliche Chance haben. Ich habe auch Neuigkeiten, ich wollte es dir nicht in einer Nachricht schreiben und dich zu sehr ablenken.«

»Was denn?«

»Es ist einfach großartig!« Es platzte förmlich aus ihr heraus, als sie anfing zu erzählen. Er beobachtete ihre kleinen Lachfältchen, während sie über ein neues Projekt sprach, ein riesiges Neubauprojekt im Einzugsgebiet von London, das sie nun mitvermarkten sollte. Steffen, ein alter Bekannter, hatte sie dort ins Spiel gebracht, erklärte sie so nebenbei. Sie hatte ja vor einem halben Jahr dieses Projekt in Frankfurt betreut, und in der Zielgruppe wären durchaus auch wieder Banker aus Deutschland.

»Das musst du dir wie so eine Art Villen-Park vorstellen, nur mit guter Verbindung in die Innenstadt. Alles wahnsinnig hochwertig. Ein perfektes Projekt für die ganzen Anfang Dreißiger, die schon fettes Geld verdienen und keine Lust mehr auf die Mieten im Bankenviertel haben oder vielleicht sogar eine Familie gründen wollen. Das ist *der* Glücksgriff!«

»Super! Das freut mich total für dich! Du hast es dir verdient!« Er kramte in seinen Erinnerungen. Steffen, so hieß doch dieser Typ damals in ihrem Fechtverein, wo es diese Gerüchte gab, dass die beiden … Katharina hatte es immer abgestritten. In Gedanken versunken, angelte er nun doch nach den grün-schwarzen Paprika, schüttelte etwas von dem groben Salz ab.

»Danke.« Sie sah ihn ernst an. »Das bedeutet mir viel.«

»Wir sollten darauf anstoßen.« Hm, London. Das würde sie nicht nur von Aurich aus bearbeiten können. Ja, Katharina hatte gute Kontakte nach Frankfurt, aber warum nahm man nicht direkt jemanden, der in Frankfurt wohnte?

»Ja.« Sie atmete tief ein, bevor sie das Glas hob. »Ich werde einige Zeit vor Ort sein. Da geht viel über die persönliche Schiene, ist ja klar. Die Preise haben nach der letzten Krise noch einmal angezogen.«

»Natürlich.« Die Gläser klirrten, als sie einander zuprosteten. »Auf dich.«

»Auf uns!« Sie nahm einen tiefen Schluck. »Demnächst fliege ich zum ersten Mal rüber. Den Vertrag unterschreiben, Leute kennenlernen, das Konzept den Vertriebspartnern vorstellen.«

»Okay.« Er probierte ebenfalls den Wein. Trocken, beinahe staubtrocken. »Weißt du schon, wie oft du drüben sein wirst?«

»Könnte zumindest sein, dass ich demnächst öfters werde da sein müssen.« Sie zuckte mit den Schultern, nahm einen weiteren Schluck. Er wich ihrem Blick aus, sah zur Balkontür auf den Marktplatz und die große gläserne Markthalle hinaus. Er liebte es, samstagmorgens mit einem Kaffee auf dem Balkon zu sitzen, Zeitung zu lesen und gemeinsam mit der schönsten Frau der Stadt auf den Trubel zwischen den bunten Ständen zu ihren Füßen zu schauen.

Jetzt war die Welt grauschwarz und nur punktuell von

den Laternen ausgeleuchtet. Im Schatten auf der anderen Seite des Platzes glomm ein roter Lichtpunkt auf. Bestimmt das Teenie-Pärchen aus der Nachbarschaft, sie teilten sich da unten oft eine letzte Zigarette vor dem Schlafengehen. Ihre Eltern hatten ihm wohl verboten, die ganze Nacht zu bleiben. Genau wie Katharinas Eltern damals, ganz am Anfang. Auf dem Heimweg hatte er immer noch einmal bei ihr angerufen, einfach nur, um die gemeinsame Zeit zu verlängern.

»Wir haben beide Chancen, die wir nutzen werden.«

»Du wirst mir fehlen.« Sie atmete tief ein, dann legte sie ihre Hand auf den Tisch, Marten legte seine hinein. Sie sah ihn lange an. Ihr Lächeln war wie eingefroren, irgendwie gewollt. »Ich hab dich lieb.«

»Ich dich auch. Es ist schön mit dir.« Seine Zunge war schwer.

Katharina schob die Teller mit den Essensresten zur Seite und beugte sich fordernd zu ihm hinüber. Der Kuss schmeckte warm und salzig. Er fragte sich, ob sie sich gegenseitig etwas vormachten.

Eine Stunde später, Katharina hatte schon längst wieder ihre Stupsnase in ihr Kissen hineingekuschelt und atmete ihren ruhigen, gleichmäßigen Atem, da kamen die Bilder wieder. Ich habe auf euch gewartet, dachte Marten. Das kleine Loch in der Stirn, die blutigen Schnitte über der Brust, das Foto von Jonathan mit der unbekannten Frau im schulterfreien Kleid, die Moorlandschaft auf der Leinwand. Es war klar, dass das passieren würde.

Diesen Erinnerungen konnte er nicht entkommen, er würde sie durchleben müssen, immer wieder. Der Upstalsboom, ein grünes Gewölbe aus Blättern der weit verzweigten Bäume, wie ein Dom aus alten Zeiten. Warum dort? Jonathans leere Augen. Die blutigen Buchstaben. Alles verschwamm miteinander.

Ein Wispern, zuerst ganz leise. Immer wieder der gleiche Rhythmus, der gleiche Klang. Die gleichen Worte. Er schloss die Augen. Eine dunkle Stimme, von weit her. Sie kam näher. Er erkannte einzelne Silben, Wortfetzen … Eala Frya Fresena, ja, ganz sicher. Immer und immer wieder. Er spürte eine Nähe, jemand war bei ihm, streckte seine Hand nach ihm aus, wollte ihn berühren. Die geflüsterten Worte kratzten an seiner Haut, drangen durch sie hindurch, bohrten sich tief in ihn hinein. Er wagte es kaum zu atmen. Endlich wurde die Stimme wieder leiser, die Worte zogen sich zurück, er war wieder allein.

Marten schnappte nach Luft. Sein T-Shirt klebte schweißnass an ihm. Ich hab ihn gehört, wusste er. Ich hab den Mörder gehört. Er hat zu mir gesprochen.

8

Aurich. Dienstag, 29. Juli

7:00 Uhr

Marten kam als Erster ins Büro. Obwohl er noch hundemüde war, kein Wunder, er hatte ja höchstens zwei Stunden geschlafen. Trotzdem hatte er es durchgezogen und sich um sechs Uhr von seinem Smartphone wecken lassen. Es galt, ein Zeichen zu setzen. Wenn er vollen Einsatz von seiner Kommission einforderte, dann musste er mit gutem Beispiel vorangehen.

Als Erstes setzte er mit beiden Filtermaschinen Kaffee auf. Als kollegiales Zeichen und weil er ihn dringend brauchte. Er dachte an seinen Traum. Katharina hatte geschluckt und ihn dann nur besorgt angesehen, als er ihr beim Aufstehen davon erzählt hatte. Er ärgerte sich über seine Unbedachtheit, er hatte sie nicht beunruhigen wollen. Doch so unheimlich der Traum gewesen war, er meinte, inzwischen verstanden zu haben, was sein Unterbewusstsein ihm wohl mitteilen wollte: Der Mörder wollte ihm mit dem Mord etwas sagen. Nur verstand er die Botschaft noch nicht.

Um halb acht kam Gudrun dazu. Sie wirkte ausgeschlafener als gestern. »Hey, du siehst fit aus«, begrüßte er sie.

Sie lachte. »Mir fällt gerade leider kein ehrliches Kompliment für dich ein.«

Das Start-Meeting hatte er auf acht Uhr gelegt. Nach und nach trudelten die Leute ein. Zwei Kollegen von der Abteilung Wirtschaftskriminalität stellten sich kurz vor, sie sollten die Korrespondenz von Winkler auswerten. Die Spurensicherung berichtete, dass sie den Fundort weitgehend abgesucht hatte, ihn aber erst morgen wieder freigeben wollte. Es sei merkwürdig, dass relativ wenig Blut von Winkler aufgefunden wurde, sie wollten noch einmal sichergehen, dass sie nichts übersehen hätten.

Die Kollegen, die die Nachbarn von Winkler befragt hatten, beschrieben ihn als sehr freundlichen, aber zurückgezogenen Mitmenschen. Eigentlich hätten sie ihn gar nicht richtig wahrgenommen.

Die Polizei in Münster hatte am Vorabend noch seine Freundin, eine Frau Melanie Schröder, ausfindig machen können. Die Nachricht von seinem Tod hatte sie tief getroffen. Sie gab an, Winkler sei am Sonntagabend gegen halb zehn in Münster aufgebrochen, es sei alles wie immer gewesen.

Der entscheidende Hinweis kam von der jungen Kollegin aus der IT, die die Systemprotokolle zur Tiefgaragenausfahrt ausgewertet hatte.

»Der Poolwagen, den Winkler genutzt hatte, wurde vorgestern wie die letzten Wochen gegen Mitternacht in die Tiefgarage von GreenVision gefahren.« Sie saß am anderen Ende des Tisches, ihre Stimme war recht dünn, Marten konnte sie kaum verstehen. »Winkler ist dabei gut als Fahrer zu erkennen. Den Daten zufolge hat er die Garage zehn Minuten später schon wieder verlassen. Ein Video davon haben wir jedoch nicht, weil es wohl keine Kamera gibt, die die ausfahrenden Autos erfasst.«

An der niedrigen Decke flammte weißes Licht auf, als sie die Tiefgarage betraten. Ein Großteil der Parkplätze war besetzt. »Da vorne sind die personalisierten Stellplätze für die Managementebene«, erklärte die Dame vom Empfang, als sie über die Fläche schritten. Zielsicher steuerte sie einen der wenigen leeren Plätze an. »Das hier ist der Stellplatz für den Poolwagen, den auch Herr Winkler nutzte.«

»Danke. Wenn die Kollegen der Spurensicherung gleich nachkommen, schicken Sie sie bitte hierhin.« Gudrun nickte ihr zu, die Dame verstand den Hinweis und zog sich zurück.

»Irgendetwas muss hier passiert sein.«

Eine Idee lag natürlich in der Luft. Zentimeter für Zentimeter leuchteten sie mit den Taschenlampen den körnigen Betonboden ab. Schließlich deutete Gudrun auf zwei dunkle Verfärbungen, nicht weit von der Wand entfernt, gerade mal so groß wie Kirschkerne. »Schau mal, da.«

»Blutspuren?« Er beugte sich nach unten. Definitiv eine Verfärbung von einer getrockneten Flüssigkeit. Könnte hinkommen. Warum hier?

Marten blickte sich um. Normalerweise würde man, von der Einfahrt kommend, hier vorne einen Viertelkreis fahren und dann rückwärts einparken. So standen jedenfalls die Wagen der benachbarten Parkplätze, wahrscheinlich hätte es Winkler auch so gemacht. Dann wären die Spuren dort auf dem Boden ungefähr zwei Meter von dem Punkt entfernt, wo sich die Fahrertür befunden hätte.

Marten stellte sich mitten auf den leeren Parkplatz. »Lass uns das mal rekonstruieren. Einfach drauflos, wie könnte es gewesen sein? Ich bin Winkler, ich bin gerade in die Garage eingefahren, stelle den Wagen hier auf meinem Parkplatz ab. Wie immer. Ich öffne die Fahrertür, steige aus, um zu meiner Zweitwohnung zu gehen.«

Gudrun verdrehte einen Moment die Augen, aber dann machte sie mit. »Nehmen wir an, die Spuren sind von Blut, und das Blut ist von dir. Dann … Es ist, als ob du nach dem Aussteigen der Länge nach hingefallen wärst.«

»Ich bin direkt nach dem Aussteigen erschossen worden.« Marten fasste sich an die Stirn. »Es gab keinen großen Kampf, meinte Dr. Zhou. Ein Treffer, genau von vorne. Also hat Winkler seinen Mörder gesehen. Gudrun, du bist der Schütze. Wie ist es passiert?«

Sie räusperte sich. »Okay. Ich habe dir hier aufgelauert. Ich weiß, dass du hier jeden Sonntagabend deinen Wagen abstellst.« Sie ging zur Wand, stand im Schatten eines SUVs, dort war sie kaum auszumachen. »Ich habe mich vorbereitet. Das ist die Situation, die ich genau so erwartet habe. Du rangierst den Wagen, bist konzentriert. Ich verlasse das Versteck, gehe auf dich zu.« Sie erhob den rechten Arm, formte die Hand zu einer Pistole, stand direkt vor ihm.

»Ich … ich laufe nicht weg«, stellte Marten überrascht fest. Er hob die Hände. »Ich habe kaum Zeit zu reagieren. Ich bleibe genau so stehen. Ich mache, was du sagst. Ich leiste keinen Widerstand.«

»Und dann … drücke ich trotzdem ab?«

Marten nickte Gudrun langsam zu. Ja, so könnte es gewesen sein. Wenn Winkler sich gewehrt hätte oder versucht hätte zu fliehen, dann wäre sein Kopf in Bewegung gewesen, die Kugel hätte ihn nicht exakt von vorne getroffen. Aber so war es nicht gewesen. Das war kein Raub, keine Entführung, bei der etwas schiefgelaufen war. Sondern eine Exekution. Eine Exekution, die das Opfer aber nicht erwartet hatte, es hatte sich nicht gewehrt. »Wie geht es weiter?«

»Du bist tot. Ich packe dich unter den Armen, wuchte deinen Körper … in den Kofferraum deines Dienstwagens?«

Marten nickte. »Ich wiege ungefähr achtzig Kilo. Also bist du trainiert, wahrscheinlich ein Mann.«

»Chauvinist.« Aber sie grinste. »Jedenfalls fahre ich dich mit deinem Wagen aus der Tiefgarage direkt zum Upstalsboom. Es ist mitten in der Nacht, niemand wird mich sehen. Es ist mir wichtig, dass deine Leiche dort gefunden wird, es gehört zu meinem Plan. Dort angekommen, ritze ich die Zeilen in deinen Oberkörper … nein.« Sie stockte.

»Die Wunden heilten bereits. Also wurden sie kurz nach dem Mord zugefügt. Zum Upstalsboom fährt man eine Viertelstunde, das Herz steht still, das Blut wird nicht mehr gepumpt. Das passt nicht. Nein, du hast recht, du hast das also … hier gemacht?«

Gudrun sah sich um. »Ja. Ich wusste, dass ich hier ungestört bin. Die Nacht von Sonntag auf Montag. Ich habe Zeit. Die Situation ist berechenbarer als beim Upstalsboom.«

»Ziemlich eiskalt.« Marten nickte. »Okay, wir sind beim Upstalsboom. Du trägst mich bis zum Denkmal. Und das im Dunkeln, doch trotzdem machst du das. Vielleicht hast du Hilfsmittel, eine Sackkarre zum Beispiel, oder Leute, die dir helfen. Womöglich bist du nicht alleine.«

»Vielleicht.« Gudrun lehnte sich gegen die Betonwand

der Tiefgarage, pustete tief durch. »Jedenfalls habe ich das alles sehr gut vorbereitet. Bis ins letzte Detail.«

Marten stellte sich neben sie. »Du kennst dich hier aus.«

»Also habe ich mit GreenVision zu tun? Vielleicht arbeite ich hier.«

»Zumindest hast du den Tatort und die Tatzeit genau ausgewählt. Du lässt dich hier abends nach der Arbeit einfach einschließen …«

»Der Mord war an einem Sonntag.«

»Hm …« An der Wand gegenüber entdeckte Marten eine stählerne Tür, halb im Schatten, darüber ein grün-weißes Licht. »Oder du bereitest die Gelegenheit vor, Sonntagabend hier einbrechen zu können. Ich habe auch schon eine Idee, wie.«

Er durchquerte die Tiefgarage, schob die Tür des Notausgangs auf. Dämmriges Tageslicht empfing ihn. Vor ihm führte ein schmaler, schachtartiger Aufgang den Hang hinauf. Er verkeilte die Tür mit einem Stock, der wohl nicht zufällig dort lag, und stieg die Stufen hinauf. Die letzte sparte er sich bereits. Vor ihm lag eine Straße, die offensichtlich einmal um das Firmengelände führte. Eine öffentliche Straße.

»Eala Frya Fresena. Die Frage ist: Warum genau diese Worte?« Marten fischte eine dünne Mettwurst vom Teller. Sie saßen in einem modernen Restaurant mit Sicht auf den kleinen Hafen von Aurich, direkt am Ems-Jade-Kanal. Eine Handvoll Sportboote dümpelten vor ihnen im Wasser. Touristisch, aber einfach schön. Auch das Essen war lecker, er hatte einen heimischen »Tapas-Teller« mit verschiedenen norddeutschen Fisch- und Fleischspezialitäten bestellt. Am besten schmeckte das Matjesfilet.

»Es ist eine Nachricht. Eine codierte Nachricht, die wir noch nicht verstehen.« Gudrun kaute verhalten auf ihrer Pizza herum. Seine Einladung, sich abseits der Kollegen und in schönerer Umgebung als dem Büro zu treffen, um die bisherigen Spuren und Ergebnisse zu besprechen und eine Richtung für die Ermittlungen festzulegen, hatte sie eher zögerlich angenommen.

»Könnte der Mörder aus Rache gehandelt haben? Die Tat und die Nachricht hängen doch offensichtlich miteinander zusammen.«

»Möglich. Das wissen wir nicht. Winkler war schon tot, vielleicht hat er die Nachricht nie erhalten.« Gudrun schüttelte den Kopf. »Die Nachricht ist ohne Kontext zu allgemein. *Eala Frya Fresena*, das wird hier doch für alles Mögliche zitiert. Und sei es, um Werbung für die Region zu machen.«

»Also ist die Frage: An wen ging diese Nachricht?« Für eine Sekunde hörte er wieder die Stimme aus seinem Traum. »An andere, die sich in einer ähnlichen Situation wie Winkler befinden und die Nachricht verstehen können? Vielleicht soll es eine Warnung sein?«

Gudrun schob einen Käsefaden zurück in den Mund. »Wir wissen es nicht.«

»Vielleicht hat Winkler irgendwas Krummes am Laufen gehabt? Oder ist irgendetwas auf die Spur gekommen, hat etwas gesehen, was er nicht hätte sehen sollen?«

»Alles Spekulation. Bisher haben wir noch keine Anhaltspunkte für irgendetwas.«

»Natürlich ist es Spekulation, was denn sonst? Darum geht es mir ja.« Es ärgerte ihn, dass Gudrun so gar keine Anstalten machte, nach Ansätzen zu suchen. Oder vielmehr nur die Haken an seinen Ideen suchte. Na ja, dann war das wohl ihre Arbeitsteilung. Er probierte eine neue Richtung aus. »Könnte es auch eine politische Botschaft sein?«

»Wegen dieser ganzen Inszenierung, auch dem Fundort, den ja schon die Nazis toll fanden, und so weiter. Ja, das hat schon den Geschmack vom rechten Rand.«

»Genau, das war irgendwie meine erste Intuition, als wir beim Upstalsboom ankamen.« Er erinnerte sich an die seltsam erhabene Atmosphäre dort am Vortag.

»Moment, ich meinte eigentlich nur, die Richtung ist nicht auszuschließen«, ruderte Gudrun zurück, »aber, irgendwie … nein. Keine Ahnung. Wir haben doch bisher überhaupt keine weiteren Erkenntnisse in diese Richtung. Winkler, zum Beispiel, scheint komplett unpolitisch gewesen zu sein. Seine Kollegen wissen da auch von nichts.«

Langsam spießte Marten Nordseekrabben mit einem Zinken der Gabel auf. Es passten fünf Stück übereinander, beinahe sechs, die Letzte purzelte immer wieder herunter. Diese Botschaft. Er musste da systematischer herangehen. »An wen sollte die Botschaft gehen? Wer sollte sie lesen?« Gedankenverloren saugte er die Krabben von der Gabel. Es gab nur einen Personenkreis, bei dem sich der Mörder sicher sein konnte, dass er die Botschaft lesen würde. Die Stimme von letzter Nacht: Der Mörder hatte mit ihm gesprochen. »Hast du mal darüber nachgedacht, dass vielleicht die Polizei der Adressat der Botschaft ist? Dass sie an uns gehen sollte?«

Gudruns Stimme war ruhig, aber bestimmt. »Nimm es

mir nicht übel, aber das ist mir zu sehr Herumraten. Für mich sind diese Ritzungen weniger ein Ansatz für eine Ermittlung, sondern mehr eine Möglichkeit der Plausibilisierung. Wahrscheinlich ergibt sich der konkrete Sinn erst über die Beziehung von Mörder und Opfer. Will sagen: Wenn wir den Mörder haben, werden wir auch dort die Begründung bekommen, warum wir den Spruch auf dem Opfer gefunden haben.«

Marten atmete bedächtig aus. So brachte das nichts. Nicht mit Gudrun. Also zurück zu den Fakten, zur sicheren Vorgehensweise. Vielleicht war es besser so. »Meinetwegen. Konzentrieren wir uns auf den Bekanntenkreis des Opfers. Systematisch. Arbeitskollegen, Freunde und Bekannte, Familie. Wir arbeiten alles ab.« Statistisch gesehen, kannte in neun von zehn Fällen das Opfer seinen Mörder. Dieser brauchte eine Gelegenheit, ein Motiv und die Fähigkeit zu morden. Die einzige Spur, die sie bisher hatten, war GreenVision. Dort war der Tatort, also die Gelegenheit. »Wir haben vor allem noch zu wenig zum Motiv.«

»Aus den Gesprächen mit seinen Arbeitskollegen habe ich bisher nichts heraushören können, was als Motiv taugt. Vielleicht stoßen wir auf etwas, wenn wir seine Korrespondenz ausgewertet haben.«

»Mal sehen, was die beiden Jungs aus dem Wirtschaftsdezernat herausfinden. Das könnte uns noch einmal eine neue Richtung eröffnen.«

Er winkte der Bedienung zum Zeichen, dass er zahlen wollte. Auf der anderen Seite des Kanals befand sich eine große Grünfläche, Kinder spielten, ließen einen Drachen steigen. Es war so friedlich. Ob er auch einmal Vater werden würde? Mit Katharina? Sie müsste jetzt bei seinem Vater sein, auf der Geburtstagsfeier. Komm ins Hier und Jetzt zurück, ermahnte er sich.

Er musterte Gudrun. »Vereinbare bitte ein Treffen mit der Freundin von Winkler. Und versuch die Familie zu erreichen. Vielleicht kommen wir ja da weiter.«

Der Ansatz, in den persönlichen Beziehungen der Opfer nach dem Mörder zu suchen, war die klassische Vorgehensweise. Aber er ahnte, dass die hier nicht passen würde.

9

Aurich. Dienstag, 29. Juli

14:45 Uhr

»Ja, bereiten wir vor. Kriegen Sie bis …« Marten sah auf seine Armbanduhr. Katharina hatte sie ihm zur Beförderung zum Oberkommissar geschenkt, schwarzes Lederarmband, silbernes Ziffernblatt, in das beinahe mikroskopisch ein Schmetterling eingelassen war. Man musste es wissen, um es zu erkennen. »…in zwei Stunden. 17:00 Uhr. Reicht ihm das? Okay.« Dann legte er auf. »Kupernik will heute Abend noch eine Pressemeldung rausgeben«, erklärte er Gudrun.

»Und was schreiben wir da rein?«

»Keine Ahnung.« So wenig wie möglich, wie immer. Pressemeldungen hielten nur von der Arbeit ab. Moment, das war ein wichtiger Fall, sogar der Polizeidirektor hatte sich gerade eingeschaltet. Denk dran, das ist auch eine Chance. Die Pressemeldung musste ordentlich vorbereitet sein, er sollte sich echte Gedanken darum machen. Na ja, nachher, jetzt passte es nicht.

Sie warteten am Torhaus des städtischen Friedhofs. Vor ihnen teilte eine lange Allee das Gelände, am Ende konnte man ein wuchtiges, aus roten Ziegeln erbautes, kreisförmiges Gebäude erkennen. Das Mausoleum der Cirksena, der Adelsfamilie, die nach dem Ende der friesischen Freiheit die Macht an sich gerissen und über Ostfriesland regiert hatte.

Die Befragungen von Winklers Arbeitskollegen hatten sie am Vormittag weitergeführt und schließlich vorläufig beendet. Es war eine Mischung aus Routine und Stochern im Nebel gewesen und hatte, nicht ohne Überraschung, zu keinen nennenswerten Ergebnissen geführt. Obwohl sich sowohl Zeugen als auch Polizisten durchaus bemüht hatten.

»Ich glaube, da ist Frau Schröder«, sagte Gudrun. Eine Frau in einer kurzen schwarzen Jeansjacke war zwischen den einzelnen Gruppen von Leuten aufgetaucht, die Augen hinter einer dunklen Sonnenbrille versteckt. Gemessenen Schrittes trat die ehemalige Lebensgefährtin von Winkler auf sie zu.

»Melanie Schröder. Sie wollen mit mir über Jonathan sprechen?«

»Vielen Dank, dass Sie gekommen sind«, antwortete Gudrun. Sie stellte sich und Marten vor. Er hatte sie gebeten, das Gespräch zu führen, so von Frau zu Frau, hatte er vorgeschoben. Die wenigsten Ermittler führten gerne Gespräche mit Hinterbliebenen, aber darüber hinaus war ihm bewusst, dass er immer für ein Fettnäpfchen gut war. Und das wollte er ihr und sich selbst gerne ersparen.

»Er hat mal davon gesprochen, von der Idee, hier begraben zu werden«, erklärte Frau Schröder. Ihre Stimme war leise. Sie blickte einmal zurück zum Friedhof, dann wandte sie sich wieder ihnen zu. »Darum bin ich hier. Ich will Jonathan vielleicht selbst noch mehr verstehen. Heute Vormittag war ich beim Upstalsboom, aber da war noch alles abgesperrt.«

»Es tut mir leid. Ich denke, morgen werden die Untersuchungen abgeschlossen sein, dann können Sie dorthin«, erwiderte Gudrun. »Herr Winkler. Was war er für ein Mensch?«

»Können wir bitte einen Spaziergang machen?«

Sie wechselten die Straßenseite und betraten die Parkanlage am Hohen Wall, einst die Stadtbefestigung, die sich wie ein Deich um die Häuser der Altstadt zog. Unter den Bäumen war es angenehm friedlich, aber nicht mehr so drückend still. »Was er für ein Mensch war? Ein bescheidener. Optimistisch. Aber so für sich. Er wusste, was er wollte, wäre aber niemals auf die Idee gekommen, jemandem seinen Willen aufzuzwingen.«

»Und … privat? Wie war Ihre Beziehung, Frau Schröder?« Gudrun sprach mit dieser ruhigen, warmen Stimme, bei der man sofort Vertrauen fasste. Er beneidete sie um diese Fähigkeit.

»Ich wusste, dass Sie das fragen würden.« Sie zog ein Papiertaschentuch heraus, tupfte damit behutsam unter der Sonnenbrille. »Er hat ganz vorsichtig gefragt, ob ich auch hierherkommen will. Damit wir gemeinsam ein neues Kapitel aufschlagen können. Etwas aufbauen. Ich fühle mich so schuldig.«

»Warum fühlen Sie sich schuldig, Frau Schröder?«

Eine Fahrradkolonne überholte sie. Melanie Schröder wartete mit der Antwort, bis der Letzte sie passiert hatte. »Weil ich nichts gesagt habe. Er und ich, wir … wir.« Sie stockte. »Wir kennen uns durchs Studium. BWL, das, was man halt studiert, wenn man nicht weiß, was man machen soll nach dem Abi. Es war aber nicht mein Ding, mit vielen meiner Kommilitonen konnte ich nichts anfangen, die hielten sich für was Besseres, so kam es mir jedenfalls vor. Die schauten immer nur darauf, wer wohl später wo wie viel Geld abgreifen kann. Jonathan war da anders … na ja, so ein bisschen auf der Suche nach … danach, etwas richtig zu machen, verstehen Sie? Ehrgeizig natürlich auch. Er war auch deutlich vor mir fertig, und dann hat er bei so einer Beratungsfirma angefangen, die sich auf grüne Unternehmen spezialisiert hat. War immer viel unterwegs. Später dann der Wechsel zu GreenVision. Und ich bin in Münster geblieben.«

»Würden Sie sagen, dass Sie ein Paar …« Eigentlich hatte Marten sich gar nicht einmischen wollen, und jetzt auch noch diese ungelenke Frage. Er formulierte neu: »Ich meine, waren Sie denn im ganz klassischen Sinn zusammen?«

Melanie Schröder huschte ein Lächeln über das Gesicht. »Bis vor zwei Wochen hätte ich Ihnen jetzt geantwortet, dass wir noch in der Phase waren, in der man sucht, noch offener ist, weniger festgelegt. Vor allem, da er ja unter der Woche hier war und nicht in Münster, bei mir. Er war vielleicht einfach weiter als ich, wusste, was er wollte. Ganz hierhinziehen. An den wenigen Wochenenden, als es bei mir nicht passte, hat er auch Touren durch Ostfriesland gemacht, alleine. Ich … war nicht so weit wie er, hab da nicht so drüber nachgedacht, über mein Leben und mich, über alles, verstehen Sie? Na ja, jedenfalls, er wollte fest hierher. Nach Aurich. Mit allem Drum und Dran. Die nächsten Schritte im Leben machen. Vielleicht später mal ein

Haus kaufen und so weiter. Eine neue Heimat hat er es genannt.«

»Und Sie wollten nicht?«

»Neue Heimat. Ich hab hier doch keinen Bezug dazu.« Sie räusperte sich. »Heimat ist doch da, wo die Menschen sind, die man liebt, hab ich gesagt und dachte an unsere gemeinsamen Freunde, das, was wir uns während der Unizeit so aufgebaut hatten. Und da hat er gesagt, dass er mich deswegen bei sich haben möchte. Nicht nur an zwei Tagen in der Woche, sondern ganz.« Sie schluchzte, fing sich aber sofort. »Entschuldigung. Es war das erste Mal, dass er das so gesagt hat. Wenn auch so … indirekt. Die nächsten Schritte. Ich war ziemlich überfordert.«

»Und dann, Frau Schröder?«

»Ich wusste nicht, was ich sagen sollte. Dann ist er gefahren.« Sie räusperte sich. »Und deshalb fühle ich mich schuldig – weil ich nichts gesagt habe.«

Sie schritten oben auf dem Wall, etwas tiefer am Hang saß eine Gruppe Jugendlicher auf Decken zusammen, unten schlängelte sich gemütlich ein Bach entlang. Melanie Schröder erzählte eine Anekdote, wie Winkler einen Vogel liebevoll gepflegt hatte, der gegen ihre Fensterscheibe geflogen war. Nach einer Weile erreichten sie den Anfang der Fußgängerzone. Eigentlich hatte Marten genug gehört. »Frau Schröder. Können Sie sich vorstellen, warum Jonathan Winkler das Opfer einer solchen Gewalttat wurde?«

»Nein«, antwortete sie sofort.

»Und könnte sein Tod mit *Eala Frya Fresena* zu tun haben?«

»Ich weiß es nicht. Das sagt mir alles nichts.«

»Hatte er Feinde?«

»Nein.«

Gudrun führte das Gespräch weiter, aber er hörte nicht mehr zu. Sie suchten an der falschen Stelle, da war er sich inzwischen sicher. Über das Opfer oder dessen Beziehungen würden sie nicht weiterkommen.

Am Pingelhus, einem Wahrzeichen der Stadt, das an den früheren Auricher Hafen erinnerte, blieben sie stehen. Aus allen Richtungen kamen und gingen Leute, flanierten über den Platz, an der gegenüberliegenden Seite thronte ein schlossähnliches Gebäude aus roten Ziegeln mit auffällig geschwungenen Giebeln. Auf einem der Türme war eine schwarz-rot-blaue Fahne gehisst, die traditionellen Farben Ostfrieslands.

»Ich würde ihn gerne noch einmal sehen. Wäre das möglich?«, fragte Frau Schröder.

»Er ist noch im rechtsmedizinischen Institut«, begann Gudrun, Marten bemerkte ihren fragenden Blick. Er nickte ihr kurz als Bestätigung zu, dann fuhr sie fort. »Wir werden einen Termin organisieren.«

Gudrun fand ein paar richtige Worte, als sie Melanie Schröder verabschiedeten, ihm fiel nichts anderes ein, als »alles Gute« zu wünschen. Im nächsten Leben hätte ich gerne mehr sprachliche Fähigkeiten, fluchte er in sich hinein. Frau Schröder verschwand im Gegenlicht der tief stehenden Sonne.

»Das ist eine Sackgasse«, sagte Marten. »Keine Feinde. Einfach ein lieber Kerl.«

»Ja. Du hast recht. Als ob Opfer und Mord überhaupt nichts miteinander zu tun hätten.« Gudrun lachte bitter.

»Ich verstehe es einfach nicht. Fast niemand wird einfach so ermordet, zumindest nicht auf diese Art. Irgendetwas fehlt.«

»Das Motiv«, sagte Marten. Der Mörder hatte die Tat kühl und entschlossen vollzogen. Und, trotz der blutigen Botschaft, wenn es denn eine war, frei von unnötiger Grausamkeit. Da war keine Wut, kein Hass, keine Rache. Keine Emotionen. Das Ganze war beinahe methodisch-funktional durchgeführt worden. »Was, wenn der Täter gar keine Beziehung zum Opfer hatte?«

Gudrun schüttelte den Kopf. »Irgendeine Beziehung muss es da geben. Warum sollte er ihn sonst umbringen?«

»*Eala Frya Fresena.*«

»Diese Botschaft auf dem Opfer bringt uns nicht zum Mörder. Das ist total beliebig, das …«

Ja, genau das war es. Die Botschaft verband nicht Mörder und Opfer miteinander. Es ging dem Mörder nicht um das Opfer. Alles andere verschwamm um ihn herum. Das Opfer transportierte nur die Botschaft. Aber das bedeutete …

»Du hörst mir nicht mehr zu, oder?«, sagte Gudrun resigniert. »Erde an Jaspari?«

»Tut mir leid. Gib mir bitte mal fünf Minuten.« Er kniff die Augen zu. Das Opfer transportierte nur die Botschaft, hielt er seinen Gedanken fest. Was, wenn es gar nicht um Winkler geht? Was sollte dann dieses *Eala Frya Fresena*?

»Du, das brauche ich jetzt gerade nicht.« Sie gab sich keine Mühe, ihren Ärger aus der Stimme herauszuhalten. »Wir treffen uns im Präsidium. Denk dran, wir müssen heute noch die Pressemeldung rausgeben.« Sie sagte irgendetwas, dann verschwand sie aus seinem Blickfeld, irgendwo in der entgegengesetzten Richtung, die Melanie Schröder eingeschlagen hatte.

»Ja, ich bringe dir auch gleich einen Kaffee mit.« Marten wandelte auf dem Platz umher, während er versuchte, den Gedanken wieder einzufangen, den er eben noch gehabt hatte. In der Nähe des schlossartigen Gebäudes war weniger los, automatisch wandelte er dorthin. Von weit oben hörte er die Flagge im Wind schlagen. Was, wenn es bei dem Mord gar nicht um Winkler geht? Den Mord vom Mörder aus verstehen. Warum sollte man jemanden töten – so töten? Nur der Botschaft wegen? Nein, das auch nicht.

Jedenfalls ging es in der Botschaft nicht um das Opfer. Ja. Andersherum ergab es Sinn. Es ging um den Mörder, er sollte gekennzeichnet werden, nicht das Opfer. Das hieß … das Motiv … dass die Tat vom Mörder her begründet war? Also …

Er wischte sich über die Stirn. Ein wilder Ansatz, eine Theorie. Aber sie war stimmig, das war die Theorie, die alle Spuren zu einem harmonischen Ganzen zusammenführen konnte.

Nur dass er noch keine Ahnung hatte, wie ihm diese Theorie dann weiterhelfen sollte. Und was Gudrun dazu meinen würde. Oder Kupernik.

10

Aurich. Dienstag, 29. Juli

18:45 Uhr

»Es gibt Gerüchte, dass Kupernik ziemlich unter Druck steht. Ich weiß nichts Genaues, aber ich hab aufgeschnappt, dass er sich keine Fehltritte erlauben kann.« Gudrun schaute ihn eindringlich an. »Wir müssen vorsichtig sein. Ehrlicher Tipp. Ich würde es an deiner Stelle nicht bringen.«

Marten klopfte an die Tür zum Vorzimmer. »Wir präsentieren einfach nur die Fakten. Und dann sehen wir, ob die Gelegenheit es hergibt.«

Sie warteten auf das Herein, dann erst traten sie ein. Mit Frau Zimmer, der Assistentin des Polizeidirektors, verscherzte man es sich besser nicht.

»Ich schaue nach, ob es schon passt.« Frau Zimmer ging gemessenen Schrittes zur Doppelflügeltür auf der rechten Seite, als trüge sie ein Ballkleid. Entsprechend geschminkt war sie jedenfalls.

»Ja, Fakten. Aber das ist nur Spekulation.« Gudrun schüttelte noch einmal den Kopf.

Die Assistentin klopfte, spähte kurz durch den Türspalt, dann öffnete sie die Tür zur Gänze. »Bitte schön.«

Marten beeilte sich, als Erster das Büro zu betreten. Lothar Kupernik legte einen Stoß Papiere vor sich ab, ging um den dunkelbraun gebeizten Schreibtisch herum und gab ihnen die Hand. »Danke, dass Sie es eingerichtet haben. Ich habe ihren Entwurf der Pressemeldung schon gelesen und auch einen ersten Blick in die elektronische Akte geworfen. Ich ...« Er räusperte sich. »Aber bitte schildern Sie mir kurz noch einmal den aktuellen Stand der Ermittlungen.«

Jaspari erwiderte den kräftigen Händedruck. Kupernik hatte ein kantiges Gesicht und kurze graue Haare, die stahlblauen Augen taxierten ihn aufmerksam, während er die Faktenlage präsentierte. Dem oder den Mördern war es nicht um Geld gegangen, die Wohnung war unversehrt, und ein Beziehungsdrama konnte wohl ausgeschlossen werden. Keine konkreten Verdächtigen, lediglich der Tatort deutete darauf hin, dass der Mörder aus dem Umkreis von Winklers Arbeitsstelle kommen könnte. Keine Motive eindeutig ableitbar.

»Was ist mit diesen eingeritzten Worten? Sie haben sie in der Pressemeldung nicht erwähnt.« Kupernik bot ihnen zwei der drei ledernen Sessel an, die um einen Besprechungstisch standen, und setzte sich auf den letzten, der eine etwas höhere Lehne hatte.

Marten hatte in der Meldung sogar das Wort Mord vermieden, war allgemeiner bei Tötungsdelikt geblieben. Außer Uhrzeit und Fundort hatte er auch keine spezifischen Details genannt. »Täterwissen. Wir halten die eingeritzte Botschaft erst einmal zurück, vielleicht nutzt sie uns noch bei Befragungen.«

»Ich möchte, dass Sie ganz ehrlich sind.« Kupernik machte

eine Pause. »Es ist das eine, was Sie nach draußen geben, da kann ich verstehen, dass Sie vorsichtig sind. Aber hier, intern … Dieser Fall wird Aufsehen erregen. Das mit der Botschaft wird durchsickern. Derjenige, der die Leiche gefunden hat, wird es seiner Frau und Freunden erzählen, und auch für die Rechtsmedizin ist das kein alltäglicher Fall. Ich bin mir sicher, dieser Mord ist jetzt schon im Kleinen ein Gesprächsthema, und das wird sich ausbreiten. Ich will sagen, wir werden sehr bald unter Druck geraten. Und ich möchte wissen, worauf ich gefasst sein muss.«

»Hm …«

»Dieses Hm, das reicht mir nicht.« Kupernik hatte sein lautes Nachdenken in den falschen Hals bekommen. »Woran liegt es? Sie haben doch Spuren ohne Ende. Da muss doch mehr zusammengekommen sein als das hier, oder? Einen Anfangsverdacht müssen Sie doch haben. Blocken Sie nicht ab.«

»Wir haben den Tathergang, wir haben eine Menge Zeugenaussagen.« Gudrun legte kurz ihre Hand auf Martens Knie. Ein Zeichen, dass sie übernehmen wollte. »Darauf werden wir sauber aufbauen.«

»Das habe ich gelesen«, versetzte Kupernik. »Herr Jaspari, Sie sind der Leiter der Mordkommission. Also, wir haben doch jede Menge Spuren. Wie passen die zusammen?«

»Wir sind noch dabei, die …«

»Nein, keine Ausflüchte. Ich habe doch klargemacht, das hier ist ein sehr sensibler Fall. Haben Sie einen Ansatz? Was sind Ihre nächsten Schritte?«

»Wie gesagt, Herr Pol…«

»Was Sie gesagt haben, weiß ich noch. Ich bin nicht

senil.« Kupernik stand auf, holte tief Luft, dann fing er sich, setzte neu an. »Ehrlichkeit. Ich bin ein gewisses Risiko eingegangen, dass ich den Fall bei Ihnen gelassen habe, trotz Ihres jungen Alters. Bitte, sagen Sie mir, was ist Ihr Ermittlungsansatz?«

»Na ja, … also … wir haben eine Theorie«, begann Marten. Einen sanften Tritt gegen sein linkes Wadenbein ignorierte er. »Die Fakten, sie lassen sich in gewisser Weise zusammensetzen. Das Opfer bietet keinerlei Mordmotiv. Was wir aber wissen, ist, dass der Mord genau geplant und beinahe professionell kühl durchgezogen wurde. Darüber hinaus haben wir immerhin einen Hinweis auf den Mörder. Diese Schnittwunden.«

»Eben sind Sie meiner Frage dazu ausgewichen.« Kupernik wirkte ungeduldig. »Können wir endlich zum Punkt kommen?«

»Sofort.« Er bemerkte Gudruns Absatz auf seinem linken Schuh. Zu spät. Da kam er nicht mehr raus. Er wollte es auch nicht. »Ich denke, dass der Täter Winkler ausgewählt hat, weil er sich, aus seiner Sicht, als Opfer angeboten hat. Er erkannte eine gute Gelegenheit, ihn zu töten. Es wurde gemordet, weil es möglich war.«

»Mutige These.« Kuperniks Augen blitzten. »Welche Indizien haben Sie denn dafür? Außer dass der Mörder kaltblütig gehandelt hat?«

»Es sind diese Schnittwunden.« Puh, jetzt war es raus. »Vor allem gibt es noch keine anderen Motive. Wie gesagt, es ist bisher nur eine Überlegung …«

»Wir sind erst am zweiten Tag«, schaltete sich Gudrun mit dünner Stimme ein.

»Sprechen Sie bitte weiter!« Kupernik wurde ungeduldig. Kein Zurück mehr. Aber lass Gudrun da raus, erinnerte er sich. Kein Wir, das hier mache ich auf mein Risiko.

»Ich dachte erst, diese Schnittwunden wären das Motiv, eine Warnung oder so, aber das ist es nicht. Sie sind eine Rechtfertigung.« Er sah in Kuperniks fragende Augen, Gudrun neben ihm ließ sich nach hinten in den Sessel sinken. »Der Mörder hat Jonathan Winkler aus allernächster Nähe getötet. Direkt von vorne, wahrscheinlich hat er ihm beim Mord in die Augen gesehen. Es gibt keinen rationalen Grund, das zu tun, wenn man jemanden töten will, normalerweise würde dadurch die Hemmschwelle steigen. Wir haben auch keine Hinweise darauf, dass Emotionen im Spiel sind, wie bei Rache oder Vergeltung, … seinem Peiniger noch einmal in die Augen schauen. Trotzdem war es dem Mörder offenbar wichtig. Mord von Angesicht zu Angesicht. Darum denke ich, dass sozusagen der Mord selbst die Motivation war. Der Mörder wollte töten.«

»Und die Schnittwunden?«

»Eine Nachricht. Der Mörder weiß natürlich, dass er das nicht tun darf, er ist nicht geistig verwirrt oder so, er kennt die Moralvorstellungen unserer Gesellschaft. Aber mit dieser Nachricht befreit er sich davon. Sie ist die Rechtfertigung dafür, dass er morden darf.« Marten wusste nicht, wie er die Reaktion seines Vorgesetzten deuten sollte. Vielmehr, die ausbleibende Reaktion. Also machte er weiter. »Wie genau *Eala Frya Fresena* einen Mord rechtfertigen soll, weiß ich nicht, das weiß vielleicht nur der Mörder. Aber es beschreibt ihn, den Mörder, nicht das Opfer. Er hat sozusagen selbst seine Signatur unter den Mord gesetzt.«

»Eine Signatur?« Kupernik war anzuhören, dass er ahnte, worauf er hinauswollte.

Marten nickte. »Und ich denke, dass der, der das derart kaltblütig durchgezogen hat, vielleicht schon einmal so etwas Ähnliches getan hat. Mord aus Mordlust, überhaupt, dieses ganze Vorgehen … es erinnert mich an das Vorgehen von Serienmördern.«

Jetzt war es raus. Er wusste, er hatte nichts in der Hand, um es zu belegen. Das war der erste Mordfall unter seiner Verantwortung, und er musste direkt einen Serienmörder daraus machen, nach zwei Tagen Arbeit. Er musste wahnsinnig sein.

»Ein Serienmörder?« Kupernik atmete tief ein. »Sie meinen das im Ernst?«

Jetzt durfte er nicht zurückrudern. »Ja, das ist mein Ermittlungsansatz. Ich möchte eine interne Anfrage auch in die anderen Bundesländer geben, ob ungeklärte Todesfälle oder andere Verbrechen mit diesem oder ähnlichem Schema vorliegen, Ihr Einverständnis vorausgesetzt.«

»Machen Sie das. Nur, so viele ungelöste Todesfälle gibt es nicht, und bisher sind mir spontan keine vergleichbaren Fälle bekannt.«

»Wir lassen natürlich keine Spur außer Acht und schließen keine anderen Richtungen aus.«

Kuperniks Lippen waren schmal geworden. »Was sind Ihre nächsten Schritte?«

Zurück auf sicheres Gelände, dachte Marten. »Wir machen an den Stellen weiter, für die uns schon Fakten vorliegen. Der Täter scheint gut mit Winklers Gewohnheiten vertraut gewesen zu sein und hatte Zutritt zur Tiefgarage von

GreenVision. Ich denke, da sollte zunächst unser Schwerpunkt liegen.«

»Ja. Dieser Ansatz hat in meinen Augen Substanz.« Kupernik richtete sich auf. »Konzentrieren Sie sich erst einmal darauf. Das mit dem Serientäter bleibt unter uns. Kein Wort in die Richtung, wir wollen die Öffentlichkeit nicht unnötig verunsichern.«

»Die Pressemeldung geben wir so raus, wie sie ist?«

»Ja.« Kupernik atmete hörbar aus. »Ich bitte darum.«

Als Marten aufstand, fühlte er sich, als hätte er sich einen Sack Steine auf den Rücken geladen. Mit einem Nicken verabschiedete Kupernik sie. Der Weg zum Ausgang war lang.

»Ach, Jaspari, warten Sie noch kurz.«

»Ja?« Er drehte sich zum Direktor um. Gudrun war schon durch die Tür getreten.

»Danke für Ihre Ehrlichkeit. Ich möchte hier genau den ehrlichen Austausch. Das meine ich so. Mir ist das wichtig. Damit ich den Sachstand auch selbst einschätzen kann.« Er war aufgestanden und ging ein paar Schritte auf ihn zu. »Ich erwarte harte Arbeit. Ich möchte Ermittlungsansätze, die auf klaren Indizienketten beruhen, auf Beweisen. Keine Abkürzungen. Keine Spekulationen, haben Sie verstanden?«

»Ja, natürlich …«

»Ich meine das ernst. Wenn Sie merken, dass Sie an Grenzen stoßen, dann sagen Sie das auch. Es ist besser, als wenn ich das als Erstes von uns beiden bemerke. In Ordnung?«

»Ja, natürlich«, wiederholte Marten. Auf gar keinen Fall. Das Letzte, was er zugeben würde, wäre, dass er dem Fall nicht gewachsen war.

»Ich vertraue Ihnen.«

»Vielen Dank.« Marten schloss die Tür hinter sich. Vielen Dank für gar nichts. Die Fingernägel der rechten Faust bohrten sich in die Handfläche.

11

Aurich. Dienstag, 29. Juli

22:45 Uhr

Der beste Wein an der Tankstelle hatte zehn Euro gekostet. Die Geste zählte, hoffentlich. Dazu Herrenschokolade, zartbitter, soweit er sich erinnerte, mochte Papa das. Für Mama einen kleinen Blumenstrauß, in der Mitte eine Sonnenblume. Kümmerlich, aber besser als nichts. Er drückte auf den Klingelknopf, drinnen läutete es, er wartete. Zwar hing an seinem Schlüsselbund noch immer der passende Schlüssel zu der massiven Eichentür, hinter der so lange Jahre seine heile Welt geschützt gewesen war. Aber irgendwie fühlte es sich so richtiger an. Das Haus seiner Eltern. Als sein kleiner Bruder geboren wurde, er selbst war damals vier Jahre alt gewesen, waren sie aus Hannover hierhergezogen. Papa hatte eine bessere Stelle bekommen. An die Zeit vorher, ohne das Haus, ohne Ben, hatte er keine Erinnerungen mehr. Und seit seinem Auszug war auch der Kontakt zu Ben abgebrochen, abgesehen davon, dass sie sich gegenseitig auf Social Media folgten.

»Schön, dass du da bist!« Seine Mutter drückte ihn fest an sich. Sie trug ein gelbes Sommerkleid und eine beige Stoffjacke, die gut zu ihren dunkelbraunen Haaren passten. Er dachte zum ersten Mal darüber nach, ob sie sich die Haare färbte. Sie nahm ihm den Strauß ab. »Danke. Die anderen Gäste sind schon gegangen. Wir sitzen noch etwas in der Stube. Geh einfach durch. Willst du noch ein Stück Kuchen? Bienenstich?«

»Einen Abendkuchen?« Er wusste, dass sie schlechte Wortspiele mochte, und auch, dass man ihre Angebote besser annahm. »Gerne!«

Sein Vater saß auf dem braunen Ledersofa, vor sich auf dem Wohnzimmertisch standen zwei Glastassen, in denen brauner Tee dampfte, und zwei Dessertteller mit Krümeln drauf. Auf dem Platz neben ihm lag eine Wolldecke, bestimmt hatte es sich Mama dort gerade gemütlich gemacht. Im Hintergrund lief Jazz, Melody Gardot, ein älteres Album, Katharina hatte es ihm vor ein paar Jahren mal geschenkt. Papas Gehstock lehnte rechts am Wohnzimmertisch.

»Schön, dass du doch noch vorbeikommst. Wäre nicht nötig gewesen, Katharina hatte dich schon entschuldigt. Ben konnte auch nicht kommen, er ist ja gerade in den Staaten.« Sein Bruder hatte in Yale eine Doktorandenstelle angenommen. Papa hob die Hand, um ihn von einer Erwiderung abzuhalten. »Mordermittlung. Bei so einem Fall! Ich bin stolz auf dich, mein Junge. Da muss alle Energie rein, die du hast. Daneben darf es sonst nichts mehr geben.«

»Hey, Großer. Alles Gute zum Geburtstag!« Er umarmte seinen Vater herzlich. Der überragte ihn um ein paar Zentimeter. Und er wusste, dass sein Vater es ernst gemeint hatte. Preußische Ehre, hatte Mama es genannt und dabei die Augen verdreht. »Vielleicht komme ich ja nur, weil ich bei einem Berater der Polizei fachlichen Rat suche?«

»Ein guter Zug. Du Schmeichler.« Sein Vater musste herzlich lachen. Obwohl er schon seit Jahren von seinem Amt des Polizeipräsidenten pensioniert war, bat ihn sein Sohn gelegentlich um seine fachliche Meinung. Er holte eine Flasche aus dem toten Winkel unter dem Wohnzimmertisch hervor, die noch so gut wie voll war. Achtzehnjähriger Rum aus Kuba. »Auch einen Grog?«

Marten bejahte. Mama kam und reichte ihm ein viel zu großes Stück Bienenstich, unter dem Micky Maus hervorlugte. Sein alter Kinderteller. Sie kicherte, als sie sich bei seinem Vater anschmiegte.

Der Kuchen war prächtig, bestimmt selbst gemacht. Nun lenkte sein Vater das Gespräch tatsächlich in Richtung Mordermittlung, was seine Mutter dazu brachte, sich nach oben zu verabschieden.

»Mama, bleib hier. Tut mir leid, ich wollte euren Abend nicht sprengen«, versuchte Marten sie zu überreden, das letzte Stück Bienenstich noch im Mund.

»Nein, nein, schon gut, ich bin müde. Gute Nacht.« Sie stieg die mit Teppich gepolsterten Stufen nach oben. In jeder Beziehung gibt es einen starken und einen schwächeren Partner, bei der Ehe seiner Eltern hatte sich sein Vater durchgesetzt. Das hatte Mama mal genau so in einem Nebensatz gegenüber Katharina fallen lassen.

»Mechthild versteht das. Schnaps ist Schnaps, und Dienst ist Dienst. Du hättest aber wirklich nicht herkommen brauchen.«

»Ich bin in einer Viertelstunde wieder weg. Du hast einen runden Geburtstag.«

»Nein.« Sein Vater, der sich gerade etwas Rum nachgeschenkt hatte, stellte mit fester Hand die Flasche auf den Tisch zurück. »Dein Tag hat vierundzwanzig Stunden. Acht sind fürs Schlafen, sechzehn für die Jagd. Du bist das Vorbild für deine Mordkommission. Katharina hat uns schon erzählt, dass du sie vorgewarnt hast. Das war richtig, Marten.«

»Sie wird die nächste Zeit immer mal wieder in London sein. Das passt tatsächlich gerade ganz gut …«

»Es geht nicht nur um dieses Mal, sondern grundsätzlich. Es ist wichtig, dass ihr ehrlich zueinander seid. Sie muss sich darüber im Klaren sein, was du bist und welche Aufgabe du hast. Sie muss sich dem fügen. Kein Mittelweg, du kannst es nicht allen recht machen. Seriöse Arbeit, das ist das, was du dem Opfer, deinen Kollegen und der Gesellschaft schuldig bist.« Er räusperte sich. »Also, wie kann ich dir helfen?«

Nach dem Vortrag hatte er eigentlich schon wieder keine Lust mehr. Papa hatte es genau so gemeint, dem Konzept Ironie hatte er noch nie etwas abgewinnen können. Er schluckte die Entgegnung runter, dass Papas Frauenbild wohl aus dem neunzehnten Jahrhundert stamme, das brachte jetzt nichts. Na gut. Knapp schilderte Marten die wesentlichen Details. Sein Vater hörte ruhig zu, stellte wenige, kurze Verständnisfragen. In seinen Augen war ein Funkeln zu erkennen. Der Polizist im Mann war nie weg gewesen, und ein paar Sekunden reichten, um ihn wieder vollständig zum Vorschein zu bringen, dachte Marten.

»Mutig«, kommentierte sein Vater, als er geendet hatte. Er kratzte sich am Kinn, musterte ihn. »Serienmörder, Signatur? Weil du keine andere Erklärung nach zwei Tagen Ermittlungen hast? Und das hast du Kupernik gesagt? Im Ernst?«

Sch… Ich habe es verbockt, erkannte Marten. Er hatte spekuliert, wo ein geduldiges, strukturiertes Vorgehen gefordert gewesen wäre. Er war zu ungeduldig gewesen. Er wollte etwas antworten, sich rechtfertigen, doch sein Vater kam ihm zuvor.

»Moment. Bringen wir das schnell hinter uns. Ich missbillige dein Vorgehen, aber deine Schlüsse sind ja nicht unplausibel. Du hast sie dargelegt, jetzt steh auch dazu.« Er räusperte sich. »Du hast mich um Hilfe gebeten. Ich kann dir nur sagen, was mich stört, wo noch etwas fehlt. Diese Signatur, diese Botschaft, die du noch nicht verstehst. Hast du schon mal darüber nachgedacht, dass du sie noch gar nicht verstehen kannst, weil sie noch nicht vollständig ist?«

»Das würde bedeuten …«

»Wenn ihr bisher keinen ähnlichen Fall kennt …«

»… es würde bedeuten, dass er noch einen Mord … ganz konkret plant? Ich habe auch schon darüber nachgedacht. Aber es war mir eine zu wilde Theorie.«

»Du hast selbst das Wort Serienmörder aufs Tableau gebracht. Winklers Verhalten war berechenbar, deswegen wurde er ein Opfer. Vielleicht hat der Mörder bereits ein weiteres potenzielles Opfer identifiziert, das genauso berechenbar ist. Der Mörder hätte Winkler auch vorletztes Wochenende oder erst in drei Monaten töten können, aber er hat es jetzt getan. Und wenn die Botschaft nicht vollständig ist …«

»Das wäre … ein Wettlauf gegen die Zeit.«

»Ja.« Aber dann schüttelte er den Kopf. »Das ist Spekulation, was wir machen. Lass uns damit aufhören.«

»Trotzdem danke!«

»Es war lieb gemeint von dir, dass du vorbeigekommen bist. Aber jetzt geh nach Hause, Junge. Du brauchst deinen Schlaf. Und nimm Katharina mal in den Arm.«

»Wie kommst du darauf?«

»Weil sie weiß, dass sie zurückstecken muss. Weil sie sich Sorgen macht. Man sieht es ihr an.« Marten erkannte, dass es seinem Vater wichtig war. »Dieser Mord … Ich hab ihr gesagt, dass es immer auch sein kann, dass du von einem Einsatz nicht zurückkommst.«

»Sag mal … Wie konntest du?«

»Ehrlichkeit, Junge. Es ist die Basis für Vertrauen. Sie ist ein gutes Mädchen, sie hat es verdient.«

Entgeistert sah Marten seinen Vater an. Was mischte er sich in seine Beziehung ein. Nein, sag nichts. Er hatte Geburtstag, keinen Streit jetzt. »Ich hab dich auch lieb, weiser alter Mann«, flüchtete er sich in Sarkasmus. Einfach gehen. Der Grog war noch warm, brannte in seinem Hals, als er ihn in einem Zug leerte. Das Gespräch war vorbei.

Es nieselte, als er draußen den schmalen Weg an den Rosensträuchern vorbei zum Eingangstor ging. Papa hatte sie für Mama gepflanzt. Als er das Tor öffnete, hörte er hinter sich das leise Klicken der Haustür. »Pass wegen Kupernik auf.« Sein Vater stand in der Tür, die Silhouette hob sich vor dem hell erleuchteten Flur ab. »Du kannst dich nicht auf ihn verlassen.«

Marten drehte sich um. »Gute Nacht, Papa.«

12

Keitum, Sylt. Dienstag, 29. Juli

22:45 Uhr

Joost Seidel wendete den Blick vom Handy ab und schaute von seiner Terrasse aus in die Ferne, durch die breite Lücke zwischen den reetgedeckten Häusern und Bäumen hindurch zum Wattenmeer. Kalt wehte der Wind von Norden. Die Flut hatte gerade eingesetzt, das dämmrige Licht von Mond und Sternen schimmerte auf den flachen Wasserflächen, die zwischen den Sandbänken übrig geblieben waren. Das heisere Krächzen der Vogelschwärme auf der Suche nach Nahrung lag in der Luft, unzählige Schatten verwischten die Konturen der Landschaft vor ihm. Halb Land, halb Meer, ein Zwischenreich. Tun oder lassen? Er sah wieder auf sein Handy und wusste noch immer nicht, wie er sich entscheiden sollte.

Deine Frau sagt dir nicht die Wahrheit. Willst du wissen, bei wem sie tatsächlich ist? Ein Freund.

Unbekannte Telefonnummer. Wer zur Hölle …

Versuch klar zu denken! Nein, darauf falle ich nicht herein, sagte er sich, die Provokation ist zu billig. Überprüfe das selbst, vertrau ihr. Veronikas Nummer war die oberste in den Favoriten. Kein Klingeln. Es ging sofort der Anrufbeantworter dran. »Ich freue mich, wenn du mir eine Nachricht hinterlässt«, flötete seine Frau ihm entgegen, wie sie es auch jedem anderen unbekanntem Anrufer gegenüber tat.

Minutenlang hielt er das Smartphone nun schon umklammert. Mach dir nichts vor, du hattest es doch schon immer geahnt. Verdammt. Veronika. Schau sie dir mal an. Sie kann hier auf Sylt jeden haben, und anderswo auch. Was hast du dir denn eingebildet?

Nein, mach keinen Fehler. Genauso gut konnte sich jemand jetzt einen blöden Scherz erlaub…

Pling. Eine neue Nachricht. Hektisch drückte er auf das Display, unendlich langsam erschien der Text.

Es ist nicht fair dir gegenüber. Ich will nur, dass du die Wahrheit erfährst. Wenn du es willst. Wenn nicht, ist es auch okay für mich. Wenn du nicht antwortest, werde ich mich nicht noch einmal melden. Ein Freund.

Ein Freund. Pfft. Es gab keine Freunde. Jeder war sich selbst der Nächste. Es gab nur Geld. Aber das war okay, das war fair. Ja, der andere würde Geld von ihm haben wollen für seine Informationen. Er war einer der bekanntesten Immobilienmakler auf Sylt, jeder wusste, dass er Geld hatte, und das brauchte man auch nicht zu verheimlichen. Ganz im Gegenteil, es verschaffte einem eine Menge Vorteile. Zum Beispiel Frauen, so hatte er doch auch seine Veronika bekommen. Derjenige, der sich da Freund nannte, er sollte ruhig Geld kriegen. Wenn er etwas Handfestes liefern konnte, dann war das ein faires Geschäft.

Entschlossen markierte er die Nummer aus der Nachricht, atmete ein letztes Mal tief durch und drückte auf Wählen.

Es klingelte. Einmal, zweimal, dreimal. Viermal. Abbruch. »Pling«, meldete das Telefon den Eingang einer weiteren Nachricht.

Nicht am Telefon.

Wie denn sonst, du A…

In 15 Minuten in der Tinnum-Burg. Komm alleine.

Seidel überschlug die Strecke. Wenn er jetzt sofort losfahren würde, konnte er es gerade noch schaffen. Was soll's, schlimmstenfalls mache ich mich zum Affen, dachte er. Aber er wusste, es war ihm unmöglich, dort jetzt nicht hinzugehen.

Wütend über sich selbst, schlug er die Haustür hinter sich zu und trat auf den Weg, der zu dem Durchlass in der Trockenmauer führte, die sein geliebtes Reetdachhaus anstelle eines Gartenzaunes umgab. Er hasste es, manipuliert zu werden und vor allem zu wissen, dass man gerade manipuliert wurde.

Der Motor heulte auf, als er den Mercedes 500 SEL mit den 231 ungezügelten Pferden über die Landstraße jagte. Er fuhr ohne Navi, das brauchte man hier nicht, er kannte sowieso alle Straßen der Insel. Und seinen Oldtimer hätte es verschandelt, eine entsprechende Handyhalterung einzubauen. Schnell erreichte er Tinnum, das benachbarte Dorf auf der Insel, und bog dort auf die Brücke über die Eisenbahntrasse ein. Mühsam zügelte er seine Ungeduld und den Wagen, während er durch das Dorf fuhr, er wusste um die festen und die mobilen Radarkontrollen, die man hier immer wieder aufbaute, um Touristen abzuzocken.

Hinter dem Campingplatz führte ein schmaler Weg bis kurz vor sein Ziel, das inmitten von Feldern und Wiesen lag, eigentlich schon näher an Westerland dran. Der Ort war in den letzten hundert Jahren deutlich stärker gewachsen als Tinnum, das der Burg seinen Namen gegeben hatte.

Die Tinnum-Burg war eine uralte ehemalige Befestigung, knapp zweitausend Jahre alt oder so, ganz genau wusste er es nicht, zuletzt genutzt in der Wikingerzeit. Burg schien ihm etwas hoch gegriffen, von der Anlage war lediglich ein ringförmiger, vielleicht sieben Meter hoher, mit Gras bewachsener Erdwall übrig, der in früheren Zeiten mal Häuser oder eine heidnische Kultstätte umfangen hatte. Davon konnte man heutzutage nichts mehr sehen, nur hohes Gras und wilde Büsche. Dennoch war die Anlage ein wichtiges Kulturdenkmal. Nach seinem Umzug hierher hatte er sich eine Zeit lang für ihre Geschichte interessiert, doch so richtig viel Konkretes hatte ihm niemand dazu erzählen können.

Die Straße dorthin war zwar nur für Fußgänger freigegeben, aber trotzdem mit dem Auto befahrbar. Und um diese Uhrzeit bestand auch keine Gefahr, auf herumstreunende Touristen zu stoßen. Auf Höhe der letzten Abzweigung stellte er den Wagen ab. Noch keine neue Nachricht auf dem Handy. Er kramte nach der großen Stabtaschenlampe, die ihren festen Platz unter dem Fahrersitz hatte.

Der anfangs breite Wanderweg wurde schmaler, je näher er der Anlage kam. Es war dunkel um ihn herum, der Kegel der Taschenlampe tanzte über Blumen und Sträucher einer wilden Wiese. Im Westen einige gelbe Punkte, erleuchtete Fenster der ersten Reihe der Ferienhäuser. Der Weg vor ihm änderte sich, ein hölzerner Steg führte weiter auf den dunklen Umriss der sogenannten Burg zu.

Da, eine Bewegung an der Kante des Erdwalls? Nein, auch im Licht der Taschenlampe niemand zu sehen. Er atmete tief aus. Nun, es hatte ja auch *in* der Burg geheißen. Er verließ den Weg und stapfte an einem Hinweisstein vorbei, durch das kniehohe Gras auf eine Delle im Wall zu, in ungefähr drei Meter Höhe. Der südliche Eingang, so wurde die Delle genannt.

Oben angekommen, verschaffte er sich Orientierung. Vor ihm lag das Innere des Ovals, ähnlich dicht bewuchert wie der Wall. Das Mondlicht, das sich mühsam durch die nebligen Wolken kämpfte, warf lange Schatten. In der Mitte des Ovals stach ein sehr langer Schatten heraus. Marten zielte mit der Taschenlampe darauf. Dort stand jemand, wie ein einsamer Baum. Was für eine Dramaturgie.

»Was ist mit Veronika?«, rief Joost. Seine Stimme klang dünner, als ihm lieb war.

»Kommen Sie her«, schallte es von unten herauf.

Blödes Spielchen. Aber er war jetzt hier, jetzt kam es darauf auch nicht mehr an. Vorsichtig stieg er hinunter, auf den unebenen Boden leuchtend, um nicht umzuknicken. Endlich war er unten.

»Machen Sie das Licht aus.«

Joost tat, was verlangt wurde. »Ich will endlich wissen, was hier gespielt wird.« Wütend stapfte er auf den dunklen Schemen zu. Als er ihn fast erreicht hatte, leuchtete in Hüfthöhe seines Gegenübers eine Taschenlampe auf. Das unerwartete grelle Licht blendete ihn.

»Bleiben Sie stehen!«

»Was soll das?« Er stoppte, kniff die Augen zu, streckte die Arme nach unten aus, um seinen Blick vom Licht abzuschirmen. Der Schemen schien mit der anderen Hand auf ihn zu zeigen, eine Pistole, dachte er noch. Ein greller Blitz schoss aus der Mündung, ein kurzer Schmerz, es wurde dunkel, und dann tat nichts mehr weh.

13

Aurich. Mittwoch, 30. Juli

06:30 Uhr

Marten blinzelte. Das Sonnenlicht schimmerte durch die Vorhänge. Etwas lastete schwer auf seinem Arm und der rechten Seite seiner Brust. Er streichelte über blonde lange Haare und einen nackten Rücken. Die Zimmertür stand offen, das war nicht gut, dann kam doch Youri in das … Unterhalb der Bettkante entdeckte er schon den Kopf des Barsoi.

Müde stemmte er sich ein kleines Stück hoch, schob Katharinas Kopf behutsam auf das Kissen. Mit einem Grummeln rollte sie sich weg und in ihre Decke ein. Langsam hob und senkte sich ihr Brustkorb darunter. Es sah so friedlich aus. Am Vorabend hatten sie noch ganz kurz angestoßen. Auf dem Schreibtisch in der Zimmerecke standen noch die geöffnete Weinflasche und ein leeres Glas, das von Katharina. Er hatte den einen kleinen Schluck aus der Flasche genommen, das, was noch übrig geblieben war. Dahinter entdeckte er das Handy am Ladegerät, ausgeschaltet.

Youri bellte. Er wird mir fehlen, dachte Marten. »Okay, ich lasse es noch aus.« Der Hund war unruhig. Marten streichelte ihm durch das Fell. Youri legte den Kopf an seine Hand.

Er sollte den Morgen nutzen, die nächsten Tage würde keine Zeit dafür sein.

»Ich gehe mit ihm raus«, sagte Marten, dann schwang er die Füße aus dem Bett. Hier unten mussten noch irgendwo die Socken von gestern sein. Youri kam und leckte ihm über die Hand. »Du hast ja recht, Großer. Gib mir noch eine Minute.«

»Es ging schneller, als ich gedacht habe«, hatte Katharina gesagt, als er die Nacht zuvor die Tür zum Schlafzimmer geöffnet hatte. Am nächsten Tag hatte sie, wie sie erklärte, einen wichtigen Pitch in London vorgezogen, eine Gelegenheit, die sie nicht verstreichen lassen könne. Es war nur für ein paar Nächte, maximal bis zum Wochenende. Sie hatte noch einen Flug von Amsterdam bekommen. Am Sonntagabend würde sie bestimmt wieder in Aurich sein, sagte sie. »Du wirst mir fehlen.«

»Was machen wir mit Youri?« Auf gar keinen Fall durfte der Hund wieder zurück ins Tierheim.

»Ich war am Nachmittag zur Feier bei deinem Vater und hab mit deinen Eltern gesprochen. Mechthild übernimmt ihn.« Seine Mutter hatte schon früher ein paar Mal ausgeholfen. Für ein paar Tage würde es gehen. Es musste gehen. Youri würde es schon hinbekommen, trotzdem tat er ihm leid. Der Barsoi blickte zu ihm hoch, mit diesen …Hundeaugen.

Er fuhr zu einer eingezäunten Hundewiese auf der anderen Seite des Ems-Jade-Kanals. Gemütlich an der Leine spazieren führen ging bei einem Windhund nicht, jedenfalls nicht bei Youri. Und um selbst Sport zu machen, hatte er zu wenig geschlafen.

Youri schoss geradezu in den Parcours hinein. Sie waren alleine, nur ein älteres Ehepaar kam fünf Minuten später und stellte sich an den Holzzaun der Anlage, um den Hunden zuzuschauen. Es war eine Freude, Youri über die Anlage rasen zu sehen. Wie alle Windhunde jagte er auf Sicht, vielleicht hatte sich ein Kaninchen auf die Anlage verirrt. Windhunde waren nach den Geparden die schnellsten Landjäger der Welt, der Barsoi entwickelte eine irrsinnige Kraft. Zwar hatte Marten auch Frisbee und Ball mitgenommen, aber heute brauchte Youri das nicht. Heute raste er von einem Winkel der Wiese in die andere, umkurvte die wenigen Hindernisse, kostete den eigenen Bewegungsdrang aus. Von Schmerzen im Hinterlauf war nichts zu bemerken. Tunnelblick, Jagdtrieb, dachte Marten.

Eine Theorie, die alle Spuren zu einem harmonischen Ganzen zusammenfügte. Mord aus erkannter Gelegenheit, das passte zu den bisherigen Indizien, war aber alleine als Mordmotiv nicht wirklich ausreichend.

Es war plausibel, dass der Täter, oder einer der Täter, etwas mit GreenVisions zu tun hatte. Vielleicht sogar einer der Mitarbeiter, Kollegen, jemand vom Empfang oder vom Sicherheitsdienst, vielleicht Zulieferer. Einige dort hatten sich seltsam verhalten, unbeteiligt gewirkt. Gut, das musste nichts heißen, jeder reagierte anders auf so eine Schocknachricht. Jedenfalls war ein riesiger Personenkreis verdächtig, die Überprüfung würde einiges an Manpower erfordern. Außerdem mussten sie noch die Familie kennenlernen, vielleicht ergaben sich da weitere Hinweise. Oder doch ein neues Motiv.

Als Youri nach einer halben Stunde zu ihm zurückkehrte, rauchte ihm der Kopf beim Gedanken an den Berg an Arbeit, die ihnen bevorstand. Ganz klar, er musste bei Kupernik weitere Unterstützung anfordern, sonst verloren sie zu viel

Zeit. Es wäre besser gewesen, er hätte die Gelegenheit am Vortag genutzt.

»Gib mir noch fünf Minuten«, rief Katharina aus dem Bad. Ihr Flugzeug ging zwar erst in sechs Stunden, aber sie wollte möglichst früh da sein. Im Spiegel winkte sie ihm zu. In dem schwarzen Hosenanzug und der weißen Bluse sah sie umwerfend aus, hatte aber auch etwas Distanziertes an sich. In Jogginghose und T-Shirt gefiel sie ihm besser. Dem erhitzten Youri breitete er seine Hundedecke auf dem Sofa aus, in die er sich sofort einrollte. Na gut, Junge, du hast dir deine Ecke verdient.

Das Handy zeigte sieben verpasste Anrufe und drei neue Nachrichten an. Ein Fall aus Norddeutschland, nur wenige Stunden alt, passte auf die Rechercheanfrage, die er nach Kuperniks Zustimmung noch am Abend rausgegeben hatte. Gudrun hatte ihm eine Mail weitergeleitet, mit Erkenntnissen zum frisch verübten Mord. Offensichtlich das gleiche Muster wie bei ihrem Fall.

Er ließ sich aufs Bett plumpsen. Langsam atmete er ein und aus. Zu dem Schreck, dass der Mörder bereits noch einmal zugeschlagen hatte, mischte sich Erleichterung, dass er sich nicht geirrt hatte. Ein Volltreffer. Und er spürte die Verantwortung, die nun auf ihm lastete. Er wusste, was er zu tun hatte.

»Sie hatten recht mit Ihrer Vermutung«, begrüßte ihn Kupernik. Aha, Hubel hatte ihn schon informiert.

»Ich muss dahin.« Marten bemühte sich um eine möglichst feste Stimme.

»Es ist Sylt, der Fall wird von den Kollegen dort untersucht …«

Er hatte damit gerechnet, dass der Polizeidirektor das sagen würde. Jetzt musste er den Vorteil nutzen, solange er ihn noch hatte. Hoch pokern. All-in. »Das ist unser Mörder. Ich bin mir sicher. Ein Serienmörder, ich habe es gestern schon gesagt.«

»Sie haben geraten, Jaspari. Das wissen Sie.«

Nicht darauf eingehen. »Tatsache ist, ich beginne, seine Vorgehensweise zu verstehen. Den Mörder. Ich bin näher dran als alle anderen, das wissen Sie. Lassen Sie mich dahin.«

Er konnte hören, wie Kupernik schnaufte. »Ihr Fall ist hier.«

»Der Fall ist hier *und* auf Sylt. Gudrun Hubel wird die Fäden hier weiterführen. Es geht nur um ein paar Tage. Es ist meine Jagd. Ich muss dahin. Informieren Sie die Kollegen vor Ort, okay?«

»Jagd …« Das Wort schien ihm nicht zu gefallen. »Weiß Hubel schon davon?«

»Gleich ja, sobald ich es ihr sage.«

Er konnte hören, wie Kupernik mit den Zähnen malmte. »Okay, ich bereite die Kollegen auf Ihr Kommen vor. Melden Sie sich, sobald sich etwas Neues ergibt. Wenn die Fälle wirklich zusammengehören, müssen wir überlegen, wie wir weiter vorgehen sollen.«

Marten bedankte sich, legte auf und schnaufte durch. Noch sind wir nah dran, es ist keine acht Stunden her. Er setzte er sich auf die Bettkante. Wo hatte Katharina noch mal seinen Koffer hingeräumt?

Als sie ins Schlafzimmer zurückkehrte, hatte er bereits Sachen für drei Tage eingepackt. Er berichtete ihr von der neuen Spur, sie sah unglücklich aus.

»Pass bitte auf dich auf, okay? Versprich mir das.«

Er spürte einen Kloß im Hals. »Ich muss den Kerl stoppen. Das ist meine Aufgabe. Bevor er noch einmal zuschlägt.«

»Natürlich.« Sie sah ihn besorgt an. »Diese Sorte Abschied ist einfach nichts für mich, okay? Das tut mir nicht gut.«

»Hey, Süße.« Er musste irgendetwas Beruhigendes sagen. Ehrlichkeit. Er dachte an Papa. Irgendwas konnte immer passieren. Ein Wahnsinniger erschießt Menschen auf kurze Entfernung. Natürlich würde nichts passieren, er leitete eine Ermittlung, keine Kampfeinheit. Aber versprich nichts, was du nicht halten kannst. »Keine Sorge. Du kennst mich, ich bin niemand, der sich unnötig in Gefahr begibt.«

Das Wort *unnötig* hatte alles kaputtgemacht, ihr war anzusehen, dass ihr der Satz so nicht genügte. Sie kam zu ihm, stützte die Hände auf seine Knie, beugte sich zu ihm hinunter, gab ihm einen Kuss. »Süßer, ich muss los. Viel Erfolg!«

Sie wandte sich ab, ging zur Schlafzimmertür.

»Dir auch viel Erfolg, Süße!«

»Danke!« Sie lächelte ihn ein letztes Mal an, dann verschwand sie im Flur. Er wandte den Blick nicht ab. Ja, sie sollte allen Erfolg haben, den sie sich wünschte. Der Kuss war schon zu lange her, und er war zu kurz gewesen. Sie würde ihm fehlen.

14

Tinnum, Sylt. Mittwoch, 30. Juli

14:00 Uhr

Liewer düd aß Slaawe stand quer über den Oberkörper des vielleicht Fünfzigjährigen, war mit feiner Klinge hineingeritzt worden. Lieber tot als Sklave. Außerdem prangte ein blutig umrandetes Loch mitten auf der Stirn von Joost Seidel. Seine Arme waren ausgebreitet, als ob er fliegen wollte, inmitten dieser historischen Wallanlage. Marten sah auf die Leiche, nickte, dann wandte er sich ab. »Vielen Dank.« Zwei Bestatter, die abseits gewartet hatten, traten zu den in weiße Overalls gekleideten Kollegen der Spurensicherung und begannen, den Abtransport vorzubereiten.

Liewer düd aß Slaawe. Eine Variante von *Lever dood as Slaav*, in Ostfriesland die rituelle Antwort auf *Eala Frya Fresena.*

»Unser Wahlspruch, hier in Nordfriesland«, sagte Max Walther, der Leiter der Kriminalpolizei auf Sylt, ein freundlicher untersetzter Mann mit roten Wangen, seine Koteletten gingen in gelben Flaum über. Marten hatte während der Fahrt nach Sylt mehrfach mit ihm telefoniert. Er hatte ein gutes Gefühl, dass die Arbeit mit ihm angenehm werden würde. »Die Parallelen zu Ihrem Fall in Aurich sind offensichtlich.«

Walther erklärte, dass Joost Seidel hierhergelockt worden sei. »Wir haben sein Handy untersucht, seine Frau hat uns die PIN gegeben. Kurz vor seinem Tod hat er eine Reihe von Nachrichten mit einer nicht gespeicherten Nummer ausgetauscht.«

Marten nahm das dargebotene Handy an und las den geöffneten Chatverlauf durch. Seidel hatte seinem Chatpartner offensichtlich nicht getraut, sich dann aber doch auf das Treffen eingelassen. »Sie meinen, das war der Mörder?«

»Sieht ganz danach aus. Die Ergebnisse der Funkzellenabfrage sind bereits da. Die Nummer gehört zu einer Prepaidkarte, sie wurde erst kurz vor Seidels Tod aktiviert. Da befand sich das zugehörige Handy schon in der gleichen Funkzelle, in der auch der Tatort liegt.« Also in unmittelbarer Umgebung. Prepaid, das hieß, es war so gut wie keine Rückverfolgung zum Käufer möglich. Und wenn doch, dann wahrscheinlich nur zu Falschangaben. »Jetzt ist die Nummer auch nicht mehr im Netz angemeldet.«

»Seidel macht einfach das, was *Ein Freund* ihm befiehlt?« Da fehlte es noch an Informationen. »Warum?«

Walther räusperte sich. »Es … wie sage ich es … ich kenne ihn und seine Frau, sie heißt Veronika, auch privat …«

»Ja?«

»Also – ich denke, ich kann sagen, dass Joost sehr eifersüchtig war. Das war ihm auch bewusst, er hat versucht, damit umzugehen, wieder vertrauen zu lernen. Er hat kurz vor seinem Tod wohl auch versucht, seine Frau anzurufen.«

»Und?«

»Sie hat das Gespräch nicht angenommen. Sie befand sich zur Tatzeit mit Freundinnen in einer Kneipe. Angeblich hatte sie keinen Empfang.«

»Und weil Seidel sie nicht erreicht hat, ist er dann doch dem Täter aufgesessen?«

Er betrachtete die bleichen Gräser, die auf der Spitze des Erdwalls hin und her wogten. Wenn Seidel seine Frau erreicht hätte, wäre er nicht hierhergefahren. Marten dachte an den Upstalsboom-Fall. Dort hatte der Täter eine perfekte Falle gestellt, auch hier hatte er den Tatablauf offenbar genauestens geplant. »Lassen Sie uns mal davon ausgehen, dass es kein Zufall war, dass Veronika Seidel den Anruf nicht annahm.«

Walther atmete hörbar aus. »Dann müsste sie selbst eingeweiht gewesen sein. Aber das wäre doch arg naheliegend … das kann ich mir ehrlich gesagt nicht vorstellen.«

»Oder aber jemand aus ihrem Umkreis hat dafür gesorgt, dass sie das Gespräch nicht annahm. Vielleicht der Mörder selbst, vielleicht einer, der ihn unterstützt hatte.« Hm, das passte zwar, war aber schon wieder Spekulation. »Auf jeden Fall wusste der Täter über Seidels Eifersucht Bescheid. Also muss der Täter, oder einer seiner Helfer, aus Seidels Umfeld kommen.«

Eine plausible These. Und sie waren nah am Geschehen dran, noch. Jetzt keine Zeit verlieren. Sie konnten sich keine langen, kleinteiligen Untersuchungen leisten, sie mussten schnell handeln, er musste schnell ein Gefühl für den Fall kriegen. »Wir müssen mit seiner Frau sprechen. So bald wie möglich.«

Walther deutete mit dem rechten Arm den militärischen

Gruß an und zückte sofort sein Handy. »Eine Kollegin, eine Expertin müsste bei ihr sein, Trauerbegleitung. Ich rufe bei ihr durch.« Er entfernte sich ein paar Schritte.

Marten beobachtete Walther mit klopfendem Herzen. Der Täter hatte einen Fehler gemacht, sich zu sicher gefühlt. In Aurich hatte er vielleicht den perfekten Mord begangen, keine Spuren hinterlassen, hier war ihm das nicht geglückt. Und der Mord lag gerade mal einen halben Tag zurück. Die Spur war noch heiß.

Walther kam zurück, hob den Daumen. »Veronika Seidel ist zu Hause in Keitum. Vernehmungsfähig. Wir können sofort rüberfahren.«

»Das machen wir.«

»Ich gebe Ihnen die Adresse durch. Wir treffen uns dort, in einer halben Stunde.« Mit einem Nicken verabschiedete er sich.

Walther war kooperativ. Vielleicht, weil Kupernik Druck gemacht hatte, aber das spielte keine Rolle, er schien ihm die Führungsrolle zuzugestehen. Sehr gut. Marten wusste, er war derjenige, der den Mörder finden konnte. Unnötiges Kompetenzgerangel hätte alles verlangsamt.

Er ballte seine Faust in der Tasche, als er die Absperrung überquerte und zurück zu seinem Wagen ging. Windböen jagten über die Landschaft und zerrten an seinen Haaren. Regenwolken zogen vom Meer heran. Es war ihm, als könne er von weit her die Wellen hören, die hinter den Dünen über den Strand rollten. Wieder spürte er, wie sein Herz pochte. Jagdtrieb.

15

Keitum, Sylt. Mittwoch, 30. Juli

15:00 Uhr

Das ist bestimmt eines dieser ehemaligen Kapitänshäuser, dachte Marten, als er vor dem Anwesen hielt. Gut, Seidel war Immobilienmakler auf Sylt, da musste das eigene Heim schon etwas hermachen. Weiß getünchte Wände, mittiger Eingang unter dem Zwerchgiebel. Großes Grundstück, leicht erhöht gelegen, umgeben von einer Rosenhecke, die in Weiß und Rot blühte. Ein flacher Mähroboter suchte sich seinen Weg über den Rasen, der grün im Sonnenschein leuchtete.

Walther kam nur zwei Minuten nach ihm an, Marten stieg zeitgleich mit ihm aus.

»Ihr gehört jetzt das Anwesen?«

»Ich gehe davon aus. Das Testament ist ja noch nicht geöffnet worden, aber zumindest der gesetzliche Erbteil ...«

Marten schüttelte den Kopf. Nein, vergiss das, das hier war kein Mord aus Habgier.

»Veronika Seidel. Was weiß sie bisher über den Mord?«

»Wir haben ihr heute Morgen die Nachricht vom Tod ihres Mannes überbracht.« Walther blickte ihn ernst an. »Sie weiß nur, dass er erschossen wurde.«

»Sie kennt ansonsten keine Ermittlungsergebnisse?« Lieber wäre es Marten gewesen, wenn auch das nicht bekannt geworden wäre. Aber gut, Walther hatte natürlich schon vor seiner Ankunft mit den Ermittlungen begonnen.

»Nein.« Er räusperte sich. »Sie betrachten sie offiziell als Tatverdächtige?«

»Nein, als Zeugin.« Nicht dass sie die Befragung verschob, um Rechtsbeistand anzufordern. »Die nette Tour.«

»Einverstanden.« Gemeinsam gingen sie den schmalen Fußweg zum Haus. Walther schnaufte durch. »Sie sollten wissen, dass sie und ich – wir sind befreundet. Nicht ganz dicke, aber wir, also meine Frau und ich, wir waren auch schon mal auf einer von Joosts Gartenpartys eingeladen. Die hat er ein- bis zweimal im Jahr veranstaltet und immer mindestens fünfzig Leute eingeladen. Kein Befangenheitsproblem oder so, ich wollte es nur erwähnt haben. Führen Sie nur das Interview, ich halte mich zurück.«

»Okay.« Stellte das ein Problem dar? Nein, eher nicht, im Gegenteil, so konnte Walther vielleicht ein wenig aus dem Nähkästchen plaudern. »Ganz geradeheraus gefragt: Würden Sie ihr denn zutrauen, in die Sache verwickelt zu sein?«

Walther blieb stehen. »Man sieht immer nur bis vor die Stirn, oder?« Er verzog das Gesicht. »Ich hoffe nicht. Sie ist mit Sicherheit recht … rational. Sie, ähm … sie und Joost waren … sie haben vor sechs oder sieben Jahren geheiratet. Sie werden gleich verstehen, was ich meine.«

Über der Klingel verkündete ein Edelstahlschild *Seidel Immobilien*. Sie läuteten.

Veronika Seidel öffnete selbst. Marten war überrascht. Vor ihm stand eine attraktive junge Frau, vielleicht so alt wie er selbst. Blonde Haare, dezentes Make-up, das nur unter den Augen etwas verlaufen war, schwarzer Hosenanzug. »Kommen Sie herein.«

Sie folgten ihr in eine getäfelte Diele, die in früheren Zeiten wohl den Wohnbereich vom Wirtschaftsbereich des Hauses getrennt hatte. Frau Seidel wandte sich nach rechts, wo einst die Ställe gewesen sein mussten. Sie traten in einen lichtdurchfluteten saalartigen Raum, der die gesamte Breite des Hauses einnahm. Eine riesige cremefarbene Couch stand in der Mitte, ausgerichtet auf eine weiße Leinwand, an deren rechter und linker Seite jeweils Lautsprecher angebracht waren. An der Decke schwebte ein unscheinbarer Beamer. Auf dem Couchtisch lag ein gerahmtes Hochzeitsfoto, daneben eine Packung Papiertaschentücher.

»Wie geht es Ihnen?«, fragte Marten und fühlte sich sofort unwohl damit, es kam ihm floskelhaft vor. »Schaffen Sie das?«, schob er schnell nach.

»Wenn es hilft, will ich mein Bestes geben.« Sie schlug die Augen nieder, streckte den Rücken durch, schluckte und sah ihn dann geradeheraus an. »Fragen Sie!«

»Ganz geradeheraus. *Liewer düd aß Slaawe*. Im Zusammenhang mit ihrem Mann – könnte es da irgendeine Bedeutung geben?«

»Max hat mich das ja auch schon gefragt, heute Morgen. Nein, tut mir leid. Vielleicht ein Immobiliendeal, den Joost vorhatte? Keine Ahnung, das war jetzt nur geraten. Er hat in den letzten Wochen jedenfalls nichts dazu erwähnt. Mir fällt dazu nur dieses Volksmärchen ein, in dem das zitiert wird, *Pidder Lüng* oder so. Aber mit Joost – nein.«

Pidder Lüng. Marten kannte auch die Geschichte des

armen Hörnumer Fischers, der angeblich den Steuereintreiber des Königs in einem Grünkohleintopf ertränkt hatte. Freiheitskampf, erinnerte an *Eala Frya Fresena*. Wen sollte Joost Seidel in seiner Freiheit bedrängt haben? Oder Jonathan Winkler?

Frau Seidel antwortete stets schnell, konstruktiv, ohne zu überlegen. Überhaupt war sie ruhig und beherrscht, es wirkte beinahe unheimlich. Keine Spur von Unruhe. Nur Traurigkeit und Bitterkeit blitzten dann auf, wenn das Gespräch die Beziehung zu ihren Mann streifte. Ja, der Altersunterschied sei immer ein Thema gewesen. Und ja, sie habe ihn auch wegen des Geldes geheiratet, aber das sei für Joost in Ordnung gewesen, und er hätte ihr auch gar nicht geglaubt, wenn sie etwas anderes behauptet hätte. Aber sie habe ihn trotzdem geliebt. Sie war ehrlich, überlegte Marten. Nein, sie machte ihm nichts vor.

»Ihr Mann hat gestern Abend noch versucht, Sie zu erreichen, vergeblich. Wissen Sie noch, wann Sie gestern das letzte Mal Ihr Handy benutzt haben?«

»Wollen Sie etwa …?« Veronika sah ihn entgeistert an.

»Nein«, versuchte er sie zu beruhigen. »Es könnte sein, dass jemand an ihr Handy gekommen ist, es abgeschaltet hat, absichtlich, unabsichtlich, was auch immer. Vielleicht jemand, der mit dem Mörder zusammenarbeitet. Es geht nur darum, Möglichkeiten auszuschließen.«

Sie atmete tief durch. »Gegen sechs habe ich noch mit Lucy gesprochen. Wir wollten demnächst mal wieder ein Shooting machen. Bademode für die kommende Saison.« Sie erklärte, dass sie gelegentlich noch als Model arbeite, aber eigentlich ein Fernstudium mache. »Danach haben Joost und ich zu Abend gegessen. Gegen acht bin ich mit dem Auto los, zu Lucy. Wie fast jeden Dienstag. Später sind wir dann weiter ins *Pesel.*«

»Ein Restaurant?« Marten kannte den Begriff *Pesel*, die »gute Stube« der alten Bauernhäuser.

»Eine Kneipe in Westerland«, erklärte Walther. »Und Lucy Rabenstein ist die Inhaberin eines eigenen Labels, das sie letztes Jahr gegründet hat. Nordsonne heißt es, wenn ich mich richtig erinnere.«

»Mode von und für Sylt«, ergänzte Frau Seidel. »Jedenfalls, als ich mir ein Taxi rufen wollte, fiel mir auf, dass das Display den unbeantworteten Anruf anzeigte. Das war kurz vor eins.«

Marten rief sich die Anrufliste auf Seidels Handy in Erinnerung. Er hatte nicht versucht, eine Lucy anzurufen, nur Veronika.

»Lucy schaltet ihr Telefon ab zwanzig Uhr aus.« Veronika schien seine Gedanken erraten zu haben. »Immer. Sie hat ein Smartphone, das sie für ihre Firma nutzt, aber eigentlich lehnt sie Handys ab. Mit den ganzen sozialen Medien rauben wir uns Lebensqualität, sagt sie.«

»Also wusste Ihr Mann nicht, dass Sie im *Pesel* waren?«

»Nein.« Sie atmete tief durch. »Nein, wahrscheinlich nicht.«

»Waren Sie zwischen dem Besuch bei Frau Rabenstein und dem *Pesel* noch irgendwo?«

»Nein.«

»Wann sind Sie im *Pesel* angekommen?«

»So gegen halb zehn. Wir haben noch ein paar Freunde von mir getroffen.« Sie zählte ein paar Frauennamen auf, im Hintergrund hob Walther die Augenbrauen.

»Wo hatten Sie Ihr Handy, als Sie im *Pesel* waren? Hätte jemand darauf zugreifen können?«

»Wie immer, in meiner Tasche. Und die hatte ich … hm, die hing über der Stuhllehne. Oder stand die auf dem Boden? Weiß ich jetzt nicht mehr genau. Oder hatte ich es in der Manteltasche? Manchmal lege ich es im ersten Moment auch auf den Tisch. Ich habe da nicht so genau drauf geachtet, wie das halt so ist, ich meine, ich kenne da ja die meisten anderen Gäste. Eigentlich sind alle dort Stammgäste.«

»Das *Pesel* ist ein Lokal, das vor allem die Sylter selbst besuchen«, erklärte Walther. »Es ist etwas versteckt im Osten von Westerland und nicht auf Touristen ausgelegt. Darauf wird Wert gelegt.«

»Waren Sie für sich, Sie und Ihre Freundinnen, oder hatten Sie auch Kontakt zu anderen Gästen?«

»Na ja, wie gesagt, man kennt sich dort, wie es halt so ist in einer Kneipe. Ja natürlich, es haben einige mal Hallo gesagt.«

»Wir brauchen eine Liste aller Personen, die gestern mit Ihnen in dieser Kneipe waren«, entschied Marten. »Egal wer, egal wie lange, egal, ob Sie mit der Person gesprochen haben oder nicht. Einfach alle, an die Sie sich erinnern können.«

»Ja, natürlich.« Frau Seidel wirkte etwas hilflos. »Das waren aber einige – das kann eine lange Liste werden. Glauben Sie wirklich, dass einer von denen …? Bis wann brauchen Sie die denn?«

»So schnell wie möglich.« In Gedanken war er schon einen Schritt weiter. Sie mussten ins *Pesel*, die Angaben von ihr überprüfen, Zeugen ausfindig machen und befragen.

Übersichten erstellen, wer wann mit wem angekommen und die Kneipe verlassen hatte. Querverbindungen zum Fall in Aurich finden. Eine Explosion von Kleinstarbeit. Er sah Sand zwischen seinen Fingern rieseln. »Sofort, wenn es nichts ausmacht.«

Es schien ihm, als sacke Veronika Seidel in sich zusammen. Auf einmal wirkte sie klein, inmitten dieser riesigen Couch, vor dem Panoramafenster, das einen grandiosen Blick auf den perfekten Garten mit dem gemauerten Grill bot, die benachbarten Häuser, die Dächer von Keitum, das Wattenmeer und den blauen Himmel darüber. Es war nicht die Trauer, es waren Sorgen, die sie erdrückten. »Sie verdächtigen mich, oder? Sie überprüfen mein Alibi?«

»Ich suche nach dem Mörder.«

»Ja, Joost und ich, wir haben uns manchmal gestritten. Aber ich würde ihm nie etwas tun. Sehen Sie, ich hab doch keinen Grund, ich habe doch alles. Joost war eifersüchtig manchmal, ja klar, aber er hätte alles für mich getan. Ich bin keine Mörderin!«

Die Frage schwebte im Raum. Zieh es durch, Marten. »Hatte er denn Grund zur Eifersucht?«

»Sie … Arschloch.« Ihre Augen funkelten. Irgendwie zu übertrieben. Der ganze Körper war angespannt, als wollte sie ihn angreifen. Keine Verletzbarkeit, nur Wut. Dargestellte, gespielte Wut. »Was denken Sie eigentlich, wer Sie sind?«

»Ich glaube Ihnen ja. Aber ich will diesen Fall aufklären. Den Mörder Ihres Mannes finden. Dafür brauche ich Ihre Hilfe.« Sie hatte die Frage nicht beantwortet. »Gab es einen Grund für seine Eifersucht?«

»Nein.« Sie sah ihn fest an. Ein Seitenblick traf Walther. »Ob Sie es glauben oder nicht, ich bin ihm immer treu gewesen. Egal, was die Leute vielleicht sagen.«

Als er wieder im Auto saß, rief er Kupernik an. Die Assistentin stellte ihn sofort durch, aber der Chef ließ ihn zwei Minuten warten.

»Wie sieht es aus?«, fragte Kupernik ohne Begrüßung. Das kann ich auch, dachte Marten.

»Ich will die Gesamtleitung«, antwortete er.

»Ist es derselbe Mörder?«

»Es ist das gleiche Muster.« Der neue Wahlspruch als Fortsetzung des letzten. Wieder eine Falle. Genau durchgeplant und kaltblütig durchgezogen wie in Aurich. »Wir sind sehr nah dran. Der letzte Mord ist nicht einmal vierundzwanzig Stunden her. Und ich bin als Einziger mit beiden Fällen vertraut. Ich kann die Querverbindungen erkennen. Aber ich brauche die Gesamtleitung, um den Mörder zu finden.«

»Ja, Ihre Botschaft ist angekommen, Jaspari.« Marten schien es fast, als könne er hören, wie sein Chef die Lippen aufeinanderpresste. Er vertraut mir nicht. Aber er musste es, er hing jetzt mit ihm da drin. »Ich hätte mich auch ohne Ihre explizite Forderung dafür eingesetzt.«

»Danke, Chef.«

»Wir sehen uns heute Abend.«

16

Keitum, Sylt. Mittwoch, 30. Juli

17:30 Uhr

Die Gaststätte, in einem Straßenknick unweit der Kirche St. Niels gelegen, war von außen nicht wirklich einladend. Der braune Schriftzug *Pesel* mit diesen geschweiften Buchstaben, die Marten an Runen erinnerten, braune Bleiglasfenster, eine Fassade, die früher einmal weiß gewesen sein mochte. Als ob sich eine Patina aus Verfall über das Gebäude gelegt hätte.

Eine Nachricht von Gudrun Hubel traf ein. Nur ein Zwischenstand, die Kollegen vom Wirtschaftsdezernat hatten herausgefunden, dass es wohl beim neuesten Projekt Schwierigkeiten gegeben hatte. Einer der Großbauern, auf dessen Gelände GreenVision angewiesen war, hatte wohl Schwierigkeiten gemacht und nicht verkaufen wollen. Einer Notiz zufolge hatte Winkler es lediglich als Versuch abgetan, den Preis in die Höhe zu treiben. Die Kollegen arbeiteten sich jetzt in die Thematik ein. Eine Verbindung zwischen Seidel und Winkler hätte sie bisher nicht ausmachen können.

Walther trat neben ihn, räusperte sich. »Wir gehen jetzt so vor, wie Sie das vorgeschlagen haben.« Er machte eine kurze Pause, sah an ihm vorbei. »Und nachher, wenn wir wieder draußen sind, sage ich Ihnen etwas zu den Namen, die Veronika Seidel da auf die Liste geschrieben hat.«

Walther lief voraus, zog an der schweren Holztür und verschwand hinter dem klimpernden schwarz-beigen Fadenvorhang. Marten folgte ihm. Drinnen im *Pesel* war es überraschend gemütlich. Bänke und Tische aus nachgedunkeltem Holz, niedrig hängende Lampen über den Tischen, die Marten spontan an das Restaurant seines Opas erinnerten, in dem sie immer Karten gespielt hatten. Das Inventar ließ noch den Qualm erahnen, aus Zeiten ohne Rauchverbot. Ein Duft aus der Kindheit, als Papa noch geraucht hatte. Er mochte auch die alten Schiffsmodelle, die auf den Fensterbänken standen oder an durchsichtigen Schnüren von der Decke hingen. Eine Skulptur von Ekke Nekkepenn, einem Meermann aus der Sagenwelt der Insel, stand auf einem Fenstersims.

Es waren schon fünf Grüppchen von Gästen da, die jedoch Plätze in unterschiedlichen Ecken des Raumes gewählt hatten. Man redete leise, ein allgemeines Raunen lag in der Luft. Sie gingen weiter durch bis zur Theke, Walther grüßte im Vorbeigehen in die unterschiedlichen Richtungen, zuletzt den Wirt.

»Hallo, Jörg.«

»Hallo, Walther.« Der Mann lachte über seinen Scherz, wurde dann aber ernst. »Du bist dienstlich hier, Max, oder?«

»Ja, wegen Joost. Jörg, das ist Herr Jaspari, Herr Jaspari, Jörg Wilbert, ihm gehört das *Pesel.*«

»Guten Tag.« Der Mann nickte ihm zu. »Hab heute Morgen von der Sache gehört. Schlimm. Wie kann ich euch helfen?«

»Wir brauchen eine Übersicht aller Gäste, die gestern da waren. Und möglichst, wann sie angekommen sind und wann sie gegangen sind.«

»Aller Gäste? Veronika war hier, falls du das wissen möchtest?«

»Ja, alle.« Es kam Marten so vor, als ob Walther entschuldigend die Schultern hob. »Muss sein.«

»Der Junge hat gestern den Tresen gemacht. Der kann das besser als ich.« Er drehte sich nach hinten zu einer offen stehenden Tür, an der in goldenen Lettern »PRIVAT« stand. »Hendrik? Kommste mal?«

Ein junger Mann erschien, vielleicht gerade der Schule entwachsen. Breite Schultern, athletischer Typ, aber Pech mit der Akne. Blonde Locken, Basecap, wache Augen. Der Händedruck erinnerte an einen Schraubstock.

»Hi, Hendrik«, begrüßte ihn Walther mit einem freundlichen Nicken. Der Inhaber erklärte ihm, was Walther wollte.

»Kriegst du das hin?«

»Anhand der Tageseinnahmen«, erklärte der Junge. »Ich merke mir immer die einzelnen Summen, ich habe mir das als so eine Art Denksportaufgabe ausgedacht. Also alle, die bezahlt haben, kriege ich zusammen, die Deckel liegen noch hinten. Das sind ja Stammgäste. Drei Touristenfamilien haben sich gestern aber auch hierher verirrt, zum Abendessen, da kann ich mit Namen halt nicht weiterhelfen.«

Jörg Wilbert grinste. »Super. Setz dich mal ins Büro und stell das fertig. Das hat Priorität, okay?«

»Wird gemacht.« Der junge Mann drehte direkt in die Richtung des Büros ab, aus der er hergekommen war. Marten hob den Arm, um ihn aufzuhalten.

»Entschuldigung?«

»Ja?«

»So ganz grundsätzlich, ist Ihnen gestern etwas aufgefallen? War irgendetwas anders als sonst?«

Der Mann überlegte kurz. »Nein. Weiß jetzt nicht genau, worauf Sie anspielen, aber … nee, wüsste ich jetzt nicht. War eine gute Stimmung gestern, alles super.«

»Veronika Seidel. Hatten die Touristen Kontakt zu ihr?«

»Nicht, dass ich es gesehen hätte.«

»Haben Sie zufällig bemerkt, ob Frau Seidel ihr Handy dabeihatte? Ist Ihnen da irgendwas aufgefallen?«

Der Mann blickte ihn irritiert an. »Nee. Keine Ahnung. Warum?«

»Wer war denn alles bei ihr?«, überging Marten die Gegenfrage.

»Mit ihr am Tisch? Lucy, Meike, Sarah …«

»Okay, schreiben Sie es bitte auf. Aber auch, wer alles einfach nur mal so vorbeikam.«

»Veronika, ich meine … also …« Er senkte die Stimme. »Sie ist ein … *attention seeker*? Das sagt Ihnen was, oder?«

»Schon klar, ist aber wichtig«, bekräftigte Walther. »Danke dir!«

»Ich mach's so gut ich kann.« Er sah fragend zum Inhaber, der nickte.

»Ordentlich und mit Priorität. Erledigste wirklich sofort, okay?«

»Danke für die Hilfe.« Walther setzte ein zufriedenes Gesicht auf.

»Wirklich ein Mord? Stimmt das?« Der Inhaber sah Walther an.

»Ja.« Er wechselte einen kurzen Blick mit Marten. »Aber frag nicht weiter. Und bitte behalte das hier für dich. Falls dir noch irgendetwas einfällt, melde dich bitte bei mir, okay?«

»Natürlich. Und sagt immer Bescheid, wenn ich euch helfen kann. Wir sehen uns!«

Die Tür knarzte, als sie nach draußen gingen. Die Sonne kam von vorne und blendete sie. Ein Vogel zirpte im Laub der benachbarten Bäume, war aber nicht zu sehen. Walther blieb neben Martens Wagen stehen.

»Ich sag Bescheid, sobald Hendrik mir die Übersicht fertig gemacht hat.«

»Hm.« Marten musterte ihn. Das war jetzt schon der dritte Ansprechpartner, mit dem Walther sich duzte. »Sie wollten mir noch was zu den Namen auf der Liste von Frau Seidel sagen? Lucy, Meike und Sarah – was muss ich da wissen?«

»Ich steig mal eben mit ins Auto ein.« Er öffnete die Beifahrertür, Marten ging einmal um den Wagen herum und setzte sich dazu.

»Es geht nicht nur um die drei. Es geht um fast alle der achtundfünfzig Namen.« So viele Gäste hatte Frau Seidel ihnen aufzählen können. Er deutete auf die einzelnen Zeilen. »Stellvertretender Bürgermeister, der da ist Chef der freiwilligen Feuerwehr, dem gehören drei Hotels und fünf Ferienhäuser. Alles Sylter Urgesteine. Die Liste da, das ist quasi die örtliche Prominenz.«

»Worauf wollen Sie hinaus?«

»Ich hab es heute Morgen schon geahnt.« Walther brummte etwas in sich hinein, dann gab er sich einen Ruck. »Veronika Seidel – die hat für jeden ein Lächeln übrig, verstehen Sie?

Die hat die Leute reihenweise um den Finger gewickelt. Natürlich war Joost da eifersüchtig. Aber halt auch stolz, dass sie sich für ihn entschieden hatte. Keine Ahnung, vielleicht hatte sie aber auch neben ihm was laufen. Das ganze … diese Ermittlungen werden ein Tanz im Minenfeld.«

Es war klar, was Walther meinte. Es ging ihm nicht nur darum, dass er innerhalb seines Bekanntenkreises ermitteln musste. Gerüchte würden entstehen. Dazu noch diese Botschaft. *Liewer düd aß Slaawe.* Nicht mehr lange, und die ersten Presseanfragen würden auf Walthers Schreibtisch landen. Erst recht, wenn irgendwelche Details zu dem Fall durchsickern sollten. Genau wie in Aurich.

»Da müssen wir durch.« Weil der Täter es so wollte. Wenn sie davon ausgingen, dass der Täter den Mord wieder perfekt durchgeplant hatte, dann lag die Vermutung nahe, dass er auch die Spur zu Veronika Seidels Handy in Kauf genommen oder sogar absichtlich gelegt hatte. Der Mörder wollte, dass der Mord bekannt wird. Er wollte diese Gerüchte – und die daraus entstehende Aufmerksamkeit.

17

Keitum, Sylt. Mittwoch, 30. Juli

20:00 Uhr

An der roten, altehrwürdig wirkenden Backsteinfassade des Polizeireviers fiel Marten auf der Höhe seines Parkplatzes ein altes Steinrelief auf. Es zeigte den traditionellen Hirsebreitopf für die Puken, die friesischen Hausgeister – die Kollegen wollten offensichtlich auf Nummer sicher gehen und sich mit ihnen gutstellen. Im Inneren des Gebäudes jedoch befanden sich hochmoderne Büroetagen. Walther holte ihn ab und führte ihn in einen Besprechungsraum, um ihm die Mordkommission vorzustellen. Er hatte bereits zehn Leute für die Ermittlungen freigeschaufelt, morgen sollte Verstärkung vom Festland kommen. Alle Altersgruppen, alle Dienstgrade.

An den Wänden des Besprechungszimmers waren auf Whiteboards und Flipcharts die wichtigsten Ermittlungsergebnisse festgehalten, mit roter Schrift waren To-dos, mit blauer Tatsachen, mit grüner Schrift zentrale Zeugenaussagen festgehalten. Klassische, bewährte Vorgehensweise. »Zusätzlich«, erklärte Walther, »führt ein Kollege die elektronische Akte, für die Kollegen im Außeneinsatz, und kopiert auch deren Ergebnisse auf die Whiteboards. Alle sind immer up to date.«

»Respekt.« Marten musste zugeben, dass sein Kollege besser organisiert war als er. Na ja, zugegebenermaßen hatte er ohnehin fast nichts organisiert, sondern die Koordination der Detailarbeiten größtenteils Gudrun überlassen.

Nach dem Händeschütteln folgte er Walther zur Leiterin des Polizeireviers. »Hauptkommissarin Pløen. Prima, dann sind wir ja vollständig.« Ihr Büro war gerade mal zehn Quadratmeter groß, sie schien weniger Wert auf Status zu legen als Kupernik. Der sah bereits von einem an der Wand befestigten Bildschirm auf sie herab.

Marten ließ Walther den Vortritt, die Fakten zu präsentieren. »Es könnte sein, dass eine Beziehungstat dahintersteckt. Dazu passen aber nicht die Ritzereien in der Brust des Toten«, schloss er.

»Was ist Ihre Einschätzung, Herr Jaspari?«

»Ich stimme zu, eine Beziehungstat ist nicht auszuschließen. Es könnte aber durchaus sein, dass die allseits bekannte Eifersucht von Joost Seidel sozusagen ein Werkzeug war, um den Mord zu begehen. Dadurch konnte der Täter ihn manipulieren. Seidel war letztlich ein berechenbares Opfer, ähnlich wie auch Herr Winkler in Aurich.« Jetzt nicht überreizen. Lass den wichtigen Teil die Chefs erledigen. »Der Schuss in die Stirn, beinahe identisch. Es ist naheliegend, dass der Mörder genau sein Tun beobachten wollte, das Sterben, den Tod. Ich halte es für sehr plausibel, dass die beiden Fälle zusammenhängen.«

Dann war es nur logisch, die Ermittlungen unter eine gemeinsame Leitung zu stellen. Er wartete, aber es kam keine

Reaktion von Pløen, auch nicht von Kupernik. Vielleicht musste er nachlegen. Er dachte an die Theorie von seinem Vater. »Ich würde sogar sagen, der oder die Täter wollen, dass die Morde miteinander in Verbindung gebracht werden. Die Schnittwunden. Wir … ich denke, sie bauen aufeinander auf.«

»Wie wollen Sie also weiter vorgehen?«, fragte Kupernik.

»Zwei Ansätze«, improvisierte Marten. »Zum einen sollten wir versuchen, Querverbindungen zwischen beiden Fällen auszumachen. Zwischen Personen, Ereignissen, was auch immer, irgendwie müssen die ganz praktisch zusammenhängen. Und zum anderen – eben diese Schnittverletzungen.«

»Haben Sie eine Vermutung?«

»Sie sind nicht einfach nur die Signatur des Täters, sondern sie enthalten Botschaften, die die Morde rechtfertigen sollen.« Glaubte er an das, was er gleich sagen wollte? Er horchte in sich hinein. Ja, das tat er. »Botschaften an uns. Die erste Botschaft konnten wir nicht verstehen, vielleicht, weil sie unvollständig war. Vielleicht ergeben sie aber gemeinsam einen Sinn. Mehrere Morde, aber eine Botschaft. Darum geht es dem Täter, wir sollen seine Botschaft entschlüsseln. Über sie kommen wir zum Mörder. Er gibt sie uns ja sozusagen an die Hand, es wäre sogar nicht abwegig, wenn er darüber erkannt werden will. Es würde sogar passen.«

Pløen sah zum Bildschirm hinüber, zu Kupernik. Als dieser nickte, wandte sie sich wieder an Walther und Marten: »Sie sind tiefer drin als wir alle. Der Polizeidirektor und ich sind uns einig. Koordinieren Sie bitte die Ermittlungen, die Oberkommissar Walther hier auf Sylt führt, mit Ihren.«

»Okay …«

Fragend blickte Marten zu Kupernik.

»Das heißt, Sie bekommen die Gesamtleitung, Jaspari«, sagte dieser. Aus den Augenwinkeln erkannte Marten, dass Pløen kurz zuckte. »Führen Sie die Ermittlungen zum Ziel. Wir vertrauen Ihnen. Viel Erfolg!«

Abends um zehn checkte er bei einer der in die Jahre gekommenen Bettenburgen im Westerländer Zentrum ein, direkt am Strand. Innen war das Hotel deutlich schicker als von draußen. Zu seinem Zimmer gehörte immerhin ein Balkon mit Meerblick. Er trat nach draußen. Die Nacht hatte eingesetzt, nur in weiter Ferne zog sich noch ein dünner hellgrauer Streifen von Nord nach Süd durch das Halbdunkel. Unter ihm war schwarze See, mehr zu hören, als zu sehen. Westwind, Salz lag in der Luft, sogar in der zehnten Etage.

Er hatte sich in den Fall verbissen, gestand er sich ein. Der Kern war diese Botschaft. Ein Rätsel, das der Mörder ihnen aufgab. Marten betrachtete das Meer, beobachtete, wie das fahle Licht des Mondes auf der Oberfläche tanzte. Eine Botschaft auf Friesisch, sie mussten friesisch denken. Erst der ostfriesische Wahlspruch, dann der nordfriesische. Eine Botschaft aus zwei Teilen.

Zwei Teile … Was, wenn die Botschaft noch immer nicht vollständig war? Bei dem Gedanken lief es ihm kalt den Rücken hinunter. Erst ost-, dann nordfriesisch. Es gab auch noch Westfriesland, in den Niederlanden. Er rief Kupernik an. Der Chef ging nach dem fünften Klingeln dran.

»Jaspari, es ist halb zwölf. Bitte, sagen Sie nicht, dass es eine weitere Leiche gibt.«

»Das wäre in der Tat gut möglich. Aber vielleicht können

wir es noch verhindern.« Er skizzierte seine Idee und bat Kupernik, die Anfrage gleich an die niederländischen Behörden rauszusenden. »Es kann sein, dass das jetzt weit hergeholt ist. Aber falls meine Vermutung stimmt, müssen wir uns, so schnell es geht, mit den Kollegen austauschen.«

»Darf ich fragen, welche Indizien für Ihre Mutmaßung vorliegen, außer Ihrer Intuition?« Marten räusperte sich, Kupernik sprach aber einfach weiter. »Egal, okay. Ich kümmere mich drum. Noch heute Abend. In Ordnung.«

Marten sah auf das Display, Kupernik hatte aufgelegt. Hatte er überstürzt gehandelt? Vielleicht. Aber im Kern, bestätigte er sich, habe ich recht. Ich muss auf mein Gefühl vertrauen, dann bin ich gut.

Er stellte den Koffer in den Wandschrank, unausgepackt. Sachen für drei Tage. Vielleicht würde er erst wieder in Aurich zurück sein, wenn auch Katharina heimkehrte. Bis auf die Nachricht, dass sie gut in London angekommen sei, hatte er nichts mehr von ihr gehört. Er formulierte erst eine Nachricht an sie, rief dann aber kurz entschlossen an.

»Hey, du.« Ihre Stimme klang gehetzt.

»Hey, Süße. Wie geht es dir?«

Sie fasste sich kurz, ziemlich viel Stress, aber alle seien superfreundlich. »Schon eine Herausforderung, aber ich krieg das hin.«

»Es sieht echt so aus, als ob die beiden Morde zusammengehören. Wir sind ganz nah dran, denke ich. Es gibt da eine gute Spur.«

»Ja.« Vielleicht war sein Themenwechsel zu schnell gekommen. Er hörte ihren Atem. »Hast du gar keine Angst?«, sagte sie dann doch noch nach einer Weile.

»Nein.«

»Du läufst einem Irren hinterher, der kaltblütig Menschen umbringt.«

»Ja.« Er war es Jonathan schuldig. Und jetzt auch Joost Seidel.

»Das ist für mich keine einfache Vorstellung.«

»Ich passe auf, ehrlich.« Wo kam das auf einmal her? Er kannte das gar nicht von Katharina. Sie hatte ihn auf dem falschen Fuß erwischt. Im Hintergrund hörte er eine fremde Stimme, nur ganz leise.

»Du, ich muss Schluss machen.« Katharina schien abgelenkt. »Wir telefonieren morgen länger, okay? Gute Nacht.«

»Ich liebe dich.« Sie hatte bereits aufgelegt.

18

Niebüll. Donnerstag, 31. Juli

16:30 Uhr

Sie leuchtete mit der Stablampe auf die Brust des Toten, dorthin, wo die Schnittwunden waren. Im ersten Moment hatte sie an Runen denken müssen. *Frysk bloed tsjoch op.* Friesisches Blut, zieh auf. Einmal hatte der Mörder eine Rippe getroffen. Er musste in Eile gehandelt haben, vielleicht hatte er gedacht, dass er bereits entdeckt worden war. Schade, dass sie ihn trotz der sofort und groß angelegten Suche nicht gefunden hatte.

Es tat einen Ruck im Fahrzeug, Iska van Loon schlug ihre Augen wieder auf, die Erinnerung verschwamm. Der Autozug war angefahren, sie verließen den Bahnhof Niebüll. Ihre Hände lagen auf den unteren Speichen des Lenkrades, als ob sie den Wagen bei gemütlicher Fahrt steuern würde. Sie waren knochiger geworden, die Haut rissiger. Man konnte noch so gründlich versuchen, das Alter unter Make-up, Kleidung oder Haarfarbe zu verstecken, die Hände verrieten einen doch.

Ihr Wagen stand auf der oberen der beiden Etagen des Zuges, hoffentlich hatte sie von hier aus eine gute Aussicht.

Die ersten Kilometer führten sie vorbei an Wiesen und Feldern. Nach dem letzten Dorf fuhr der Zug auf den Hindenburgdamm, der zunächst weiter über das Festland führte. Im Norden lag ein Naturschutzgebiet mit mehreren Seen, im Süden Agrarland. Sie betrachtete die Entwässerungsgräben, die das Gebiet in geraden Bahnen durchzogen und blitzend das Sonnenlicht reflektierten. Hier in Deutschland nannten sie das dem Meer abgerungene Gebiet Koog, in den Niederlanden Polder. Es ist hier wie bei uns, dachte sie, ein Leben am Meer, mit dem Meer und gegen das Meer. Dann passierte der Autozug den neuen Abschlussdeich, und sie sah das Wasser vor sich.

Frysk bloed tsjoch op. Die erste Zeile ihrer inoffiziellen Nationalhymne, quer über den Oberkörper eines Mordopfers geritzt. Ohne Zögern hatte sie das große Programm abgespult. Das Gebiet abgeriegelt, Personen und Passagierlisten kontrolliert, Handydaten angefordert, Spezialisten hinzugezogen, Termine koordiniert. Immer mitten dabei, drei Tage nicht mehr geschlafen und sich hauptsächlich von Kaffee ernährt. Und es hatte nichts genützt. Fehlschlag. Keine Verdächtigen, kein Motiv, keine Ergebnisse. Nicht einmal Anhaltspunkte, auf die sie ihr Team ansetzen konnte. Die ersten Kollegen waren von Dirk schon wieder zu anderen Fällen mit höherer Erfolgswahrscheinlichkeit versetzt worden.

Sie summte die stolze Melodie, die sie schon seit Kindesbeinen kannte, weiter bis zum Refrain.

Klink dan en daverje fier yn it rûn
Dyn âlde eare, o Fryske grûn!

Klinge dann und donnere weit herum, deine alte Ehre, o friesischer Boden. Friesischer Boden, hier wie dort. Sie schluckte. Schuss von vorne in die Stirn, eingeritzte Botschaft, hier wie dort. Das *Euregionale Polizeiliche Informations- und Kooperations-Zentrum* in Kerkrade hatte die Anfrage der deutschen Kollegen noch in der Nacht direkt an sie weitergeleitet.

Ein Serienmörder, der auf beiden Seiten der Grenze zugeschlagen hatte? Die drei Regionen Frieslands. Drei Morde. Drei Nachrichten. *Frysk bloed tsjoch op. Eala Frya Fresena. Liewer düd aß Slaawe.*

Diese drei Zeilen hatten etwas in ihr ausgelöst. Nicht, als sie die E-Mail gelesen hatte, in der sie aufgeführt waren. Sondern als sie die Zeilen gegenüber Dirk ausgesprochen hatte, direkt hintereinander. »Wir haben drei Nachrichten, *Frysk bloed tsjoch op. Eala Frya Fresena. Liewer düd aß Slaawe*, jeweils in die Brust des Opfers …« Es war der gemeinsame Klang, dieser holprig-fließende Singsang, der sie nicht mehr losgelassen hatte, der seither immer wieder durch ihre Erinnerungen gekrochen war, unbewusst oder halb bewusst, schon die ganze Fahrt über, und er hatte etwas nach oben gespült, das ihr seltsam unwirklich, wie ein Fiebertraum, vorkam.

Eine Nacht vor vielen Jahren. Es war in ihren ersten großen Sommerferien, zwischen der ersten und der zweiten Klasse, am letzten Tag ihres Urlaubs auf Schiermonnikoog. Opa war schon krank, er konnte nicht mehr mit ihnen zum Strand mitkommen, sondern saß den ganzen Tag vor dem Fernseher oder draußen auf der Terrasse in seinem Schaukelstuhl. Und Papa hatte sich morgens mit ihm gestritten, er auf

Niederländisch, immer wütender und lauter, Opa schrie auf *frysk* zurück. Sie konnte nicht alles verstehen, irgendwann wurden Türen geknallt, das Wortgefecht gedämpft, und dann kam Papa, das Gesicht noch immer rot angelaufen, zu ihnen ins Zimmer und sagte, sie würden jetzt aufbrechen, einen Ausflug machen, an die frische Luft, das würde allen guttun. Erst abends kamen sie wieder im Haus an. Opa wartete draußen, eine Decke auf den Knien. Sie blieb neben ihm stehen, nahm seine Hand, ganz trocken und überraschend leicht war sie, wie altes Laub, und streichelte sie.

Beim Abendessen schwiegen Papa und Opa einander an, beide noch immer aufgebracht, das konnte man ihnen anmerken. Sie traute sich nicht einmal, nach der Butter zu fragen, die bei Papa am entgegengesetzten Ende des Tisches stand, so angespannt war die Situation. Mama tat ihr am meisten leid, wie sie hilflos zwischen den beiden saß und versuchte, ein Gespräch über die Sandburgen zu führen, die sie an dem Tag gebaut hatte, und dass eine Schaufel in dem schweren Sand kaputt gegangen war.

Wie jeden Abend ging sie direkt nach dem Essen nach oben, wusch sich in dem alten Badezimmer mit den roten Fliesen und dem flackernden Licht, nur Katzenwäsche, und legte sich dann in der kleinen Kammer in das schmale Bett, wo sie vor Erschöpfung von dem anstrengenden Spielen am Strand sofort einschlief.

Mitten in der Nacht schreckte sie hoch. Sie wusste erst gar nicht, wo sie war, eine Hand lag auf ihrer Schulter, sie hörte ein lang gezogenes Psst, dann flammte ein kleines Licht auf. Opa saß vor ihrem Bett, neben dem bereits für die Heimreise gepackten Koffer, und hielt eine Taschenlampe unter sein Gesicht, sodass sie ihn erkennen konnte. Mit dem Zeigefinger der anderen Hand auf seinen Lippen bedeutete er ihr, leise zu sein. Er sah aus wie ein Gespenst, noch hagerer und dünner als sonst.

»Es gibt etwas, das ich dir noch unbedingt sagen muss.« Seine Stimme klang ziemlich außer Atem. Nach dem ersten Schreck freute sie sich, ihn zu sehen. Opa war anders als die anderen Erwachsenen, er erzählte Geschichten von früheren Zeiten, machte Blödsinn, lachte gerne. Er hatte ihr gezeigt, wie man Bogen schnitzte und wie sie an den Pfeilen Federn befestigen konnte, damit sie gerade flogen. Mit Opa erlebte sie immer Abenteuer, es war aufregend und lustig. Aber jetzt schaute er so seltsam ernst. »Hör mir bitte gut zu. Ich muss dir etwas Wichtiges sagen, und ich möchte, dass du dir das merkst. Okay?«

»Was ist denn …?« Nun wunderte sie sich auch, dass er nach oben gekommen war, seins und Omas Schlafzimmer war seit letztem Jahr der Raum unten neben dem Eingang.

»Nicht so laut!«, rief er, viel lauter, als sie gefragt hatte. Unten quietschte etwas, altes Holz, wie immer in diesem Haus. Und dann begann er, flüsternd und krächzend: »*Frysk bloed tsjoch op. Eala Frya Fresena. Liewer düd aß Slaawe …*«

Es waren noch mehr Zeilen, aber er rezitierte sie zu schnell, sie rasten an ihr vorbei, in dieser Sprache, die sie doch kaum beherrschte.

»Ich hab nicht alles verstanden.« Vor der Türe knarrten die Holzdielen.

»*Frysk bloed tsjoch …*«, wiederholte er leise.

Die Tür hinter ihm sprang auf, Papa stand dort im Schlafanzug, tastete nach dem Lichtschalter.

»Was ist denn hier los?«

»Und auch wenn Papa und ich streiten«, fuhr Opa unvermittelt lauter fort, »wichtig ist mir einfach, dass du weißt, dass ich dich ganz doll lieb habe, okay, Iska? Vergiss das bitte nie, ja?« Er schaute sie eindringlich und bittend an. »Vergiss es nicht!«

»Ja, Opa.«

Das Deckenlicht war jetzt an. »Komm, alter Mann, ich bringe dich wieder nach unten. Du hast mir einen ganz schönen Schrecken eingejagt.«

Opa stützte sich auf seine Schulter, Papa löschte das Licht, und dann verschwanden sie in der Dunkelheit.

Frysk bloed tsjoch op. Eala Frya Fresena. Liewer düd aß Slaawe … Es war ein ganz eigener Rhythmus, der die einzelnen Sätze zusammengebracht hatte, mit merkwürdigen Wörtern, deren Bedeutung sie nur erahnen konnte. Am nächsten Tag fuhren sie frühmorgens ab. Und ein halbes Jahr später starb Opa, sie konnte ihn nicht mehr fragen, was das für ein Gedicht gewesen war. Als sie einmal Papa darauf ansprach, konnte der ihr auch nicht helfen.

Wir müssen friesisch denken, so hatte Marten es formuliert. Die drei Sätze hatten, davon war er überzeugt, eine tiefere Bedeutung für den Mörder. »Ein Mörder, drei friesische Regionen. Wir wissen, dass *Frysk bloed tsjoch op, Eala Frya Fresena* und *Liewer düd aß Slaawe* die Wahlsprüche dieser Landesteile sind. Aber verstehen wir sie auch? Warum bezieht sich der Mörder auf sie? Vielleicht haben sie für ihn einen tieferen Sinn. Wir müssen tiefer einsteigen. Wenn wir die Bedeutung erkennen, verstehen wir den Mörder und können ihn endlich fassen!« Seine Stimme hatte sich fast überschlagen.

»Möglich«, hatte sie geantwortet, dann aber sofort den Kontakt zu Enna Wenck vermittelt. Wenn es jemanden gab, der friesisch dachte, war das Enna. Ob das wirklich viel bringen würde, konnte sie nicht sagen. Im Moment interessierte sie der Stand der Ermittlungen bei den Deutschen mehr. Jeder Mörder hinterlässt Spuren, bei jedem Mord. Je mehr Spuren, desto mehr klare Anhaltspunkte. Sie war froh, dass Dirk ihr die Reise nach Sylt genehmigt hatte. »Direkter Austausch ist durch nichts zu ersetzen. Und bei dem Gespräch mit Wenck solltest du schon auch dabei sein«, hatte er gemeint. »Viel Erfolg.«

Sie spähte durch die Windschutzscheibe und über den Rand des Geländers, das die obere Fläche ihres Waggons umgab. Die See hatte sich beruhigt, lag eben am Fuß des Bahndeiches, der das Wattenmeer teilte. Nach einer lang gezogenen Linkskurve erreichten sie die Insel. Der Zug passierte einige Dörfer, bevor er in Westerland hielt. Langsam ließ sie den Wagen auf die Straße rollen und fuhr dann zu ihrem Hotel am Ortsrand von Tinnum, Dirk hatte es gebucht. Eher hässliches Hinterland als Westerländer Nordseeromantik.

»Schön, dass du da bist!«, empfing Marten sie auf dem Parkplatz vor ihrer Bleibe. Er sah etwas anders aus als im Videotelefonat, vom Wind zerzauste Haare, Viertagebart, ausgeprägte Augenringe. Trotzdem machte er einen wachen Eindruck. Anfangs hatten sie englisch geredet, aber dann hatte sie den Wechsel ins Deutsche vorgeschlagen. Er suchte doch oft nach dem passenden Wort, was ihm zunehmend peinlich schien. Auch im Deutschen war er, obgleich weniger üblich, beim Vornamen und beim Duzen geblieben. Sie freute sich, das verbesserte die Arbeitsatmosphäre.

Marten stellte ihr die Kollegen vor, gemeinsam besuchten sie noch einmal den Fundort und gingen die Zeugenbefragungen durch. Schließlich aßen sie noch recht spät an der Strandpromenade gemeinsam zu Abend. Sie mochte das bunte Treiben, die vielen Leute und den direkten Seeblick. Auf den westfriesischen Inseln waren die Städte nicht so nah an das Meer herangewachsen wie hier. Marten hatte die letzten Fischbrötchen besorgt, der Verkaufsstand mit dem roten Hummer schloss gerade.

»Wir müssen friesisch denken.« Er reichte ihr ein in Papier eingeschlagenes Matjes-Brötchen. »Der Mörder will töten, und diese eingeritzten Sprüche sind so etwas wie die Erlaubnis dazu. Auf einer pseudoreligiösen Ebene, so stelle ich mir das vor. Vielleicht ein alter Ritus, irgendwas in der Art. Was meinst du?«

Der Fisch war salziger als zu Hause, aber auch nicht schlecht. »Kann man essen.« Sofort ärgerte sie sich über ihren Kalauer, eigentlich hatte sie sich etwas mehr Zurückhaltung vorgenommen. Aber mit seiner fixen Idee und Verstiegenheit hatte es sie doch zu sehr gereizt.

Marten ignorierte ihn und kaute, in Gedanken versunken, auf einem Bissen von seinem Brötchen herum. »Du bist doch Friesin, oder?«, sagte er dann. »Hast du schon eine Hypothese? Denkst du, ich bin da total auf dem Holzweg?«

»Ich weiß es nicht.« Sie dachte wieder an diesen rätselhaften Besuch von ihrem Großvater damals, der im Rückblick fast zu unwirklich erschien, um wahr gewesen zu sein. »Aber morgen wissen wir mehr. Danke, dass wir das Treffen zusammen machen können.«

»Hoffen wir, dass es was bringt«, antwortete Marten, nachdem er das Brötchen in Rekordzeit heruntergeschlungen hatte. Ihm war anzumerken, wie viel Druck er sich machte. »Ich muss noch telefonieren. Wir sehen uns morgen.«

»Bis morgen!« Sie blickte ihm hinterher, dann wieder zum Meer und zum Horizont, der jetzt eine goldfarbene Linie war. Leicht links vom Sonnenuntergang musste Schiermonnikoog liegen. Mehr als hundert Seemeilen, also in etwa ein Vierundzwanzig-Stunden-Törn mit dem Segelschiff, quer über die Deutsche Bucht. Sie kaute zu Ende, warf das Brötchenpapier in die nächste Mülltonne.

Über die volle Fußgängerzone erreichte sie den Bahnhof. Von hier aus müsste es zu Fuß noch eine knappe Viertelstunde nach Tinnum sein. Der Spaziergang tat gut nach der langen Fahrt hierhin und den vielen Informationen von den Kollegen.

Maaike rief an, sie nahm das Gespräch über die Kopfhörer an. »Liebes, was ist los? Weinst du?« An der Hauptstraße lärmte der Verkehr, ihre Tochter war kaum zu verstehen. Sie beschloss, einen Umweg zu laufen, und bog in den Kirchenweg ein.

»Ausgerechnet heute. Heute ist die Party, und Papa ist einfach doof!« Der Rest ging in einem weinerlichen Gemurmel unter. Kind, nimm dich zusammen, du bist keine sechs Jahre mehr! Aber das sagte sie nicht, sondern wartete darauf, dass Maaike selbst die Kurve bekam. Es dauerte. Sie ließ ihr die Zeit. Es war überraschend nett hier. Einfamilienhäuser, gepflegte Gärten, Kopfsteinpflaster. Ein alter Dorfkern, reetgedeckte Friesenhäuser. Idyllisch. Außer ihr waren nur wenige Menschen unterwegs. »Papa will nicht, dass ich hingehe. Und wenn doch, dann soll ich um elf wieder zu Hause sein. Total armselig, ich bin die Einzige. Roswitha darf auch bis zwei bleiben.«

Daniel hatte bestimmt korrekt gehandelt. Mit fünfzehn sollte man ihr nicht erlauben, nachts alleine durch die Straßen zu ziehen. Er hatte gar nicht anders handeln können. Jetzt kam es darauf an, dass Maaike selbst die richtigen Schlüsse zog. »Hör mir bitte mal zu, Süßes. Hör mir zu, okay?«

»Okay.«

»Daniel hat alles richtig gemacht. Aber es ist dein Leben, deine Entscheidung.«

»Wie meinst du das? Erlaubst du, dass ich hingehe?«

»Ich denke, dass du lernen musst, selbst zu entscheiden. Daniel hat dir erlaubt, dass du auf die Party gehst. Und er hat gesagt, dass du um elf zu Hause sein sollst. Jetzt ist es deine Entscheidung, wie du damit umgehst. Du musst halt mit den Konsequenzen leben. Kapiert?«

Atemgeräusche auf der anderen Seite. »Danke, Mama.«

»Ich hab dir nichts erlaubt, okay? Und hör zu, Süße, ich werde mir heute Abend Sorgen machen. Schreib mir bitte, wenn du wieder daheim bist, okay?«

»Ja, versprochen. Hab dich lieb!«

»Ich wünsche dir einen schönen Abend!«

»Dir auch!« Maaike hatte aufgelegt.

Iska atmete tief durch. Sie hatte nicht gelogen, sie wusste, was ihr heute Abend bevorstand. Selbstvorwürfe und Sorgen. Hoffentlich ging alles gut.

19

Hörnum. Freitag, 1. August

09:30 Uhr

Der Wecker, den sie sich eigentlich nur zur Sicherheit gestellt hatte, riss sie aus einer Tiefschlafphase. Wie erwartet war sie viel zu spät eingeschlafen. Maaike hatte weder geschrieben noch angerufen. Sollte sie nachfragen, ob alles in Ordnung war? Iska erinnerte sich an den Spruch ihrer Eltern, aus der Kindheit ohne Handy und ständiger Erreichbarkeit. *Keine Nachrichten waren gute Nachrichten.* Maaike war in der Pubertät, lass sie in Ruhe, nerv sie nicht.

Nein, sie musste wenigstens eine Nachricht schreiben, irgendetwas Unverfängliches. »Hey, Große, ich hoffe, du hattest gestern einen schönen Abend. Liebe Grüße!« Maaike würde die Nachricht so auffassen, wie sie gedacht war, als eine Erinnerung, dass sie sich melden sollte. Nachdenklich drückte sie auf Senden. Sie hatte immer auf eigenen Füßen stehen wollen, das Gleiche sollten jetzt auch ihre Kinder dürfen. Aber es fiel ihr schwer, die richtige Balance zu finden.

Sie hatte am Vorabend geduscht, spritzte sich jetzt nur etwas kaltes Wasser ins Gesicht. Dezentes Make-up, um sich wohlzufühlen. So hatte sie noch eine Viertelstunde für das

Frühstück. Brot, Wurst, Käse, Kaffee, nicht besonders lecker, aber ausreichend. Als sie zusammen mit Marten nach Hörnum fuhr, fühlte sie sich trotz der schlechten Nacht einigermaßen erholt.

Der Ort lag am schmalen, südlichen Ende von Sylt, ein rot-weißer Leuchtturm wachte bilderbuchmäßig über das Dorf. In den Dünen versteckten sich reetgedeckte Häuser, die wirkten, als seien sie von riesiger Hand dort hineingewürfelt worden. Dahinter begann im Westen der riesige Nordseestrand, im Süden schloss sich die Hörnum-Odde an, eine herrliche Heide- und Dünenlandschaft, die unter Naturschutz stand. Im Osten sorgte der tideunabhängige Hafen für das maritime Wohlbefinden, sogar einige Fischer nutzten ihn noch. Iska konnte verstehen, dass der Ort vor Touristen nur so überlief. Außerdem war Hafenfest, am Kai hatten Händler ihre Stände unter weißen Zelten aufgebaut, an denen man Nippes, Fisch und frische Muscheln oder Weißwein erwerben konnte. An einer langen Tafel übten sich Alt und Jung im Krabbenpuhlen.

Als Kind hatten sie das öfters mal gemacht: fixieren, drehen, ziehen. Kopf der Krabbe zwischen Daumen und Zeigefinger fixieren. Drehen, aber ohne Druck, bis der Panzer aufbricht. Hintere Hälfte aus dem Panzer ziehen, dann die vordere Hälfte. Opa konnte das sogar mit nur einer Hand und mit geschlossenen Augen. Oma hatte später aus den übrig gebliebenen Schalen noch eine Suppe gekocht. So schmeckt das Meer, hatte sie dann immer gesagt.

Iska warf einen letzten Blick auf den Trubel. Dann lief sie mit Marten zu einem weiß getünchten, ebenfalls mit Reet gedeckten Haus im Zentrum des Ortes, das über der Straße thronte, ähnlich wie eine Warft über dem Wattenmeer. Ein Friesenwall umrandete das Grundstück, Marten, der noch immer voranging, öffnete die niedrige, weiß gestrichene hölzerne Gartenpforte. »Du kennst Enna Wenck also schon lange?«

»Seit meiner Kindheit, durch meinen Großvater«, antwortete Iska. »Ihr Bruder hat auf Schiermonnikoog gelebt und war mit ihm befreundet. Sie ist eine beeindruckende Persönlichkeit. Lehrstuhl an der Uni Flensburg für friesische Geschichte, inzwischen emeritiert, außerdem war sie jahrelang eine treibende Kraft im Interfriesischen Rat. Wenn jemand über Friesisches Bescheid weiß, dann sie. Aber kennen ist zu viel gesagt, eher flüchtig bekannt.«

Neben der Tür befanden sich drei Klingelschilder, Marten drückte auf den obersten Knopf: *E. Wenck*. »Einundsiebzig, sagst du? Und ganz oben?«

»Ja. Kinder und Enkelkinder haben die Wohnungen unter ihr. Sie ist etwas speziell.«

»Inwiefern?«

»Hm, sagen wir im Sinne von streitbar. Und sie ist sturköpfig, mit ihr verscherzt man es sich nicht, das würde sie einem bis an ihr Lebensende nicht vergeben. Sie kämpft halt für unsere friesische Identität, immer. Es ist manchmal etwas anstr… Ach, wart 's einfach ab.«

Ein Summen, sie traten ein. Die Tür am Ende eines kurzen Flures war verschlossen, eine Treppe führte in einem geschwungenen Bogen zu den oberen Stockwerken hinauf. Unter ihren Füßen knarzten die Stufen. Auch in der nächsten Etage öffnete sich keine Tür. Doch auf der obersten Treppenstufe wartete eine grauhaarige Dame mit ineinandergelegten Händen auf sie, weiße Stoffhose zu passendem Blazer, um den Hals baumelte eine Lesebrille.

Iska stellte die beiden einander vor. Die Dame nickte. »Hallo, Herr Jaspari. Hallo, Iska, wir haben uns lange nicht mehr gesehen. Ich freue mich, dass Sie da sind. Bitte, folgen Sie mir.«

Sie erreichten einen lichtdurchströmten Salon. Hellgrauer Parkettboden, Vitrinen aus Glas und weißem Holz standen an den Wänden, nach Westen öffnete sich ein Balkon zur See. Auf der linken Seite befand sich ein Bücherschrank mit ledergebundenen Bänden, auf der anderen Seite eine Karte der niederländischen und deutschen Nordseeküste. In der Mitte des Raumes stand ein riesiger Tisch mit sechs Stühlen, neben einem Notebook stapelte sich Papier. Es sah so aus, als ob sie gerade noch gearbeitet hatte.

»Ich habe mir eben noch einen Darjeeling gemacht. Möchten Sie auch einen Tee? Oder etwas anderes?«

»Vielen Dank, für mich nichts«, antwortete Marten.

»Ein Glas Wasser wäre gut«, sagte Iska.

Enna Wenck verschwand in einem Nebenraum und kam nach einer knappen Minute bereits mit einem Tablett wieder hervor, auf dem sie drei Gläser, eine Wasserflasche und eine Teetasse balancierte. Mit einem Sieb schöpfte sie die Blätter aus der Tasse und legte sie in eine bereitgestellte Schale. »Iska sagte mir, dass Sie einige Fragen zu uns Friesen haben. Wie kann ich Ihnen helfen?«

»Wir untersuchen drei Kriminalfälle, die in einem engen Zusammenhang mit den friesischen Wahlsprüchen stehen«, begann Marten. Iska bemerkte, dass er offenbar möglichst wenige Details preisgeben wollte. Nicht einmal, dass es sich um Morde handelte, erwähnte er. Enna Wenck hörte aufmerksam zu. Als er geendet hatte, schwieg sie nachdenklich.

»Hm. Heute werden diese Zitate jeweils mit den einzelnen friesischen Regionen assoziiert – mit Westfriesland in den Niederlanden, Ostfriesland und Nordfriesland in Deutschland. Aber eigentlich sind sie alle einfach nur friesisch. *Frysk bloed tsjoch op*, Sie sagten es bereits, ist die erste Zeile der inoffiziellen Hymne der Westfriesen oder der westlauwersschen Friesen, die in den heutigen Niederlanden leben. Das Lied stammt aus dem neunzehnten Jahrhundert, der Zeit, in der man das Bewusstsein für friesische Kultur und Wurzeln auch auf die Literatur ausweiten wollte und sozusagen verschriftlichte.« Sie nahm einen Schluck Tee, schmeckte ihm schmatzend nach.

»*Eala Frya Fresena* und *Liewer düd aß Slaawe* sind etwas älter und gehören wahrscheinlich zusammen. Sie gehen auf die Schlacht bei Warns im Mittelalter zurück, in der wir Friesen einen Angriff der benachbarten Holländer zurückschlugen und tatsächlich für eine gewisse Freiheit kämpften. Es gibt in Warns heute noch einen Gedenkstein, auf dem *leaver dea as slaef* geschrieben steht – ein anderer Dialekt, aber die gleiche Bedeutung. Warns liegt in den Niederlanden, die Redewendung hat also ursprünglich nichts mit Ost- oder Nordfriesisch zu tun.«

Marten hakte noch einmal nach. »Ist Ihnen denn in der jüngeren Vergangenheit aufgefallen, dass die Sprüche irgendwo auf andere oder neue Weise benutzt worden sind? Hat jemand damit irgendetwas anders als zuvor üblich bezeichnet, gab es irgendwelche Ereignisse, die mit den Sprüchen in Zusammenhang stehen könnten?«

»Nein.«

»Gibt es irgendwelche spezielleren Gemeinsamkeiten oder inhaltlichen Verbindungen zwischen den Sätzen?«

»Es sind friesische Sätze. Alle drei Sprüche sind identitätsstiftend, aber für alle Friesen. Sie tauchen, jeweils abgewandelt, in allen friesischen Regionen und Dialekten auf, mit allen möglichen Lautverschiebungen. Das ist alles, was ich seriös dazu sagen kann. Es tut mir leid, ich kenne ja den Zusammenhang, mit dem Sie es zu tun haben, nicht.«

Marten ging nicht auf ihre indirekt gestellte Frage ein, er schien sie eher durch sein Schweigen weiter zum Reden bringen zu wollen. Iska wurde sofort klar, dass Enna Wenck das nicht mit sich machen lassen würde, dafür kannte sie die alte Dame zu gut. Sie mussten ihr etwas mehr anbieten.

»Enna, diese Zitate wurden in Zusammenhang mit Mordfällen verwendet.« Iska bemerkte Martens säuerlichen Blick, ja, er hatte seine Vorstellungen darüber, wie das Gespräch ablaufen sollte, aber sie wusste, dass sein Ansatz hier zu nichts führen würde. Sie dachte an den seltsamen Besuch von Opa damals. Die einzelnen Verse, er hatte sie beinahe feierlich vorgetragen. Jetzt kam es ihr so vor, als habe sie das nur geträumt. »Gibt es etwas, das diese Sätze verbindet? Einen Text, ein … ein, ich weiß nicht, irgendetwas?«

Enna Wenck verharrte kurz, atmete dann langsam aus, es war ihr anzusehen, dass es in ihr arbeitete. »Mordfälle, sagtest du?«

»Ja«, antwortete Marten für sie. »Da gibt es etwas, oder? Woran denken Sie?«

»Einen Moment.« Enna Wenck stand auf, ging zu einem

Fenster, sah hinaus, drehte sich um. Ihr Gesicht war nun ernst. »Erzählen Sie mir mehr.«

»Frau Wenck, jedes Detail dieser Morde ist sehr vertraulich. Ihnen ist etwas eingefallen. Was?«

»Ja, aber es ist mehr eine diffuse Idee. Bitte, erzählen Sie mir, was Sie sagen können. Ich habe nicht vor, mit diesem Wissen hausieren zu gehen.«

»Es sind drei Morde. Jeweils ein Mord in jeder der friesischen Regionen«, erklärte Marten nun doch. Enna Wenck rührte sich nicht. »Der Mörder ist noch auf freiem Fuß. Wir haben Sorge, dass er noch einmal zuschlagen könnte. Wir möchten ihn verstehen. Wirklich, jeder Hinweis kann uns helfen. Egal, wie abwegig er scheint.«

»Diese drei Sätze. Es gibt etwas, das sie verbindet, oder?«, ergänzte Iska. »Eine gemeinsame Geschichte?«

»Vielleicht, ja, vielleicht gibt es sie.« Enna Wenck kämpfte sichtlich mit sich. »Es ist … na ja.«

»Bitte, erzählen Sie einfach.« Die gespannte Neugier war Marten jetzt ins Gesicht geschrieben.

»Nun gut. Nichts, von dem ich Ihnen jetzt erzählen werde, ist wissenschaftlich gesichert. Es ist Hörensagen, mündliche Überlieferung. Das ist … eben schwierig.« Sie tat sich offenbar schwer, damit herauszurücken. Schließlich gab sie sich einen Ruck. »Also … Ja, wahrscheinlich gibt es einen gemeinsamen Ursprung. Eine Art historisches Gerücht, eine mythische Erzählung, eine verborgene Tradition, ein – wie auch immer. Es geht um ein Gedicht, *Radbods fjoer*, Radbods Feuer. Ich habe früher unter anderem darüber geforscht, aber – na ja.«

»Bitte, erzählen Sie trotzdem. Es geht hier um Menschenleben. Alles kann helfen.« Marten klang jetzt ungeduldig.

»Wie gut kennen Sie sich mit friesischer Kultur aus? Und mit friesischer Geschichte?«

»Nicht sehr gut.«

»*Radbods fjoer* wird wohl nur noch in ganz wenigen alten friesischen Familien weitergegeben. In meiner auch, daher kenne ich es. Um es zu verstehen, müssen Sie die friesische Vergangenheit selbst verstehen. Die alte Vergangenheit. Sie wissen ja, wir Friesen, das ist mehr als Folklore, Bauerntänze in alten Gewändern, Pidder Lüng, Ekke Nekkepenn, die Puken oder Otto Waalkes. Nicht nur Menschen, die zufällig da oben an der See wohnen, sondern ein Volk. Mit eigener Sprache, eigener Kultur. Ein altes Volk, mit einer eigenen alten Geschichte.«

Enna Wenck ging zu der anderen Seite des Raumes, wo die große Karte an der Wand hing. Sie strich mit der Hand von der belgischen Küste bei Brügge über die holländische bis nach Bremen. »Vor dem Mittelalter, Anfang des achten Jahrhunderts, war das hier alles friesisch. Eine recht unwirtliche, durchaus wechselvolle Landschaft aus Sümpfen, Flüssen, Seen, Inseln und Urwäldern, bewohnt von den Stämmen eines Volkes. Magna Frisia, das Großfriesische Reich. Wahrscheinlich mehr ein gemeinsames Siedlungsgebiet als ein Staat im heutigen Sinn, aber es war, jedenfalls wenn Krieg herrschte, vereint unter einem gemeinsamen Heerführer. Einer davon hieß Radbod, er drängte die angreifenden Franken zurück und verschaffte dem Reich damit seine größte Ausdehnung. Später, unter seinem Sohn, wurden die Friesen jedoch besiegt und unterworfen. Ihre alten Götter wurden verboten, das Christentum eingeführt. Das, in aller Kürze und Unvollständigkeit, müssen Sie wissen, um *Radbods fjoer* einordnen zu können.

Insgesamt sind es sieben Verse:

»Frysk bloed tsjoch op
Eala Frya Fresena
Liewer düd aß Slaawe!
de vlie frij fan besetters
It hert sûnder ferrie
Radbod sil de oarloch liede
it fjoer fan 'e frijheid baarnt!«

In der letzten Zeile hatte Enna ihre Stimme gesenkt. Iska fühlte den Worten ins Dunkle nach. Ja, das war es. Danach hatte sie gesucht. Ja. Möglich. Könnte sein, dass Opa ihr damals genau das zugeflüstert hatte. Vielleicht. Aber womöglich bildete sie sich das auch nur ein. Vielleicht wollte sie es sich einbilden.

»Ich persönlich kenne es von meinem Großvater«, erklärte Enna just in dem Moment. »Er wollte, dass ich es auswendig lerne. Ich war noch keine zehn Jahre alt. Aber danach sprach er nicht darüber, erklärte mir nichts dazu. Wenn die Zeit reif wäre, würde ich es verstehen, meinte er nur.«

»Ich habe gar nichts verstanden«, meinte Marten.

»Es ist ja auch nicht deutsch, es ist friesisch. Nicht direkt eine der heutigen Ausprägungen. Der genauere Ursprung oder eine Epoche lässt sich sprachwissenschaftlich nicht ermitteln. Wie gesagt, ich habe mich daran versucht.«

»Könnten Sie es bitte für mich übersetzen?«, bat Marten Enna.

»Entschuldigung, natürlich. Eine direkte Übersetzung ist schwierig, da hier mit Bildern gearbeitet wird, aber die groben

Züge sind schnell erklärt. *Frysk bloed tsjoch op*, friesisch Blut, zieh auf, beschwört sozusagen die Besinnung auf die eigenen Wurzeln. *Eala Frya Fresena* kann man so interpretieren, dass man sich erheben soll, entweder im Sinne von Widerstand leisten oder im übertragenen Sinne, wie in Zeile drei – *Liewer düd aß Slaawe* –, sich niemandem unterzuordnen.«

»Also eine Art Erinnerung an die eigene Stärke? Verstehe ich das richtig?«, fasste Marten zusammen. »Wie geht es weiter? Was besagen die anderen Zeilen?«

»Jetzt wird es konkreter. *De vlie frij fan besetters*, die Vlie frei von Besatzern, so könnte man die vierte Zeile übersetzen. Die Vlie war einmal ein Fluss inmitten des friesischen Siedlungsbereiches, heute existiert er nicht mehr. Ein Meeresgebiet ist heute noch nach ihm benannt. Im Mittelalter verschwand die Vlie, als der Meeresspiegel anstieg und die Nordsee weit ins Land eindrang und eine riesige Meeresbucht formte, das heutige IJsselmeer. Zeile fünf, *It hert sûnder ferrie*, das Herz ohne Verrat. Hier kann ich Ihnen keine konkrete Deutung anbieten. Zeile sechs und sieben gehören zusammen. *Radbod sil de oarloch liede, it fjoer fan 'e frijheid baarnt*: Radbod wird im Krieg vorangehen, das Feuer der Freiheit brennt«, übersetzte Enna. »Der wiederauferstandene Radbod wird erneut Heerführer und bringt den Friesen Freiheit. Mit Feuer sind wahrscheinlich die Herdfeuer in den Häusern der Friesen gemeint, dass also die Häuser wieder frei sind. Das Ganze könnte sich aber auch auf das Niederbrennen der christlichen Kirchen beziehen, die aus den heiligen Bäumen der alten Götter gemacht wurden, oder allgemein auf das Brandschatzen, sozusagen das Feuer des Krieges.«

Marten hob die Hand, um zu signalisieren, dass er das Gehörte erst einmal verarbeiten musste. Er stand auf, blickte zu Iska, dann zu Enna. »Bitte, korrigieren Sie mich, wenn ich falschliege. Aber insgesamt geht es hier … um die Erinnerung an einen Aufstand, an einen Freiheitskrieg, oder?«

»Sie dürfen auf dieses Gedicht nicht zu viel geben. Wie gesagt, ich kenne es nur, weil mein Großvater es mir einst beigebracht hat, aber ich kenne kein Buch, in dem dies geschrieben steht. Soweit ich weiß, wird es, wenn überhaupt, nur mündlich weitergegeben.« Sie sah ihn an. »Aber ja, um Ihre Frage zu beantworten, das ist auch meine Deutung. Deswegen habe ich von Radbod erzählt, ich denke, *Radbods fjoer* bezieht sich auf diesen Teil unserer Geschichte. Wie gesagt, Radbod hat Krieg geführt, gegen die angreifenden Franken. Zuerst wurde er besiegt. Die Franken besetzten große Teile des Reiches, alles westlich der Vlie. Radbod musste sich in sein verbliebenes Restreich zurückziehen.«

»Aber dann kam es zu einem Aufstand?«, riet Marten. Iska konnte erkennen, dass er die Luft unwillkürlich anhielt.

»Ja. Eine Schwächephase des Fränkischen Reiches nutzte Radbod und konnte in wenigen Monaten das alte Gebiet zurückerobern und seinen Einflussbereich sogar noch erweitern. Er starb einige Jahre später in der absoluten Blüte seiner Herrschaft.«

Iska schaute gebannt zur alten Dame, die seltsam feierlich vor der Leinwand stand. »Was ist deine Meinung zu *Radbods fjoer*? Als Wissenschaftlerin?«

»Es ist … ich vermute, dass diese Verse einen wahren Kern haben, und sie sind tatsächlich sehr alt. Sicher nicht aus der Zeit Radbods, aber vielleicht aus einer, in der man sich noch gut an ihn erinnerte. Die Friesen als Volk lebten ja weiter, nur eben nicht frei, sondern als Teil des Fränkischen Reiches oder später des Heiligen Römischen Reiches. Entstanden sind die Zeilen vielleicht aus der Hoffnung der damals besiegten heidnischen Friesen, die im Geheimen ihren alten Riten nachgingen, eines Tages wieder absolut frei zu sein. Ähnlich wie die Sage vom deutschen Kaiser Barbarossa, der in seinem Berg eingeschlossen darauf wartet, wieder zurückzukehren und dem Volk Frieden zu bringen. Im Laufe der Zeit wurden die ersten Zeilen zum allgemeinen Kulturgut, zu einem Schlachtruf, später Wahlspruch, und auch außerhalb Frieslands bekannt. Aber *Radbods fjoer* an sich wurde eine gut gehütete Legende, weitergegeben nur in einigen alten Familien. Vielleicht wird sie in ein paar Generationen ganz vergessen sein.« Sie räusperte sich.

»Aber einschränkend muss man hinzufügen, dass das wirklich nur eine Vermutung ist. Genauso gut könnten die Verse weit jünger sein, die Bestrebungen, die friesische Kultur und ihre Wurzeln zu pflegen, sind vor allem aus dem neunzehnten Jahrhundert bekannt. Dann wären sie eine geschickte Fälschung, eine falsche Erinnerung sozusagen, die nachträglich in das Gedächtnis der Friesen eingepflanzt wurde. Um unserer Assimilation entgegenzuwirken, die ja spätestens seit der Industrialisierung begann.«

»Assimilation?« Marten war hörbar irritiert.

»Ja.«

»Was meinen Sie damit?«

»Herr Jaspari. Versetzen Sie sich doch mal in unsere Lage. Wir sind mehr als eine Volksgruppe, wir sind ein eigenes Volk. Aber wir verlieren uns. Unser Land gehört nicht mehr uns, ist auf andere Staaten verteilt. Unsere Sprache ist wie das Siedlungsgebiet in viele Einzelteile zerfallen, jedes für sich zu schwach, um gegen die Zeit zu bestehen. Ostfriesisch gibt es fast nicht mehr, das Nordfriesische stirbt langsam aus. Ich komme von Helgoland, meine Heimatsprache ist Halunder, als meine Familie auf Sylt ankam, lernte ich Sölring. Halunder und Sölring sind friesische Sprachen, nicht deutsche Dialekte. Wie viele andere habe ich tatsächlich Sorge, dass wir Friesen eines Tages nur noch als Teil einer Nordseefolklore wahrgenommen werden.«

»Verstehe«, sagte Marten. »Danke.«

»Nein, das verstehen Sie nicht.« Resignation und Traurigkeit lag in Ennas Stimme. Iska sah, dass Marten nach Worten suchte, aber nicht die richtigen fand. Eine unangenehme Stille entstand.

Sie dachte an das alte Haus ihrer Großeltern, das jetzt links und rechts, wo früher Wiesen und Dünen gewesen waren, von Ferienwohnungen umgeben war. Sie hatten es als ihre Heimat gesehen, niemals hätten sie daran gedacht, woanders hinzugehen. Papa war im Alter von zwanzig weggezogen, Schiermonnikoog hatten sie immer nur als eine Urlaubsinsel empfunden. Da gab es vielleicht irgendwelche Wurzeln, aber von einer speziellen Identität hätte sie nicht gesprochen. Plötzlich lastete ein diffuses Schuldgefühl auf ihr. Sie dachte daran, wie Oma immer gesagt hatte, sie wolle ihren Enkeln etwas mitgeben. Oder an den Abend, als Opa von *Radbods fjoer* erzählt hatte. Was hatte er ihr damit sagen wollen?

»Enna.« Zurück zur Sache, das brachte jetzt nichts. »Es ist vielleicht eine ungewöhnliche Spur, aber ich möchte ihr dennoch nachgehen. Vielleicht beruft sich ein Mörder, oder sogar mehrere, auf diesen Text. Kannst du für uns rekonstruieren, in welchen Familien *Radbods fjoer* weitergegeben wurde? Vielleicht findet sich da schon ein Hinweis.«

Enna sah sie lange an, ihre Miene wirkte versteinert. »Ja, ich kann es versuchen. Es ist eine Weile her, dass ich dazu geforscht habe, aber die Notizen habe ich sicherlich noch. Es wird nur etwas dauern, bis ich sie gefunden habe. Es ist wirklich Jahrzehnte her.« Es klang kalt, aber auch verletzt.

Marten versuchte, etwas Small Talk über die Aussicht zu machen, die sich Enna von ihrem Arbeitszimmer aus bot. Aber sie ging nicht darauf ein. »Wenn Sie keine Fragen mehr haben … Es tut mir leid, aber ich muss leider noch etwas arbeiten. Sie hören von mir.«

»Sie würden uns sehr helfen. Herzlichen Dank!« Marten gab ihr seine Visitenkarte, dann ging er voraus. Als Iska ihm folgen wollte, hielt Enna sie kurz am Arm fest. »Du wusstest es, oder?«

»Ich bin mir nicht sicher«, antwortete sie. Sie sah Enna mit festem Blick an. »Aber ich glaube, dass es eine echte Spur ist. Es ist wirklich wichtig!«

»Natürlich.« Sie senkte den Kopf, hob ihn dann wieder. »Es tut mir leid. Ich hätte euch direkt davon erzählen sollen. Pass auf dich auf, okay?«

»Natürlich.«

»*Oant sjen, Iska.*« Enna hatte für die Verabschiedung ins Friesische gewechselt.

»*Tank. Oant sjen, Enna*«, antwortete ihr Iska. Auf Wiedersehen.

Mit ruhigen Schritten ging sie Marten hinterher. Es

arbeitete in ihr. Radbod sil de oarloch liede. Warum sil liede? Draußen trat sie in pralles Sonnenlicht, sie musste die Augen mit der Hand abdecken. Marten wartete auf sie.

»*Radbods fjoer*. Was für eine Geschichte.« Langsam schüttelte er den Kopf. »Ich weiß nicht, was ich davon halten soll. Na ja, es würde zumindest den Täterkreis stark einschränken, wenn nur wenige die Verse kennen.«

»Mehr noch. Damit lassen sich einige Lücken schließen.«

»Hoffentlich nicht in dem Sinn, wie ich gerade denke.« Marten massierte seine Schläfen. Sie wusste, was er meinte. Es waren insgesamt drei Morde, die sie untersuchten. *Radbods fjoer* hatte sieben Zeilen. »Drei Morde sind schon genug.«

Radbod sil de oarloch liede – *Radbod wird im Krieg vorangehen*. Die Zeile spukte ihr im Kopf herum. Sil liede, *wird vorangehen*. »Für den Mörder ist dieses Gedicht mehr als eine friesische Legende oder die Erinnerung an vergangene Tage.«

»So oder so, wir müssen ihn stoppen!«

Ein Täter, der sich sowohl auf Schiermonnikoog, in Aurich wie auch auf Sylt so gut auskennt, dass er überall eine perfekte Gelegenheit zum Morden findet. »Und wer sagt uns, dass es nur *ein* Mörder ist?«, flüsterte sie. »Wir müssen mit den Chefs reden.«

»Haben wir denn etwas Neues in der Hand?«, antwortete er ausweichend. Er sah an ihr vorbei in die Ferne, drehte sich dann abrupt um. Auf dem Weg zu seinem Wagen ging ihr Marten stets ein paar Schritte voraus, schwieg, also tat sie es auch.

Was sollte das denn auf einmal? Er öffnete ihr die Beifahrertür, lief dann vorne um die Motorhaube herum. »Wir dürfen die Sache mit dem Gedicht jedenfalls nicht vernachlässigen. Ich setze die Kollegen darauf an, was es mit diesem Radbod auf sich hat. Mal sehen, ob das mit den anderen Spuren zusammenpasst.«

Vernachlässigen? Und was hieß denn mit den anderen zusammenpassen? Nicht jede Spur musste zu allen anderen passen, manch eine führte auch in die Irre. Das war Polizeiarbeit. Spuren identifizieren, zu Indizien verdichten, sie so zusammenführen, dass sie eine logische Beweiskette bildeten.

Und dann handeln, bevor es zu spät war. Sie musterte ihn. Marten hatte sich in die Ermittlungen verbissen, hatte die Fälle zusammengeführt, aber jetzt zuckte er zurück. Okay, er war noch jung, er verfügte nicht über ihre Erfahrung.

Oder hatte er Sorge, dass ihm die Sache über den Kopf wachsen würde?

20

Westerland. Freitag, 1. August

20:55 Uhr

Iska beobachtete Marten dabei, wie er sein Notebook mit der Videoanlage verband, deren riesiger Bildschirm eine Querseite des abhörsicheren Besprechungsraumes der Sylter Polizeistation einnahm. Er gab ein äußerst langes Passwort ein und bestätigte es anschließend noch mit seinem Fingerabdruck.

Dirk hatte sie vorgewarnt. Die Deutschen wären ihrer Theorie gegenüber äußerst zurückhaltend gewesen. Seltsam, hatten sie die Morde doch als Erste zusammenführen wollen. Und jetzt bremsten sie, obwohl die Zeit mehr denn je drängte. Erst auf Dirks Druck hatte Martens Chef zugesagt, an der Besprechung teilzunehmen. Inzwischen war der Startbildschirm des Videokonferenzsystems vollständig geladen. Die Kollegen mit den höheren Diensträngen hatten sich noch nicht eingewählt.

»Es tut mir leid, ich bin einfach nicht ganz deiner Meinung.« Marten verschränkte die Arme vor der Brust. »Da passt schon einiges zusammen, aber eben nicht alles. Und ich hätte es besser gefunden, wenn wir das unter uns geklärt hätten, als jetzt die da oben mit einzubeziehen.«

»Sie müssen entscheiden, welcher Ansatz Priorität haben soll. Dafür sind sie ja da«, versetzte sie. Er erinnerte sie an ein kleines Kind. Marc war damals auch so gewesen, er hatte einfach nicht sein geliebtes Disney-Rennauto loslassen wollen, so wie Marten seine Serienmörder-Theorie. Sie hatte es dann nach oben weitergegeben, dafür waren die Chefs ja da. Zu entscheiden, damit es zwischen ihnen, auf der Arbeitsebene, weiter funktionierte.

Ein Summton signalisierte einen neuen Teilnehmer an der Videokonferenz. Dirk erschien auf dem Bildschirm, er trug Jackett und Hemd, ungewöhnlich förmlich, wahrscheinlich hatte er gerade noch einen Termin im Ministerium gehabt. Die Übertragung schien technisch nicht ganz in Ordnung zu sein, sein Kopf wurde unnatürlich rot dargestellt.

»Hallo, Iska. Hallo, Herr Jaspari.« Er rollte kurz mit den Augen. »Nein, Ihre Farbeinstellungen sind korrekt, und nein, Iska, keine Witze auf meine Kosten. Als ich heute mit den Kindern am Strand war, habe ich die Sonne ein bisschen unterschätzt.«

Das gemeinsame Lachen lockerte die Stimmung auf. Iska suchte gerade noch nach einem weiteren Spruch, um Dirk freundlich aufzuziehen, als der Bildschirm sich vor ihnen teilte und Dirk auf die linke Seite geschoben wurde. Auf der rechten Seite erschien Martens Chef, der sie trotz grauen Anzugs an einen Offizier vom Militär erinnerte.

»Guten Abend zusammen«, begrüße Marten sie im freundschaftlichen Ton und eröffnete die Konferenz mit Small Talk. Kupernik und Dirk bemühten sich um Harmonie, betonten die gute Zusammenarbeit und dass sie schon schnell große Fortschritte gemacht hätten. Iska wurde unruhig. Es war nur eine halbe Stunde angesetzt.

»Drei Morde, jeweils einer in den drei Regionen Frieslands, das Opfer versehen mit dem jeweiligen Wahlspruch. Ansonsten gab es keine Verbindungen – bislang. Jetzt haben wir ein gemeinsames Motiv: Freiheitskampf. So irrational das auch klingt.« Die anderen verstummten. »Die Botschaften auf der Haut der Toten. *Eala Frya Fresena* und *Liewer düd aß Slaawe* sind vielleicht noch miteinander verknüpft, doch *Frysk bloed tsjoch op* für sich alleine hat nichts mit den anderen beiden Sprüchen zu tun. Aber *Radbods fjoer* verbindet die drei Morde, viel mehr noch, ihre Reihenfolge entspricht genau der der Zeilen dieses Gedichtes.«

»Freiheitskampf?« Kupernik sah ungläubig zu ihnen hinab.

»*Radbods fjoer ist* ein Aufruf zum Kampf gegen Besatzer. Wer oder was sie auch sind, oder wie auch immer diese wahrgenommen werden.«

»Freiheitskampf? Sprechen wir es aus: Sie reden von … einem terroristischen Motiv?«, hakte Kupernik nach.

»Moment.« Marten hatte das Wort ergriffen und wandte sich ihr nun direkt zu. »Wir wissen doch noch gar nicht, ob der Mörder sich nur auf die drei ja sehr bekannten Wahlsprüche oder wirklich auf *Radbods fjoer* beruft, das kennt doch fast niemand, so hab ich Frau Wenck verstanden.« Er redete jetzt besonders langsam, als ob sie schwer von Begriff wäre. »Ich vermute eher eine irgendwie rituelle Motivation. Vielleicht sogar aus *Radbods fjoer* heraus, die Spur will ich gar nicht abtun. Aber für politischen Terrorismus fehlt doch einfach die Grundlage. Die Tatsache, dass die drei Wahlsprüche zufällig Freiheitsparolen sind, ist der einzige Hinweis.

Es gibt keine Bekennerschreiben, keine politischen Forderungen, nichts. Und bis jetzt gibt es, zum Glück, noch keinen vierten Mord.«

»Noch.« Iska verdrehte die Augen. Mist, sie hatte überreagiert. Sachlich bleiben, ermahnte sie sich selbst. »Jeder der drei Morde konnte nur geschehen, weil der jeweilige Täter das Opfer genau ausgekundschaftet hatte. Es liegt nahe, dass er aus dem direkten Umfeld des Opfers stammt. Die Opfer sind sich aber nie begegnet. Man könnte also auch vermuten, dass es einzelne Untergruppen sind, einzelne Zellen, zwischen denen es einfach keine Querverbindungen gibt.«

»Keine, die wir kennen. Sie zu finden ist unsere Aufgabe«, widersprach Marten. »Da die Morde wahrscheinlich zusammengehören, dürfte es auch Querverbindungen geben.«

»Motiv und Morde passen genau zusammen!«, brach es aus Iska heraus. Verdammt, warum sagte Dirk denn nichts? »Die Opfer sind allesamt Menschen, die zwar schon lange in friesischen Gebieten lebten, aber keine gebürtigen Friesen waren. Allesamt Männer, keine Frauen, wahrscheinlich, weil man Frauen und Kinder im Wertesystem ehrenhafter Freiheitskämpfer nicht anrührt. Aber sie sind allesamt Zugezogene, und deshalb wurden sie ausgewählt. Und weil die Täter bei ihnen die Gelegenheit erkannten, die geplanten Morde durchzuführen. Weil die Täter einfach irgendwen ermorden wollten, der grob in ihr Schema passte.«

»Ja, ich sehe auch jemanden, der einfach morden möchte. Aber genau das, diese Mordlust, spricht doch eher für einen Serienmörder«, wandte Marten ein. »Die Morde wurden so begangen, dass der Mörder seinem Opfer beim Sterben zusehen konnte. Das spricht doch für eine rituelle, quasireligiöse

Motivation. Oder eine Art Trieb, dem er folgen muss. Ich glaube, ich ahne, wie der Mörder tickt. Er hat einen friesischen Bezug, dort hat er irgendwie eine Begründung gefunden, weswegen er jetzt meint, morden zu dürfen. Vielleicht auch aus *Radbods fjoer* heraus. Und dieses Verlangen, das in ihm wohnt, das lebt er jetzt aus. Aber nein, ich sehe keine terroristische Vereinigung.«

»Nur ein Mörder in drei unterschiedlichen, voneinander getrennten Gebieten und trotzdem bestens mit den Gewohnheiten der Opfer vertraut?« Wer sollte das glauben? Aber die anderen ignorierten ihre Argumente, dachte Iska. Warum auch immer. Trotzdem, jetzt nicht aufgeben! »Wir müssen davon ausgehen, dass es eben nicht ein einzelner Täter ist«, fuhr sie fort. »Oder mit anderen Worten, dass eine uns bisher unbekannte Gruppe mit diesen Taten in Verbindung steht. Eine Gruppe mit gut organisierten Zellen, betrachtet man die Genauigkeit der Planung und Professionalität bei der Ausführung.« Keine Zeichen von Zustimmung, immer noch nicht. Verdammt, was sollte das? »Es wäre doch fahrlässig, wenn wir Terrorismus ausschließen, nur weil Ihnen das nicht opportun ist.«

Stille.

»Niemand schließt hier irgendetwas aus, Frau van Loon«, sagte Kupernik nach einer kleinen Pause kühl. Sein Blick wanderte kurz zu Marten, ruhte dann auf ihr.

»Das habe ich nicht so gemeint. Entschuldigen Sie bitte«, ruderte sie zurück. Werde wieder sachlich! »Ich bin mir sicher, dass wir es hier mit einer politischen Motivation zu tun haben. Es gibt durchaus Parallelen zum Vorgehen des NSU, der sich auch erst spät zu seinen Taten bekannte. Deshalb habe ich zu diesem Treffen geraten. Wir müssen diese Bedrohung ernst nehmen. Verhindern, dass weitere Morde passieren, vor der Gefahr warnen. Wenn wir uns am Ende geirrt haben und es sich nur …«, sie machte mit den Fingern Anführungszeichen in der Luft, »um einen Serienmörder handelte, dann bin ich froh.«

»Wir dürfen die Punkte von Iska nicht vernachlässigen«, sagte Dirk, der sich nun endlich auch am Gespräch beteiligte. »Es ist meiner Ansicht nach eine legitime Schlussfolgerung. Genauso wie die Möglichkeit, dass es nur ein Serienmörder ist. Lassen Sie uns also beide Ansätze verfolgen. Gemeinsam. Wir haben bisher gut und schnell zusammengearbeitet. Wir werden es auch weiter tun.«

Kupernik nickte zustimmend. »Einverstanden. Und ich wollte Ihren Ansatz nicht in Abrede stellen, Frau van Loon. Herr Jaspari, unterrichten Sie mich sofort, sobald weitere Hinweise vorliegen, die auf ein terroristisches Motiv hinweisen.«

»Iska, Herr Jaspari, Sie wissen, wie sensibel die Sache ist.« Dirk war seine Besorgnis anzuhören. »Wir müssen vorsichtig sein, vor allem in der Kommunikation nach draußen. Wir können jetzt nicht Nichtfriesen davor warnen, friesische Gebiete zu betreten. Oder einen pauschalen Verdacht befeuern, dass es ein Friese gewesen sein muss. Allein in unserer Provinz Fryslân leben über 500 000 Friesen, friedlich, als Niederländer, als Teil unseres geeinten Königreiches. Geeintes Königreich! Ein terroristisches Motiv, allein der Verdacht, eine solche Interpretation der Morde, wäre eine absolute politische Bombe.« Er legte die Hände zu einer Geste des Betens zusammen. »Wir dürfen nicht zulassen, dass zwischen Friesen und Nichtfriesen ein Keil getrieben wird.«

Es war, als würden Dirk und Kupernik kurz Blicke austauschen. Dann ergriff Letzterer das Wort.

»Ich denke, wir sind uns einig. Herr Jaspari wird wie bisher die Ermittlungen in Aurich und Sylt bündeln und eng mit Ihnen, Frau van Loon, zusammenarbeiten. Keine Ermittlungsrichtung wird ausgeschlossen, keine wird priorisiert. Darüber hinaus werde ich der Staatsanwaltschaft vorschlagen, dass wir für die weiteren Ermittlungen ein Joint Investigation Team unter der gemeinsamen Leitung von Jaspari und van Loon einrichten.« Die Bildung eines JIT war bei länderübergreifenden Ermittlungen üblich. Der letzte Satz war offensichtlich an Dirk gerichtet.

»Einverstanden.« Dirk räusperte sich, dann wandte er sich noch einmal an sie und Marten. »Wichtig ist mir dabei wirklich, dass wir keine Unruhe in der Bevölkerung schüren. Darum, wir ermitteln unter Hochdruck, aber unter dem Radar der Öffentlichkeit. In Ordnung, Iska?«

»Natürlich«, stimmte sie zu. Sie fügte sich der Mehrheitsmeinung.

Als der große Bildschirm verlosch, drehte sich Marten zu ihr um. Im Halbdunkel wirkte er freundlich und irgendwie auch ehrlich. Wäre sie nicht sauer auf ihn gewesen, hätte sie ihn sympathisch finden können. »Ich freue mich auf unsere weitere Zusammenarbeit.« Er bot ihr die Hand.

Sie streckte ihm ihre Hand entgegen, als wollte sie einschlagen, hielt aber Zentimeter vor seiner inne. »Wir ermitteln in alle Richtungen, okay?«

Marten ergriff ihre Hand. »Natürlich. Du und ich, wir beide.«

Sie beobachtete ihn, als er sein Notebook wieder einpackte. Konnte sie ihm trauen? Würde er ernsthaft nach weiteren Anzeichen für ein terroristisches Motiv suchen, oder spielte er ihr etwas vor? Sie verstand ihn noch nicht. Als er seine Tasche aufklappte, fiel ein Kabel aus einer Seitentasche zu Boden. Leise fluchend wollte er es aufheben, stützte sich dabei ab, aber nicht auf der Tischkante wie beabsichtigt, sondern auf dem Notebook, das umschlug und ebenfalls herunterfiel. Mit einem Reflex fing er es gerade noch auf.

»Gute Reaktion«, kommentierte sie lachend.

»Danke.« Schnell wandte er sich ab.

War das gerade Unsicherheit gewesen? Ihr fiel wieder ein, dass bei den Deutschen Schadenfreude ja eher verpönt war. Aber er tat ja fast so, als sei ihm das peinlich. Sie wurde nicht schlau aus ihm.

21

De Lemmer. Sonntag, 3. August

04:45 Uhr

»Genau so, Anna!«

Sie ließ ihre nackten Füße nach unten baumeln, die Zehen durchstießen gerade die Wasseroberfläche. Kleine Wellen breiteten sich kreisförmig aus. Das dunkle Wasser des Kanals, der sich malerisch durch die ganze Innenstadt von De Lemmer schlängelte, war nordseekalt, es fröstelte sie angenehm. Sie lächelte in die Kamera.

»Super!« Duuk machte noch einen Schritt seitwärts und ging dann in die Hocke, wahrscheinlich, um sowohl das Segelschiff hinter ihr als auch sie auf das Bild zu bekommen. So langsam fror ihr das Lächeln ein. Endlich hörte sie das Klicken, Duuk hatte auf den Auslöser gedrückt. Er arbeitete noch analog. Nur für Instagram wechselte er manchmal in das digitale Format, fürs Marketing, aber die wahren Schätze, so hatte er es ihr heute erklärt, fotografierte er auf klassische Weise. Die Bilder wirken so viel intensiver, hatte er gesagt.

»Danke.«

Sie zog die Füße zurück auf den flachen Kai, warf einen Blick auf das Segelschiff, das hinter ihr vertäut war. Ein besonders gut erhaltenes Skûtsje, eines der alten hölzernen friesischen Frachtschiffe mit besonders flachem Boden und dem charakteristischen Seitenschwert. Es wimmelte gerade nur so von Skûtsjes in De Lemmer, die nächste Etappe der Skûtsjesilen-Regatta fand hier statt, für den kommenden Tag war eine Wettfahrt auf dem IJsselmeer angesagt. Mehr als zehntausend Besucher waren hier, würden morgen am Strand stehen und beim traditionellen Wettkampf zwischen den Skûtsjes der einzelnen Orte, die gegeneinander antraten, mitfiebern. Grund genug, für eine Woche den kleinen Ort in eine große Party-Arena zu verwandeln. »Ich bin doch zu alt dafür. Du solltest dir ein richtiges Model buchen.«

»Nein, nein, du bist perfekt!« Er blickte hinter der Kamera hervor. Schick sah er aus. Die Haare elegant nach hinten gegelt, den verräterischen grauen Bart akkurat gestutzt, beim schwarzen Hemd die obersten Knöpfe geöffnet. Fünfundvierzig Jahre, genau wie sie, ein eitler Pfau, aber gut anzusehen. Okay, sie hatte sich auch herausgeputzt, mit dem neuen weißen Sommerkleid und dem passenden Hut mit der weiten Krempe. Blöderweise musste sie jetzt den Hut die ganze Zeit mit rumschleppen.

Sonst war alles perfekt. Er war tatsächlich genau so, wie er sich auf dem Datingportal gegeben hatte. Duuk hatte sie ausgeführt, angegeben und einige Drinks spendiert, sie hatten gelacht und auf den Straßen getanzt. Nachdem die letzten Kneipen geschlossen hatten, hatten sie es sich mit einer Flasche Wein auf einer Parkbank am inneren Jachthafen gemütlich gemacht. Er erzählte von seiner Leidenschaft fürs Fotografieren, und sie hörte zu und streute gelegentlich eine Frage ein, die sie sich schon vor ihrer Verabredung überlegt hatte.

»Frühmorgens. Die blaue Stunde ist meine liebste Zeit. Kurz vor Sonnenaufgang, wenn das Licht am Himmel noch unentschlossen scheint. Es ist eine ganz eigene Stimmung, als würde man gerade noch die Lichter der Nacht einfangen. Dann sind auch keine Menschen unterwegs, man kann einfach ganz ungestört arbeiten.«

»Ich würde dir gerne mal dabei zusehen, wie du fotografierst. Nimmst du mich mal mit?«

»Ja, unbedingt!« Er strahlte über das ganze Gesicht. »Ich hab die Sachen im Auto. Wenn du möchtest, spontan, gleich heute.«

Sie guckte verlegen und freute sich, dass ihr Plan aufging.

»Sollen wir zur Lemstersluis gehen?« Duuk steckte den Plastikdeckel auf das Objektiv. »Kann ich dir aufhelfen?«

»Ja, gerne.« Sie reichte ihm eine Hand und ließ sich von ihm hochziehen. Er hielt die Hand ein wenig länger fest und zog sie ein wenig näher an sich, als es notwendig gewesen wäre. Mit einer leichten Drehung wand sie sich aus der drohenden Umarmung.

Gemeinsam gingen sie zurück zur Straße. Über die Zugbrücke bei der Flevostraat wechselten sie auf die andere Seite des Kanals. Zwischen den Schiffen, die hier wie in der gesamten Stadt eng beeinanderlagen, reflektierten die blassweißen Lichter der Sterne. Überhaupt, die ganze Stadt war hell und voller Farben. Sie liefen die Langestreek entlang, hier noch ein reiner Fußweg, auf den die anliegenden Restaurants Tische und Stühle bis dicht an den Kanal platziert hatten. Es blieb nur wenig Platz hindurchzugehen, ab und zu berührten sich wie zufällig ihre Hände. Sie wusste, dass er die Schleuse nicht zufällig als Fotomotiv vorgeschlagen hatte. Ganz in der Nähe befand sich seine Wohnung. Nach zwei Monaten Recherche wusste sie nahezu alles über ihn – was nicht schwierig war, er breitete sein Leben praktischerweise in aller Öffentlichkeit aus.

Nachdem er eine Weile für diverse Banken im Vertrieb tätig gewesen war, hatte er sich vor drei Jahren als Vermögensberater selbstständig gemacht. Ihm gehörte ein Büro in bester Lage in der Innenstadt. In seiner Freizeit reiste und fotografierte er gerne, so stand es jedenfalls sehr detailgetreu in seinem Blog – wo er Andeutungen über amouröse Abenteuer wie dieses hier machte. Sie hatte schnell erkannt, dass sich daraus gut etwas für Zeile vier machen ließ. Der nächste Schritt auf dem Weg. Ihr Herz schlug schneller. »Ich bin ein wenig aufgeregt«, sagte sie. Mit kalkuliertem Augenaufschlag schaute sie zu ihm hoch.

»Ich auch«, entgegnete er grinsend.

Sie legte den Kopf an seine Schulter, nur kurz, seine gegelten Haare klebten an ihren. Bald erreichten sie die Lemstersluis, eine nach wie vor genutzte historische Schleuse, die den Höhenunterschied zwischen den Kanälen des Festlandes und dem niedriger gelegenen IJsselmeer ausglich. Früher war sie eine wichtige Verbindung zwischen Friesland und dem damals noch offenen Meer gewesen. Links und rechts der Einfahrt standen zwei markante Häuschen, die Duuk auch schon öfters fotografiert und dann auf Instagram geteilt hatte. »Da vorne hin?«

»Ja, gute Idee.«

Sie liefen direkt am Schleusenbecken entlang, kein Geländer schützte hier vor einem Absturz. Unter ihnen plätscherte das dunkle Wasser gegen die groben Steine der Schleusenmauer. Außer ihnen war niemand zu sehen. Als sie das Häuschen auf ihrer Seite erreichten, schmiegte sie sich an dessen Wand.

»Vielleicht so?«

»Perfekt!«

Sie warf sich in Pose, wartete, bis er fotografiert hatte. Der Wind frischte auf. Vor ihnen breitete sich das IJsselmeer aus, einige Sportboote hatten an einem vorgelagerten Steg festgemacht. Das Risiko war eigentlich zu hoch, es war zu hell, vor allem in der Nähe der beiden Straßenlaternen, die das Ensemble aus Schleusentor und Gebäuden in ein dämmriges Licht tauchten. Ein öffentlicher Ort, mehr noch, geradezu das Zentrum der Stadt. Aber genau darum ging es ja, diesen Tod und dessen Begleitumstände würde man nicht vertuschen können. Deswegen hatte sie den Plan ja geändert, dieses Mal würden die Gerüchte sich schneller verbreiten. Ja, die Situation hier war nicht absolut unter Kontrolle, aber ausreichend, es war noch immer niemand außer ihnen zu sehen. Also durchziehen.

»Ich will auch ein Foto von dir machen.«

»Okay …« Er stimmte zu, natürlich, er war eitel genug, um auch mal fotografiert werden zu wollen. »Wo soll ich mich denn hinstellen?«

»Geh doch mal da zu der Tür von dem Häuschen.«

Er überreichte ihr den Fotoapparat, nicht ohne ihr dabei mal wieder über die Hand zu tatschen. Angeblich nur, um ihr zu zeigen, dass der große Knopf der Auslöser ist, wer hätte das gedacht. Während er ihr auf dem kurzen Weg den Rücken zuwandte, zog sie die Beretta aus der Handtasche hervor.

»Keinen Mucks, Arschloch!«, sagte sie mit ruhiger Stimme. Die Mündung ihrer Waffe zeigte auf Duuks Oberkörper, der nur fünf Meter entfernt stand. »Hände hoch!«

»Was?« Fassungslos starrte er sie an. Es dauerte einen Augenblick, bis er die Ausweglosigkeit der Situation erkannte. Langsam tat er, was sie befohlen hatte. »Willst du Geld? Das kannst du haben …«

»Schau mich an, Duuk!« Nein, du weißt, dass es darum nicht geht. Die Hand mit der Pistole schwenkte nach oben, genau auf seine Stirn.

»Zähl langsam von drei bis null.«

Sie visierte den starren Kopf an, sah seine Augen, sah, wie die Pupillen von links nach rechts flitzten. In den Augen konnte man alles ablesen. Duuk wusste, was passieren würde, war aber noch unfähig zu reagieren. Er wusste, dass er bereits an der Schwelle stand.

»Anna …« Duuk sah sie panisch an. Die Augen weit aufgerissen, den Hals und den Mund starr verkrampft. Als wollte er flehen, aber unfähig, ein Wort zu formen.

»Los, zähl endlich, verdammt!« Sie visierte ihn an. Es weckte ihn aus seiner Starre, und er gehorchte. Sein Widerstand war gebrochen. Er ergab sich seinem Schicksal. Endorphine fluteten durch sie hindurch, elektrisierten jede Faser in ihr.

Duuk zählte. »Drei – zwei – eins – null.«

Dann drückte sie ab. Plopp, machte es mit dem Schalldämpfer. Ein minimales Wackeln, als der Abzug wieder nach vorne schnellte. Die Kugel traf Duuk genau zwischen die Augen. Ein roter Punkt prangte auf seiner Stirn, so, wie es sein sollte. Der Mann sackte einfach in sich zusammen.

»Warum?«

Sie stürzte zu ihm. Seine Augen wurden bereits leer. Die Kraft verließ ihn, das Bewusstsein verschwand. Stück für Stück, langsam, aber doch wahnsinnig schnell, viel zu schnell. Das Sterben, der Übergang von wach zu tot, grausam, unwiderstehlich. Gebannt kniete sie über ihrem Opfer, versuchte, jede Millisekunde dieses Moments in sich aufzunehmen, bevor der Rausch wieder vorbei war.

»Mein Name ist nicht Anna«, sagte Enike mit ruhiger Stimme.

22

Hamburg. Sonntag, 3. August

12:35 Uhr

Marten schwitzte. Ein weiterer Toter, und er fühlte sich schuldig. Hatten Iska und er etwas übersehen? Hätten sie den Mord verhindern können, wenn sie die richtigen Schlüsse gezogen hätten? Iskas vehementes Eintreten für ihre Terrorismustheorie gegenüber den Chefs hatte ihn gestern ziemlich unter Druck gesetzt. Er dachte an diese blöde Situation, als ihm beinahe das Notebook vom Tisch gefallen wäre und wie Iska darüber gelacht hatte. Und nach der Meldung heute Morgen stellte er seinen eigenen Ermittlungsansatz noch mehr infrage. Außerdem hatte Kupernik ihm unter vier Augen sehr klargemacht, dass sie, sobald die Fälle auch nur ein wenig mehr nach Terrorismus aussehen würden, das Landes- oder sogar das Bundeskriminalamt informieren müssten. Und dann wäre der Fall weg, zumindest die Leitung. Von diesem Gespräch hing jetzt viel ab. Bleib so entspannt wie möglich, wenigstens nach außen.

Er betrachtete den riesigen Airbus, der langsam über seinen Kopf hinwegrauschte. Die ausgefahrenen Fahrwerke ragten bereits weit aus dem Flugzeugrumpf heraus. Er hatte den Treffpunkt ausgewählt, das Café Himmelsschreiber direkt am Rollfeld des Hamburger Flughafens, und dort einen Platz auf der Terrasse bekommen. Vor zwei Jahren hatte er es entdeckt, als er Katharina aus ihrem Urlaub abholen wollte, aber ihr Flug Verspätung hatte. Neben ihnen war eine Gruppe von Hobbyfotografen, die mit riesigen Objektiven die Start- und Landebahnen ins Visier nahmen. Sogenannte Spotter, wie etwa die Hälfte der Gäste hier.

Ihm gegenüber saß Jan mit seinem drahtigen Körper auf dem unbequemen Holzstuhl. Gut, dass er spontan Zeit gehabt hatte, sich mit ihm während seines Zwischenstopps auf der langen Fahrt nach Fryslân zu treffen. Der Mann vom Verfassungsschutz gab vertrauliche Informationen nur im direkten Gespräch weiter. »Unser Mittagessen ist Gift, Marten.«

»Ja.« Er tunkte die Bratwurst mit der Gabel tief in die rötliche Currysoße. Sie kannten sich über seinen Vater, bei dem Jan irgendwie in der Schuld stand, so ganz hatte er das nicht kapiert. Er hatte ihm mal einen guten Tipp gegeben, bei einer Recherche zu Neonazis, und seitdem schoben sie sich gelegentlich Informationen auf dem kurzen Dienstweg zu. Durch die regelmäßigen gemeinsamen Mittagessen hatte die professionelle Beziehung einen zunehmend freundschaftlichen Anstrich bekommen. Freunde waren sie nicht. Niemand freundete sich mit Geheimdienstmitarbeitern an.

»Ich nehme an, du zahlst?«

Marten bejahte. Heute war er es, der Fragen hatte. Es wäre fahrlässig gewesen, Iskas Ansatz zu ignorieren. Er musste mal vorfühlen, sehen, ob es am Ende vielleicht sogar schon Erkenntnisse in dieser Richtung gab.

»Sag mal, liegen euch irgendwelche Informationen über,

na ja, sagen wir mal, besondere Entwicklungen in der rechtsextremen Szene in Norddeutschland vor?«

»Worauf willst du hinaus?« Jan taxierte ihn.

»Neue Strömungen vielleicht?«

»Da gibt es Tausende. In Zeiten der angeblich sozialen Netzwerke blühen ja sämtliche irren Ideen auf, aber nicht jede verfängt. Meinst du irgendwas Spezielles?« Jan machte den Eindruck, als wäre er bereit zu helfen.

»Nordisch. Friesisch«, sagte Marten. Damit war er ziemlich weit gegangen. Spätestens jetzt musste etwas kommen.

»Äh … nee.« Jan trank von seiner Cola. Nein, er enthielt ihm nichts vor. »Da ist mir jetzt wirklich nichts bekannt. Warum?«

Konnte er ihm vertrauen? Nein, natürlich nicht. Aber vielleicht war es gut, wenn sich Jan ein bisschen für ihn umhörte. »Tötungsdelikte«, deutete er an.

»Tötungsdelikte? Oha!«

»Bitte, keinen Staub aufwirbeln.« Okay, das war Mist, spätestens jetzt hatte er ihn neugierig gemacht. »Falls du von irgendwem hörst, irgendetwas über die Szene, das einen, na ja, nennen wir es mal, friesischen Touch hat … Ruf dann bitte mal durch.«

»Szene.« Jan lachte. »Okay, ich checke mal bei Gelegenheit, ob da irgendwelche Erkenntnisse vorliegen. Aber die Sache mit der Szene hat sich in den letzten Jahren total verändert.«

Die rechte Szene war unübersichtlich geworden. Es gab nicht einen festen Kern, sondern unzählige Gruppierungen mit mehr oder weniger ähnlichen oder miteinander verwandten Ideologien. »Das Problem ist ja«, sagte Jan, »dass inzwischen das Gedankengut weit bis in die angebliche Mitte der Gesellschaft reicht. Die Radikalisierung findet nicht mehr unter seinesgleichen statt, an entsprechenden Orten und in bestimmten Milieus, sie kann viel früher beginnen, in der digitalen Welt, das heißt, zu Hause in den eigenen vier Wänden und schleichend. Die Leute, die dort in den sozialen Netzwerken hetzen, denen siehst du das im normalen Leben niemals an.«

»Er hat stets nett gegrüßt.«

»Es gab immer schon Leute, die versuchten, ihre irren Ideen unter die Leute zu bringen, spätestens nach dem vierten Bier. Wenn es zu viel wurde, hat dann aber irgendwer in der Kneipe schon gesagt, dass er jetzt mal die Klappe halten soll. Nur im Netz finden sie jetzt Gleichdenkende, die sich in ihrem Hass gegenseitig immer weiter hochschaukeln. Und das kann sich in die Realität übertragen. Wie damals bei dem Mord an dem Regierungspräsidenten Lübcke. Jeder könnte ein Terrorist sein. Individuell, für sich. Diese festen Strukturen, die früher notwendig waren, um sich zu radikalisieren und zu organisieren, sind heute viel elastischer und weit schwerer zu fassen.«

Marten dachte an die Partei *Rechtsstaat Deutschland*, mit der er früher, in ihren Anfängen, auch einmal kurz sympathisiert hatte, die trotz ihrer faschistischen Tendenzen Zustimmungsraten von bis zu zwanzig Prozent erreichte. War das Potenzial so groß, aus dem sich der Terrorismus speiste? »Aber von der Hetze in sozialen Medien direkt zum Mord? Das ist doch ein ziemlicher Sprung, oder?«

»Ja. Aber ich würde das nicht grundsätzlich ausschließen. Je mehr Spinner auf einen Zug aufspringen, desto eher kann das in Einzelfällen immer mal passieren.«

In Einzelfällen? Aber drei Mal, vielleicht vier Mal? Ein kalter Schauer lief ihm über den Rücken. Offensichtlich war es also gut denkbar. »Die Zeiten haben sich geändert.«

»Jaja, das tun sie immer. Hundert Euro ins Phrasenschwein.« Es war klar, dass Jan das Thema damit für erledigt hielt.

»Touché.«

»Wichtig ist, dass man darauf vorbereitet ist. Dass man mit den Zeiten mitgehen kann.« Er fischte die letzte Pommes vom Teller, zog sie durch die Currysoße. »Ist vielleicht ein Gedanke, den du dir mal ganz grundsätzlich machen solltest.« Er zerkaute die Pommes langsam und gründlicher, als es nötig war.

»Wie meinst du das?«

»Es kommt darauf an, wie man sich selbst positioniert. Auf allen Ebenen. Auch beruflich. Karrieretechnisch.«

Was wusste Jan? Immer diese verdammten Andeutungen. Vorsichtig, lass dich nicht aus der Reserve locken. Er lehnte sich wieder zurück.

»Kupernik«, sagte Jan schließlich.

»Wieso?«

»Er macht keine gute Figur, wenn du mich fragst.«

»Aha.« Er hatte ja eigentlich nicht gefragt. Aber er nahm den Ball dennoch auf. »Was meinst du damit?«

»Da gibt es Gerüchte, Marten. Steht wohl ziemlich unter Druck. Affäre mit seiner Assistenz. Sie hat wohl gesagt, es sei einvernehmlich, aber das macht die Sache nur unwesentlich besser.«

»Das ist nicht gut.« Und davon hatte er bisher wirklich nichts gewusst.

»Der ist in den oberen Etagen jetzt angeschossen. Das heißt …«

»Schon klar. Danke für den Tipp.« Einen weiteren Fehler konnte sein Chef sich jetzt nicht mehr leisten. Wenn er einen machen würde, Kupernik würde ihn nicht decken.

»Es wäre schön, wenn du mir als Quelle erhalten bleibst. Pass einfach auf, dass du nicht auf das falsche Pferd setzt. Ohne Papas schützende Hand, auf deinem Weg nach oben.«

»Ja, danke, ich hab verstanden.« Das war kein Wink mit dem Zaunpfahl, das war ein ganzer Baumstamm. »Das nächste Mittagessen geht dann auch wieder auf mich.«

»Das wollte ich hören.« Jan lachte. »Und versprochen, ich schreibe dir, falls ich etwas Besonderes über norddeutsche Nazis höre.«

Als Jan sich von seinem Stuhl erhob, sprangen auch die Spotter neben ihnen auf, zückten ihre Kameras. Einer baute hektisch ein Stativ auf. »Eine Tupolew. Tatsächlich!« Ein größeres Frachtflugzeug setzte zur Landung an. Die Kameras klickten.

Jan verschwand in Richtung Ausgang. Es war gut gelaufen. Jan hatte ihn in dem bestärkt, was er vermutete. Ja, es sah auch weiterhin so aus, als ob der Täter ein verwirrter Serienmörder war. Oder wollte er das nur glauben?

De vlie frij fan besetters war quer über die Brust eines neuen Mordopfers geritzt. Dieses Mal in De Lemmer, im Westen von Fryslân, der im Norden gelegenen Provinz in den Niederlanden, mehr als dreihundert Kilometer Luftlinie quer über die Deutsche Bucht vom Fundort des letzten Mordopfers auf Sylt entfernt. Und mindestens sechseinhalb Stunden

Fahrt mit dem Auto. Er musste dorthin, dem Mörder hinterher. Die weiteren Ermittlungen zu den bisherigen Tatorten in Aurich und Sylt waren bei Gudrun Hubel und Max Walther in guten Händen. Er musste zu Iska, die Verfolgung aufnehmen.

Kupernik und Iskas Chef hatten noch einmal bestätigt, dass sie und er für die Dauer des gemeinsamen Einsatzes in beiden Staaten Polizeibefugnisse unter der Führung des jeweiligen Gastlandes hatten.

Ja, so wie der Mörder weiterzog, so würde er es auch tun. Ihn jagen, wohin auch immer er gehen würde. Das hier war sein Fall, seine Jagd. Jonathan, ich habe es uns beiden versprochen. Marten atmete tief durch, dann machte er sich auf, den Rest des Weges zurückzulegen.

23

De Lemmer. Sonntag, 3. August

17:00 Uhr

Marten betrachtete die weißen Kreideumrandungen, die um Duuk Mulders Körper gezogen worden waren, unter dem Türsturz des kleinen Maschinenhauses direkt neben dem Schleusentor. Daneben einige dunkle bräunliche Flecken vom eingesickerten Blut. Sein Blick wanderte auf das Display seines Handys, das ein Foto aus der gleichen Perspektive zeigte, von Mulder, als er noch dort gelegen hatte. Die Hände nach oben gelegt, der Kopf zur Seite gesunken, das schwarze Hemd offenbar hastig aufgerissen und aus der Hose gezerrt. Die Schnitte waren unsauber. Es hatte schnell gehen müssen.

»Wir haben schon eine Menge Ergebnisse.« Iska trat zu ihm. Sie war bereits am frühen Morgen nach De Lemmer gereist und schon einige Stunden vor Ort. »Peter Malin, der Leiter der Wache hier in De Lemmer, hat die Ermittlungen bis zu meinem Eintreffen persönlich geleitet. Ich bringe dich mal auf den neuesten Stand.«

Marten meinte, eine leise Kritik herausgehört zu haben, dass er vielleicht nicht direkt hierher gekommen wäre.

»Zwei Pärchen, die auf der anderen Seite der Lemstersluis waren, wohl auf dem Rückweg von einer Feier zu ihrem Skûtsje, haben Mulder genau hier liegen sehen, und eine unbekannte Frau, die über ihn gebeugt war. Als sie ihr zuriefen, ob sie Hilfe brauche, ist sie wohl direkt aufgesprungen und in Richtung Parkplatz geflüchtet. Das Schleusenbecken war zwischen der Frau und ihnen, sie konnten nicht hinterher, haben aber sofort die Polizei gerufen. Die Frau trug ein weißes Kleid, mehr konnten sie auf die Entfernung nicht erkennen.« Sie zeichnete einen Halbkreis in der Luft. »Wir konnten ziemlich schnell alle Ausfallstraßen absperren, in einem großen Radius. Ich denke nicht, dass es ihr gelungen ist, die Stadt zu verlassen. Das ist die gute Nachricht. Die schlechte ist, dass sie trotzdem abgetaucht zu sein scheint.«

»Die gute Nachricht ist besser als die schlechte.« Iskas Aussage ließ Martens Herz schneller schlagen. Es war also eine Mörderin, kein Mörder. Bei Johnathan Winkler hatte er einen männlichen Täter vermutet, na gut, so konnte man sich irren. Hier hatte die Täterin nun offensichtlich das Risiko erhöht, gefasst zu werden, und das musste ihr jetzt auch zum Verhängnis werden! Wenn sie immer noch in dieser kleinen Stadt sein sollte, dann war die Chance dieses Mal tatsächlich groß, sie endlich dingfest zu machen.

»Wir ziehen hier das volle Programm durch. Es gibt eine Vielzahl von Hinweisen, wir gehen jedem einzelnen nach.«

Der Tatort war noch immer weitflächig mit weißer Zeltplane abgesperrt, damit die Spurensicherung ungestört von den Blicken der Passanten arbeiten konnte. Während sie sprachen, tauchte ein Polizeitaucher neben ihnen aus dem trüben Wasser auf, das von einem starken Unterwasserscheinwerfer erhellt wurde.

»Mulder ist Hobbyfotograf. Wir haben seine Kamera in der Schleuse gefunden. Eine analoge Kamera, es war jedoch kein Film mehr eingelegt. Die Taucher suchen weiterhin den gesamten Bereich ab, bisher ohne Erfolg.«

Die Skûtsjes waren anstatt durch die nun gesperrte Schleuse über die größere Prinses Margrietsluis, die außerhalb der Stadt lag, auf das IJsselmeer gelangt, wo gerade wie geplant die Regatta stattfand.

»Der analoge Film könnte interessant sein, aber darauf spekulieren wir nicht. Im Moment haben wir zwei andere Ansätze.« Iska beobachtete, wie der Taucher wieder unter der Wasseroberfläche verschwand. »Zum einen ein Haar. Ein schwarzes, schulterlanges Haar, eindeutig nicht von Mulder. Aber an seinem Kopf. Es hatte sich offenbar in seinen eigenen, mit Gel gestylten Haaren verfangen. Es ist bereits im Labor.«

»Ein Traum«, kommentierte Marten.

Ein Haar, DNA. Früher oder später würden sie die Mörderin damit überführen. »Und was war die andere Spur?«

»Eine Beschreibung. Mulder ist zwar ein Einzelgänger, aber in der kleinen Stadt hier doch einigen bekannt. Wir haben bereits zwei Personen finden können, die ihn gestern gesehen haben, und vor allem seine Begleiterin. Er war wohl mit einer Frau in seinem Alter unterwegs, die ein weißes Kleid trug und schwarze Haare in der Länge hat, die zur Haarprobe passt. Ein Restaurantbesitzer hat den beiden gestern Abend um eins noch eine Flasche Wein verkauft. Er sagte, die beiden hätten sich offenbar zwar nicht sehr gut gekannt, aber sehr gut verstanden.«

»Passt zu dem, was die Mordzeugen gesehen haben …«

»Wir haben die Fahndung eingeleitet. Peter Malin hat einen Phantombildzeichner in seinem Team. Er arbeitet jetzt gerade mit dem Restaurantbesitzer zusammen, er wird uns schon bald ein erstes verwertbares Bild anbieten, hoffe ich. Außerdem haben wir die letzten Kontakte von Mulders Smartphone analysiert. Er hat die letzten Tage mehrfach mit einer noch nicht näher identifizierten Nummer telefoniert. Die Funkzellenabfrage beim Provider hat ergeben, dass sie erst seit einer knappen Woche aktiv ist. Erst in Leeuwarden, seit vorgestern hier. Und seit heute Morgen ist sie nicht mehr in Benutzung.«

Marten nickte. »Ein ähnliches Vorgehen wie auf Sylt. Sie hat Mulder eine Falle gestellt.« Dieselbe Täterin? Jedenfalls saß sie in der Falle. Hoffentlich, hoffentlich würden sie sie kriegen.

Marten ließ den Blick nach oben wandern, zu den farbenfrohen Wimpelketten an den Häusern. Es war die Flagge der Provinz Fryslân, schräge weiß-blaue Streifen, darüber sieben rote Seerosen, die an Herzen erinnerten. Die ganze Stadt war bunt geschmückt. De Lemmer war ein so friedlicher Ort.

Ein Mord zu Skûtsjesilen, die Regatta hatte er als Kind schon einmal mit seinen Eltern besucht. Während der Sommerferien. Ein Volksfest, das ganz Fryslân begeisterte, damals wie heute. Der Mörder, offenbar eine Mörderin, war ein hohes Risiko eingegangen, hier zuzuschlagen. Wegen der Öffentlichkeit, ja, das auch. Aber auch … weil Fryslân das Friesische sozusagen verkörperte? Auf Sylt suchten sie den Mörder oder seine Unterstützer in der lokalen Prominenz, in Aurich bei einem der wichtigsten und mächtigsten Unternehmen Ostfrieslands.

Warum Schiermonnikoog? Der erste Mord, warum war er gerade dort geschehen? Iska hatte erwähnt, dass die Insel ihren Namen von Mönchen aus dem Mittelalter hatte, die damals dort lebten. Mönche, eine verschworene Gemeinschaft auf einer abgeschiedenen Insel … Gab es diesen Orden heute eigentlich noch? Enna Wenck hatte ihnen doch auch weiterhelfen können, vielleicht …

Iska war vorausgegangen und bedeutete ihm aus der Ferne, dass er ihr folgen sollte.

Als sie auf der Polizeiwache ankamen, stellte Iska ihm Peter Malin vor. Durch den grau-weiß gesprenkelten Vollbart auf dunkelbrauner Haut wirkte er älter, als er wahrscheinlich war. Sein Gesicht war fein geschnitten, er wirkte ruhig und zurückhaltend. Der Phantombildzeichner sei gerade fertig geworden, sagte er. »Ich habe den Zeugen gebeten, noch kurz auf Sie zu warten. Ich führe Sie hin.«

In einem separaten Raum saßen zwei Männer und machten bei einem Kaffee Small Talk, einer in Uniform, einer in Zivil, mit enormem Bauchumfang und hoher Stirn. An einem Flipchart hing eine Bleistiftzeichnung. Das Bild zeigte eine mittelalte Frau mit ernster Miene, hohen Wangenknochen, feinen Augenbrauen.

Es war immer wieder faszinierend, wie diese Zeichner Personenbeschreibungen in Bilder umsetzen konnten. Papa hatte erzählt, dass in den Jahren um die Jahrtausendwende, als die IT auch in die Polizeibehörden Einzug hielt, versucht worden war, mittels genormter Bildschablonen Phantombilder am Computer zu generieren. Das hatte aber zu sehr schematischen und oft schlechteren Ergebnissen geführt. In den letzten Jahren hatte sich darum die althergebrachte Art und Weise wieder eingebürgert, auch weil geübte Zeichner schneller die wichtigsten Merkmale einfangen konnten, sodass man zeitnah wenigstens ein grobes Bild von der gesuchten Person erhielt.

»Brauner Teint, aber nicht sonnenbankbraun, sondern natürlich sommerbraun, Sie verstehen? Außerdem trug sie ein weißes Kleid. Wenig Dekolleté, aber sehr elegant. Kann man schon verstehen, dass Duuk Eindruck bei ihr schinden wollte.« Der Restaurantbesitzer nahm die Kaffeetasse und trank einen großen Schluck, setzte kurz ab und trank dann aus. »Wie kann ich Ihnen helfen?«

»Haben Sie die Dame denn schon einmal gesehen? Wohnt sie vielleicht hier?«, fragte Iska.

»Nein, ganz sicher nicht. Die war wegen Duuk hier, er hat sie hierher eingeladen. Als ich den beiden zum Feierabend die letzte Flasche verkauft hatte, schnappte ich etwas von Truehearts auf.«

»Die Datingplattform?«, fragte Iska.

»Ja, genau. Und sie fragte, ob er schon länger Fotos machen würde. Darum kam ich auf die Idee, dass sie sich noch nicht länger kannten. Jeder, der sich mit Duuk mehr als fünf Minuten unterhielt, wusste von seinem Hobby.«

»Ihren Namen haben Sie nicht zufällig auch aufschnappen können?«, fragte Marten.

»Ich habe es Ihrem Kollegen schon gesagt, ich meine, mal Anna herausgehört zu haben, aber mehr nicht. Und da bin ich mir auch nicht sicher.«

»Vielleicht mal andersherum.« Marten sah nicht zu ihm, sondern auf das Bild. »Antworten Sie bitte mal ganz spontan, ohne nachzudenken. Wie würden Sie sie einem Freund mit nur einem Wort beschreiben?«

Natürlich brauchte er doch zehn Sekunden, bis er antwortete. »Souverän. … Ich weiß auch nicht, warum mir das einfällt, aber das passt irgendwie am besten. Sie war absolut Chefin in der Situation, das konnte man schon aus der Entfernung sehen. In der Art, wie sie sich verhielt, aber auch, wie die beiden miteinander umgingen. Klug wirkte sie. Ja, sie ist einer dieser Menschen, bei denen man sofort merkt: Oh, die hat was drauf.«

»Okay.« Souverän. Ja, das passte. »Ist Ihnen etwas Wesentliches aufgefallen, an der Stimme, ihrem Verhalten?«

»Sie lachte viel, aber ich weiß nicht, ob es echt war. Es war alles sehr beherrscht.«

»Würden Sie sagen, dass sie sympathisch war?«

»Nein.«

Kurze Antworten. Der Mann wirkte nicht wie ein Wichtigtuer. Sie bedankten sich bei ihm, dann begleitete Malin ihn aus dem Büro. Marten hörte, wie er vor der Tür noch ein paar Worte mit ihm wechselte. Er betrachtete die Frau auf dem Zeichenblock. Sie wirkte kalt und entschlossen. Sie wusste genau, was sie tat, was sie tun wollte …

»Und, was meinst du? Passt das zu deinem Bild vom Täter?« Iska stellte sich neben ihn. Marten war sich sicher, dass sie absichtlich genau diese Formulierung gewählt hatte.

»Die Frage ist vor allem, wo ist sie?« Malin betrat wieder das Zimmer.

Marten wischte die Erwiderung beiseite, die er sich gerade

zurechtgelegt hatte. »Versuchen wir, es einzugrenzen. Nehmen wir an, dass sie noch nicht entkommen ist, einfach, weil wir Glück gehabt haben. Dann müssen wir die Chance auch nutzen.«

»Wenn sie genauso berechnend gehandelt hat, wie wir denken, dann wohnt sie nicht in De Lemmer.« Iska wandte sich vom Bild ab. »Das Risiko, erkannt zu werden, wäre viel zu groß.«

»Auch der Restaurantbesitzer meint, sie käme nicht von hier«, bestätigte Malin. Aber nach der Funkzellenabfrage hat sie die letzten Tage hier in De Lemmer verbracht.«

»Klappern wir also alle Übernachtungsmöglichkeiten ab«, entschied Iska. »Alle. Mit dem Bild. Und mit allen Einsatzkräften, die wir haben.«

»Das wird nicht einfach.« Malins Stimme klang düster. »Hier leben zwar nur knapp zehntausend Menschen, so riesig ist der Ort jetzt nicht, aber er ist ganz auf Tourismus eingestellt. Das Tor nach Friesland. Strand, Sportsegeln, Aktivurlaub. Und jetzt noch Skûtsjesilen. Da ist viel los, da tummeln sich viele Leute von außerhalb.«

»Wir müssen überlegen, nach welchen Kriterien sie ihr Quartier aussuchen würde. Können wir uns bitte mal schnell eine Karte von De Lemmer anschauen?«, schaltete sich Marten wieder in die Diskussion ein. Malin rief auf einem Notebook eine Karte auf. »Sie ist zum Parkplatz geflohen, vielleicht ist sie mit dem Auto von ihrer Unterkunft in die Innenstadt gefahren. Das sollten wir berücksichtigen. Und sie hat, um nicht aufzufallen, vermutlich eher in einem großen Hotel als in einer kleinen Pension gewohnt.«

»Es gibt hier auch große Anlagen mit Ferienhäusern. Da

wäre sie ganz für sich.« Malin hatte auf der Karte die Übernachtungsmöglichkeiten in De Lemmer dargestellt.

»Allerdings könnte sie dort nicht bar bezahlen«, wandte Iska ein. »Sie hätte eine Kreditkarte benutzen müssen.«

»Also doch die kleine Pension, bei der das vielleicht noch üblich ist«, überlegte Marten. »Vielleicht so etwas wie die hier.« Marten war hinter Malin getreten und zeigte auf eine Pension am Ortsrand, zu der auch ein Campingplatz gehörte.

»Zeig mal.« Iska trat neben ihn, er konnte den frischen Duft ihres Parfüms riechen. »Eher einen Tick zu einsam. Da ist nur Feld drum herum, da wäre sie sich beobachtet vorgekommen.«

»Ja, stimmt. Aber das hier sieht ganz gut aus.« Marten tippte mit der Hand auf eine andere Pension, die zwar in der Stadt, aber auch nahe der Autobahn nach Leeuwarden lag. Nur ein paar Straßen weiter gab es ähnliche Anbieter. »Das hier könnte auch passen. Und das hier auch.«

Es waren schlicht zu viele Möglichkeiten.

»Schluss mit raten. Irgendwo müssen wir anfangen.« Iska tippte auf die drei Pensionen, die er als Erstes vorgeschlagen hatte. »Step by Step, rein in die Arbeit. Marten, wir beide übernehmen die Möglichkeiten, die aus unserer Sicht die höchste Trefferwahrscheinlichkeit haben. Malin, organisieren Sie die übrige Suche? Falls ihr irgendwas findet, sagt uns sofort Bescheid. Passt auf euch auf, falls ihr die wirklich aufstöbert. Die sind wahrscheinlich bewaffnet.«

Malin nickte. »Gute Jagd.«

Die *sind* bewaffnet, hatte Iska gesagt, obwohl nur *eine* Täterin gesehen wurde. Er presste die Zähne aufeinander.

Iska gab hier die Richtung für die Ermittlungen vor, dagegen kam er nicht an. Für den Moment war es eh egal, jetzt ging es nur darum, diese angebliche Anna zu fassen. Vertrau weiter auf dein Gespür, Marten. Er durfte nicht aus dem Blick verlieren, was er für richtig hielt.

24

De Lemmer. Montag, 4. August

15:30 Uhr

Der nächste Tag ging genau so weiter, wie der letzte aufgehört hatte, unterbrochen nur von einem kurzen Halt an einer Imbissbude neben einem Reifenhandel. Ihr Mittagessen nahmen sie im Auto ein. Frikandel special, eine frittierte Fleischrolle in einer Soße aus Ketchup, Mayonnaise und rohen Zwiebeln. Natürlich fiel ein Tropfen auf die Jeans, mitten auf den Oberschenkel.

»Kannst ruhig sagen, wenn es dir nicht schmeckt«, bemerkte Iska trocken.

Er verzichtete auf eine Antwort und versuchte, mit der Papierserviette die Stelle wieder sauber zu kriegen.

Walther rief an, sie arbeiteten gerade die Gästeliste des Restaurants *Pesel* ab. Bereits mehrere Gäste hatten angegeben, dass sie Textnachrichten und Anrufe erst mit deutlicher Verspätung oder nach Verlassen des Lokals erreicht hätten.

»Ist das *Pesel* für schlechten Empfang bekannt?«

»Nein, eher nicht.« Walther räusperte sich. »Ein altes Haus, da wird kein Stahlbeton oder Ähnliches verbaut sein.«

Hm. Marten überlegte. »Ein Störsender? Könnte es sein, dass der Empfang von Veronika Seidels Handy absichtlich beeinträchtigt wurde?«

»Das dachten wir auch, ja.«

Gudrun Hubel kämmte sich noch immer mit ihren Kollegen durch die Akten von GreenVision. Die Spur zu dem Großbauern, der nicht verkaufen wollte, hatte sich als Holzweg erwiesen. Der Mann erzählte, dass er sich mit Winkler inoffiziell bereits auf eine Kompensation geeinigt hatte, Winkler diese aber noch bei der Geschäftsführung durchboxen wollte. Er war ehrlich enttäuscht, dass er nun einen neuen Verhandlungspartner bekommen würde. Gudrun berichtete außerdem, dass der Ansatz, über den Einbruch in die Tiefgarage den Täter zu finden, so gut wie gescheitert war. Es hätte einfach jeder sein können, sofern der Notausgang wirklich freigesperrt gewesen war. Derjenige, der den Mord begangen hatte, musste ja nicht derjenige sein, der die Möglichkeit zum Mord erkannt und die Tat geplant und vorbereitet hatte, schloss Gudrun ihre Zusammenfassung beinahe etwas resigniert ab.

Waren es tatsächlich gemeinschaftlich durchgeführte Morde? Eine Mörderin und jemand, der ihr half, der den Empfang von Veronika Seidels Handy blockierte oder den Transport von Jonathan Winklers Leiche übernommen hatte? Marten spürte ein flaues Gefühl im Magen aufsteigen. Wie sah das eigentlich beim ersten Mord aus?

»Gibt es eigentlich Neuigkeiten von Schiermonnikoog?«, fragte er Iska.

»Wie meinst du das?«

»Na, wie wohl?«

»Sander Hoepkens leitet jetzt die Ermittlungen vor Ort«, erklärte sie dann doch. »Aber da ist kein Land in Sicht, meinte er heute Morgen. Im Moment versucht er, eine Übersicht zu erstellen, wer überhaupt an dem Tag auf der Insel war, um die Alibis zu überprüfen. Leider haben nicht alle Pensionsbetreiber ihre Gäste genau erfasst. Aber langsam wird er sich schon voranarbeiten.«

In Martens Ohren klang das nicht danach, dass es dort bald Ergebnisse geben würde. Eine Idee blitzte in ihm auf. »Gibt es eigentlich irgendeine Verbindung zu diesen grauen Mönchen, denen damals die Insel gehörte?«

»Wie kommst du denn darauf?« Iska schaute irritiert. »Das war vor fast fünfhundert Jahren … Nee, keinerlei Anzeichen. Warum?«

»Ach, ich dachte nur.« Keine Abkürzungen, hörte er die Stimme von Papa. Ehrliche Polizeiarbeit, das bringt dich voran.

Marten merkte, wie Iska schwer ausatmete, bevor sie den Motor startete. Dann ging es mit dem nächsten Hotel weiter. Auch hier zeigten sie den Gästen das Phantombild von Anna, deren Namen höchstwahrscheinlich ein anderer war.

»Nein, tut mir leid, so eine hab ich nicht gesehen.« Der Pensionsbesitzer zuckte mit den Schultern. »Nicht heute und auch nicht die letzten Tage.«

»Trotzdem vielen Dank. Wenn Ihnen noch etwas einfallen sollte …« Iska gab ihm eine Karte.

Gemeinsam gingen sie zurück zum Parkplatz neben der Brache. Eine kalte Windböe wehte über die Straße. Er hatte schon lange keine Klinken mehr geputzt, dachte Marten. Das letzte Mal wohl in der Ausbildung. Seit seiner Beförderung zum Kommissar hatte er das stets vermieden, aber Iska hatte sie beide auch heute Morgen wie selbstverständlich bei der Suche mit einplanen lassen, und so hatte er sich eben eingeordnet. Weg von der Brücke, ab in den Maschinenraum. Genau genommen imponierte ihm Iskas Art, sich nicht gegenüber den niedrigeren Dienstrangen wichtig zu machen. Mehr Team, weniger Hierarchie. Den Respekt ihrer Leute hatte sie jedenfalls.

»Schade, das hätte hier eigentlich gut gepasst«, bemerkte er, während er sich anschnallte.

»Die nächste Pension ist auch nicht schlecht. Beinahe idyllisch gelegen, nah am Stadtkern und trotzdem nur zwei Minuten von der Autobahn entfernt.« Sie ließ den Wagen an. Zügig lenkte sie ihn durch die schmalen Gassen.

Nach kurzer Fahrt hielten sie direkt am östlichen Teil des Stadtkanals. Einige Skûtsjes, zu Museumsschiffen umgebaut, dümpelten neben kleinen Motorjachten vor sich hin. Das Hotel, ein dunkelroter Backsteinbau, hatte historischen Charme, *toumakerij*, Seilmacherei. Ein hölzerner Segelmast zierte den Eingang.

Er ließ Iska vorgehen. Am Empfang stand eine junge Dame und tippte etwas in ihren Computer. Iska wies sich aus, er zeigte das Bild.

Die Dame stutzte, korrigierte den Sitz ihrer übergroßen Brille, fuhr durch das streng nach hinten gesteckte Haar. »Ja … einen Moment. Kann ich noch mal Ihren Ausweis sehen, bitte?«

Dieses Mal betrachtete sie den Ausweis einen Moment länger. »Ich muss den Chef holen. Einen Augenblick, ja?«

Sie nahm den Hörer des Telefons ab und sprach ein paar

schnelle Worte. Marten konnte sie nicht verstehen, obwohl er des Niederländischen grundsätzlich mächtig war – wahrscheinlich hatte die Frau Friesisch geredet. Dann wandte sie sich wieder an Iska. »Nur eine Minute, ja? Der Geschäftsführer ist sofort für Sie da.« Sie begann, hektisch auf die Computertastatur zu tippen.

Eine Tür in der Lobby öffnete sich, ein älterer Mann in schwarzem Anzug und weißem Hemd kam auf sie zugelaufen. Schnell schüttelte er die Hände, auch er überprüfte noch einmal Iskas Ausweis. Dann nickte er der Dame am Empfang auffordernd zu.

»Eventuell könnte es die Dame von Zimmer 201 sein«, erklärte diese. »Das Zimmer ist noch bis einschließlich morgen gebucht. Beide Schlüsselkarten sind bei den Gästen.«

»Das Nebengebäude«, erklärte der Geschäftsführer. »Soll ich Sie hinbringen?«

»Kleinen Moment noch«, bremste Iska. Marten staunte, wie ruhig sie blieb. »Wurde das Zimmer bereits bezahlt?«

»Voll bezahlt, bereits bei Ankunft.«

»Könnte ich bitte mal das Meldeformular sehen?«

Eingecheckt hatte ein Ehepaar Müller aus Bielefeld. Marten gab die Daten direkt nach Deutschland zur Überprüfung weiter. Für die Entscheidung, was zu tun war, hatte das aber keine Relevanz mehr.

Er sah an Iskas Gesichtsausdruck, dass sie die Lage ähnlich einschätzte. Direkter Zugriff, alles andere kostete zu viel Zeit. Sie entfernte sich drei Schritte, zog ihr Handy. »Malin, schicken Sie uns bitte vier Leute vorbei. Als Back-up, mit Schutzwesten.«

Marten tastete unauffällig nach seinem Pistolenhalfter.

Durchatmen. Er trat zur Außentür, öffnete sie ein Stück und betrachtete das graue Nebengebäude. Es war zweigeschossig, die erste Etage etwas zurückversetzt, um Platz für Terrassen zu schaffen. Vor den Fenstern hingen Markisen in Gelb und Weiß. Hoffentlich waren sie noch nicht bemerkt worden, Iska hatte recht auffällig auf der eigentlich für Fahrräder und Fußgänger reservierten Freifläche geparkt. »Wie viele Ausgänge gibt es dort?«

»Vorne der Haupteingang und hinten nur für Personal, da ist auch unsere Wäscherei.« Ein Hinterausgang? Einer von ihnen beiden musste dorthin. Und es war besser, wenn Iska die Kollegen in Empfang nahm. Er atmete tief ein.

»Kannst du den hinteren Bereich im Auge behalten?« Iska hatte die gleichen Gedanken gehabt. »Ich komme zu dir, sobald die Kollegen da sind. Dann gehen wir zusammen rein.«

Die beiden Gebäude trennte eine schmale, nur für Fußgänger geeignete Gasse. Auf der Rückseite des Nebengebäudes schlossen sich ein Anbau an, dann ein kleines Gebüsch und der Garagenhof. Vergitterte Fenster, und der einzige Zugang zum Gebäude war eine schwere Metalltür. Marten positionierte sich so, dass er weitestgehend vom Gebüsch verdeckt war, aber die Tür und den Hof gut im Blick hatte.

Ob es Anna war? Ob sie auf weitere Täter treffen würden? Hoffentlich hatten sie das Überraschungsmoment auf ihrer Seite. Sein Herz schlug bereits wie wild. Kein Jagdtrieb, eher Nervosität. Er zog die Pistole. Die MWS10, die neue Standardwaffe, die die P99 abgelöst hatte. Bisher hatte er nur auf dem Schießstand mit scharfen Waffen geschossen. Er überprüfte das Magazin und lud die Pistole durch. Wieder einmal wurde ihm bewusst, was für ein tödliches Werkzeug in seiner Hand lag. Unheimlich. Trotzdem beruhigte der kühle Stahl seine Nerven.

Iska kam schon nach fünf Minuten, eine Schutzweste umgeschnallt, eine weitere für ihn in der Hand. Zwei Kollegen folgten ihr. »Zwei weitere Leute sind vor dem Haus.« Mit einem Generalschlüssel öffnete sie die Metalltür. Dem ersten Kollegen bedeutete sie zu bleiben. Marten zog die schwere Weste über. Dann gingen sie hinein.

Sie kamen in einen schmalen Flur, bis zur Brusthöhe grün gekachelt, an der Decke summte eine Leuchtstoffröhre. Kein Gästebereich, eher Lager und Funktionsräume. Die Türen zu beiden Seiten waren verschlossen. Der Gang führte zu einem Treppenhaus, nacheinander liefen sie nach oben. Im oberen Flur war mittig ein Teppich ausgelegt, der ihre Schritte dämpfte. Iska wies den zweiten Kollegen an, ihr und Marten nachzurücken, sobald sie reingingen.

Die Zimmertür war aus Holz, das Schloss mit einem üblichen Kartenleser ausgestattet. Marten nahm seine Waffe in beide Hände. Iska zückte die Schlüsselkarte, hielt sie in der linken Hand, die rechte umfasste ihre Dienstpistole. Lautlos zählte sie von drei bis null herunter. In ihren braunen Augen las er Konzentration und Entschlossenheit. Genau so und nicht anders. Dann drückte sie die Karte in das Lesegerät. Es summte bestätigend.

Iska stieß die Tür mit der Schulter auf, wirbelte mit der Pistole nach vorne, sicherte nach rechts, er übernahm die linke Seite.

»Polizei! Hände hoch, keinen Widerstand!«

Iska stürmte nach vorne, er hinterher, auf seiner Seite war

eine weitere Zimmertüre, das Badezimmer, er stieß sie auf, ein Mann Anfang zwanzig saß im T-Shirt auf der Toilette, seine Boxershorts auf Höhe der Knöchel.

»Hände hoch!«

Ungläubig folgte der Mann seinen Anweisungen. Dabei ließ er einen Gegenstand aus der Hand rutschen und vor sich auf den Fußableger fallen. Marten machte einen Satz nach vorne und trat es weg. Nur ein Handy. Der Bildschirm hell und bunt erleuchtet, wahrscheinlich ein Spiel. Der Mann öffnete den Mund, sagte aber nichts und schloss ihn direkt wieder. Iskas Kollege erschien in der Tür, nickte als Zeichen, dass er die Sicherung des Zimmers übernahm.

Marten eilte in den größeren Raum, in dem Iska gerade einem Mann, vielleicht Mitte vierzig, Handschellen anlegte.

»Was wollen Sie? Das muss eine Verwechselung sein!«, rief der Mann auf Deutsch.

»Ausweis«, sagte sie energisch.

»Im Portemonnaie. Auf dem Tisch.«

Die Einrichtung bestand nur aus einem Doppelbett, Fernseher, einem weit geöffneten Kleiderschrank, Schreibtisch und Schreibtischstuhl. Die Balkontür war offen, er trat hinaus. Bistrotisch und zwei Bistrostühle, ein Aschenbecher, in dem eine Zigarette qualmte. Ein Wäscheständer, an dem Badezeug und Strandhandtücher hingen. Eine brennende Zigarette?

»Wer ist noch hier?«, fragte Iska den Mann auf Deutsch. Ihre Stimme war ruhig, aber bestimmt.

»Urlaub. Wir machen hier Urlaub, verdammt noch mal!«

Bisher nur Männer. Wo war die Frau? Wo war ihre Zielperson? Sein Herz raste, Adrenalin. Durchpusten. Blick nach oben, zum Dach. Nichts, natürlich. Unten auf dem Bürgersteig erkannte er das Zivilfahrzeug, mit dem die anderen Kollegen gekommen waren.

Die Handtücher am Wäscheständer bewegten sich. Marten riss sie beiseite, richtete die Waffe nach vorne. Eine Frau mit schwarzen Haaren hockte dort, hielt die Hände abwehrend vor den Kopf, das Gesicht abgewendet, und stieß einen langen Schrei aus.

25

De Lemmer. Montag, 4. August

21:00 Uhr

Fehlschlag. Das Ehepaar Müller aus Bielefeld war nur auf Durchreise, Städtetour in Friesland. Ihr Sohn, den Marten auf der Toilette überrascht hatte, war zu Besuch hier, er hatte sich mit Freunden auf einem Campingplatz eingemietet. Die Alibis waren sauber, sie hatten den ganzen Abend in einem Restaurant in der Altstadt verbracht, die Geburtstagsfeier eines guten Freundes. Dafür gab es ungefähr dreißig Zeugen.

Der Zugriff und die ganze Verhörarbeit hatten Kraft gekostet. Adrenalinrausch gefolgt von Ernüchterung, jetzt war er im Tal. Marten spürte, wie ihn die Müdigkeit in den Sitz zog, als er in Iskas Wagen Platz nahm. Es war dunkel geworden, nur im Westen leuchtete der Horizont noch tiefblau. Aber sie mussten weitermachen. Jetzt kamen die Ferienwohnungen dran. Dann noch Campingplätze und …

»Feierabend«, sagte Iska neben ihm, den Blick in die Ferne gerichtet. »Die Mörder sind doch eh schon ausgeflogen. Wir sind zu spät.«

Marten schluckte. »Sie ist uns immer einen Schritt voraus.«

Iska holte Luft, er sah, dass sie ihm widersprechen wollte. »Bier?«

»Was?«

»Ich brauche was zu beißen und habe Lust auf ein Bier dazu. Wie sieht es bei dir aus?«

Warum eigentlich nicht? »Die erste Runde geht auf mich.«

»Ich habe keine Lust, mich jetzt in ein Restaurant zu setzen.«

»Ich auch nicht.«

»Fahren wir zum Wasser, da ist es ruhiger.« Sie startete den Wagen. »Malin hat gestern mal fallen gelassen, dass man beim Beachclub um diese Uhrzeit noch ein paar Kleinigkeiten kriegen kann.«

Sie hatten Glück, sie waren die Letzten, die am Take-away-Schalter noch bedient wurden, nach ihnen löschte der Betreiber das Licht. Mit zwei großen Tüten Bitterballen, Rindfleischkroketten und Pommes, dazu zwei Flaschen Bier, machten sie sich auf den Weg. Oberhalb des Strandes, am Fuß des anschließenden Deiches, fanden sie eine freie Parkbank.

Schon wieder Fast Food. Na ja. Marten tunkte die Bitterballen in die Mayonnaise, biss hinein. Der frittierte Fleischklumpen schmeckte schon irgendwie fies, und doch machte er Lust auf mehr. Urlaubserinnerungen aus der Kindheit wurden wach. Nach einem Tag am Strand war der Besuch bei der Snackbude obligatorisch gewesen.

Vor ihnen, am Strand, liefen Arbeiter auf und ab, bauten die letzten Verkaufsbuden der Kirmes ab, die man dort zu Skûtsjesilen aufgestellt hatte. Sie schoben Müll zu größeren

Haufen zusammen, die dann von einem Laster eingesammelt wurden. Das IJsselmeer lag scheinbar ruhig dahinter, wie eine schwere schwarze Decke. Mit einem Schluck Bier spülte Marten den fettigen Geschmack weg.

»Anna ist blond«, sagte Iska erstaunt neben ihm. Sie blickte von ihrem Handy hoch.

»Was?«

»Das Labor hat geschrieben, wegen des Haares, das sie an Duuk Mulders Schulter gefunden haben. Es war gefärbt. Eigentlich ist es blond, nicht schwarz.«

»Ach, ver…« Marten hatte keine Lust mehr zu fluchen. Natürlich, das hätten sie sich denken können, ja sogar müssen. Anna hatte gewusst, dass sie gesehen werden könnte – und die Polizei rekonstruieren würde, dass Mulder den Abend mit einer Frau verbracht hatte. Sie hatte gezielt eine falsche Spur vorbereitet. Alles, was sie von ihr zu wissen glaubten, sie mussten es infrage stellen. Sie hatten Zeit verloren. Das Bier schmeckte nicht, trotzdem nahm er einen weiteren Schluck.

»So kriegen wir sie nicht«, flüsterte Iska. »Nicht schnell genug.«

Es war erst die vierte Zeile von Radbods Gesängen. Ja, sicher, er wusste, irgendwann würden sie die Mörderin oder die Mörder überführen, Spuren hatten sie ja hinterlassen. Aber sie waren zu langsam, um sie vor einem nächsten Mord zu fassen.

»Vielleicht müssen wir unsere Taktik ändern.«

»Wie meinst du das?«

»Nicht mehr hinterherlaufen«, überlegte er laut und angelte eine Pommes aus der Tüte. »Es geht zu schnell. Die bisherigen Morde waren alle perfekt geplant. Das lässt sich nicht in ein paar Tagen machen. Das braucht Wochen, wenn nicht Monate Vorbereitungszeit. Und die Morde, jetzt in dieser schnellen Abfolge, das bedeutet, dass da jemand seinen Plan nur noch abarbeiten musste. Wenn sich die Mörderin oder die Mörder wirklich an *Radbods fjoer* orientieren …«

»Das heißt … worauf willst du hinaus?«

»Die Morde eins bis drei adressieren je eine Region von Friesland. Was hat Zeile vier mit De Lemmer zu tun? Ist das Zufall, dass sie hier zugeschlagen haben? *Die Vlie frei von Besatzern,* richtig? Hier ist die Vlie? Beziehungsweise hier war sie, oder? Also hat uns *Radbods fjoer* eigentlich verraten, wo die Mörderin zuschlagen wollte? Hätten wir es vielleicht wissen können? Und wenn ja, dann müssen wir nach vorne gucken! Was ist mit der fünften Zeile?«

Iska schüttelte beinahe unmerklich den Kopf. »Das ist nicht so ganz einfach. Ja, hier in der Nähe floss mal irgendwo die Vlie. Früher sah die Landkarte aber ganz anders aus.«

»Zu Radbods Zeiten?«

»Ja, auch. Aber langsam. Die Landschaft ist hier in ständiger Veränderung.« Sie atmete tief ein. »Das, was wir jetzt vor uns sehen, das IJsselmeer, ist durch einen Deich von der Nordsee abgetrennt. Vorher, als es noch offenes Meer war, hieß dieses Gewässer Zuiderzee, also Friesisch für Südmeer. Denn es lag südlich von den friesischen Gebieten, so wie die Nordsee das Meer nördlich des friesischen Siedlungsgebiets bezeichnet.«

Stimmt, Marten erinnerte sich, dass er sich als Kind immer gefragt hatte, warum die Nordsee als offenes Meer trotzdem *See* genannt wurde. Weil die Friesen es so machten. Im

Friesischen hießen geschlossene Gewässer *Meer* und das offene Meer *Zee*, genau andersherum wie im Deutschen.

»Die Zuiderzee gab es so ähnlich schon zu Zeiten Radbods, sie war aber viel kleiner als das IJsselmeer heute. Genau genommen war es damals kein direkter Teil der offenen See, sondern ein vorgelagerter Süßwassersee, der Almere genannt wurde, gespeist aus dem Rhein und anderen, kleineren Flüssen. Dieser Almere war nicht direkt mit dem offenen Meer verbunden, sondern über einen kleinen Fluss, eben die Vlie. Der begann zwar ungefähr hier und endete wahrscheinlich zwanzig heutige Orte weiter nördlich, wo heute die Insel Vlieland ist. Aber man weiß es nicht genau. Leeuwarden, unsere Hauptstadt, lag damals, zum Beispiel, an einer anderen Bucht der offenen Nordsee, an der Middelzee. Die gibt es gar nicht mehr, das ist jetzt alles dem Meer abgerungenes Land. Diese Ortsangaben von damals – das kann man nicht ins Heute übersetzen. Das ist von den Mördern wild interpretiert. Das hätten wir nicht erraten können.« Sie schüttelte den Kopf. »Und auch nicht die nächsten. Da bin mir sicher, das würde uns nur unnötig Kräfte und Zeit kosten, das wäre wirklich nur wildes Raten.«

Der Seitenhieb war nicht nötig gewesen. Er schob sich die letzte der Rindfleischkroketten in den Mund, das Kauen half gegen den Ärger. Außerdem machten die Dinger irgendwie süchtig. Er fischte in der Pommestüte, die er dann an Iska weiterreichte. Schweigend kauten sie. Er ahnte, dass es ihr unangenehm war, dass er ihren letzten Satz so hatte stehen lassen. Der Vollmond war hinter den Wolken hervorgekommen. Ein dämmriges Licht lag über der Bucht.

»Es ist echt eine wunderschöne Gegend hier.«

»Ja«, stimmte sie ihm sofort zu. Gemeinsam beobachteten sie, wie ein einsames Segelschiff auf die Bucht zusteuerte. Mehr als die Umrisse waren im Dunkeln kaum zu erkennen, es hob sich kaum vom Hintergrund ab, nur ganz oben am Mast leuchtete die grün-rote Positionslaterne. »Es ist von hier aus nicht weit bis nach Sneek, ein kleines Städtchen, wo ich aufgewachsen bin. Eine Zeit lang hatte ich vorgehabt, mich wieder dort niederzulassen.«

»Warum hast du es nicht gemacht?«

»Ich und mein Ex, Daniel …« Sie biss sich auf die Lippe. »Die Arbeit. Es wurde dann doch Amsterdam«, antwortete sie schließlich. »In der Hauptstadt spielt die Musik.«

Das Handy klingelte. Es war Katharina. »Meine Freundin«, erklärte er Iska. Aber nein, er wollte jetzt nicht mit ihr reden. Ein Kloß entstand in seinem Hals. Er wartete, bis Katharina aufgegeben hatte. Auf dem Display stand, dass es ihr dritter Versuch gewesen war. Die anderen beiden hatte er tatsächlich noch gar nicht mitbekommen.

»Du hättest ruhig drangehen können.«

»Ich rufe sie gleich in Ruhe zurück.« Seine Beine waren schwer. Er hatte überhaupt keine Lust aufzustehen. Außerdem fühlte es sich so an, als ob ein Beutel Steine in seinem Magen liegen würde. Kein Wunder, bei der Masse, die er gerade in sich reingestopft hatte. Eine richtige Fressattacke. Doch das hatte er jetzt einfach gebraucht.

»Das habe ich auch immer gesagt.« Er konnte Iskas Lächeln nicht deuten. »Daniel hatte das verstanden. Wir waren immer ehrlich zueinander. Das war wichtig. Ist wichtig, bis heute.« Sie erzählte von ihren Kindern und wie liebevoll dieser Daniel sich um sie kümmerte. Dass die beiden das größte Glück waren, das sie auf dieser Welt hatte. Ein sentimentales Lächeln erschien auf ihrem sonst so kontrollierten Gesicht.

»Ihr habt wohl alles richtig gemacht«, sagte Marten in die Stille hinein. Trotzdem waren sie und dieser Daniel nicht mehr zusammen. Das durfte Katharina und ihm niemals passieren. Allein der Gedanke daran ließ seine Welt erschüttern. Er erschrak, das war gerade ungeschickt von ihm gewesen.

Iska schüttelte sich, streckte den Rücken durch. »Jedenfalls hast du recht mit den Ermittlungen. Wir müssen in die Offensive kommen«, wechselte sie das Thema. Ihre Stimme klang nun hart. »Morgen ist ein Pressetermin. Ich könnte da das Phantombild zeigen. Auch wenn darauf keine brauchbaren Hinweise eingehen, es wäre eine Möglichkeit, Druck aufzubauen. Vielleicht machen die Mörder Fehler.«

»Anna.«

»Nein, die Mörder. Es sind mehrere!« Sie knüllte ihre Papiertüte zusammen. »Ich weiß, du hängst deiner eigenen Theorie nach. Aber … schau dir ganz objektiv die Fakten an. Jeder Mord eine Region, getrennt von den anderen, keine Querverbindungen. Denk, was du willst, das ist alles zu gut geplant, als dass es für eine Einzelperson spricht.«

Er wollte widersprechen, aber ihm fiel nichts ein. Auch in Aurich und auf Sylt sah es ja jetzt nach einer Gruppe aus. Er hatte sich noch nicht an den Gedanken gewöhnt.

»Und das«, fuhr Iska nachdrücklich fort, »das spricht auch für ein gemeinsames Motiv. Und dieses Motiv folgt aus genau dieser Botschaft. Man muss es nur lesen wollen! Ich jedenfalls tue das. Und du … Ganz ehrlich, ganz geradeheraus: Mach mit oder lass es bleiben.«

»Wir arbeiten zusammen, Iska«, wich er aus. Ja, ihre Argumentation war schlüssig. Aber seine doch auch … Außerdem widerstrebte es ihm, ihr jetzt zuzustimmen. »Der Pressetermin. Kann ich dir bei der Vorbereitung helfen?«

»Nein, das muss ich mit Dirk klären. Ich mache das alleine, er ist mein Vorgesetzter.« Hatte sie ihn jetzt abblitzen lassen, oder wollte sie ihn ehrlich entlasten? Iska stützte sich von der Bank ab, stand auf. »Komm, lass uns gehen.«

Eine E-Mail erreichte ihn, als er in seinem Hotelzimmer ankam. Enna Wenck hatte geschrieben:

Sehr geehrter Herr Jaspari, hallo Iska,
anbei wie von Ihnen angefordert eine Liste derjenigen Familien, von denen ich weiß, dass Radbods fjoer in ihrer Familie weitergegeben wurde. Es ist über dreißig Jahre her, dass ich mich zuletzt damit beschäftigt habe, die Arbeit wurde nicht veröffentlicht. Meine Notizen waren eventuell nicht vollständig, trotzdem sollten sie Ihnen ein ungefähres Bild der Verbreitung von Radbods fjoer geben.

Kommen Sie bei Fragen gerne auf mich zu.
Hertlike groetnis Enna Wenck

Dem Brief war eine Liste beigefügt, jede Zeile ein Familienname und Wohnort, dreißig pro Seite, insgesamt fünf Seiten.

Familien auf beiden Seiten der Grenze, quer über die Karte verteilt, allerdings deutlich mehr in den Niederlanden. Die Liste war alphabetisch sortiert, er überflog die Namen. Kein Winkler, Seidel, Mulder oder Veenstra war aufgeführt.

Er klickte die nächste E-Mail an, von den Kollegen aus Aurich. Es war eine Art Dossier, das sie über den historischen Radbod zusammengestellt hatten. Er blätterte durch die Seiten. Sie hatten einen Geschichtsprofessor aus Bonn aufgetrieben, der wohl ausführlicher zu dem Aufstand der Friesen gegen die Franken geforscht hatte, die Kollegen hatten eine entsprechende Arbeit angegeben.

Marten dachte an Iskas Vorwurf. Da war schon etwas dran. Er hatte die Idee, dass Terrorismus das Motiv sein könnte, bisher nicht ehrlich verfolgt. Hatte er es schlichtweg nicht wahrhaben wollen? Widerwillig klickte er sich weiter. Las sich fest.

Der Aufstand gegen die Herrschaft der Franken hatte weitestgehend ohne Vorwarnung begonnen, und beinahe gleichzeitig, bei jedem einzelnen der friesischen Stämme, wie durch ein geheimes Signal. Zuerst waren die eingewanderten Kaufleute und christlichen Missionare verfolgt worden, dann diejenigen, die mit den Franken kollaboriert hatten. Schließlich hatte Radbod, der aus dem Exil im heiligen Foseteland zurückgekehrt war, die Führung des Aufstandes ergriffen. Er vernichtete mit seiner Streitmacht die zurückgebliebenen Garnisonen und zog nach Südwesten, um die verlorenen Gebiete zurückzuerobern. Die Burgen der Besatzer, oftmals nur einfache Wallburgen mit Palisaden und hölzernen Verteidigungsanlagen, wurden auf dem Vormarsch durch seine Krieger in Brand gesteckt. Der Professor zitierte eine Passage der *Liber Historiae Francorum*, einer Chronik aus der Merowingerzeit: »Und als diese Feuer weit über das Land schienen, schlossen sie [*die Friesen der lokalen Stämme*] sich ihrem alten Anführer an und ließen sein Heer weiter anwachsen.«

Friesisches Blut, zieh auf
Steht auf, ihr Friesen
Lieber tot als Sklave
Die Vlie frei von Besatzern
Das Herz ohne Verrat
Radbod wird im Krieg vorangehen
Das Feuer der Freiheit brennt

Radbods fjoer. Die Zeilen eins bis drei fordern die Besinnung auf die eigene Stärke, die Zeilen vier bis sieben beschreiben den Aufstand. Einst für das besiegte Volk der Friesen ein Symbol der Hoffnung, jetzt für den Täter die Anleitung für seine Morde.

Oder waren es doch mehrere Täter, jeder in seiner Region, jeder mit einem eigenen Mordplan? Er musste schlucken. Der alte Aufstand hatte auch dezentral begonnen, wie durch ein geheimes Zeichen, so hatte er es eben selbst gelesen. Ja. Das passte schon zusammen.

So unwahrscheinlich ihm alles immer noch vorkam, es galt, die Sache anzunehmen, wie sie war. Und zu verhindern, was vielleicht noch kommen sollte. Kopf hoch!

Konnten er und Iska nicht doch irgendwie erraten, wo die Mörder als Nächstes zuschlagen würden? *It hert sûnder ferrie – Das Herz ohne Verrat.* Das Herz – vielleicht der Mittelpunkt von Friesland? Gab es das? Der Upstalsboom? Na ja, da hatten die Täter schon zugeschlagen. Eine alte Hauptstadt vielleicht? Oder eher im übertragenen Sinne? Hm, Herz ohne Verrat, vielleicht …

Nein, Iska hatte recht. Das war wirklich keine Ortsangabe, mit der man arbeiten konnte.

… *ohne Verrat.* Er dachte an Enna Wencks Liste. Eine Aufzählung alter friesischer Familien. Wenn der Mörder sie als die wahren Friesen begriff – was, wenn einer von ihnen einen wie auch immer gearteten Verrat begangen hatte? War auf dieser Liste womöglich das nächste Opfer aufgeführt?

Vielleicht. Das war schon weit hergeholt. Was soll das mit einem Herz zu tun haben …

Sieben Zeilen, sieben Morde? In schneller Folge. Er musste an einen Countdown denken.

Nein, das passte alles nicht zu dem Bild, das er von dem Mörder gehabt hatte, so diffus es auch gewesen war. Ein einzelner Täter, der beim Mord seinen Opfern ins Gesicht hatte sehen wollen, müssen, es war ihm ein Bedürfnis gewesen. Oder der Mörderin. Oder den Mördern …

Bilder, die sich überlagern …

Ich verliere den Überblick, stellte Marten müde fest. Er ging unter in einem Meer von Informationen. Zu viele Ansätze, zu viele Hinweise. Zu wenig Kraft. Es war zum Verrücktwerden. Verdammt, er musste doch irgendetwas tun können, irgendwas. Hitze stieg in ihm auf.

»Aaaaah!« Er schlug mit der Faust auf die Tischkante. Es tat gut, die Wut rauszulassen, und der Schmerz, der nun durch seine Hand fuhr, er tat auch gut. Er machte ihn wieder wach. Verdammt, Marten, denk nach. Keine weiteren Toten mehr.

Du trägst die Verantwortung.

26

De Lemmer. Montag, 4. August

22:30 Uhr

Iska duschte. Sie brauchte einen klaren Kopf. Zu viele Hinweise, zu viele Informationen. Wir brauchen mehr Struktur, stellte sie fest. Was sie an Informationen hatten, musste besser aufbereitet werden. Schritt für Schritt. Die richtigen Dinge erkennen. Und es lag an ihr, dafür zu sorgen, erkannte Iska, Marten hatte sich an seiner Idee festgebissen, vielleicht ist er von der Größe des Falles doch überfordert. Sie beschloss, gleich bei Dirk ein paar Analysten anzufordern.

Dirk. Sie musste auch einen Weg finden, ihn zu überzeugen, morgen das Phantombild zu veröffentlichen. Das bedeutete, aktiv die Unterstützung der Bevölkerung zu suchen, Dirk hatte das Gegenteil verlangt. Kalt rann das Wasser über ihre Stirn, den Hals, den Körper entlang. Das Shampoo des Hotels verschwand gurgelnd im Abfluss. Wie würde die Diskussion verlaufen, welche Argumente hatte sie, das Bild herauszugeben, welche Bedenken sprachen dagegen?

Pro: Sie standen unter Zeitdruck. Sie verfolgten eine Spur, die womöglich zu weiteren Tätern führte, die vielleicht weitere Morde planten. Sie mussten in die Offensive kommen, sich darauf konzentrieren, den nächsten Mord zu verhindern, anstatt das Vergangene zu rekonstruieren.

Contra: Beunruhigung in der Bevölkerung. Die Presse einzubeziehen hieß, ein Stück der Kontrolle über den Fall zu verlieren. Außerdem setzte es sie ins Rampenlicht – die verzweifelten Polizisten, die sich nicht anders zu helfen wussten.

Letzteres wog für Dirk besonders schwer. Schlechte Presse ist der GAU auf der Karriereleiter. Sie wusste, dass er ins Ministerium wechseln wollte. Er war ehrgeizig. Es zog ihn nach oben.

Wie Marten, der war auch ehrgeizig. Aber anders, nicht aus sich heraus, irgendwie so getrieben. Und es kam ihr so vor, als ob er nicht mit offenen Karten spielte. Sie ärgerte sich über ihn, und sie ärgerte sich über sich. Was war in sie gefahren, so mit einem Kollegen zu sprechen? Marten war es gewesen, der die Morde zu einem Fall zusammengeführt hatte. Und er hatte ihrer Theorie nicht widersprochen. Er hatte ihr nur nicht explizit zugestimmt. Vielleicht war es sogar gut, dass er die Augen nach einem anderen Motiv offen hielt. Auch wenn die Anzeichen für sie eindeutig waren.

Ihre Arme waren schwer, als sie sich abtrocknete. Medien einbinden? Ja. Sie würde Dirk die Pistole auf die Brust setzen, die Wenn-wir-es-nicht-tun-dann-könnte-uns-das-später-vorgeworfen-werden-Karte spielen. Dirk würde ihr den Zug eventuell übel nehmen, aber sie musste etwas unternehmen. Vier ermordete Menschen. Sie würde nicht damit klarkommen, wenn noch ein weiterer hinzukommen würde und sie nicht alles versucht hätte.

Es klopfte an der Zimmertür. Dreimal. Kurze Pause, dann klopfte es noch einmal. »Iska, bist du da?«

War das Daniels Stimme? »Moment!?« Sie schlüpfte in den Hotelbademantel, es kribbelte an der feuchten Haut, und sie verließ das schmale Badezimmer. Hinter ihr surrte die Lüftung. Tatsächlich. Durch den Spion erkannte sie den Vater ihrer Kinder. Sie öffnete die Tür. »Was machst du denn hier?«

»Ich muss mit dir reden.« Seine Stimme war traurig und seltsam kalt. Er war so einfach zu lesen, schon immer hatte er sein Herz offen vor sich hergetragen. Und er sah immer noch verdammt gut aus. Seine Haare waren verwuschelt, wie früher, als ob er gerade aus dem Bett käme, jetzt nur mit ein paar wenigen grauen Strähnchen bei den Geheimratsecken. Keinerlei Bauch zeichnete sich unter dem T-Shirt ab. Hatte er eigentlich zurzeit eine feste Partnerin? Sie wusste es gar nicht.

»Komm rein.«

»Danke.« Daniel ging durch bis zum Schreibtisch, der am Fenster stand, sah sich um, lehnte sich gegen die Tischplatte. »Deine Kollegen haben mir schließlich gesagt, wo ich dich finden kann.«

»Du hättest anrufen können?« Sie setzte sich auf das Bett.

»Nein, ich wollte das direkt mit dir besprechen. Es geht um Maaike. Und um dich.«

»Was ist denn los?« Ein ungutes Gefühl stieg in ihr auf. Sie hatte Maaike geschrieben, doch bisher keine Antwort erhalten, fiel ihr ein. Der Fall hatte sie so vereinnahmt, dass sie nicht noch mal nachgehakt hatte, wie es ihrer Tochter ging.

Er schluckte einmal, verharrte kurz, dann rang er sich durch. »Maaike war am Wochenende auf einer Party. Ich habe zu Hause auf sie gewartet, im Wohnzimmer, und bin dann im Sessel vor dem Fernseher eingeschlafen. Sie blieb länger, als wir abgemacht hatten. Sie ist erst mitten in der Nacht zusammen mit einer Freundin nach Hause aufgebrochen.«

»Okay?« Sprich schneller, Daniel. Komm zum Punkt.

»Zu Fuß, die Landstraße entlang. Sie wollten das Geld für ein Taxi sparen und waren wohl auch angetrunken. Es fuhr ja kein Bus mehr. Ein Auto hat angehalten, ob sie nicht mitfahren wollen. Zwei Männer so Mitte zwanzig, so wurden sie beschrieben.«

»Nein … was.« Ihr Kopf war ganz leer. »Sag mir bitte einfach, was passiert ist!«

»Maaike und Roswitha haben wohl abgelehnt. Das haben die aber nicht gelten lassen. Sind wohl zudringlich geworden, diese Arschlöcher. Einer hat Maaikes Kleid zerrissen, als sie nicht wollte …« Daniels Stimme war immer leiser geworden. »Maaike und Roswitha hatten Glück. Ein anderes Auto kam vorbei, Roswitha konnte sich losreißen und ist auf die Straße gelaufen. Die beiden Männer haben dann wohl Panik bekommen, sind in ihr Auto eingestiegen und weggerast. Der Autofahrer hat sich das Kennzeichen notiert. Die beiden wurden gestern schon gefasst.«

Es war Iska, als ob der Boden eine Bettdecke wäre. Die Zeit stand, alles fühlte sich weich, unwirklich an. Was hatte Daniel gerade gesagt? Ein Teil ihres Gehirns weigerte sich noch, das gerade Gehörte aufzunehmen, ein anderer Teil malte ihr das Gesagte wie in einem Film aus. Ein entsetzlicher Kloß lag in ihrem Hals. Sie würgte ihn unter Schmerzen hinunter. »Wie geht es Maaike?«

»Gut. Sie hat es weggesteckt, sagt sie. Keine Ahnung, ob es stimmt, ich hoffe es. Es ging wohl alles sehr schnell, es war keine Zeit für Panik.«

»Ich will zu ihr.«

»Es geht ihr gut!« Daniel blickte sie an. »Warum denn? Was willst du denn tun? Was willst du ihr denn sagen?«

»Ich … Warum hast du mir nicht früher Bescheid gesagt? Warum erst jetzt?«

»Maaike wollte es nicht. Vielleicht will sie es überspielen, hatte ich mir noch gedacht. Es war ihr auf jeden Fall sehr wichtig, warum auch immer, also habe ich ihren Wunsch respektiert. Sie vertraut mir.«

Iska wusste nicht, was sie sagen sollte. Also sage ich nichts, entschied sie. Sag einfach mal nichts.

»Es geht noch weiter. Heute Morgen, die Nacht war wohl schlecht, hat sie mir erzählt, dass ihr miteinander telefoniert habt. Keine Sorge, ich bin nicht da, um dir Vorwürfe zu machen. Aber dann ist mir klar geworden, was sie da getan hat. Sie hat dich in Schutz genommen. Sie wollte nicht, dass ich sauer auf dich bin. Das war es, was ihr so wichtig war.« Er räusperte sich. »Heute Abend habe ich sie gebeten, dir von den Geschehnissen erzählen zu dürfen. Erst als ich versprochen hatte, dass ich keinen Streit vom Zaun breche, hat sie mich gehen lassen. Ich finde es wichtig, dass du davon weißt. Dass wir miteinander reden, Maaike und ich. Und zwar über alles.«

»Danke.« Ihre eigene Stimme klang heiser. Scheiße. Es war wie ein Schlag vor den Kopf. Maaike … Sie konnte noch immer nicht klar denken. Verdammt. Sie hatte Daniel hintergangen, indem sie Maaike einen Freibrief erteilt hatte, ihr sogar die Verantwortung zugeschoben hatte, und danach hatte sie nicht noch mal nachgehakt, ob es ihr gut ging. Nachricht hin oder her. Und dann … Und sie deckt mich auch noch. Ihr war schlecht, so sehr schämte sie sich.

»Wir hatten damals abgemacht, dass wir ehrlich zueinander sind, immer. Es war dir wichtig, und mir ist es das auch. Vielleicht war es eine dumme Idee von mir, ihr zu verbieten, länger auf der Party zu bleiben. Wenn du anderer Meinung gewesen wärst, dann hätten wir das ausdiskutieren können. Aber ich hätte gewusst, was Sache ist. Hätte ihnen das Geld für ein Taxi gegeben oder selbst den Taxifahrer gemacht – ich will wirklich keine Vorwürfe machen, du weißt, was ich meine.«

Darum hatten wir damals Schluss gemacht. Die Scheidung eingereicht. Viel zu oft hatte sie die einfachste Lösung gewählt, die Sachen laufen lassen, ihr Ding gemacht. Deine Gedanken sind woanders, hatte er festgestellt. Es ist doch, wie es ist, hatte er ihr damals gesagt, das ist doch auch nicht schlimm. Du bist Polizistin, da liegt dein Fokus. Und sie hatte ehrlich zugegeben, dass es so war. Mach das, du machst den Job gut. Ich kümmere mich um die Kinder. Keiner muss über irgendwas böse sein. Wir machen das zusammen, Iska, aber eben getrennt. Wir sind weiter füreinander da, aber auf unsere Weise. Lass es uns ehrlich machen, auch wenn es zuerst wehtut. Und dann hatte sie irgendwann zugestimmt, dass Maaike und Marc bei ihm wohnen. Es hatte sich gar nicht falsch angefühlt, es war eine gute Entscheidung gewesen. Daniel passte gut auf sie auf. Besser, als sie es gekonnt hätte, es war für die beiden das Beste. Und darum war es auch für sie richtig gewesen, das gehörte zur Ehrlichkeit dazu. »Es tut mir so leid, Daniel.«

»Nein, du tust dir leid. Musst du aber nicht, alles gut. Fang jetzt bloß nicht an zu heulen. Lass uns einfach demnächst mehr miteinander reden, okay? Wie geht es dir?«

»Das willst du nicht wirklich wissen, oder?«

»Doch!«

Sie quälte sich ein Lächeln ab. Ehrlichkeit, erinnerte sie sich. »Ich habe einem deutschen Ehepaar den Schreck ihres Lebens verpasst. Ich habe eben mal wieder gemerkt, dass ich eine miese Mutter bin und einen wundervollen Ex-Mann habe. Und ich werde gleich ziemlich viel Kaffee trinken und die Nacht durcharbeiten. Also, alles in allem ganz okay, schätze ich mal.«

»Du hast dich kaum verändert.« Nein, er klang nicht böse oder verärgert. Wie früher.

»Bleibst du noch etwas?« Sie fasste ihm an die Schulter, als er sich gerade abwenden wollte. Ihre freie Hand suchte seine, sie lehnte den Kopf an seine Schulter. Ihre linke Brust an seinem Arm. Nein. Was tat sie da? Sie sah ihn an, erschrocken über sich selbst. Er schüttelte den Kopf.

»Pass auf dich auf.« Seine Hand drückte ihre. Sie war rau und doch warm. »Wir machen uns übrigens auch Sorgen um dich, wenn du mal nicht zurückrufst. Wir möchten dich nicht verlieren.«

Sie wusste nicht, was sie sagen sollte, also quälte sie sich ein Lächeln ab.

»Du jagst den Mörder von gestern Abend?«

»Ja.«

»Dein Handy blinkt wie wild, seitdem ich hier bin.« Er deutete auf den Schreibtisch. »Es scheint Neuigkeiten zu geben.«

»Sch…« Sie sprang zum Gerät. Drei unbeantwortete Anrufe, wahrscheinlich, als sie unter der Dusche gewesen war. Sie starrte auf das Display, dann zu Daniel. »Ich muss da …«

»Alles gut. Lass uns reden, wenn das hier vorbei ist, okay?«

»Okay. Danke!« Es war wie damals. Es war wie immer. »Halt, bitte! Es tut mir leid.«

»Bis bald!«

»Bis bald!« Sie sah ihm hinterher, wie er ging. Er öffnete die Tür, trat hinaus und blickte noch einmal zu ihr zurück. Und lächelte dann dieses Lächeln, in das sie sich vor vielen Jahren verliebt hatte. Erst jetzt bemerkte sie den tiefen Stich, der gerade in ihr Herz gefahren war. Sie hätte ihn niemals gehen lassen dürfen.

27

De Lemmer. Dienstag, 5. August

10:00 Uhr

Iska sah in den Raum, und gefühlt Hunderte Augen blickten zurück. In den hinteren Reihen standen die Fotografen, ab und zu flammte es grell auf, wenn mal wieder einer das Blitzlicht benutzte. Der Raum war eigentlich zu dunkel für eine Pressekonferenz. Die Kollegen hatten improvisiert und den zweiten Konferenzsaal notdürftig mit Stühlen ausgestattet. Fünfzig Plätze waren zu vergeben gewesen, sie hatten die dreifache Menge an Anfragen gehabt.

»Nehmen Sie sich vor dem mit dem grauen Kinnbart in Acht. Gelbes Hemd und graues Sakko. Der sucht Schlagzeilen.« Malin hatte sich neben sie gesetzt.

»Danke für den Tipp.« Sie knetete ihre Finger. Vier Stunden Schlaf waren zu wenig gewesen, oder zu schlecht wegen zu vieler Selbstvorwürfe. Oder jemand hatte ihr heute Morgen entkoffeinierten Kaffee untergejubelt.

»Nervös?«

»Nein«, log sie.

Ihr erster Pressetermin. Normalerweise war das nicht üblich, aber sie mussten den Medien etwas geben, wenn sie ihre Unterstutzung haben wollten. Also hatte sie sich angeboten, quasi für ungefilterte Informationen aus erster Hand. Wenn denn Offensive, dann richtig. Dirk hatte schließlich zugestimmt. *Wir dürfen nicht zulassen, dass die Mörder noch einmal zuschlagen, dass es noch mehr Opfer gibt. Aber wir verraten keine Details. Ich will nicht das Land in Angst vor einer Serienmörderin versetzen.* Oder vor noch Schlimmerem, hatte sie in Gedanken ergänzt. Keinen Staub aufwirbeln, aber die Öffentlichkeit einbeziehen. Wasch mich, aber mach mich nicht nass.

Heute Morgen hatten sie zu allen Familien, die auf Enna Wencks Liste standen, Streifen geschickt, um sie vor einer unklaren Gefahrenlage zu warnen, auf diese Formulierung hatte sie sich mit Dirk einigen können. Sicherheitshalber sollten sie zu Hause bleiben oder nur in größeren Gruppen unterwegs sein. Lange konnte das so nicht weitergehen. Eine Weile noch konnten sie sich hinter ermittlungstaktischen Gründen verstecken, aber bald würden sie der Öffentlichkeit gegenüber weit mehr Farbe bekennen müssen, als sie es für heute vorhatte.

Der Pressesprecher räusperte sich und eröffnete die Veranstaltung. Zuerst verlas er die offizielle Meldung, in der sie den Fall zwar als Mord bezeichneten, aber bis auf Datum und Uhrzeit keine weiteren Angaben machten. Marten saß als deutscher Kollege nicht mit ihr auf dem Podium. Das hätte zum einen gegen das Protokoll verstoßen, zum anderen zu unangenehmen Fragen führen können. Offiziell war das hier nur ein einzelner Mord, nicht Teil einer Serie.

»Für weitere Informationen zum aktuellen Stand der Ermittlungen darf ich Sie an die Leitung verweisen«, beendete der Pressesprecher seine Ausführungen.

Iska stand auf und präsentierte das in Grautönen gezeichnete Phantombild. Der Zeichner hatte sich noch ein weiteres Mal mit dem Restaurantbesitzer zusammengetan, vor allem die Konturen des Gesichts und die der Frisur nachgeschärft. »Wir suchen diese Dame als Zeugin. Wir wissen, dass sie vor dem Tod des Opfers noch Kontakt zu ihm hatte. Ihre Unterstützung wäre eine große Hilfe.«

Dann wählte sie eine Journalistin in rotem Kleid und Lederjacke aus, die bereits die Hand gehoben hatte.

»In der Pressemeldung ist von ersten Spuren die Rede. Können Sie sagen, welcher Art diese Spuren sind?« Iska atmete durch. Etwas anbieten, aber nicht zu viel sagen. »Die Spuren sprechen für eine gezielte Tötungsabsicht«, formulierte sie frei. »Wir gehen in der Tat von einem Mord aus.«

»Gibt es schon Hinweise, was der Hintergrund dieser Tat ist?«

»Aus ermittlungstaktischen Gründen können wir dazu nichts sagen.« Die typische Floskel, wenn man nicht antworten wollte. Es war ihnen lediglich verboten, unwahre Angaben zu machen.

Der Journalist mit dem grauen Kinnbart aus der ersten Reihe meldete sich. »Stimmt es denn, dass Zeichen eines Ritualmordes vorliegen? Angeblich wurde das Opfer verstümmelt.«

»Das kann ich dementieren, denke ich.« Woher hatte der diese Information? Okay, bestimmt waren schon Fotos in den sozialen Medien aufgetaucht. Keiner weiß, wer alles die Leiche schon gesehen hatte, bevor ihnen der Fund gemeldet worden war. »Wir schließen zwar derzeit nichts aus, aber es gibt keine Hinweise in diese Richtung.«

»Also stimmt es, dass das Opfer verstümmelt wurde?« Der Journalist hielt seinen Kugelschreiber, den er bisher zwischen seinen Fingern hatte hin und her wandern lassen, genau auf sie gerichtet.

Mist, jetzt konnte sie nicht mehr zurück. »Es wurden mehrere Wunden beim Opfer festgestellt, das ist korrekt. Aber ich bitte Sie, da jetzt keine Geschichten zu konstruieren.«

»Aber natürlich. Genau darum geht es uns ja.« Er machte sich eine Notiz. »Welcher Art sind denn diese Wunden? Können Sie da nähere Angaben machen?«

»Aus ermittlungstaktischen Gründen kann ich Ihnen nicht mehr dazu sagen.«

»Sie sprachen von mehreren Wunden. Wurde der Mann gefoltert?«

»Wie gesagt …«

»Schließen Sie es aus, oder wollen Sie es nicht sagen?«

Lass dich nicht provozieren, Iska, ermahnte sie sich. »Bitte versuchen Sie nicht, meine Angaben falsch wiederzugeben. Ich habe dazu keine Angaben gemacht.«

Ihr Gegenüber spitzte spöttisch die Lippen. »Aber was denn nun? Haben Sie Angaben gemacht, die ich nicht falsch wiedergeben soll, oder haben Sie keine Angaben gemacht? Ich bitte um eine kurze Antwort!«

»Wir sind erst am Anfang der Ermittlungen. Ich hoffe, ich kann Ihnen bald mehr sagen.« Eine gute Antwort. Aber sie würde nicht lange reichen, das wusste sie.

Der Pressesprecher wählte schnell den nächsten Journalisten aus, einen aus einer hinteren Reihe. Eine Frage an den Leiter der Polizeiwache. Ob es ähnliche Mordfälle schon einmal in De Lemmer gegeben hätte? Eine dankbare Frage.

Der Journalist vor dem grauen Bart hatte ein Notebook hervorgeholt, auf dem er mit konzentriertem Blick herumtippte. Es war kein Schreiben, dafür war es zu abgehakt und wenig. Er suchte etwas. Genau das, was sie hatte verhindern wollen, war eingetreten. Hätte sie es verhindern können? Wahrscheinlich nicht. Geduldig, aber knapp beantwortete sie die Fragen der anderen Pressevertreter, nach und nach verschwanden die gehobenen Arme.

»Eine letzte Frage habe ich noch.« Der Mann mit dem getrimmten Bart hob erneut den Arm, ohne dabei den Blick vom Bildschirm abzuwenden. »Sie sprachen eben selbst von *Ermittlungen*. Ich habe gerade ein wenig recherchiert. Es gibt einen weiteren Mord auf Schiermonnikoog, zu dem bisher noch gar keine offiziellen Ermittlungsergebnisse vorliegen. Außerdem erwähnenswert scheinen mir mehrere ungeklärte Todesfälle in der letzten Woche bei unseren deutschen Nachbarn, darunter ein weiterer Mord auf der Insel Sylt, bei dem ebenfalls jeder konkrete Hinweis auf den Täter fehlt. Meine Frage lautet daher: Könnte dieser Mord mit den anderen Morden in Verbindung stehen? Oder können Sie das ausdrücklich ausschließen?«

Iska versuchte, äußerlich ruhig zu bleiben. Egal was sie sagen würde, man würde es gegen sie verwenden. Die Frage war nur noch, in welchem Ausmaß. »Zu anderen Ermittlungen möchte ich mich hier nicht äußern.«

»Nein, darum geht es mir nicht, das wissen Sie«, unterbrach sie der Journalist. Seine Augen blitzten. »Die Frage hier lautet, ob es sich um einen Serienmörder handelt. Können Sie den Menschen sagen, dass sie sich keine Sorgen machen müssen?«

»Wir werden alles tun, um diesen abscheulichen Mord aufzuklären. Alles andere, und da bitte ich Sie um Nachsicht und appelliere an Ihr Verantwortungsgefühl, sind Spekulationen, von denen wir Sie bitten, Abstand zu nehmen.«

»Keine Antwort ist auch eine Antwort. Vielen Dank.« Der Mann nickte ihr zu, als hätte er es freundlich gemeint. Der Pressesprecher beendete die Veranstaltung.

Ein Massendatenanalyse der beteiligten Personen und von deren persönlichem Umfeld. Ihre Idee war simpel und effektiv: Spuren waren niemals weg. Man verwischte sie vielleicht, aber man entfernte sie nicht. Vielleicht konnte man nach einem Mord die Tatwaffe verschwinden lassen, doch man hatte sie mal besessen, von jemandem gekauft, jemandem entwendet, man war mit ihr gesehen worden, oder jemand kannte jemanden, der sie jetzt nicht mehr hatte, nachdem sich derjenige mit einem getroffen hatte … was auch immer. Spuren wurden schwächer, aber sie verschwanden nicht. Und wenn die vier Morde zusammenhingen, durch einen oder mehrere Täter, dann gab es Spuren. Und sie galt es zu finden.

Im Durchschnitt kannte angeblich jeder Mensch jeden anderen Menschen auf der Welt über sieben Personen, also über den Freund eines Freundes eines Freundes und so weiter. Sie hatten die richterliche Erlaubnis erhalten, die Bekanntenkreise der Opfer miteinander zu vergleichen – auf Basis aller Informationen, die auf Behördenseite vorlagen. Gerne hätten sie mehr Kompetenzen bekommen, aber die Richter hatten eine weiter reichende Massenüberwachung aus Datenschutzgründen abgelehnt. Als Iska Marten am Morgen ihren neuen Ansatz erklärt hatte, hatte er sofort zugestimmt. Gut, denn sie brauchte seine Unterstützung.

Als sie das Besprechungszimmer betrat, waren das gesamte Team um die beiden Analysten, eine Kollegin und einen Kollegen, versammelt. Die Analystin, im schwarzen Hosenanzug mit strenger Frisur, malte mit blauem Stift das Symbol für eine Datenbank auf das Whiteboard, danach vier Kreise in das Innere und das Zeichen für eine Liste. »Wir haben«, begann sie, »eine zentrale Datenbasis aufgebaut, in der wir alle Informationen verknüpfen können. Wir erfassen für jeden der vier Fälle das persönliche Umfeld, in dem der entsprechende Mord passiert ist, und das maximal breit angelegt. Dazu kommen die Namen der Familien, die Enna Wenck uns hat zukommen lassen. Wir nehmen alle Personen auf, derer Namen wir irgendwie habhaft werden konnten. Die Kollegen in Deutschland werden noch bis zum Nachmittag die Daten von den Einwohnermeldeämtern sowie die Verbindungsdaten von den Mobilfunkanbietern erhalten und dort eintragen. Aber wir nehmen auch alle weiteren Informationen auf, die wir kriegen können. Zeugenangaben und so weiter. Wir hangeln uns von Kontakt zu Kontakt, immer weiter. Bis wir ein Netz haben, strukturierte Informationen, die uns sofort Verbindungen anzeigen, auch die, die wir intuitiv nicht bemerken würden.«

Iska übernahm. »Es ist Kleinstarbeit, aber es wird sich lohnen.« Sie teilte den Kollegen die einzelnen Fälle zu, und sie machten sich stumm an die Arbeit. Sie wirkten konzentriert. Iska war sich sicher, die Analyse würde zu Ergebnissen führen, aber ein dunkles Gefühl verriet ihr, dass es nicht reichen würde, um die Mörder rechtzeitig zu stoppen. Sie waren noch ganz am Anfang.

»Irgendjemand oder irgendetwas muss die Mörder zusammengeführt haben.« Marten trat zu ihr. Bleiche Gesichtsfarbe, seine Augen matt. Dasselbe Sakko hatte er schon gestern angehabt, da war noch der Kaffeefleck. In der Verfassung … der Tag heute würde an die Substanz gehen. »Wo brauchst du noch mehr Informationen?«

Zufrieden registrierte sie, dass Marten jetzt zum wiederholten Mal von Mördern und nicht mehr von Mörder gesprochen hatte. »Eigentlich überall. Je mehr, desto besser.«

In Aurich hatten die deutschen Kollegen ihr Augenmerk vor allem auf das Arbeitsumfeld von Jonathan Winkler gelegt. Auf Sylt hatten sie sich auf die Verdächtigen im *Pesel* konzentriert, dazu auf Freunde und Bekannte von Veronika Seidel sowie berufliche Kontakte von Joost Seidel. Der größte Personenkreis stand ihnen in De Lemmer zur Verfügung, da sie Zugriff auf Duuk Mulders Kundenkartei bekommen hatten. Außerdem hatten sie beim Anbieter der Dating-App, die er benutzt hatte, dessen Kontakte angefordert.

»Was haben wir eigentlich zum Mord auf Schiermonnikoog? Welche Personenkreise kommen da infrage?«

»Nichts Konkretes«, gab sie zu. »Das persönliche Umfeld von Ruben Veenstra war eigentlich das ganze Dorf.«

»Hm.« Marten blickte sie lange an. »Schiermonnikoog. Ich habe ganz grundsätzlich den Mord da noch nicht verstanden.«

»Was?«

»Schiermonnikoog … Wenn man sich die einzelnen Tatorte vor Augen führt: Upstalsboom, das ist ein Begriff für die Friesen weit über die Grenzen hinaus. Die Tinnumburg ist auf Sylt eine sehr bekannte archäologische Stätte. De

Lemmer passt mit der Nähe zur ehemaligen Vlie genau zu *Radbods fjoer*, und außerdem hat es den Mördern mit Skûtsjesilen eine perfekte Bühne geboten.«

»Ja?« Sie ahnte, worauf er hinauswollte.

»Warum Schiermonnikoog? Das verstehe ich einfach nicht!«

Sie hatte auch keine Antwort.

28

De Lemmer. Dienstag, 5. August

16:30 Uhr

=== Grausamer Mord in De Lemmer: Verdächtige gesucht ===

Die Polizei gab heute Nachmittag wichtige Details zu dem in der Nacht von Sonntag auf Montag verübten Mord in der Innenstadt von De Lemmer bekannt. Dringend tatverdächtig ist eine unbekannte, derzeit flüchtige ca. 40-jährige Frau mit schwarzen Haaren, die von Augenzeugen in unmittelbarer Nähe des Opfers gesehen wurde. Die leitende Ermittlerin hat dieses Phantombild vorgestellt und bittet um sachdienliche Hinweise. Vorsicht, die Verdächtige ist gefährlich und im Besitz einer Schusswaffe.

Meldungen, die in sozialen Medien kursierten, wurden bestätigt. Wie dort zu sehen war, wurden dem Opfer Duuk M. zahllose Wunden am Oberkörper zugefügt, die zu einem hohen Blutverlust führten. Die Anwendung von Folter wurde nicht ausgeschlossen. Auch die Frage, ob es sich um einen Ritualmord handelt, wurde nicht explizit verneint. Ein Motiv für die Tat konnte die Polizei bisher nicht nennen, auch nicht, ob es sich bei den

Mördern nur um die eine gesuchte, auf dem Phantombild gezeigte Frau oder um mehrere Täter handelt.

Wir bleiben dran. Damit Sie informiert bleiben.

=== ===

»Wir haben eventuell einen Treffer!«, knisterte es aus dem Funk.

Iska nahm den Funkspruch selbst an. Seit Mittag, nachdem die Online-Zeitungen das Phantombild von Mulders unbekannter Begleiterin gebracht hatten, kamen Hinweise im Zehn-Minuten-Takt bei ihnen an. Eines der Teams, die diesen vor Ort nachgingen, meldete sich vom Hafen am Leuchtturm, der, anders als die meisten anderen Häfen der Stadt, vor den Schleusen direkt am IJsselmeer lag. Der Hafenmeister sei sich absolut sicher, die Frau am Morgen nach der Tat noch gesehen zu haben.

»Okay, bleibt dort. Wir kommen direkt rüber!«

Zusammen mit Marten fuhr sie los. Ihr Ziel lag auf der anderen Seite des Stadtkanals. Leider. Als sie gerade in die Straße vor dem Kanal einbogen, sah Iska, dass sich einige Schiffsmasten durch den Kanal bewegten. »Mist.« Sie ahnte, was kommen würde.

»Was ist denn los?«

»Da vorne.«

Eine der Hebebrücken, die über den Stadtkanal führten, war gerade für die Schifffahrt geöffnet, mehrere Segeljachten fuhren nacheinander unter der steil nach oben geklappten Fahrspur hindurch. Vier Autos hielten vor ihnen an einer Schranke.

»Können wir die Brücke nicht umfahren?«

»Nein, die anderen Brücken werden auch gleich öffnen. Auf fünf Minuten kommt es ja nicht an. Hoffe ich.«

Die Masten bewegten sich im Spaziergängertempo von links nach rechts, vor der malerischen Kulisse der Altstadt, in Richtung der friesischen Seen, die über ein weitverzweigtes Kanalnetz untereinander und mit De Lemmer verbunden waren. Früher waren diese Kanäle wichtige Handelswege für den Transport schwerer Güter gewesen, teilweise hatten sie diese Funktion noch immer. Heutzutage wurden die Seen und Kanäle aber vor allem von unzähligen Hobbyseglern und anderen Wassersportlern genutzt.

»So könnten die Mörder es auch gemacht haben, oder? Sie sind über das Wasser gekommen und haben sich dort vor und nach dem Mord versteckt.« Auch Marten blickte den Masten hinterher. »Darum haben wir Anna nicht in den Hotels gefunden.«

»Ja.« Sie erinnerte sich an ihre Kindheit, als sie mit ihrem Opa auf dessen Boot unterwegs gewesen war, das im Hafen von Schiermonnikoog gelegen hatte. Ein kleines Kajütboot, zwar karger ausgestattet als jeder Wohnwagen, aber ein Dach über dem Kopf und eine Koje zum Schlafen, wenn man die Sitzbank umklappte und die Polster neu sortierte. Eine eigene Toilette, ein zweiflammiger Gasherd. »Auf einem Schiff bewegt man sich in seinem eigenen Raum.«

»Bestimmt sind sie schon weitergefahren.«

»Die Hoffnung stirbt zuletzt.«

Aber es konnte eine echte Spur sein. Bei Ermittlungen ging es immer auch um Hoffnung. Hinter der letzten Jacht senkte sich die Brücke wieder über den breiten Wassergraben. Die Passanten, die das Schauspiel bewundert hatten, gingen wieder ihrer Wege, die Schranken öffneten sich, und die Autos fuhren an. Zwei Minuten später hatten sie den Hafen erreicht, der am Ende einer Landzunge weit vor der Lemstersluis lag. Sie hielt auf dem kleinen Parkplatz vor einem Gebäude direkt bei der Steganlage, über die man zu den Schiffen gelangte.

Hier befanden sich Wasch- und Duschräume, die ähnlich wie auf einem Campingplatz allen Schiffsbesatzungen zur Verfügung standen. An der Seite führte eine Treppe in die erste Etage, zum Büro des Hafenmeisters. Es war hell und aufgeräumt, durch die großen Scheiben hatte man einen Blick auf den gesamten Hafen.

Unzählige Jachten bewegten sich in unruhigem Rhythmus auf und ab. Es herrschte Westwind, nur zwei weit in die Bucht ragende Molen trennten den Hafen vom IJsselmeer, auch sie konnten den Wellengang aber nicht gänzlich unterdrücken. Am Beginn der linken war der Leuchtturm von De Lemmer, ein Stahlgerüst auf einem mächtigen Steinsockel, der zusammen mit dem am äußeren Ende der Mole stehenden kleinen Leuchtfeuer die Einfahrt in den Stadtkanal und zur Schleuse markierte. Von der rechten Mole gingen die Hauptstege mit den einzelnen Liegeplätzen ab. Es herrschte allgemeine Betriebsamkeit, Leute gingen zu den Schiffen oder in Richtung Land, an einigen Stellen hatten sich Grüppchen gebildet, man quatschte miteinander.

Aus einer Seitentür kamen die beiden Kollegen, die ihnen per Funk Bescheid gesagt hatten, und scherzten mit dem Hafenmeister, einem drahtigen Mann mit schütterem grauen Haar und ledriger brauner Gesichtshaut. Er trug Jeans und ein rot-blau gestreiftes Hemd.

Als er den großformatigen Ausdruck des Phantombildes

betrachtete, den Iska ihm gereicht hatte, nickte er bestätigend. »Ja, wie ich Ihren Kollegen schon sagte. Ich hatte mit einem befreundeten Skipper noch einen Umtrunk wegen Skûtsjesilen, wir saßen auf dem Achterdeck seines Schiffes, direkt da vorne.« Er zeigte auf eine kleine weiße Segeljacht mit einem roten Schlauchboot auf dem Vorderdeck, die am vordersten Steg festgemacht hatte, dort, wo das Wasser seichter als im Rest des Hafens war. »Einen längeren Umtrunk. Ich habe die Dame so kurz nach Sonnenaufgang durch das Eingangstor kommen sehen, dann verschwand sie im Hafen. Mit dem Kleid und dem Schmuck war ihr anzusehen, dass sie eher heim in ihre Koje wollte, als dass sie gerade aufgestanden wäre.«

Das würde zeitlich hinkommen. Mulder war gegen Viertel nach fünf gestorben, die Sonne um halb sechs aufgegangen. Ein paar Meter Fußweg waren es ja auch noch. »Ist Ihnen die Frau schon einmal aufgefallen?«

»Nein, sie ist keine der Schiffseignerinnen, die hier feste Liegeplätze haben. Aber zu Skûtsjesilen haben wir immer sehr viele Gäste, da merke ich mir auch nicht alle Neuankömmlinge, das ist unmöglich.«

»Haben Sie sie denn danach noch einmal gesehen?«

»Nein.« Er schüttelte den Kopf. »Aber hier ist ja auch jede Menge los.«

»Wissen Sie, ob ihr Schiff noch hier liegt?«

»Das kann ich Ihnen auch nicht sagen. Ich weiß ja nicht, zu welchem Schiff sie gehört.« Er hob entschuldigend die Hände. »Die Tageslieger zahlen ihre Liegegebühren im Voraus für die Anzahl der Tage, die sie bleiben wollen. Und dann reisen sie ab, fertig.«

Vielleicht war sie ihnen wenigstens nicht allzu weit voraus. »Können Sie uns denn eine Liste der Schiffe erstellen, die seit gestern Morgen den Hafen verlassen haben?«

Der Mann nickte. Er trat zu einem Aktenschrank und zog ein Hängeregister heraus.

»Ziemlich viele sind allerdings nur wegen der Regatta gekommen, gestern Abend und heute Morgen waren einige Touristenliegeplätze schon wieder frei. Ich suche Ihnen das raus, es dauert zehn Minuten.«

»Prima.« Der Mann begann in den Akten zu blättern. Iska überlegte einen Moment. Wer sagte denn, dass die Gesuchte De Lemmer schon verlassen haben musste? Vielleicht wartete sie noch an Bord eines der hier liegenden Schiffe, bis sich der Staub gelegt hatte. Je länger sie hier untergetaucht blieb, desto unproblematischer würde sie später verschwinden können.

»Iska, kann ich noch einmal das Phantombild haben?« Marten schien über Ähnliches nachzudenken. Er nahm das Bild und ging zum Hafenmeister hinüber. »Wenn Sie noch einmal hinschauen könnten? Konzentrieren Sie sich bitte nur auf die Gesichtszüge. Die Haare mögen anders aussehen, vielleicht eine andere Farbe oder kurz.«

Der Angesprochene sah sich ein weiteres Mal den Papierbogen an. »Hm. Vielleicht. Ich bin mir nicht sicher. Das ist ehrlich nicht so einfach mit dem Bild.«

»Warten wir noch einen Moment mit der Liste. Lassen Sie uns doch einfach einen kleinen Spaziergang durch den Hafen machen. Vor allem zu den hinteren Stegreihen. Vielleicht hat auch noch jemand anderes die Frau gesehen.«

»Wie Sie meinen.« Der Hafenmeister nahm sich eine rote

Windjacke vom Haken und ging voraus. Sie bogen um die Ecke des Gebäudes, der Wind schlug ihnen ins Gesicht. Plötzlich hielt der Mann inne. »Ich … äh. Da vorne, die. Die Haare sind anders, aber die könnte es gewesen sein.«

Keine zwanzig Meter von ihnen entfernt kam über den Parkplatz eine Frau auf sie zu. Sportliche Erscheinung, eng anliegende Fleecejacke und Jeans. Blonde Haare, die gerade einmal bis zum Kinn reichten. Als sie die Blicke bemerkte, verlangsamte sie ihre Schritte beinahe unmerklich. Sie vermied es, ihnen in die Augen zu sehen, blickte seltsam unbeteiligt an ihnen vorbei.

Iska drängte sich am Hafenmeister vorbei und ging auf die Frau zu, die nach rechts auswich. »Entschuldigen Sie …«. Sie griff in die Innentasche, um ihren Dienstausweis herauszuholen.

Die Frau blieb stehen, die Anspannung war ihr körperlich anzumerken. Dann drehte sie sich um und rannte los.

»Halt, stehen bleiben!«, schrie Iska. Zuerst schien es, als wollte die Frau in Richtung Stadt laufen. Von dort kamen ihnen einige Passanten entgegen. Doch sie drehte ab, wirkte kurz desorientiert und wandte sich dann zur linken Mole. Marten, der zuerst stehen geblieben war, spurtete nun auch los.

Iska drehte sich zu den Streifenkollegen um. »Sie bleiben hier und sichern. Hier darf keiner raus. Und rufen Sie Verstärkung!« Statt ihres Ausweises zog sie nun ihre Waffe. »Stehen bleiben! Polizei!«

Mit der Pistole in der Hand lief sie ihrem deutschen Kollegen hinterher, am Leuchtturm vorbei, die Mole hinunter. Auf der linken Seite war die Einfahrt zum Stadtkanal, auf der rechten das Hafenbecken. Die blonde Frau hatte einen guten Vorsprung, aber wohin wollte sie, sie war doch genau in eine Falle gerannt? Marten holte auf, Meter um Meter näherte er sich, das Ende der Mole war bald erreicht. Sie wurde langsamer.

Plötzlich schwenkte der rechte Arm der Frau nach hinten. »Waffe!«, schrie Marten, warf sich nach links und stürzte über die groben Steine der Böschung hinunter. Jetzt konnte auch sie es erkennen, eine Pistole. Weißes Mündungsfeuer blitzte auf, ein Schuss krachte. Neben Iska prallte etwas von einem Stein ab und flog nur dicht an ihr vorbei. Ein Querschläger.

Sie ließ sich zu Boden fallen, landete hart auf den Unterarmen, es schmerzte, sie hielt die Waffe fest umklammert. Wie durch einen Schleier sah sie die Frau, die mit der anderen Hand in die Tasche ihres Fleecepullis griff. Dann feuerte sie wieder über die Schulter in ihre Richtung, während sie weiter auf die Hafeneinfahrt zustürmte. Die Kugel pfiff über Iskas Kopf.

Sie nahm die Pistole in beide Hände, visierte die Beine der Frau an und drückte ab. Noch mal und noch einmal. Schnell und hart schlug der Rückstoß in ihre Hand. Der dritte Schuss traf. Ein heller Schmerzensschrei, die Frau stürzte zu Boden. Sie wälzte sich sofort zur Seite, warf etwas Kleines, einen glitzernden Gegenstand, in hohem Bogen in die Einfahrt zum Stadtkanal.

Iska hielt einen Moment inne. Sie sah, wie Marten aufsprang und, seine Waffe auf die Frau gerichtet, auf sie zueilte. Die drückte sich gerade wieder nach oben, hatte noch immer die Waffe in der Hand. Marten feuerte ohne Vorwarnung, ihr rechter Arm sackte ein, sie stieß einen weiteren

Schmerzensschrei aus. Marten erreichte sie, trat gegen die rechte Hand, endlich entglitt ihr die Waffe, er stemmte ein Knie in ihren Rücken, dann zog er ihre Hände nach hinten und legte ihr Handschellen an.

Ausatmen. Der Puls dröhnte in Iskas Ohren. Sie tastete ihre Arme und Beine ab, alles in Ordnung, abgesehen von ein paar Schürfwunden.

Ein Kollege der Streife kam vorsichtig auf sie zugelaufen. »Sind alle okay?«, fragte er laut.

»Absichern!«, befahl sie. Dieser Gegenstand, was war das gewesen? Wütend schaute sie auf das Wasser, auf dem der Wind viele kleine Wellen vor sich hertrieb. In mehreren Metern Tiefe sandiger und schlickiger Boden. Dort etwas zu finden war Glückssache. »Und sagen Sie Malin, dass wir wieder Taucher brauchen. Dringend!«

Mit müden Beinen ging sie zu Marten. Er pumpte heftig, hatte sich aber passabel geschlagen, das hätte sie ihm nicht unbedingt so zugetraut. Noch immer lastete sein Knie auf dem Rücken der Frau, an deren rechtem Oberarm sich ein dunkler Fleck ausbreitete. An ihrer linken Wade hatte sie eine große Fleischwunde, ein Stück der Jeans fehlte. Iska drehte die Frau auf den Rücken. Aus einer verdreckten Platzwunde an der Stirn rann Blut die Schläfe hinunter, Folge ihres Sturzes. Das strähnige Haar klebte an der Haut.

»Wer sind Sie?«, fragte Marten sie auf Niederländisch. Die Frau fixierte ihn mit den Augen. Sie grinste, öffnete den Mund. Und spuckte ihm mitten ins Gesicht. Dann lachte sie.

»Deinen Namen!«, schrie er die Frau an.

Sie grinste ihn nur an. Marten schwitzte.

»Lass sie. Hier gucken von überall Leute zu. Jeder hat

heute ein Smartphone. Ich würde wetten, dass wir genau jetzt gefilmt werden. Nach der Show gerade.« Iska schob ihn weg von der Frau, die vor Schmerzen stöhnte, und drehte sie auf die Seite, um sie zu durchsuchen. Die Fleecejacke hatte weite Taschen, alle leer. An die engen Taschen der Jeans kam sie nur schwer dran, auch weil die Frau sich immer noch wehrte. In der linken Hosentasche fand sie ein paar Münzen und einen Fünfeuroschein, außerdem ein Taschentuch. Die rechte war ganz flach.

»Kein Portemonnaie, kein Ausweis?«, fragte Marten.

»Nein.« Aus der Ferne hörten sie bereits die Sirene eines Notarztwagens.

»Was haben Sie da gerade ins Wasser geworfen?«

Nur Grinsen als Antwort.

»Was hatten Sie vor?«, sprach Marten nun wieder die Frau an.

Keine Antwort. Sie sah, wie die Ader an seinem Hals pochte.

»Sie haben Mulder umgebracht, oder? Wer noch? Wer hätte es als Nächstes sein sollen? Wer?« Er fasste die Frau am Kragen, zwang sie, ihn anzusehen.

Das brachte nichts. Iska berührte ihn am Ellenbogen, er ließ von der Frau ab. Dann führte sie ihn ein paar Schritte weg, außer Hörweite der gefesselten Unbekannten. »Hör mir zu! Wir finden es heraus. Wir finden heraus, wer sie ist und was sie vorhatte. Wir werden sie verhören, und wir werden es herausfinden!«

Marten sah sie mit einem wilden Blick an, mühsam kämpfte er um Beherrschung. »Verdammt, die war es. Die hat Mulder auf dem Gewissen!«

»Ich weiß.«

»Und Winkler und Seidel und Veenstra.«

»Ja.«

»Die hat uns beinahe umgelegt!« Sein Gesicht war hochrot angelaufen.

»Wir haben sie. Das ist das Wichtigste.« Iska sah ihren deutschen Kollegen eindringlich an.

»Ja, wir haben sie, endlich.« Erleichterung breitete sich auf seinem Gesicht aus. Eine Erleichterung, die sie noch nicht ganz teilen wollte.

29

De Lemmer. Dienstag, 5. August

18:00 Uhr

»Die OP ist gut verlaufen. Wir haben sie stabilisiert, sie hat zwar viel Blut verloren, aber keine lebensgefährlichen Verletzungen. Sie können zu ihr.« Der Chefarzt, ein kleiner Mann mit brauner Hornbrille, die mindestens so alt aussah wie er selbst, öffnete ihnen die Tür zum Krankenzimmer in der obersten Etage des Krankenhauses. »Sie ist bei vollem Bewusstsein, auch wenn sie Ihnen etwas anderes vorspielen sollte.«

Zusammen mit Marten trat Iska ein. Die unbekannte Frau lag in einem Krankenbett, ihr Kopf ruhte in der Mitte eines weichen Kissens, die Decke war bis dicht unter das Kinn hochgezogen. Zu beiden Seiten schauten ihre Hände heraus, die mit breiten Gurten am Bettgestell fixiert waren. Ein Krankenpfleger hantierte noch mit einem Tropf, der mit ihrem unverletzten Oberarm verbunden war, dann verließ er das Zimmer. Zwei uniformierte Kollegen klopften am Türrahmen, kamen dann zu ihnen und bauten ein Stativ und eine Kamera auf, um das Verhör aufzunehmen.

Sie hatten warten müssen, bis die Ärzte die Vernehmung

gestatteten. Es hat jetzt keine Eile, hatte sie Marten beruhigen können, bisher hatte sie ja eh nicht kooperiert. Stattdessen hatten sie versucht herauszufinden, was ihr Ziel im Hafen gewesen war. Aber weder der Hafenmeister noch andere Zeugen hatten sie dort vorher jemals gesehen.

Eine erste erkennungsdienstliche Maßnahme hatte zu keinen Ergebnissen geführt, die Fingerabdrücke von Anna, wie sie sie weiterhin nannten, waren bisher nicht von den europäischen Polizeibehörden erfasst worden. Die Ärzte hatten keine besonderen Auffälligkeiten an ihrem Körper festgestellt, die eine Identifizierung erleichtert hätten. Keine Tattoos, keine Narben, abgesehen von einem Kaiserschnitt.

»In Ordnung, wir können jetzt.« Einer der beiden Kollegen startete die Aufnahme, dann verließ er den Raum und schloss die Tür hinter sich.

Iska trat an das Bett. Anna blickte neugierig, das war gut. Dunkelblaue Augen, ein ebenmäßiges, schönes Gesicht. Der Phantombildzeichner hatte sie gut getroffen. Iska begann, sie über ihre Rechte aufzuklären. Als sie erwähnte, sie könne einen Anwalt hinzuziehen, öffnete sie kurz den Mund, schloss ihn aber wieder. In Iskas Hinterkopf machte etwas klick. Irgendwo hatte sie diese Person schon mal gesehen. Diese Gesichtszüge, diese Mimik.

»Warum sind Sie vor uns weggelaufen?«

Keine Antwort.

»Warum haben Sie auf uns geschossen?«

Keine Antwort. Gelangweilt schaute sie zur Decke.

»Wie heißen Sie?«

Anna atmete ruhig aus, dann schloss sie die Augen. Ein Lächeln umspielte ihre Lippen.

Mist. Genau darum war es Anna gegangen. Sie hatte wissen wollen, was sie wussten und was sie von ihr wissen wollten. Vor allem war nun klar, dass sie sie immer noch nicht identifiziert hatten. Ich hab ihr gegeben, was sie wissen wollte, dachte Iska.

»Sie wissen, dass Sie kooperieren müssen, um irgendwann noch mal aus dem Gefängnis zu kommen?«

Keine Reaktion.

»Kein Anwalt der Welt wird Sie rausboxen können, wenn Sie uns nicht verraten, wer sie sind.«

Es war, als hörte Anna gar nicht zu.

»Führen Sie sich Ihre Situation vor Augen. Angriff auf Polizeibeamte, Widerstand gegen die Staatsgewalt …«

Ihr Gesicht blieb unbewegt. Iska sah zu Marten. Nein, keine weiteren Fragen, bestätigte er.

»Gut, wir beenden die Vernehmung hier. Wenn Sie doch Angaben zur Sache machen wollen, dann melden Sie sich bei den Ärzten.« Ohne ein Wort des Abschieds verließen sie das Zimmer, Marten schloss die Tür hinter ihnen.

Durch ein Fenster im Flur sah man über die kleine Stadt, über die flachen Häuser, grünen Alleen, die Häfen und Kanäle. Die ersten friesischen Binnenseen, die an das Stadtgebiet grenzten, waren von hier aus schon aus zumachen.

»Ich glaube es nicht«, sagte Marten.

»Was meinst du?«

»Irgendwo da hinten liegt doch Leeuwarden.« Marten klang nachdenklich. »Das ist die Hauptstadt von Fryslân, oder? Die Hauptstadt, das Herz der Friesen. Die nächste Zeile in *Radbods fjoer*. Haben wir den nächsten Mord nun verhindert, jetzt, wo Anna festgesetzt ist? Ich hoffe es. Aber mein Gefühl sagt mir Nein. Der Kopf sagt Nein. Ich glaube es nicht.«

Das finale Eingeständnis, dass seine Theorie über einen Einzeltäter hinfällig war. Eine Kapitulation. Iska fühlte keinen Triumph.

»Warum schweigt sie?«, fragte sie, mehr sich selbst als Marten. Sie betrachtete den Horizont. Leeuwarden. »Sie weiß, dass es ihr Nachteile bringt, wenn sie nicht kooperiert. Aber darum geht es ihr nicht. Es ist mehr als nur nicht kooperieren, sie sagt nichts, kein Wort. Sie will nur Zeit gewinnen.« Sie sah zu Marten zurück. Der wirkte noch immer in Gedanken. »Hey. Hörst du mir zu?«

»Sorry, ich war abgelenkt. Was meinst du?«

»Anna ist auf diese Situation vorbereitet.« Langsam stieg eine Ahnung in ihr auf. »Sie muss sich vorgenommen haben, nichts zu sagen. Darum redet sie nicht, darum hatte sie keinerlei Unterlagen dabei, die als Hinweise auf ihre Identität dienen könnten. Kein Handy, nichts. Es war eine Vorsichtsmaßnahme.«

»Du meinst …?« Er nickte, verstand, worauf sie hinauswollte. »Deshalb hat sie auch diesen Gegenstand weggeworfen.«

»Sie will nicht identifiziert werden.« Sie dachte an den Massendatenabgleich, mit dem sie begonnen hatten.

»Weil, wenn wir sie identifizieren, dann könnte uns das zu weiteren Tätern führen?« Marten hatte den gleichen Gedanken. »Das heißt, wenn das so ist … Dann könnte ein nächster Mörder bereits unterwegs sein.«

»Sie weiß, dass wir früher oder später herauskriegen

werden, wer sie ist. Die letzten Morde lagen zeitlich eng beieinander. Vielleicht geht es nur um Tage oder Stunden.« Iska spürte ihren Körper, die Müdigkeit. Es war wie bei einem ungleichen Wettrennen, die Mörder schienen ihr stets einen Schritt voraus zu sein. »Hoffen wir, dass die Taucher Erfolg haben. Die sollen den Kanal bis in den letzten Winkel absuchen. Bevor es zu spät ist.«

Ich hoffe es. Aber ich glaube es nicht. Martens Worte gingen ihr jetzt durch den Kopf. Anna wollte Zeit gewinnen. Nicht für sich, sondern für einen Komplizen.

Ihr Display leuchtete auf, Dirk hatte geschrieben. »Ihr seid in den Nachrichten.«

=== *Schießerei in De Lemmer. Unentdeckte Mordserie?* ===

Im Hafen von De Lemmer wurde eine des Mordes verdächtigte Frau (sehen Sie unsere Meldung dazu hier) verhaftet. Zeugen berichten von einem heftigen Schusswechsel mit mehreren Beteiligten in der Öffentlichkeit. Die gesuchte Person wurde verletzt und von der Polizei festgenommen. Angaben von Passanten zufolge gingen die Beamten auffällig brutal vor. Unbeteiligte Personen kamen nicht zu Schaden.

Unbestätigten Aussagen zufolge waren an der Polizeiaktion auch deutsche Beamte beteiligt. Die Hintergründe dazu sind noch nicht bekannt. Unsere Recherchen haben jedoch ergeben, dass es in der letzten Woche bei unseren deutschen Nachbarn zu mehreren Todesfällen gekommen ist, zu denen sich die Behörden nur sehr vage geäußert haben.

Werden der Öffentlichkeit hier bewusst Informationen vorenthalten?

Wir bleiben dran. Damit Sie informiert bleiben.

=== ===

Mit einem Klick startete ein Video. Es war aus einer ungewöhnlichen Perspektive aufgenommen, mit einer Kamera dicht über dem Wasser, die zudem wackelte. Wahrscheinlich von einem Boot aus. Iska biss die Zähne zusammen, es war deutlich zu erkennen, wie sie mehrmals auf die Verdächtige feuerte. Marten war am unteren Bildrand, er kauerte hinter einem Gebüsch, hektisch die Pistole durchladend.

Das Video endete, als er Anna die Handschellen anlegte.

30

Leeuwarden. Dienstag, 5. August

22:30 Uhr

Eine unbekannte Nummer auf ihrem privaten Handy. Mika Gronsteden ging trotzdem dran.

»Hallo?«

»Hallo, Mika!«

Sie holte tief Luft. »Paul? Bist du es?«

»Schön, dich zu hören.« Er machte eine kurze Pause. »Also geht es dir gut?«

»Ja, alles gut. Ist das hier deine neue Nummer?« Sie hatte den Mann ihrer Cousine eigentlich im Handy abgespeichert. Aber sie hatten seit Ewigkeiten nicht mehr geredet, seit dem großen Streit. Er war eben loyal gegenüber seiner Frau. Schade. Dieser Riss hatte sich einmal durch die ganze Familie gezogen. Trotzdem hatte sie damals, da war sie sich sicher, das Richtige getan.

»Neue Nummer? Ja, ja genau. Du, es ist wichtig. Wo bist du?«

»Leeuwarden, wo sonst? Im kompas. Wie jeden ersten Dienstag im Monat, unser Jour fixe. Du erinnerst dich?«

Nachdem sie die Tagesordnungspunkte durchgearbeitet

hatten, ließen sie normalerweise den Abend gemütlich und lange ausklingen, beim »gemeinsamen Herumsitzen«. Sie hatte es selbst ins Leben gerufen, auch als zwanglose Kontaktmöglichkeit zu den Ratsmitgliedern.

»Ah, okay. Stimmt. Sind die anderen auch da?«

»Ja.«

»Okay. Das ist gut. Hör mir bitte zu. Also, dieser Mord vorgestern in De Lemmer, da hast du von gehört, oder, der ist wohl Teil einer Serie.« Er atmete durch. »Und ich mache mir Sorgen, dass jemand es auch auf dich abgesehen hat.«

»Was? Moment.« Im Restaurant war es zu laut, sie entschuldigte sich kurz, zwängte sich hinter der Sitzbank an den anderen vorbei und ging nach draußen, auf den Gehsteig. Ziemlich frisch, sie hätte die Jacke mitnehmen sollen. »So, jetzt kann ich dich besser verstehen. Was hast du gerade gesagt?«

»Ich fürchte, dass du in Gefahr bist, Mika!«

»Die Polizei war heute Morgen hier. Die haben das auch gesagt, aber nicht, warum. Weißt du, was los ist?«

»Der Mord in De Lemmer! Es ist *Radbods fjoer*. Die Morde hängen irgendwie mit den einzelnen Zeilen zusammen.«

»Wie bitte?«

»Ich weiß, das klingt wirr. Es ist nur eine Vermutung. Aber ich habe die Bilder aus De Lemmer gesehen. Auf dem Toten war die vierte Zeile eingeritzt. Das ist kein Zufall!«

»*Radbods fjoer*? Du meinst … du machst Witze!«

»Nein, nein. Ich … es besteht ein Zusammenhang zu drei Morden, die davor passiert sind. Zu denen rückt die Polizei auch keine Ermittlungsergebnisse heraus. Ich bin da dran, ich hab eine furchtbare Ahnung. Ich erklär dir alles, sobald ich mehr weiß.«

»Was weißt du denn jetzt, Paul?«

»Nichts. Nichts Genaues.« Er holte tief Luft. »Vielleicht ist es auch nur ein Hirngespinst, aber ich mache mir Sorgen. Um dich. In De Lemmer. Es war die vierte Zeile.«

»*Radbods fjoer*? Wegen der fünften …?« Das Herz ohne Verrat. »Du denkst, weil – weil ich … weil ich damals …?«

»Es ist Wahnsinn, aber es würde passen.« Sie hörte, wie er auf der anderen Seite schlucken musste. »Es tut mir leid, ich hab mir Sorgen gemacht. Wahrscheinlich ist es Blödsinn. Lass dich nicht irritieren, ich habe überreagiert. Ich musste einfach mal bei dir durchklingeln. Entschuldige, ich wollte dich nicht verunsichern.«

»Zu spät.« Sie ärgerte sich über ihn. Was war das für eine wilde Geschichte? Na gut, er hatte es lieb gemeint. Immerhin hatte auch die Polizei sich bei ihr gemeldet, und auch die, ohne genauere Angaben zu machen. Vielleicht hatten die tatsächlich die gleiche Vermutung wie er. Der Ärger war wieder verraucht. »Ich verzeihe dir aber noch einmal.«

»Schläfst du diese Nacht zu Hause?«

»Wie man das nachts so tut.«

»Nein, ich meine ja nur, hätte sein können, dass du woanders … äh, und … gehst du gleich wieder zu Fuß?«

»Ich habe es vor, ja.«

»Bitte. Geh heute einfach nicht alleine, okay? Und schließ die Tür dieses Mal gut ab. Und denk an den Schlüsselstein. Um mehr geht es mir nicht.«

Sie fühlte ihren Ärger wieder hochkochen. Sie hatte schon einen großen Bruder, der war die ersten achtzehn Jahre ihres Lebens nervig genug gewesen. »Ich werde mich vor dem Einschlafen auch gut zudecken. Versprochen.«

Sie hörte ihn lachen, wenn auch gequält. »Okay. Dann bin ich beruhigt. Tut mir leid, war nur gut gemeint. Ich melde mich, wenn ich mehr weiß. Mach dir noch einen schönen Abend.«

»Danke, dass du angerufen hast! Oant sjen, Paul.«

»Oant sjen, Mika.«

Mika Gronsteden ging zu den anderen Ratsmitgliedern zurück. Das monatliche Treffen im Restaurant kompas war dieses Mal in bedrückter Stimmung abgelaufen. Auch ein Großteil der anderen Mitglieder der Sektion West waren von der Polizei gewarnt worden, mit ähnlich vagen Angaben. Sie erzählte von Pauls Anruf, dass es etwas mit *Radbods fjoer* zu tun haben könnte. Björn und Maria nickten bedrückt, auch sie hatten die Bilder des Toten in De Lemmer gesehen. Über Olaf Gutsens' hageres Gesicht huschte ein Schatten, einen Moment lang kam es ihr so vor, als hätte er gegrinst. Wie immer trug er Jeansjacke und T-Shirt. »Es gibt Zeiten, in denen man sich überlegen muss, welche Seite die wahre, ich meine, für welche Seite man Position bez…«

»Hör mit dem Schwachsinn auf, bitte«, unterbrach ihn Björn unwirsch.

Die beiden Männer sahen einander kurz an, dann blickte jeder in sein eigenes Bierglas. Betretenes Schweigen. Ungelenke Versuche von Small Talk versandeten. Es war eh Zeit zu gehen.

Sie ließ sich von Björn in die Jacke helfen. Er wohnte mit seiner Familie nicht weit von ihr, sie teilten sich sozusagen den Heimweg. Und Björn war ein guter Begleiter. Ein Bär von einem Mann.

Sie traten ins Freie, verabschiedeten sich von den anderen. »Sollen wir uns heute mal ein Taxi nehmen?«, fragte Björn.

»Hast du Angst?«

»Ich weiß nicht.«

»Jetzt ist eh keins da. Wir hätten eben eins bestellen müssen.« Es widerstrebte ihr, schöne Gewohnheiten zu ändern, nur weil die Polizei ein paar wirre Vermutungen anstellte. Und ein gemeinsamer Heimweg mit Björn war eine schöne Gewohnheit. Er war zwar vergeben, aber sie hatten immer eine gemeinsame Wellenlänge gehabt. Außerdem gab es Gerüchte, dass es mit seiner Freundin etwas kriselte, die letzten Male hatte sie jedenfalls bei den Treffen gefehlt. »Es sind doch nur ein paar Schritte, wenn das für dich okay ist, dann ist es das auch für mich.«

Sie wohnten beide im Stadtteil Vossepark, der Weg führte sie mitten durch die Innenstadt. Spätestens seit 2018 Leeuwarden gemeinsam mit Valletta zur Kulturhauptstadt Europas gewählt worden war, hatte sich ihre Stadt noch ein wenig mehr herausgeputzt als vorher.

Sie gingen am historischen Stadtkanal entlang, unter den Bäumen und gelblich leuchtenden Laternen der Nieuwestadt. Eine Fußgängerzone mit kleinen Läden, Boutiquen, Restaurants und Cafés, tagsüber pulsierte hier das Leben, jetzt waren sie beinahe die Einzigen hier. Ihre Schritte hallten in regelmäßigem Rhythmus über das Straßenpflaster. Am Marktplatz kamen sie an der alten Stadtwaage vorbei, dort, wo über Jahrhunderte die Handelsgüter öffentlich gewogen werden mussten.

Bamm.

Es knallte über ihnen, sie schreckte zurück, beinahe wäre sie Björn in die Arme gesprungen. Das Geräusch war von oben gekommen. Einer der bemalten Außenläden an einem Fenster des historischen Backsteinbaus, er hing nur noch an einem Scharnier, baumelnd. Bestimmt war er eben gegen die Fassade gestoßen.

»Schreckhaft?«, fragte Björn.

»Ein wenig.« Sie musste über sich selbst lachen. »Du natürlich gar nicht?«

»Geht so.«

»Komm, weiter.«

Aber mulmig war ihr doch. Ach verdammt, es war eine blöde Idee gewesen, zu Fuß zu gehen. Wem hatte sie da was beweisen wollen? Sie beschleunigte nochmals ihre Schritte. Über die Vrouwenpoortsbrug überquerten sie die Wester Stadsgracht, den Wassergraben der ehemaligen Stadtbefestigung. Zum Glück war es nicht mehr weit.

Die schmale Harlingerstraat, in der ihr kleines Häuschen lag, war wie ausgestorben. Nur eine Fahrspur, keine Bürgersteige, die Hecken in den schmalen Vorgärten warfen tiefschwarze Schatten in die dämmrig graue Umgebung. Die bei Tag so heimelige Straße war jetzt so … dunkel. Sie blieb stehen.

»Was ist los?«

»Nichts.« Sie gab sich einen Ruck, lief weiter. Ein Schatten sprang von links nach rechts, es war nur eine Katze. Endlich hatten sie ihre geliebte grün lackierte Haustür erreicht.

»Geschafft«, scherzte Björn.

»Du mich auch« versetzte Mika, doch sie nahm es ihm nicht übel, ganz im Gegenteil. »Vielen Dank fürs Begleiten. Komm noch gut nach Hause!«

Sie sah ihm nach. Er hatte nur noch hundert Meter vor sich, gleich wäre er auch daheim. Irgendwas im Augenwinkel bewegte sich, am Fenster oben, sie beschloss, nicht darauf zu achten. Die Tür knarrte wohltuend, als sie sie öffnete.

Halt, erinnerte sie sich. Der Schlüsselstein. Sie suchte im Kiesbett nach dem unauffälligen flachen Stein, fand ihn. Der Nachschlüssel in dem Geheimfach auf der Unterseite war noch da. Man kann ja nie wissen, dachte sie, und nahm den Notfallschlüssel sowie den Stein vorsichtshalber mit nach drinnen.

Das erste Mal seit Langem schloss sie hinter sich ab, anstatt die Tür nur ins Schloss fallen zu lassen. Und zum ersten Mal überhaupt hängte sie die kleine Kette als Sicherung ein, ein weiterer Schutz, warum denn nicht. Sie machte das Licht an, zog Jacke und Schuhe aus. Gerne hätte sie jetzt *Bin wieder da* gerufen, aber Flo hatte sie für die hässliche Zwanzigjährige verlassen, weil es mit dem Kinderkriegen nicht geklappt hatte. Deshalb bewohnte sie diesen alten gemeinsamen Traum nun alleine weiter. Wer weiß, vielleicht, eines Tages, würde Björn einmal nicht mehr die paar Meter zu seiner Wohnung weitergehen.

Sie holte eine Flasche kaltes Tonic Water aus dem Kühlschrank und einen Tumbler aus dem Gläserregal. Der Gin müsste noch auf dem Wohnzimmertisch stehen. Sie schlurfte hinüber, ließ sich auf die Couch fallen, in ihr weiches Lieblingskissen. Gemütlich schwappte der Drink im Glas. Vielleicht noch einen Schluck mehr? Nein, besser nicht. Sie würde nur schlechter schlafen, und am Morgen musste sie früh raus. Fernseher anstellen? Nein, ihr war nicht nach

Lärm. Einfach nur durchpusten und dann nach oben ins Schlafzimmer gehen.

Ein Knarzen. Schon wieder? Es kam von oben. War das der Dielenboden? Sie horchte in das leere Haus hinein. Vielleicht sollte ich heute doch einen Schluck mehr nehmen, sonst werde ich noch wahnsinnig. Sie hatte gar nicht gewusst, dass sie so schreckhaft war. Danke, lieber Paul, für die Warnung.

Tat es ihr leid, was sie damals getan hatte? Nein. Sie war für ihre tiefste Überzeugung eingetreten, sie hatte niemanden angegriffen oder gar verraten. Das hatte die andere Seite daraus gemacht. Familie hin oder her, als ob die aufgrund alter Verdienste ein Vorrecht hätten zu bestimmen, was richtig ist. Der Rest des Rates hatte jedenfalls ihr zugestimmt und nicht ihrer Tante.

Wieder ein Knarzen, etwas tiefer, das kam von der Treppe. Noch einmal. Da war jemand, in ihrem Haus, ganz sicher. Was tun? Leise gedämpfte Schritte im Flur. Auf einmal konnte sie kein Glied mehr rühren. Wie gebannt sah sie auf den Durchgang, in dem nun eine Silhouette erschien. Ein Mann. Deutlich konnte sie einen länglichen Gegenstand in seiner rechten Hand erkennen. Wegrennen? Wohin? Viel zu spät.

»Du?« Nur ein heiseres Wispern. Sie war überrascht und doch wieder nicht.

»Bleib einfach sitzen. Es ist sofort vorbei.« Er fixierte ihr Gesicht mit seinem Blick, als ob er jede ihrer Regungen aufsaugen wollte.

Keine Angst mehr. Nur noch Leere und eine tiefe Gewissheit. Ein letzter kurzer Schmerz in der Stirn, den sie kaum spürte.

31

De Lemmer. Mittwoch, 6. August

06:40 Uhr

Iska fröstelte. Die Temperaturen waren seit dem Wochenende gefallen, und an diesem Morgen zog ein frischer Wind von Westen über das IJsselmeer und über den Hafen. Am Ende der linken Mole entdeckte sie das Zelt, dass der Suchtrupp aufgebaut hatte. Der helle Scheinwerfer beleuchtete noch immer das Quadrat, das sie die ganze Nacht bearbeitet hatten. Wahrscheinlich bis zu hundert Mal, mit Sieb und Schaufel und mit endloser Geduld. Sie wusste, sie war den Jungs etwas schuldig.

Sie begrüßte den Leiter der Einheit, der sich als Bert vorstellte. Er war bestimmt zwei Meter groß, trug die Haare kurz geschnitten, aber auch einen aus der Zeit gefallenen Schnauzbart. Er führte sie zu einem Tisch, auf dem die Fundstücke aufgereiht waren. Leere Getränkedosen, Anglerhaken, ein linker Turnschuh, eine noch geschlossene Fischkonserve. »Aber deswegen hatte ich nicht angerufen. Das hier. Das ist uns da gerade ins Netz gegangen.«

Auf einem Teller am Ende des Tisches entdeckte sie ein flaches Metallstück. Nicht eingerostet, sondern blinkend neu.

Ein einzelner einfacher Schlüssel, oben glatt, unten ein gezackter Bart. Sie erinnerte sich an die Flugbahn des Gegenstandes, den Anna vor ihrer Festnahme weggeworfen hatte. Ja. Das könnte es gewesen sein.

»Für ein Schließfach?«, vermutete Bert.

»Der könnte für alles sein.« Keine Markierungen, nichts, das auf Herkunft oder Verwendung hindeutete.

Nein, Anna hatte nicht irgendeinen Schlüssel weggeworfen. Genauso wenig, wie sie die Frau nicht zufällig im Hafen aufgegriffen hatten. Sie war sich des Risikos bewusst gewesen, das sie beim Verlassen ihres Verstecks eingegangen war. Vielleicht hatte sie im Hafen jemanden besucht, den sie nicht verraten wollte. Oder sie hatte selbst irgendwo dort einen Unterschlupf, auf einem der Schiffe.

Sie dachte an das Boot ihres Opas. Auch das war nicht sonderlich gut gegen Einbruch gesichert gewesen, nur ein einfaches Vorhängeschloss hatte das Eingangsschott zur Kajüte gesichert.

Der Schlüssel, davon war sie überzeugt, gehörte zu einer der Jachten. Und über die Jacht, das wurde ihr schlagartig klar, würden sie auch an Anna herankommen. Durchbruch, dachte sie.

So gut wie, aber noch nicht ganz. Noch immer war der Hafen wegen Skûtsjesilen beinahe voll belegt, teilweise machten die Jachten sogar aneinander fest. Hunderte Schiffe hatten dort ihren Liegeplatz. Sie mussten die Suche priorisieren. Zuerst die Gastlieger, die Schiffe mit einem anderen Heimathafen, und die gecharterten Schiffe. Und als Anhaltspunkt hatten sie nur einen Schlüssel. Es würde verdammt lange dauern, ihn an jedem Schiff im Hafen auszuprobieren.

Sie forderte bei Malin eine Streife an, die diese Arbeit erledigen musste. Ja, sie würde für die Vorgehensweise die Verantwortung tragen, beruhigte sie ihn. Sie wusste, was er meinte. Wenn es gut ging und tatsächlich eines der Schiffe der Unterschlupf war, dann würden sie sich gegenseitig auf die Schulter klopfen. Aber wenn sie keinen Treffer erzielten, dann würde man ihnen die Hölle heißmachen. Das war dann wie Hausfriedensbruch im großen Stil. Egal. Sie dachte an das Verhalten von Anna. Jede Minute zählte.

Auf der Wache traf sie Marten. Der Kollege war nicht an das Handy gegangen, als sie ihn wegen des Schlüssels angerufen hatte. Wer nicht will … hatte sie gedacht. Wenigstens hatte sich Marten mal wieder rasiert, ansonsten wirkte er allerdings genauso zerknittert wie in den letzten Tagen. Wieder einmal ging ihr der Gedanke durch den Kopf, dass der junge Kollege diesem Mordfall nicht gewachsen sein könnte. Kein Wunder, sein erster Mordfall und dann gleich so was. Wie war er überhaupt so früh zu seiner hohen Stellung gekommen?

»Ich habe eine schlechte Nachricht.« Er schlurfte zur Kaffeemaschine, die gerade durchgelaufen war, und entsorgte den Filter. »Zucker? Milch?«

»Schwarz. Was ist denn los?«

Müde füllte er die beiden Kaffeebecher, seinen fast bis zum Rand. »Ein Anruf aus Sylt, von der Leiterin der Wache dort, Hauptkommissarin Pløen. Sie hat Walther von den Ermittlungen entbunden.«

»Was, warum denn das? Er hat doch gute Arbeit geleistet, oder?« Sie nippte am Kaffee. Frisch gebrüht und heiß. So wie sie ihn mochte.

»Hm, das wissen wir jetzt nicht mehr so genau.« Auch Marten nahm einen Schluck. »Max Walther hatte ein Verhältnis mit Veronika Seidel. Es ist wohl zufällig rausgekommen, weil er offensichtlich die Liste der Handyverbindungen der Ex-Frau manipuliert hat, die er danach dem Analystenteam hatte zukommen lassen. Denen sind dann Unstimmigkeiten aufgefallen, und dann hat Pløen die Orginalliste eingesehen, da ist es rausgekommen.«

»Und?«

»Na ja, noch nichts. Aber wir können uns auf nichts verlassen, was Walther ermittelt hat. Der Fall muss komplett neu aufgerollt werden. Pløen hat das jetzt zur Chefsache erklärt und Walther sogar vorläufig unter Arrest gestellt.«

»Was für eine Sch…«

»Walther beteuert seine Unschuld und dass er nur die Beziehung verstecken wollte, wegen seiner eigenen Ehe.«

Iska dachte an den untersetzten Mann mit den Koteletten, der ihr immer etwas ungelenk, aber doch so grundehrlich vorgekommen war. Hätten sie es selbst bemerken müssen, dass er sie hinterging? »Meinst du, er hat was mit dem Mord zu tun?«

Marten zuckte mit den Schultern. »Pløen schließt nichts aus. Es gab wohl schon öfters Gerüchte um Veronika Seidel, und angeblich war er nicht ihre erste Affäre. Wie auch immer, bisher hat Pløen keine anderen unterschlagenen Spuren gefunden. Aber die Ermittlungen fangen noch einmal bei null an. Und haben natürlich einen Beigeschmack.«

Mussten sie nun auch ganz von vorne anfangen? Nein, erst einmal nicht. Die Ergebnisse aus Sylt passten weiterhin zu den anderen Fakten. Vielleicht war das nur ein Zufall. Sie glaubte nicht an eine Beziehungstat.

»Ich habe eine gute Nachricht.« Sie berichtete vom Fund am Hafen.

»Wenigstens etwas. Hoffentlich sind die Kollegen im Hafen schnell genug.«

Dann klingelte ihr Handy. Als sie wieder auflegte, musste sie ihrem deutschen Kollegen sagen, dass die Hoffnung vergebens gewesen war.

32

Leeuwarden. Mittwoch, 6. August

10:00 Uhr

»Eine Kollegin wollte Mika Gronsteden heute Morgen zur Arbeit abholen. Sie hat nicht aufgemacht, und sie ist nicht ans Handy gegangen, obwohl man es sogar von draußen hören konnte. Sie hat sich Sorgen gemacht und schließlich die Polizei gerufen. Die Kollegen haben sich sofort an die Warnung erinnert, die sie ihr gestern überbracht hatten, und uns Bescheid gegeben.«

Dijkstra, die Ermittlungsleiterin, führte sie ins Wohnzimmer. Iska sah auf den leblosen Körper hinab. Der ganze Raum roch nach altem Blut. Tod durch Kopfschuss, *It hert sûnder ferrie*, sorgfältig in den Oberkörper geritzt. Noch immer saß Gronsteden dort auf dem Sofa. Sie hatte den Tod erwartet. Ein Glas war aus ihrer Hand gerutscht, ein Teil des Drinks hatte sich über ihre Hose verteilt, aber es hatte sie wohl nicht mehr gestört.

»Keine Gegenwehr«, bestätigte Marten ihre Vermutungen. »Als hätte sie gewusst, dass sie keine Chance haben würde.«

»Wie die anderen Opfer auch«, stimmte sie ihm zu. »Gibt es Einbruchspuren?«

»Keine.« Die Leeuwardener Kollegin ging zu der Kommode, auf der ein dreckiger, rötlich grauer Kieselstein und ein silberner Sicherheitsschlüssel lagen. Zwei lange Rillen mit punktförmigen Vertiefungen, ein ganz anderer Schlüssel als der, den Bert aus dem Wasser gezogen hatte. »Aber das war vielleicht auch gar nicht nötig. Wir gehen davon aus, dass der Mörder sich hiermit Zutritt verschafft hat.«

»Klingt nach sehr gut ausgekundschaftet?«, vermutete Marten.

»Vielleicht. Oder aus dem engeren Umfeld«, antwortete ihm Iska. Die vorschnellen Vermutungen ihres Kollegen gingen ihr mal wieder auf die Nerven. Sie wandte sich an die Kollegin. »Gibt es bisher irgendwelche Besonderheiten?«

»Wir sind noch dabei, den Tathergang und ihre letzten vierundzwanzig Stunden zu rekonstruieren. Es war wohl alles ganz normal, wie es scheint.« Sie zögerte kurz. »Was vielleicht interessant ist: Bei ihrem Handy ist zwar die Bildschirmsperre aktiviert, aber wir haben schon den Verbindungsnachweis vom Provider erhalten. Eine knappe Stunde vor ihrem Tod wurde sie noch einmal angerufen. Wir analysieren das.«

»Danke.« Iska musste an die Kontakte zu Prepaidhandys denken, die auch Joost Seidel und Duuk Mulder kurz vor ihrem Tod gehabt hatten.

»Was wissen wir eigentlich über das Opfer?«, fragte Marten leise.

»Mika Gronsteden ist hier in Fryslân eine Bekanntheit. Sie hatte den Vorsitz im Interfriesischen Rat inne, eine Art länderübergreifende Interessenvertretung der Friesen in

Deutschland und den Niederlanden. Außerdem stand sie der Sektion West vor, dem Rat der westlauwersschen Friesen, im Kern die Friesen der Provinz Fryslân.«

»Hatte sie Feinde?«, fragte Marten.

»Feinde? Na ja. Es ist ein wenig komplizierter. Ich erkläre es dir gleich.« Iska wandte sich wieder Dijkstra zu, die unruhig ihrer Diskussion gelauscht hatte. »Gibt es denn irgendwelche anderen Spuren?«

»Nein. Nichts. Sobald wir etwas wissen, gebe ich Ihnen Bescheid.«

»Okay, danke. Wir sehen uns mal um.«

Das ganze Haus war klein, behaglich, heimelig. In der oberen Etage befand sich ein großes Bad, ein Schlafzimmer und das Arbeitszimmer. Iska setzte sich auf den Schreibtischstuhl. Durch das Mansardenfenster konnte sie den Oldehove sehen, der unvollendete massive Kirchturm war das bekannteste Wahrzeichen Leeuwardens, auch weil er sich ähnlich neigte wie der Schiefe Turm in Pisa. Mika hatte bestimmt gerne hier gesessen. Sie hatte das Friesischsein gelebt.

»Sie ist das erste weibliche Opfer«, stellte Marten fest. »Bisher waren es ausschließlich Männer. Ich hatte mir schon so etwas wie einen ehrenhaften Kampf oder so als Motiv vorgestellt. Die Täter verschonen absichtlich Frauen und Kinder, aber Männer gelten als feindliche Kämpfer.«

»Ja, hätte sein können. Aber ich denke, in der Logik der Täter war sie ein legitimes Ziel.«

»Das musst du mir jetzt erklären.«

»*It hert sûnder ferrie*. Das ist es. Ganz grob kann man politisch zwei friesische Strömungen unterscheiden. Eine große Mehrheit der Friesen sieht sich als Niederländer beziehungsweise Deutsche oder Dänen, je nachdem, wo sie wohnen, mit zusätzlich friesischen Wurzeln.«

»So wie die Bayern oder die Sachsen in Deutschland, meinst du?«

»So ähnlich. Und dann gibt es eben noch die Nationalfriesen, die das eher andersherum sehen. In Nordfriesland sind das die Nationalen Friesen, hier in Fryslân die *Fryske Nasjonale Partij*, die für mehr friesische Autonomie eintritt. Oder die *Groep fan Auwerk*, die sogar Abspaltungsbestrebungen hat.«

»Und Mika Gronsteden?«

»Ganz klar auf der Seite der Mehrheit.« Sie räusperte sich. »Aber sie gilt wohl einigen als zu angepasst, zu modern. Ich habe das nicht immer ganz verfolgt, aber die wenigen Separatisten haben ihr das durchaus übel genommen.«

»Sie sahen sie als eine Verräterin?« Langsam schien Marten die Dimension des Mordes zu erkennen. »Das ist nicht gut.«

»Das ist eine politische Bombe«, verbesserte sie ihn bitter. Erst recht, wenn die fünfte Zeile von *Radbods fjoer* in die Brust geritzt war.

Müde wippte sie im Stuhl. Hinter dem massiven Oldehove lachte die Sonne über blauem Himmel. Es war, als würde sie sie auslachen. Hinter dem Oldehove lag ein Polizeirevier. Da mussten sie jetzt als Nächstes hin.

Als sie das Haus verließen, lagen bereits die ersten Blumengestecke neben dem Eingang, Grablichter flackerten in ihren roten Behältern. Menschen standen schweigend auf der Straße. Langsam bahnten sie sich mit Marten einen Weg durch die Trauernden.

»Wir haben fünf Morde in fünf unterschiedlichen friesischen Regionen und keine Verbindung zwischen den Opfern oder möglichen Tätern. Wahrscheinlich wurde jedes der Mordopfer durch eine Person in ihrem unmittelbaren Umfeld getötet. Die Mörder hinterlassen eingeritzte Botschaften, die zusammen eine Art Gedicht ergeben, das zumindest an einen alten friesischen Aufstand erinnert oder sogar zu einem neuen aufruft. Habe ich das richtig verstanden?«

»Ja, das sind die wesentlichen Punkte«, antwortete Marten seinem auf dem zweigeteilten Bildschirm zugeschalteten Chef. Ihm war anzumerken, wie sehr ihm das alles zusetzte. Er tat Iska irgendwie leid. »Es fällt schwer, das zu glauben, aber so sieht es aus.«

»Insgesamt spricht alles für ein politisches Motiv«, ergänzte sie. »Was genau ihr Vorhaben ist, wissen wir nicht, auch nicht, wie sie sich gefunden haben. Vielleicht über die sozialen Medien, vielleicht kennen sie sich schon länger. Das könnte man vermuten, wenn man sich die Liste mit den alten Familien anschaut. Ich denke, es sind dezentrale Zellen, die ihre Aktionen für diese Mordserie koordinieren. Jede der Zellen ist äußerst gut organisiert und schlägt in der ihr bekannten Umgebung zu. Wegen *Radbods fjoer* gehen wir davon aus, dass es mindestens zwei weitere Zellen gibt, die weitere Morde geplant haben. Nummer sechs und sieben. Aber wer weiß …« Marten zuckte ein weiteres Mal zusammen. »… Wer weiß, wie viele es tatsächlich am Ende sein werden. Was passiert, wenn die letzte Zeile … zitiert wird. Wenn *Radbods fjoer* brennt.«

»Mein Gott«, kommentierte Kupernik. »Das darf doch

nicht wahr sein.« Sie sah, wie er sich zurücklehnte, mit der Hand imaginären Schweiß von der Stirn wischte. Dann sprach er endlich die Worte aus, die er schon längst hätte sagen sollen: »Frau van Loon, Sie haben recht, wir haben keine Wahl. Wir müssen die Situation so annehmen, wie sie ist, alles andere wäre fahrlässig.«

Dirk auf der anderen Seite des Bildschirms blickte düster in die Kamera. Anders als Kupernik trug er kein Hemd, sondern ein schwarzes Poloshirt. »Wir müssen die Bevölkerung warnen. Können wir Ziel, Ort oder Zeit des nächsten Mordes irgendwie eingrenzen? Und so, dass wir nicht ganz Friesland in Panik versetzen?«

»Ich wüsste nicht, wie.«

»Zeit. Ich gehe davon aus, dass wir noch etwas Zeit haben. Mit etwas Glück.« Marten sprach sehr leise. »Es ist nur eine Vermutung. Aber bisher sind zwischen den einzelnen Morden mindestens sechzig Stunden vergangen. Dann haben wir noch etwas mehr als einen Tag, bevor … Wir haben Ansätze, vielleicht gelingt es uns noch, etwas durch Anna zu erfahren. Äh, ich meine die unbekannte Frau, die wir in De Lemmer festnehmen konnten. Wir vermuten, dass sie uns zu den anderen Zellen führen könnte.«

»Okay. Jede Organisation hat einen Kopf, der die anderen Zellen koordiniert. Den müssen wir finden. Dann finden wir auch den Rest.« Dirk schwitzte. »Nutzen wir die Zeit, versuchen wir es zumindest. Was tut sich mit der Frau?«

»Wir arbeiten dran. Wir wissen nicht, was das bringen wird.« Iska passte Martens Lavieren nicht. Sie ließen wertvolle Zeit verstreichen. Es wäre besser gewesen, die Öffentlichkeit jetzt schon zu informieren. »Sie verweigert weiterhin jede Kooperation. Ihre Identität ist noch nicht geklärt. Polizeilich ist sie nicht erfasst.«

»Haarprobe und DNA-Test?«

»Sind gemacht, Auswertung steht noch aus. Vielleicht finden wir etwas darüber. Ich fürchte aber, unsere beste Chance ist, dass dieser Schlüssel uns weiterbringt.«

»Gut. Bitte halten Sie sich ran.« Er wischte sich über die Stirn. »Ich werde schon mal das Ministerium über unseren Verdacht vorwarnen. In spätestens vierundzwanzig Stunden müssen wir die Öffentlichkeit darüber informieren. Ich will mir gar nicht ausmalen, was da auf uns zukommmt. Aber bis dahin halten Sie, wenn es irgendwie geht, die Presse von dem Fall fern. Und wie gesagt, jede Sekunde zählt.«

»Gibt es eigentlich noch irgendwelche Indizien, die für Ihre Serienmörder-Theorie sprechen, Herr Jaspari?«, fragte Kupernik Marten mit trockener Kehle.

»Nein.«

»Es tut mir leid, auch ich muss jetzt handeln«, schloss Kupernik. »Ich schalte gleich nach diesem Gespräch das Bundeskriminalamt ein. Das ist leider überfällig. Informieren Sie Ihre Kollegen, Jaspari, und bereiten Sie eine geordnete Übergabe vor. Ich gehe davon aus, dass das BKA den Fall übernimmt.«

»Natürlich.« Marten hatte mit lauter und fester Stimme gesprochen, aber Iska kam es so vor, als ob er dafür seine letzte Kraft gebraucht hatte.

33

Leeuwarden. Mittwoch, 6. August

15:00 Uhr

Nach allem, was Iska so mitbekam, hatte Marten einen schweren Stand. Den ganzen Tag hing er am Smartphone. Telefonkonferenzen. Er musste sich wohl gegen Verschleppungsvorwürfe verteidigen, er hätte den Ermittlungsstand nicht transparent kommuniziert. Was genau los war, bekam sie nicht mit. Es war aber auch nicht ihr Problem, entschied sie.

Dijkstra hatte inzwischen herausgefunden, dass Mika kurz vor ihrem Aufbruch im kompas von einem Anruf erzählt hatte. Ein gewisser Paul, der sie wohl gewarnt hatte, dass *Radbods fjoer* sozusagen ausbrechen könnte. So hätten es mehrere Personen übereinstimmend berichtet, auch der Mann, der Gronsteden am Vorabend angeblich nach Hause begleitet hatte. Es gebe da so Gerüchte. Gerüchte, Iska hatte es befürchtet.

Marten betrat wieder den Raum, er hatte zwei Becher mit Kaffee dabei, einen gab er an sie weiter. Schwarz, ohne Zucker. Mit dem anderen stellte er sich an das Fenster und betrachtete die Stadt unter ihm.

»Es wurde gerade entschieden: Morgen wird ein Kollege vom BKA den Fall übernehmen.« Marten sah zu ihr. »Verdacht auf Terrorismus. Es wurde nicht lange diskutiert.«

»Und du?«

»Ich werde noch ein wenig zuarbeiten, bis die Kollegen über alles im Bild sind.« Er zuckte mit den Schultern. »Hoffentlich kann ich danach bei dem Fall in Aurich mithelfen.«

»Kopf hoch.« Es war nicht ihre Aufgabe, ihn aufzuheitern. Aber irgendwas wollte sie sagen. Anders als ihr deutscher Kollege würde sie den Fall als Teil der *landelijke eenheid* weiterbetreuen können. Vielleicht würde sie sich noch ein paar Kollegen aus dem *Dienst Speciale Interventies* dazuholen, die mit Terrorismusbekämpfung stärker vertraut waren. »Es wäre doch schön, wenn … du den Fall weiterverfolgen könntest.«

»Mika Gronsteden war auf der Liste von Wenck.« In Martens Gesicht spiegelten sich Schuldvorwürfe. »Leeuwarden, das Herz. Der Friesische Rat. Ich hatte schon so eine Ahnung. Es passte zu dem Bild, das ich von den Mördern hatte, zu ihrer Denke. Und, verdammt noch mal, ich hätte mich auf mein Gefühl verlassen sollen.«

Iska blickte zu Boden. Marten hatte ihr keinen Vorwurf gemacht, aber ihr war klar, es war auch ihre Schuld. Sie hatte keine Luft für seine Ideen gelassen. Dabei hätte das doch genau der Vorteil ihrer Ermittlungen sein können, zwei Köpfe, zwei Ansätze, die sich idealerweise ergänzten. Nein. Sie hatten gemeinsam versagt. Sie genauso wie er.

Ihr Smartphone klingelte erneut. Der Anruf kam von einem Diensthandy, aber einer unbekannten Nummer. Vielleicht von einer der Streifen?

»Van Loon?«

Eine unbekannte Männerstimme meldete sich mit Dienstrang. »Wir haben das Schloss zum Schlüssel.«

Sie sah zu Marten. »Komm bitte mit.«

Die Holzplanken unter ihnen wippten leicht, als sie im Hafen von De Lemmer den Steg zu der Segeljacht hinuntereilten. Iska spürte wieder Hoffnung, sie hatte recht behalten, der Schlüssel hatte tatsächlich zu einem Boot gehört, und die Kollegen hatten es gefunden: Die *Noardlike stjer*, schmaler blauer Rumpf, weiße Wasserlinie, goldfarbener Mast, ungefähr zehn Meter lang. Eine ältere Fahrtenjacht, locker fünfzig Jahre alt, aber für geübte Skipper bestimmt hochseetauglich. Kostenpunkt vielleicht dreißigtausend Euro, sie hatte mal mit dem Gedanken gespielt, sich selbst ein Schiff in der Art zu kaufen und dann an ruhigen Wochenenden über die Binnenseen zu segeln. Bis ihr eingefallen war, dass sie nahezu nie freie Wochenenden hatte.

Zusammen mit Marten stieg sie auf die kleine Jacht, die unter ihrem Gewicht ganz leicht zur Seite wippte. Die beiden Kollegen saßen im offenen Cockpit und warteten auf sie.

»Das Schiff ist leer. Wir sind sofort wieder raus, um keine Spuren zu versauen.«

»Wem gehört es?«

»Der Hafenmeister meinte, einem Dauerlieger, einem Herrn Olaf Laninga.«

»Und?«

»Olaf Laninga ist inzwischen siebzig Jahre alt und ist schon vor ein paar Jahren offiziell in die Karibik ausgewandert, Curaçao. Hauptsache, noch in unserem Königreich, hat er laut dem Hafenmeister gesagt. Er meint, dass der Mann dieses Jahr kein einziges Mal hier gewesen ist. Ursprünglich wollte er das Schiff in die Karibik nachholen, hat er dann aber doch nicht gemacht.«

»Okay, besten Dank!«

»Laninga, der Name kommt mir irgendwie bekannt vor.« Marten kniff die Augen zusammen. »Nee, ich komm nicht drauf.«

Sie stiegen drei steile Stufen in die kleine Kajüte hinab. Mit dem Smartphone machte sie die ersten Fotos, mit der Spurensicherung würde es noch dauern, und sie wollte die Kollegen so schnell wie möglich ins Bild setzen.

Im Innern war keine Stehhöhe, jedenfalls nicht für ihren deutschen Kollegen, der sich hinter ihr den Kopf an der niedrigen Decke stieß. Steuerbord befand sich hinter dem Navigationstisch eine kleine Pantry mit einem zweiflammigen Gasherd, backbord zwischen zwei gepolsterten Sitzbänken ein Tisch, auf dem eine Teekanne stand, daneben ein abgegriffenes Taschenbuch. Eine Sammlung von Kurzgeschichten von Ernest Hemingway, das Lesezeichen war vor *Das kurze glückliche Leben des Francis Macomber* eingeschoben. Sie machte auch davon einen Schnappschuss.

Die Tür zum Vorderschiff war geöffnet. Eine Nasszelle mit eingebauter Campingtoilette, davor ein kleines Waschbecken, auf dessen Rand eine Zahnbürste lag. Im Wandschrank auf der anderen Seite hingen zwei Sommerkleider, ansonsten hauptsächlich Pullover und Jeans, funktionelle Kleidung. »Das ist Kleidung für ungefähr eine Woche«, kommentierte Marten.

Hinter einer weiteren Tür lag die Schlafkoje. »Haare.« Sie

deutete auf das Bettlaken. Das würde die Identifizierung vereinfachen. Genug Platz für zwei Personen, aber nur eine weiße Bettdecke und ein Kopfkissen.

»Eine Einzelgängerin?«, fragte Marten, es klang mehr nach einer Feststellung.

Unterhalb der Spüle waren die Vorräte eingelagert. Wein, Bier, Wasser. Einige haltbare Brotaufstriche, Toastbrot, Äpfel, ein paar Ein-Portionen-Konservendosen. »Sieht ganz danach aus«, antwortete sie.

Iska ging zurück zum Navigationstisch. In einem Ablagefach fand sich eine Mappe, darin zuoberst zwei lose Blätter.

Das Erste zeigte den Querschnitt eines mehrteiligen Gebäudekomplexes, mit genauen Angaben zur Stärke der Wände und der Zimmerdecken. Eines der Zimmer war mit einem blauen Kreuz markiert. Am oberen linken Rand des Blattes handschriftliche Vermerke, einmal *DL*, weiter unten *VS1-15* und *8:15–8:30*. Am rechten Rand stand *>900kg!*, darunter eine Strichliste mit insgesamt 36 Strichen.

Auf dem zweiten Zettel waren eine Reihe von Zeitangaben notiert: *07:25*, *07:22*, *07:27*. Rechts daneben eine Zahl, rot umkringelt: *842*.

»Sagt dir das alles etwas?«, fragte Iska Marten, während sie fotografierte.

»Ich habe keine Ahnung!«

Unter der Mappe fand sie, wonach sie eigentlich gesucht hatte. Ein Smartphone, ausgeschaltet, und ein Portemonnaie. Sie sah hinein. »Schau mal.«

Eine Menge Bargeld, bestimmt tausend Euro. Krankenkassenkarte, zwei EC-Karten, Führerschein, das Foto zeigte eindeutig Anna, und überall stand der gleiche Name. Eine deutsche Staatsbürgerin: »Enike Laninga.«

»Laninga kommt aus Deutschland?«

»Laninga, Laninga …«, murmelte Marten nachdenklich vor sich hin.

Sie besah sich den Rest des Portemonnaies. Endlich, der Personalausweis, den hatte sie gesucht. Sie hielt die Luft an.

»Enike Laninga, geborene … Wenck«, las Marten neben ihr vor. Sein Blick verriet, wie auch sie selbst sich fühlte. »Nicht wahr, oder?«

»Vielleicht ist sie ihre Tochter …« Ja, bestimmt. Deswegen kam sie ihr so latent bekannt vor. Sie erinnerte sich. Als Kind hatte sie bestimmt mit ihr in den großen Ferien gespielt, auf Schiermonnikoog. Es war Ewigkeiten her. Trotzdem, es hätte ihr auffallen können. Sie ärgerte sich, dass sie nicht früher draufgekommen war. »Inzwischen wohnhaft in Aurich.«

»Na klar, Aurich! Laninga!« Marten fasste sich an die Stirn. »Ein Kollege von Jonathan Winkler hieß auch Laninga. Ganz sicher!«

»Das kann ich bestätigen«, sagte die Analystin Minuten später am Telefon.

»Geben Sie für die Niederlande die Fahndung raus«, wies Iska sie an.

Marten rief Gudrun Hubel und Pløen per Konferenzschaltung an, um für Deutschland das Gleiche zu veranlassen. Und er ordnete Hausdurchsuchungen an. »Gefahr im Verzug. Sofortiger Zugriff! Sagen Sie Bescheid, wenn Sie drin sind!«

»Wird gemacht.«

»Auch für Enna Wenck?«, fragte Pløen. »Wir haben konkret nichts gegen sie in der Hand. Außer, dass sie die Mutter von Enike ist, aber das ist kein Verbrechen.«

»Wir suchen Paul, gut möglich, dass er sich bei ihr versteckt hat. Wenn später ein Gericht feststellen sollte, dass das illegal war, verweisen sie auf mich.« Die Frage der Rechtmäßigkeit schien Marten gerade vollkommen egal zu sein.

Als sie das Schiff verließen, war es ungemütlicher geworden, die kleinen Flaggen, die an einigen Masten gehisst waren, knatterten nun im deutlich stärkeren Wind. Zwischen den Jachten plätscherten die Wellen. Der Hafen war belebt, hinter einigen Schiffsfenstern sah man Licht, in vielen Cockpits saßen Leute. Ein paar beobachteten sie neugierig. Wir sind wie auf einer Bühne, dachte Iska. Wir geben den Leuten Gesprächsstoff für eine ganze Woche. Auf der Hafenmole rückte die Spurensicherung an.

Endlich eine echte Spur. Sie wusste, es war noch nicht vorbei. Zwei Zeilen gab es noch, zwei weitere Morde waren geplant. Nur dass sie dieses Mal eine realistische Chance hatten, den Tätern zuvorzukommen. Paul Laninga zuvorzukommen, korrigierte sie sich. Ihr Herz pochte. Schiermonnikoog, Aurich, Sylt, De Lemmer, Leeuwarden. Die Laningas hatten tatsächlich zu allen Tatorten einen Bezug. Vielleicht, hoffentlich, hatte Marten doch gar nicht so falsch gelegen.

Als sie vor der Wache in De Lemmer einparkten, meldete sich bereits Gudrun Hubel bei Marten, der direkt auf Lautsprecher stellte. »Wir sind in der Wohnung der Laningas. Außer uns ist keiner da, weder Paul noch der Sohn, Hendrik, der hat hier noch ein Jugendzimmer. Der Junge scheint aber ausgezogen zu sein, er wohnt seit einem Jahr in Köln. Chemiestudium, den Büchern im Rucksack nach zu urteilen.«

»Gibt es irgendwelche Anzeichen, wo Paul hin ist?«

Na, es gibt ziemlich konkrete Anzeichen, dass er gestern noch in Leeuwarden war, kommentierte Iska in Gedanken.

»Nein. Die ganze Wohnung ist übrigens penibel geputzt. Hier wurde richtig sauber gemacht. Sogar die Mülleimer sind leer und die Schreibtische staubfrei.«

Der Versuch, Spuren zu verwischen? »Okay, stellt die Bude trotzdem auf den Kopf.« Wenn die Laningas aufgeräumt haben, dann wird ja vorher etwas da gewesen sein. Oder es gibt wenigstens Hinweise darauf, was sie entfernt haben. »Und lasst es uns bitte sofort wissen, wenn ihr irgendetwas findet.«

Sie stiegen aus. Martens Smartphone klingelte wieder.

»Pløen! Haben Sie Wenck?« Mehrfach nickte Marten, dann verzog er sein Gesicht. »Irgendwelche Hinweise, wo …« Er horchte eine Weile ins Smartphone, ohne etwas zu sagen. »Okay. Was genau? … Nicht wirklich, oder? … Ich danke Ihnen. Ja, lassen Sie bitte alle ihre Kontakte überprüfen. Und die Handyverbindungen. Wenn was rauskommt, sagen Sie bitte sofort Bescheid!« Er beendete den Anruf.

»Was ist los?«, fragte Iska ungeduldig.

»Wenck ist auch ausgeflogen. Und ihr Handy ist ausgeschaltet.«

Iska beobachtete Marten, der mit seinen Fingern gegen die Seitenscheibe trommelte, das Smartphone noch in der Hand.

»Du willst erraten, wo Laninga als Nächstes zuzuschlagen plant?«

»Radbod wird im Krieg vorangehen«, rezitierte Marten die letzten Zeilen von *Radbods fjoer*, »das Feuer der Freiheit brennt.« Ihm war anzusehen, dass es in seinem Kopf ratterte. Das hatte doch keinen Sinn. Paul und Enike hatten *Radbods fjoer* bisher sehr weit ausgelegt. Es konnte wieder alles Mögliche bedeuten – und an jedem beliebigen Ort passieren.

Moment, bremste sie sich. Bei Leeuwarden hatte er recht gehabt.

»Hilf mir, Iska«, sagte Marten. Sein Trommeln wurde energischer.

34

De Lemmer. Mittwoch, 6. August

18:00 Uhr

Sie erinnerte sich an diesen einen stürmischen Sommer vor dreißig Jahren. Die großen Schulferien, wenigstens ein paar Wochen ohne diese Fahrten, ohne die Dreiviertelstunde Schulweg mit dem Bus der Linie 2 von Hörnum bis hoch nach Westerland. Das würde nach den Ferien, wenn sie auf das Gymnasium wechselte, zwar auch nicht besser werden. Aber noch war Zeit zum Luftholen. Zum Nichtsmachen, wie Mama es immer nannte.

Mama war immer beschäftigt, mit Forschung, mit Diskussionen, mit wichtigen Treffen. Aber sie war auch immer für sie da, wenn sie sie brauchte. Seitdem Papa verstorben war, waren sie ein Frauenhaushalt, nur Mama und sie. Sie passten aufeinander auf. Mama erklärte ihr alles, was sie wissen wollte. Das Leben, die Menschen, ihre Wurzeln, ihre Geschichten. Sie las viel, denn Mama musste arbeiten.

Aber vor allem war sie, wann immer es ging, draußen unterwegs. Manchmal mit der Clique, mit Biene und Hieke, manchmal auch mit Frank, der aber immer etwas komisch war, weil seine Eltern ihn so streng erzogen. Und wenn es bei den anderen nicht passte, dann streifte sie eben alleine durch die Gegend. Sie kannte jeden Winkel in Hörnum, jeden Baum und jeden Strauch. Die Südspitze von Sylt, offiziell ein Naturschutzgebiet, war ihr Reich, dort hatte sie ihre Verstecke, zwischen wilder Nordsee und seichtem Wattenmeer. Das war ihr Reich, das ihr gehörte, und alles, was dort lebte.

Kaninchen, die ihre Höhlen in den Dünen gruben. Seesterne, die von der schäumenden Brandung herangeschwemmt wurden. Kleine Fische, die sie, nur mit Badehose und T-Shirt bekleidet, mit ihrem Kescher jagte. Strandkrabben, die seitwärts am Meeresboden entlangflitzten, sich im Sand eingruben oder unter Steinen versteckten und die sie in dem großen Plastikeimer sammelte, an deren glatter Wand sie nicht hochklettern konnten.

Krabbenrennen hieß das Spiel, bei dem man einen gesamten Eimer mit Krabben oben an der Böschung ausschüttete und dann ihren Lauf über den heißen Sand bis zum Meer hin verfolgte. Krabbenstapeln bedeutete dagegen, dass sich kein Wasser im Sammeleimer befand, sodass die Kiemen der Tiere austrockneten und man sie später untersuchen konnte. Krabbenquetschen nannten sie es, eine Krabbe auf einem flachen Stein zu platzieren und mit einem anderen langsam den Panzer einzudrücken. Sie und ihre Freunde spielten es nicht offen, sondern dort, wo die Eltern es nicht sehen konnten, nicht mitbekamen, in den schwer einsehbaren Dünentälern. Obwohl, Frank machte gar nicht mit, Hieke nur zwei oder drei Mal, und Biene hörte auch schließlich auf, als sie einmal mächtig Ärger mit ihren Eltern bekommen hatte. Sie hätten es ihr verboten, jemals wieder so etwas zu tun, wimmerte Biene.

Mama dagegen konnte es ihr nicht verbieten, denn sie hatte ihr nichts davon erzählt. Auch nicht von dem Spiel Kaninchenpanik. Sie hatte es erfunden, nachdem sie eine Lebendfalle in den Dünen gefunden hatte, von einem Tierschützer ironischerweise, und dazu dieses lange Stück Draht.

Sie wusste allerdings noch genau, wie Mama sie dabei erwischt hatte. Es war ein ungemütlicher Tag gewesen, mit vielen Wolken, zu kalt für den Strand. Nieselregen hatte eingesetzt. Fast niemand war außer ihr draußen unterwegs, nur einige Touristen, die Fotos vom Meer oder dem Leuchtturm machten. Die Luft roch feucht, Libellen und Schmetterlinge schwirrten umher. Sie hatte die Falle klug aufgestellt, hinter einem Gebüsch, sodass die Kaninchen sich sicher fühlten. Tatsächlich hatten sich dieses Mal sogar zwei im Drahtkäfig befunden, als die Klappe heruntergefallen war. Mit dem ersten Kaninchen war sie schon fertig. Vorsichtig hob sie nun auch das zweite heraus, ganz warm und flauschig war das Fell. Sie konnte das kleine Herz darunter fühlen, wie es wilder und wilder schlug, als sie die Drahtschlinge um den Hals legte und sie dann nach und nach fester zudrehte. Sie wollte beobachten …

Diese Geräusche! Sie schreckte hoch, jemand stand hinter ihr.

Ihre Mutter. Wie lange hatte sie da schon gestanden? »Es ist der Übergang, oder? Der schmale Grat zwischen Leben und Tod.« Sie sah gütig auf sie herunter. »Und die Erkenntnis, dass du es bist, die darüber entscheidet.«

»Mama!« Das Tier in ihren Händen zuckte ein letztes Mal. Sie versuchte, die Falle hinter ihrem Rücken zu verstecken, lächerlich, als ob ihre Mutter sie nicht schon längst entdeckt hätte. »Seit wann …?«

»Was immer du denkst: Ich verstehe dich, Kleines.« Sie breitete die Arme aus. »Komm zu mir. Ich weiß, wie du dich fühlst, okay? Glaub mir, ich weiß es genau.«

Schluchzend lehnte sie sich gegen Mamas Schulter. Es tat so gut zu wissen, dass sie nichts Falsches getan hatte. Sie spürte den Kuss auf ihrer Stirn, die Hände, die sie aufmunternd stützten, sah das stolze Lächeln in ihrem Gesicht.

»Das, was du in dir entdeckt hast, das, was dich fasziniert … Sieh es als eine Gabe an.« Mama legte das tote Tier zu den anderen toten Kaninchenkörpern. »Aber erzähl den anderen Kindern nichts davon. Das würde sie irritieren.«

Die Faszination war bei ihr stärker als der Skrupel. Diese Gabe und ihre Mission ergänzten sich perfekt, sie konnte töten, wo andere zurückzuckten.

Gerne wäre sie dabei gewesen, als Mika die einzelnen Stadien des Sterbens durchlebt hatte. Die Angst vor dem drohenden Tod, die Erkenntnis, dass dieser nur noch Sekundenbruchteile entfernt war, zu kurz, um einen Kampf zu beginnen oder um Gnade zu winseln, die Akzeptanz des Unausweichlichen. Der Rest war nur noch Biomechanik. Aber dieses Aufgeben, dieser Verlust von Lebenswillen, das war der eigentliche Moment des Todes. Mika, die Verräterin, sie hätte Tausende dieser Tode verdient gehabt.

Ob sie ihren unverzeihlichen Fehler erkannt hatte? Und ob sie erkannt hatte, dass sie damit letztlich das Gegenteil erreicht hatte? Dass sie *Radbods fjoer* verraten und es dadurch erst zum Lodern gebracht hatte, dass sie nun als eines der ersten Opfer von ihm vernichtet worden war? Was für eine Ironie des Schicksals.

Es quietschte. Enike schlug die Augen auf. Einer der beiden Polizisten war ins Zimmer getreten, hatte sich auf den Stuhl unter der Uhr gesetzt und ihn dadurch minimal verrückt. Der Nette der beiden, ganz klar das *Good-cop-bad-cop*-Spiel. Sie sollten ihr, die noch immer an dieses Bett gefesselt war, Gesellschaft leisten und sie offenbar zum Reden bringen. Sie machten das ganz gut, besser als die beiden, die sie am Hafen festgenommen hatten.

Allein die Erinnerung daran ärgerte sie maßlos, es war zum Ausrasten. Die Festnahme, so unnötig, geradezu überflüssig. Sie war leichtsinnig gewesen, hatte sich zu sicher gefühlt, nachdem sie die Haare abgeschnitten und die Färbung herausgewaschen hatte. Den ganzen Tag in der Kajüte verbringen … Selbst im Knast hatte man Ausgang, hatte sie sich gesagt. Und jetzt konnte sie nicht dabei sein, wenn das Feuer entzündet wurde.

Der Mann fing mit einem Witz an. »Meine Frau arbeitet übrigens in den USA, für das FBI. Ich nenne sie jetzt nur noch Top-Sigrid.«

Sie musste die Mundwinkel verziehen, unwillkürlich. Mist, sie hatte sich nicht im Griff gehabt.

»So schlecht, dass er wieder gut ist, oder?«

Sie mochte ihn. Mit seinem gemütlichen Bäuchlein und dem runden Gesicht sah er so lieb aus. Die Versuchung zu antworten war groß, aber sie biss sich auf die Lippen. Kein Wort, denn mit jedem Wort konnte sie etwas verraten. Kein Wort, solange das Werk nicht vollendet war. Sie musste den anderen die notwendige Zeit verschaffen. Sie dachte an die

Vorbereitungen, an die vielen Säcke, die sie geschleppt hatten. Das Feuer würde gigantisch sein. Radbods Feuer. Das Zeichen an all die anderen da draußen. Schade, dass sie es nicht würde sehen können.

Der große Zeiger der Uhr wanderte genau auf die Drei. Noch knapp zwölf Stunden, dann können wir reden. Wenn die Wiederkehr vollendet war und das Feuer brannte. Dann lache ich mit dir über jeden deiner blöden Witze. Schade, dass du mich dann abgrundtief hassen wirst.

35

De Lemmer. Mittwoch, 6. August

18:15 Uhr

Marten sah über das Wagendach zu Iska hinüber, die an der Fahrertür lehnte und ihn zu beobachten schien. »Sag es bitte, wenn ich falschliege …« Noch immer klopfte sein Zeigefinger gegen die Seitenscheibe, er konnte es vor Aufregung nicht unterdrücken. »Abgesehen von Schiermonnikoog haben die Täter die Morde mit besonderen friesischen Orten verknüpft. Und vor allem die letzten beiden beziehen sich schon sehr auf den Ablauf des damaligen Aufstandes gegen die Franken, oder?«

Sie nickte, sehr gut, er brauchte jetzt diese Bestätigung. »Die nächste Zeile lautet: *Radbod sil de oarloch liede* – Radbod wird im Krieg vorangehen. Radbod betritt also gewissermaßen erstmals die Bühne. Wenn die Mörder sich an den historischen Tatsachen orientieren – wo war das?« Vielleicht der Ort einer entscheidenden Schlacht? Er versuchte, sich an das Dossier zu erinnern, das ihm die Kollegen geschickt hatten. Wie war der Ablauf der Ereignisse damals gewesen?

Die Hälfte der friesischen Gebiete, die heutigen niederländischen Provinzen Zeeland und Holland, waren in dem ersten Krieg an die fränkischen Eroberer gefallen. Radbod hatte sich danach auf eine heilige Insel, die in den überlieferten Texten Foseteland genannt wurde, zurückgezogen. Dort blieb er, bis zwanzig Jahre später der Aufstand gegen die Franken begann. *Radbod soll im Krieg vorangehen.* Von dem Ort aus, an dem er auf die Gelegenheit zur Rebellion gewartet hatte.

»In Foseteland?«, überlegte er laut.

»Foseteland.« Iska schloss kurz die Augen, dann sah sie direkt zu ihm hinüber. »Ein Mythos. Benannt nach Fosite, dem in der nordischen Mythologie verantwortlichen Gott für Recht und Gesetz, dem Vorsitzenden des Things, der großen Ratsversammlung. Foseteland, das heilige Land von Fosite.« Sie kramte in ihrer Tasche nach ihrem Smartphone. »Vielleicht …«

Iskas Erklärung hatte etwas in ihm angestoßen. Das Land von Fosite. Heiliges Land, heilige Insel … »Fosite, ich hab das schon mal irgendwo aufgeschnappt.« Er erinnerte sich an einen Ausflug mit seinen Eltern, als er vor einem alten Holzschild gestanden hatte, Papa hatte ähnliche Worte gesagt wie soeben Iska, das Holzschild, darauf das Wappen eines Fußballvereins …»VfL Fosite …«

»Helgoland«, vervollständigte Iska seine Erinnerung. Ja, so hatte es dort gestanden. Gebannt zog Iska ihren Zeigefinger über das Display ihres Smartphones, dann zeigte sie es ihm. Die Ergebnisse ihrer Internetsuche. »Die Insel Helgoland ist angeblich … das legendäre Foseteland.«

Er bemerkte, dass sein Herz raste. Helgoland, es passte zu gut. Wenn sie nur richtig kombiniert hatten, es war schon abenteuerlich konstruiert. Konnten sie seiner Idee trauen?

»Enna Wenck ist gebürtige Helgoländerin«, sagte Iska. »Und auch Enna ist verschwunden, mit unbekanntem Ziel.«

»Radbod sil de oarloch liede – Radbod wird im Krieg vorangehen.« Er streckte sich. »Paul will seinen Krieg in Helgoland beginnen. Ich informiere die Kollegen dort. Die Insel ist klein, man kann sie nicht unbemerkt betreten. Sollten sie es doch versuchen, können sie problemlos festgenommen werden.«

Die Hoffnung, auf den letzten Metern noch etwas getan zu haben, das vielleicht zur Ergreifung der Täter führte, tat gut. Bevor er die Leitung ans BKA abgeben musste. Dass sein Einsatz doch zu etwas gut gewesen war.

»Marten.« Iska klang entschlossen. »Wir müssen dahin. Du musst dahin. Nach Helgoland.« Sie sah ihn ernst an. »Niemand kennt die Mörder, ihr Denken so gut wie du. Wenn wir recht haben – wenn du recht hast –, dann brauchen wir dich vielleicht da drüben. Egal wer ab morgen Mittag die Ermittlungen leitet.«

36

Nordsee, Deutsche Bucht. Mittwoch, 6. August

20:15 Uhr

=== Mordserie in Friesland: Weitere Verdächtige! ===

Leeuwarden. Am frühen Morgen wurde Mika Gronsteden, die Vorsitzende des Interfriesischen Rates, in ihrem Haus brutal ermordet. Der deutsche Staatsbürger Paul Laninga ist als dringend tatverdächtig zur Fahndung ausgeschrieben. Auffällig sind die zeitliche Nähe zu dem spektakulären Mordfall in De Lemmer sowie die ebenso spärlichen Informationen seitens der Behörden, die sich auf »ermittlungstaktische Gründe« berufen. Verbindungen zu weiteren Fällen in Deutschland (wir berichteten) wurden nicht dementiert. Angeblich soll dort bald das Bundeskriminalamt die Ermittlungen übernehmen.

Derzeit kursieren unterschiedlichste Spekulationen zu den Hintergründen der Taten. Von mehreren Seiten wurde der Redaktion von Gerüchten berichtet, dass mit den Morden zu einem friesischen Freiheitskampf aufgerufen werden solle. Ein Ende der Mordserie ist jedenfalls nicht absehbar: Bereits bei der vergangenen

Pressekonferenz blieb die Polizei bei der Frage, ob die Bevölkerung sich keine Sorgen zu machen brauche, eine Antwort schuldig.

Wir bleiben dran. Damit Sie informiert bleiben.

=== ===

Marten hatte den Link auf den Artikel erhalten, kurz bevor er zusammen mit Iska in das kleine Flugzeug eingestiegen war und dort alle Funkverbindungen seines Smartphones deaktiviert hatte.

Ein Satz des Artikels hing ihm nach: Ein Ende der Mordserie ist nicht absehbar. Während unter ihnen das Land verschwand und den Weiten der dunklen Nordsee Platz machte, erinnerte er sich, wie es angefangen hatte. Wie Jonathan Winkler am Upstalsboom gelegen hatte, ermordet, mit diesen bizarren Verletzungen, mit dieser kryptischen Nachricht. Wie Dr. Zhou die Knochensäge angesetzt hatte, wie sehr dieses Geräusch in ihm selber nachgeklungen hatte. Das war es, was von Jonathan geblieben war, ein Fall. Sein Fall. Welche Verantwortung er gespürt hatte, ihn zu lösen und den Mörder aufzuhalten. Für Jonathan. Bisher hatte er versagt, nun waren es fünf Morde, fünf tote Menschen, und ein weiterer durfte einfach nicht mehr hinzukommen.

Noch waren es seine Ermittlungen, und er war verantwortlich. Bitter dachte er daran, wie er anfangs diesen Fall vor allem als eine Karrierechance gesehen hatte, so hatten er und Katharina es formuliert. Dass es vielleicht anstrengend werden würde. Lange war das her. Jetzt, da, abgeschnitten von der Außenwelt, auf einmal nichts passierte, nur der Propeller vorne am Flugzeug dröhnte und ihn am Einschlafen hinderte, keine Ergebnisse und Nachrichten ankamen, keine Telefonate zu führen waren, keine Entscheidungen zu treffen, merkte er wie nebenbei, wie sehr ihn die Geschehnisse der letzten Tage tatsächlich in ihren Bann geschlagen und wie sehr sie ihm zugesetzt hatten.

Katharina? Er hatte tatsächlich kaum noch an sie gedacht. War das falsch oder richtig gewesen? Er zog das Smartphone wieder hervor und ging den Posteingang durch, bis er ihre letzte Nachricht gefunden hatte. »Ist gerade ungünstig.« Das musste in De Lemmer gewesen sein, als er vor der Pressekonferenz versucht hatte, sie zurückzurufen. Am Vorabend hatte er ihren Anruf nicht angenommen, als er mit Iska am IJsselmeer gequatscht hatte. Es hatte da einfach nicht gepasst, das hatte er jedenfalls gedacht. Was hatte Iska gesagt? *Daniel hatte das verstanden. Wir waren immer ehrlich zueinander.*

»Dein Ex, Daniel, er hat Schluss gemacht, nicht du, oder?« Der Satz war einfach so aus ihm rausgeplatzt. Iska wandte sich vom Fenster ab und sah ihn irritiert an. »Entschuldige«, schob er schnell nach, »das geht mich nichts an …«

»Ja«, antwortete sie und nickte. »Ja, er hat Schluss gemacht.« Sie drehte sich wieder zum Fenster.

Ist gerade ungünstig. Er bemerkte den Kloß in seinem Hals. Der Fall hatte ihn total vereinnahmt, und er hatte es zugelassen, sich reingesteigert und alles andere hintangestellt, auch Katharina. Anstatt sie an dem Abend zurückzurufen, hatte er sich in die Geschichte der Friesen eingelesen, in ihren damaligen Aufstand gegen die Franken, den Krieg um das eigene Reich, auf der Suche nach einem Hinweis. Und diese Lektüre hatte sie, im Nachhinein, tatsächlich jetzt auf diese Idee gebracht, in Kombination mit *Radbods fjoer* und Enna Wencks ungeklärter Abreise. Sein Herz klopfte, als er weit unter sich den winzigen Punkt inmitten grauen Wassers sah. Hoffentlich behielt er recht mit dem, was er sich da zusammengereimt hatte.

Sie näherten sich Helgoland von Südwesten. Langsam erhob sich vor tiefdunklen Wolken der rotbraune, mächtige Felsen aus dem riesigen Meer. Bald erkannte er die Lange Anna, den berühmten frei stehenden Felsen ganz im Norden, den er damals, zusammen mit Mama und Papa, auch besichtigt hatte. Als Nächstes konnte er die grünen Flächen auf dem Oberland genannten Felsplateau ausmachen, dann den langen Funkmast im Süden, dann den Leuchtturm, die kleine Stadt, die sich über Oberland und das am Hafen gelegene Unterland verteilte, die Schiffe zwischen der Hauptinsel und der Düne genannten Nebeninsel, auf der sich auch der Flughafen befand. Die weit ins Meer reichenden Molen, die die Hafenanlagen sicherten. Ein bewohnter Fleck Erde, einsam mitten im Meer gelegen.

Langsam gingen sie tiefer, flogen einen lang gezogenen, niedrigen Halbkreis über dem Wasser, erreichten die Nebeninsel, überflogen deren Strand, an dem graue Robben im Sand dösten, streiften beinahe eine letzte Sanddüne und setzten endlich auf der Landebahn auf. Eine heftige Seitenböe ergriff das Flugzeug, es schwankte gefährlich hin und her. »Scheiß Wetter«, hörte er den Piloten vorne gegen den Wind und die Motorengeräusche fluchen. Für den Abend war Sturm vorhergesagt.

Es war egal, ob morgen das Bundeskriminalamt den Fall übernehmen würde. Ob die Karriere morgen zu Ende ging.

Noch gehörte der Fall ihm. Und bis dahin würde er alles tun, um die Täter festzusetzen.

Am Flughafengebäude wartete Redenius auf sie, der Chef der Wasserschutzpolizei Helgoland, die hier auf der Insel auch allgemeine Polizeiaufgaben wahrnahm, ein hagerer Mann ohne jeden Bartwuchs. Ihm war anzusehen, dass er etwas loswerden wollte. »Paul Laninga ist bereits auf der Insel!«

»Woher wissen Sie das?«

»Ich kenne ihn persönlich, und ich erinnere mich, dass ich ihn bereits gestern aus der Ferne gesehen habe.« Er räusperte sich. »Darauf habe ich, kurz nach Ihrer Nachricht, dass Sie unterwegs sind, die Passagierlisten der Bäderschiffe angefordert: Er ist gestern Mittag angekommen.«

Das kann nicht sein, dachte Martens, das bedeutete ja, der Mord in Leeuwarden – er schob den Gedanken beiseite. »Wissen wir denn, wo er ist?«

»Wir nehmen an, dass er noch irgendwo auf Helgoland ist. Wir kontrollieren alle abfahrenden Schiffe und Flugzeuge, und ich habe eine Streife, die über die Insel patrouilliert. Die Familie Wenck hat hier ein Ferienhaus, in der Bremer Straße, direkt am Fels. Wahrscheinlich wird er dort untergekommen sein.«

»Lassen Sie das Haus beobachten?«

»Seit einer knappen halben Stunde. Kein Licht, keine Geräusche, keine Anzeichen, dass jemand drin ist. Das muss natürlich nichts heißen.«

Okay. Oder Paul Laninga hatte bemerkt, dass er observiert wurde. Was er wohl genau auf der Insel vorhatte?

Iska zeigte Redenius ein Foto der Skizze, die sie auf der *Noardlike stjer* in De Lemmer gefunden hatte.

»Wissen Sie vielleicht, was das für Häuser sind?«

Redenius staunte. »Das ist unsere neue BOS-Zentrale.«

»Sie meinen, dort sind Polizei, Feuerwehr …?«

Der Polizeichef nickte. Iska, der die Abkürzung für *Behörden und Organisationen mit Sicherheitsaufgaben* nicht geläufig gewesen war, hielt die Luft an.

Redenius zeigte auf das handschriftliche Kürzel. »DL, das steht üblicherweise für *Deät Lun*, den Namen für Helgoland auf Halunder. Die Bauten wurden 2022 in unmittelbarer Nähe zum Leuchtturm fertiggestellt. Da, wo die Markierung ist, da ist auch unsere Wache untergebracht.«

»Und die Uhrzeit hier an der Seite?«

»Hm. Ich weiß nicht, ob das damit konkret gemeint ist, aber es ist unsere Startviertelstunde. Um acht sind alle Kollegen da, um Viertel nach treffen wir uns zur Tagesbesprechung. Was so ansteht, wer was übernimmt … Wo haben Sie das her?«

»Paul Laninga«, antwortete Iska für Marten.

»Warum … er hat uns ausgekundschaftet?«

»Ich weiß es nicht.« Hatte Laninga wirklich einen Anschlag auf die Polizeistation vor? Und was genau hatte es mit den Zeitangaben auf dem zweiten Zettel auf sich? Iska zeigte Redenius das entsprechende Foto.

Dieses Mal konnte er den Blick gar nicht von dem Display abwenden. Die Züge in seinem Gesicht verhärteten sich. »Ja, er hat uns ausgekundschaftet.«

»Was haben Sie erkannt?«

»Auf Helgoland werden die Hausnummern nicht in jeder Straße neu gezählt, sondern über die ganze Insel. Jede Hausnummer gibt es hier nur einmal. Die 842, das ist meine

Hausnummer. Snep Goat 842, da wohne ich. Das ist meine Privatadresse.«

»Und diese Zeitangaben …?«

»07:25 Uhr, 07:22 Uhr, 07:27 Uhr. Ich gehe immer kurz vor halb acht zu Hause los.«

Marten schwieg, wollte das Offensichtliche nicht aussprechen.

»Ich bin sein Ziel, oder?« Redenius schaute ihn an.

»Er weiß nicht, dass wir wissen, dass er hier ist. Dieses Mal sind wir schneller als er. Wir fassen ihn, bevor er etwas bemerkt.«

»Ich habe nur sieben Mann hier vor Ort. Für den Ort und die Fahrten mit der Nathurn.« So hieß das Patrouillenboot, das hier vor Anker lag. »Einen Killer festnehmen. Solche Einsätze gibt es hier sonst nicht. Das sollten Sie vielleicht wissen.«

Marten konnte ihn verstehen. »Wie lange dauert es, bis wir das SEK eingeflogen haben?«

»Für den Abend ist ein schwerer Sturm angesagt, bis zu Windstärke elf«, antwortete Redenius schwach. »Bis das SEK ausgerückt ist … Das schaffen die nicht mehr, bevor es zu spät ist. Frühestens morgen früh, fürchte ich.«

Das war zu spät. Jetzt waren sie ihm auf den Fersen, hatten eine Ahnung, was Laninga vorhatte. Morgen früh konnte es schon wieder anders aussehen. »Solange Laninga frei ist, sind Sie hier nicht sicher.«

»Ja«, schaltete sich Iska ein. »Paul Laninga will töten. Will Sie töten. Vielleicht in einer Woche, vielleicht morgen. Vielleicht morgens um acht, vielleicht in einer Viertelstunde. Wir dürfen nicht zögern.«

»Wir gehen in das Ferienhaus der Wencks rein«, entschied Marten. Er sah zu Redenius hoch, der ihn um einen halben Kopf überragte. »Bereiten Sie diskret den Zugriff vor. Gefahr im Verzug.«

Mit einer kleinen Motorfähre setzten sie zum Hafen der Hauptinsel über. Das Wasser war unruhig, heftig nickte das Boot gegen die Wellenberge, Gischt nieselte ihnen beständig vom Bug entgegen. Die tief hängende Sonne drang kaum durch die Wolken, legte nur schwaches rötliches Licht über sie.

Iska hatte den Sitzplatz neben ihm eingenommen. Seltsam, dass er es nun war, auf den die Kollegen hörten. In den Niederlanden hatte sie diese Rolle gehabt, die Richtung vorgegeben. Mit einer natürlichen Autorität, wie er sie wahrscheinlich nie erlangen würde. »Wir haben keine Wahl, oder?«, fragte er.

»Du hast das eben absolut richtig gesagt. Jetzt haben wir vielleicht noch das Überraschungsmoment auf unserer Seite. Wenn Paul Laninga irgendetwas mitbekommt, irgendwie vorgewarnt wird, wird die Situation unkontrollierbar.« Und dann sprach sie das aus, was ihm selbst auch klar gewesen war, er sich aber noch nicht hatte eingestehen wollen. »Er oder wir.«

»Was haben Sie an Schutzausrüstung?«, fragte er Redenius. Er dachte an das Hotel in De Lemmer. Dort war Iska vorausgegangen, natürlich. Dieses Mal würde er das tun müssen.

»Schutzausrüstung? Wir hätten ein paar Westen da.« Redenius verzog bitter das Gesicht.

37

Helgoland. Mittwoch, 6. August

21:00 Uhr

Redenius zeigte ihm ein weißes Haus am Ende der Straße. Die obere Hälfte war mit einer orange-braunen Holzvertäfelung ausgestattet, die Rollläden heruntergelassen, aber nicht vollständig geschlossen. Es stammte bestimmt aus den Sechzigerjahren, der Zeit, als Helgoland, das als Seefestung der Nationalsozialisten im Krieg komplett zerstört worden war, wieder aufgebaut wurde. Nur ein schmaler Beetstreifen mit kniehohen immergrünen Büschen trennte die Hauswand von der gepflasterten Straße. Da hier keine Autos zugelassen waren, benötigte man auch keine Bürgersteige.

»Es ist keiner rein- oder rausgegangen«, meldeten die in Zivil gekleideten Beamten, die in Sichtweite gewartet hatten.

»Gibt es nur diesen einen Ausgang?«, fragte Marten.

»Ja. Das Haus steht direkt am Hang, und es ist links und rechts von den Nachbarn eingeschlossen.«

Ein großer Plan war nicht notwendig. Zwei Kollegen sollten mit einer Ramme die Tür öffnen, Iska und er als Erstes reingehen, er in die erste Etage vorrücken, Iska das Erdgeschoss sichern, gefolgt von zwei weiteren Kollegen. Zwei blieben zur Sicherung vor dem Haus.

»Alle bereit?« Marten blickte in entschlossene, aber besorgte Gesichter. Verdammt, ich will das auch nicht, aber es muss sein. »Dann los!«

Er lief vor, zusammen mit Iska. Nickte dem Kollegen mit der Ramme zu. Der schwang sie gegen das Schloss, die Haustür splitterte bereits beim ersten Aufprall.

»Polizei!« Er drückte die Tür auf, lief hinein, die Waffe in der Hand. Dunkel, Dämmerlicht, der Kegel seiner Taschenlampe zuckte über Garderobe, Raufasertapete und Bilderrahmen. Sein Herzschlag hämmerte in seinen Ohren. Vorbei an der ersten geschlossenen Tür zu seiner Linken, er hörte, wie Iska sie öffnete, »gesichert« rief. Weiter den Flur entlang, er erreichte eine Wendeltreppe, die er im Laufschritt hochstieg, hinter ihm die Schritte des Kollegen, der ihm folgte. Kurzer Flur, je eine Tür links, mittig und rechts. Er wies dem Kollegen die linke Tür, bestätigendes Nicken, er selbst wandte sich nach rechts. Ein Geräusch hinter der Tür, ein Räuspern? Zu spät, er hatte die Klinke gedrückt, die Tür schwang auf. Halbdunkel, Lichtstrahlen zogen durch die Ritzen der halb geöffneten Rollläden, er erkannte Kommoden, einen Tisch samt Nähmaschine sowie einen Fernseher, ein Sofa. Ein Stuhl, auf dem jemand saß, eine Frau, Pullover, Jeans, einen schwarzen Stoffbeutel wie einen Sack über den Kopf gezogen, die Arme hinter sich verschränkt.

Keine Gefahr erkennbar. Er ließ die Waffe sinken, steckte sie in den Holster. Trat näher, hob den Beutel an, mit spitzen Fingern. Ein Stöhnen ertönte unter dem Stoff, ein Kinn kam zum Vorschein, der Beutel hakte etwas am Hinterkopf, dann glitt der Stoff nach oben. Enna Wenck. Ihre Haare hingen in Strähnen vor dem Gesicht, eine Seite war rötlich geschwollen, der seltsam gewölbte Mund war mit dickem grauem Klebeband verschlossen.

»Wohnzimmer gesichert«, rief Iska von unten.

»Küche gesichert«, rief eine andere Stimme.

»Schlafzimmer gesichert«, hörte er den Kollegen auf seiner Etage.

»Zimmer gesichert«, rief auch er. »Person anwesend.«

Enna Wencks Hände waren mit Kabelbindern hinter ihrem Rücken an die Stuhllehne gefesselt. Die mit Blech verstärkten Plastikriemen hatten bereits in ihre Haut geschnitten, sie blutete. Vielleicht hatte sie versucht, sich aus den Fesseln zu befreien. Aber so eng, wie die saßen …

Vorsichtig löste er, Stück für Stück, das Panzertape von ihren Lippen. Sie öffnete den Mund und schob quälend langsam ein Tuch heraus. »Danke.« Sie schnappte nach Luft. »Das war Paul. Der Mann meiner Tochter.«

38

Helgoland. Mittwoch, 6. August

21:30 Uhr

Paul Laninga lehnte sich gegen die kalte Betonwand. Stille und Dunkelheit umfingen ihn. Keine absolute Dunkelheit, ein schwacher grauer Schimmer schien vom Meer zu ihm hinüber, durch den Spalt, wo einst ein Fernrohr fest installiert gewesen war. Er hörte seinen Atem, fühlte das ruhige und gleichmäßige Schlagen in seiner Brust, roch die salzige Luft, die den Moder in diesen alten Gängen übertünchte. Stollen S217, Beobachtungsstand B5. Sein sicherer Platz.

Schon immer war Helgoland ein Rückzugsort gewesen, in grauer Vorzeit für Radbod, gegen Ende des Mittelalters für Klaus Störtebeker und seine Likedeeler, zur Zeit von Napoleons Kontinentalsperre für die Schmuggler, die den Handel Englands mit dem Festland ermöglichten, im letzten Jahrhundert für die deutsche Kriegsmarine. Der Kaiser hatte die Insel, nachdem die Briten sie im Rahmen des Helgoland-Sansibar-Vertrags an das Deutsche Reich abgegeben hatten, zu einer Seefestung ausbauen lassen, mit Kanonen auf dem Oberland und tiefen Stollen in dem darunterliegenden Fels, der als natürliche Bunkeranlage diente. Im Zweiten

Weltkrieg hatten die Nazis die Festung nochmals erweitert. Gewaltige Geschütztürme waren installiert worden, unterirdisch miteinander verbunden, es gab Munitionslager, Räume für Offiziere und Mannschaften, Küchen, Speisekammern, sogar ein eigenes Krankenhaus. Der riesige Fels war zum Kriegsende von unzähligen Stollen, Gängen und unterirdischen Hallen durchzogen.

Diese Festung gab es heute nicht mehr, nach dem Krieg hatten die Briten sie zerstört, oder es zumindest versucht. Sie hatten vieles demontiert, Stollen gesprengt, Gänge einstürzen lassen und zu diesem Zweck die bis dahin größte nicht nukleare Explosion herbeigeführt, die man sogar noch im siebzig Kilometer entfernten Cuxhaven hatte spüren können. An der Südseite, wo die Kommandozentrale und die wichtigsten Einrichtungen lagen, wurde ein großer Teil des Oberlands weggesprengt. Doch eine komplette Zerstörung der Anlagen hatte der Sandstein, aus dem die Insel bestand, verhindert.

Ein Teil des Zivilschutzbunkers, den man inzwischen als Museum begehen konnte, überstand die Explosion. Das galt auch für weitere Gänge, zu denen der Zutritt durch schwere Betonplomben versperrt wurde, aber auch für ein paar Festungsteile, von denen man nur gedacht hatte, sie wären eingestürzt, oder die man schlicht vergessen hatte, vor allem im Norden der Insel. Stollen S217 an der Westküste in der Nähe der ehemaligen Seezielbatterie »Schröder« gehörte dazu, ebenso wie die Gänge S25 und S18, die allerdings so sehr von Schutt bedeckt waren, dass man nur gebückt gehend oder kriechend vorankam.

Enike hatte Paul den Entwässerungsschacht E40 in der

Nähe der Nordmole gezeigt, über den man nach wie vor in Teile des alten Tunnelsystems einsteigen konnte. Enna, die in ihrer Kindheit oft hier gewesen war, hatte ihn einst entdeckt. Dass ein Teil der Tunnel noch immer existierte, war fast so etwas wie das Geheimnis der Generation, die noch in den Trümmern des Zweiten Weltkrieges gespielt hatte. Ein Geheimnis der Menschen, die hier lebten und die Insel als ihre Heimat sahen.

Er war stolz darauf, ein Teil von ihnen zu sein. Und darauf, dass er ihnen etwas zurückgeben würde. Dass er sie anführen würde im Kampf um ihr Land, ihre alten Rechte, ihre Freiheit. Er wusste jetzt, welche Stärke in ihm ruhte. Lange war sie ihm verborgen gewesen. Enike hatte ihm den Weg gezeigt. Stärke kam von Macht, genauer, von dem Bewusstsein, Macht zu haben. Und das wurzelte in der Erfahrung, Macht zu nutzen. Es gab keine größere Macht als die, über Leben und Tod zu entscheiden. Jetzt hatte er verstanden, was seine Frau ihm erklärt hatte.

Er fühlte, dass auch er diese Stärke besaß und dass es in seiner Verantwortung lag, sie zu nutzen. Er hatte diese Stärke schon immer gehabt, sie lag in dem alten Blut, dem Blut seiner Familie. Seine Familie bildete den Kern einer größeren Gemeinschaft, die Urzelle eines Volkes. *Radbods fjoer*, die alte Prophezeiung. Er hatte schon früher gespürt, dass er eine Aufgabe zu erfüllen hatte, aber welche, das hatte er erst durch Enike verstanden. Es musste das Schicksal gewesen sein, das sie zusammengeführt hatte. Nun war es an der Zeit, Familie und Volk wieder zu vereinen. Er wollte seinem Volk als Anführer dienen. Er war die Wiederkehr. Er war die Freiheit.

Er ließ seine Taschenlampe aufblitzen. Grauschwarzer Beton, mit Flechten überzogen, starrte ihn an. Relikt eines alten Krieges und nun der Startpunkt für einen neuen. Er war bereit für den Doppelschlag, für die letzten beiden Zeilen der Prophezeiung. Die monatelangen Vorbereitungen waren beendet, das Feuer konnte entzündet werden. Ein Zurück gab es nicht mehr. Seine Hand zitterte.

39

Helgoland. Mittwoch, 6. August

21:40 Uhr

»Ich habe das Phantombild erkannt. Nicht direkt, aber wenn man sich auf die Gesichtszüge konzentriert … Es ist Enike, meine Tochter. Sie hat den furchtbaren Mord in De Lemmer begangen, oder? Es stimmt doch, oder?« Enna Wenck saß auf dem Sofa, in dem Zimmer, in dem er sie gefunden hatte. Es hätte auch das Haus seiner Eltern sein können, alles hier drin wirkte alt, beinahe antiquiert. In der Ecke stand eine Standuhr aus braunem Holz mit einem riesigen Pendel, jedes Mal, wenn es durchschwang, tickte es.

Marten schwieg. Was hatte er hier für eine Frau vor sich? Die Situation war unwirklich, wie inszeniert. Nein, er traute ihr nicht.

»Wie geht es Enike? Ist sie verletzt?«, setzte Enna Wenck nach.

»Ihre Tochter ist bei Bewusstsein«, antwortete Iska neben ihm. Sie schluckte. »Es geht ihr den Umständen entsprechend gut.«

»Mein Gott, ich habe es geahnt, aber ich habe es nicht wahrhaben wollen! Dass die eigene Tochter so etwas tut.«

Sie vergrub ihr Gesicht in den Händen. Zwei Sekunden, drei Sekunden. Ihre Augen waren feucht, als sie ihn wieder anschaute. »Und dann auch noch unsere Mika.«

»Ich verstehe ihren Schmerz.« Nein, tat er nicht, er hatte gerade überhaupt keinen Kopf dafür. Moment. »Ihre Mika, sagen Sie?«

»Sie ist … sie war meine Nichte. Die Tochter meines Bruders.«

»Sie sind Mika Gronstedens Tante? Also … ist sie die Cousine von Enike?« Waren Enike und Paul auch vor einem Mord an Mitgliedern ihrer eigenen Familie nicht zurückgeschreckt? »Ich kann das kaum glauben. Können Sie, halten Sie es wirklich für möglich, dass Paul, dass Enike … auch damit zu tun haben?«

»Bis vor ein paar Tagen hätte ich all das nicht für möglich gehalten.« Sie erzählte von einem heftigen Familienstreit. Mika hatte sich wie Enna im Rat engagiert, aber völlig gegensätzliche Positionen zu ihr vertreten. »Ich habe mich danach aus dem Rat zurückgezogen. Ich wollte nicht, dass der Streit dort unsere Familie zerrüttet. Enike und Paul … ich wusste, dass sie ihr das sehr nachgetragen hatten. Eine klare Linie ziehen, so haben sie es genannt. Aber dass … das hätte ich mir nie vorstellen können.«

Marten fuhr sich mit der Hand durch seine Haare. Gerne hätte er jetzt irgendetwas Tröstliches gesagt, aber ihm fiel nichts ein. Wie auch immer. Sie mussten nach vorne blicken. Die Morde waren geschehen, die konnte man nicht rückgängig machen. Aber jetzt mussten sie endlich Paul Laninga finden. »Bitte. Paul. Wo ist er hin? Was ist passiert?«

»Es war wegen Enike.« Sie sah nach oben, sortierte sich.

»Ich habe sie auf dem Phantombild in den Nachrichten erkannt, war mir aber nicht sicher, wollte es nicht wahrhaben. Ich konnte sie nicht erreichen, auch nicht am Handy, gar nicht. Auch Paul nicht. Ich wusste aber, dass er mal wieder nach Helgoland wollte. Warum auch immer. Und dann bin ich hierhergefahren. Ich wollte wissen, was passiert ist. Was mit Enike war.«

»Was hat er gesagt?«

»Er ist meinen Fragen ausgewichen. Hat einfach nicht geantwortet. Ist gegangen, hat mich stehen lassen, war immer wieder unterwegs. Keine Ahnung, wo. Ich dachte, okay, bald wird er schon mit mir reden, er kann sich ja nicht immer wieder drücken. Heute Abend habe ich dann von dem Mord an Mika erfahren und von dem Fahndungsaufruf, dass er gesucht wird. Also hab ich ihn damit konfrontiert, hier, in diesem Zimmer.«

»Und dann?«

»Paul ist wahnsinnig geworden«, sagte Enna Wenck geradeheraus. »Total … da ist irgendetwas durchgebrannt. ›Ich weiß ja, dass du es nicht sein kannst‹, hatte ich noch gesagt, aber dass ich wissen wollte, was los ist, sonst würde ich zur Polizei gehen. Und da hat er einfach zugeschlagen. Aus heiterem Himmel. Mir gedroht. Ob ich loyal wäre, solle ich mir überlegen, bis er wieder zurück wäre. Mich gefesselt … und … bis Sie mich hier gefunden haben.«

»Frau Wenck. Bitte. Haben Sie irgendeine Ahnung, wo Paul jetzt sein könnte? Haben Sie irgendeine Vermutung, was er vorhat?«

»Eine Ahnung …« Sie holte tief Luft. »*Radbods fjoer*. Als Sie mir in Hörnum davon erzählten, war mir das alles selbst noch zu unwirklich. Doch diese Morde, ich hab das nachverfolgt – sie halten sich genau an diese Prophezeiung. Und ich denke, er will es jetzt vollenden.« Enna Wencks Blick verdüsterte sich. »Radbod sil de oarloch liede – Radbod wird im Krieg vorangehen. Er will sich offenbaren.«

»Wie bitte?« Marten war sich tatsächlich nicht ganz sicher, ob er sie richtig verstanden hatte. »Was haben Sie gesagt? Er will sich offenbaren? Meinen Sie … er hält sich für Radbod?«

»Nein. Natürlich weiß er, dass er nicht Radbod ist. Und ja. Es ist … mir sind da mal, na ja, ich habe da mal etwas Schwieriges gesagt.« Sie sah zur Seite. »Und ich fürchte, nein, ich weiß, ich habe mit Schuld daran. Ich … ich ekele mich so vor mir. Die ganzen Toten – das hätte alles verhindert werden können.«

Iska kniete sich vor ihr hin. »Ich weiß, dass das jetzt schwierig ist. Aber wir haben keine Zeit. Du musst uns alles erzählen. Was hast du getan?«

Enna Wenck führte die Hände an den Fingerspitzen zusammen, sammelte sich. »Als Enike ihn kennenlernte, vor vierundzwanzig Jahren, da hatte ich mich gerade intensiv mit den einflussreichsten Familien unseres Volkes beschäftigt. Seine Familie ist auch eine der alten Familien der Friesen, weit verzweigt, in allen drei Siedlungsgebieten vertreten, mit einer untypisch gut dokumentierten Ahnengalerie, sehr spannend, von einem wissenschaftlichen Standpunkt aus.«

Marten dämmerte, was sie andeuten wollte. »Ahnengalerie. Sie meinen – Radbod?«

»Radbod und seine Nachfolger starben nicht kinderlos, ganz im Gegenteil, sie hatten viele uneheliche, aber auch etliche eheliche Kinder. Noch die nächsten hundert bis zweihundert Jahre sind sie als Anführer in unterschiedlichen Rängen und Positionen in Friesland und Flandern zu finden, bis sich ihre Spur allmählich verliert. Na ja, und in einem Zweig treffen sich die beiden Familien vielleicht, die von Radbod und die von Paul Laninga. Es könnte tatsächlich gut sein, dass Paul Laninga einer der wahrscheinlich recht zahlreichen Urururururenkel von Radbod dem Großen ist.«

»Das ist doch Wahnsinn.« Als ob da irgendeine Fähigkeit oder ein Anspruch abgeleitet werden könnte. Und dann musste Marten kurz daran denken, wie damals dieser eine Kanzlerkandidat einer großen Partei damit kokettiert hatte, dass er womöglich von Karl dem Großen abstammte. »Wenn es stimmt, was Sie sagen – was würde er denn jetzt tun wollen? Sich zeigen? Mit einem weiteren Mord?«

Sie schluckte. Blickte starr vor sich hin. »Ich weiß nur, dass er in den letzten Monaten sehr häufig hier war. Er und Enike, auch dann, wenn ich nicht hier war. Ich habe mich darüber gefreut, es war ja so, wie ich mir das gewünscht habe, eine Familie ... Ich weiß nicht, was sie hier gemacht haben. Aber jetzt habe ich Angst davor, es zu erfahren.«

»Gab es einmal irgendwelche Situationen, in denen sie etwas angedeutet haben? Haben sie neue Interessen entwickelt oder ... irgendetwas?«

Enna Wenck überlegte einen Moment, dann fuhr sie vorsichtig fort. »Einmal, da kam es mir so vor, als ob ich sie bei einem Gespräch gestört hätte.« Sie zögerte kurz. »Ich weiß noch, wie Enike etwas von einem Anfor oder so sagte und ihr Paul ein Zeichen gab und sie mitten im Satz abbrach. Ich weiß aber nicht, was das mit Radbods Vermächtnis oder so zu tun haben könnte.«

Marten spürte, wie der Schock durch seine Glieder fuhr. Anfor. Eine kühne Idee .... Was wenn nicht irgendjemand namens Anfor gemeint war, sondern ANFO. Der Terroristen-Sprengstoff, für den man im Wesentlichen nur etwas alten Kunstdünger, ein paar Sachen aus dem Baumarkt und eine Anleitung aus dem Internet benötigte. Eine ganze Reihe von Assoziationen raste ihm durch den Kopf. Bombenanschlag auf Oklahoma City, Raketen und Anschläge in Israel. Paul Laninga, wie er einen Berg von Sprengstoff vorbereitet, vielleicht in einem Laster, geparkt direkt neben der BOS-Zentrale. Nein, kein Lastwagen. Kraftfahrzeuge waren auf Helgoland verboten.

Iska holte ihn wieder in die Gegenwart zurück. »Frau Wenck, ich möchte Ihnen etwas zeigen.« Sie zog das Smartphone hervor. »Das hier haben wir bei Enike gefunden.«

Er bemerkte, wie Enna die Luft anhielt. »Das ist die BOS-Zentrale hier. Die Handschrift ist von Enike, leider, sie ist meiner sehr ähnlich, ich würde sie unter Tausenden erkennen.«

»VS1-15.« Marten zeigte überflüssigerweise auf die Stelle des Zettels. »Wissen Sie, was es bedeutet?«

Enna Wenck ließ sich Zeit mit der Antwort. Sie benetzte mit der Zunge die Lippen. Dann gab sie sich einen Ruck. »Ich bin mir nicht sicher. Aber wegen der Lage, direkt am Leuchtturm ...«

»Wenn Sie eine Idee haben, bitte sagen Sie es uns.« Alles, was sie hier hatten, waren Ideen, Spekulationen. Damit mussten sie jetzt auskommen.

»Also gut.« Sie räusperte sich. »Der Leuchtturm war ursprünglich kein Leuchtturm, sondern der Flakleitturm der Seefestung, zu der die Nazis unsere Heimat umgebaut hatten. Als solcher war er natürlich in das Bunkersystem eingebunden, das fast den gesamten Felsen durchzog. Im Süden befand sich beginnend mit Objekt 1 die sogenannte Raumanlage, man könnte sagen, die Zentrale, mit Kommandoleitstand und weiß der Teufel was noch. Das war dort, wo heute das Mittelland ist, die Briten haben sie vollständig vernichtet. VS war die Abkürzung der Nazis für Verbindungsstollen. Wenn der Flakleitturm Objekt 15 war, aber das weiß ich nicht, dann würde VS1-15 einen unterirdischen Stollen bezeichnen, der Objekt 1 mit Objekt 15, eben dem Flakleitturm, verbunden hat …«

»Moment«, unterbrach sie Marten, »Sie sagen, es gibt oder gab einen Tunnel direkt unter dem BOS?«

»Es könnte sein. Ich weiß es nicht.« Enna Wenck musste schlucken. »Zumindest lese ich den Begriff so, ja.«

»Ein Sprengstoffanschlag?« Iska schaute ihn skeptisch an, nachdem Enna Wenck das Haus verlassen hatte. Eine Streife brachte sie in den Hafen, in dem eine alte Segeljacht der Wencks lag. Da im Ferienhaus noch Spuren zu sichern waren, musste sie vorläufig auf eine andere Bleibe ausweichen. Redenius' Kollegen hatten das Schiff bereits durchsucht, dort war Laninga nicht. Ein Kollege würde bei ihr vor Ort bleiben. Es war klar, Iska traute Enna Wenck nicht. Das tat er auch nicht. »Durch einen angeblichen Tunnel? Die Anlage im Süden des Oberlandes, die Stollen und Gänge wurden von den Briten zerstört, sie hat es selbst gesagt.«

Redenius stand am Fenster, blickte nachdenklich durch die Ritzen der Rollläden nach draußen. »Bei den Kellerarbeiten für die BOS wurden einige alte Betonteile freigelegt. Sie waren nicht sonderlich dick, eher wie eine normale Hauswand. Es könnte passen. Der eigentliche Schutz des Bunkers war ja der meterdicke Felsen drum herum.«

»Ein Anschlag auf das BOS würde in Paul Laningas Logik Sinn ergeben.« Marten berichtete, was die Kollegen zum friesischen Aufstand zusammengetragen hatten. »Die Polizei als Vertreter der Staatsmacht wäre für ihn ein legitimes Ziel, so wie die fränkischen Besatzungstruppen damals in Friesland. Die BOS-Zentrale, quasi eine Burg der Besatzungstruppen. Ein Sprengstoffanschlag, ein Feuer, das weit über das Land brennt. *Radbods fjoer.*«

»Dann hat er ihn genau für den Zeitpunkt geplant, in dem meine Kollegen und ich uns normalerweise in einem Büro versammeln.« Redenius schluckte. »Oder er wollte erst mich auf dem Weg zu BOS töten und dann meine Kollegen.«

»Die Frage ist«, sagte Iska, »was weiß Laninga? Ist ihm klar, dass wir seine Pläne erkannt haben? Und wenn ja, was wird er tun?«

»Es ist zwar nur Spekulation, aber … Laninga weiß, dass wir ihm auf den Fersen sind. Er ist in die Enge getrieben, er könnte jederzeit losschlagen.« Marten fröstelte es. Würde Laninga den eigentlich für morgens geplanten Sprengstoffanschlag nun früher durchführen? »Sicherheitshalber sollten Sie und Ihre Kollegen die Wache nicht mehr betreten, bis die Situation wieder unter Kontrolle ist«, sagte er, an Redenius gewandt.

»Die BOS-Zentrale, das ist nicht nur die Wache. Da sind auch die Kollegen von der Feuerwehr und vom Rettungsdienst – alle müssen da raus. Das ist eine Katastrophe.« Redenius senkte die Stimme. »Schlimmer. Die umliegenden Häuser … Zusammen mit dem BOS-Zentrum wurde da oben auch eine neue Siedlung errichtet. Spekulation hin oder her, wir müssen auf jeden Fall ganz breit evakuieren. Und zwar so schnell wie möglich.«

»Machen Sie das.« Marten konnte dem Mann ansehen, dass ihm tausend Bilder und Gedanken durch den Kopf rasten. Verdammt, was für eine Situation. Darauf waren sie alle nicht vorbereitet. »Aber vor allem müssen wir Laninga finden.«

»Ich sehe mal, dass wir Suchtrupps organisieren können. Wir müssen die Insel einmal auf links drehen. Und ich gebe an alle Bewohner raus, dass sie zu Hause bleiben und die Türen verschließen sollen. Bis wir diesen Kerl gefasst haben«, schlug Redenius vor.

»Wir haben nur begrenzte Mittel.« Marten sah in die Runde. Eine Insel, schweres Wetter. Mit Iska und ihm waren sie neun Polizisten, mehr nicht. »Okay, evakuieren Sie, und dann riegeln Sie vor allem die Insel ab, damit hier niemand unentdeckt entkommt.«

Aber eigentlich war doch klar, wo sie hinmussten. Auch wenn es ihnen nicht gefiel. »Ich schlage vor, wir verfolgen die eine Spur, die wir haben. Besser wir finden ihn, bevor er umsetzt, was er vorhat. Was immer das ist.«

40

Helgoland. Donnerstag, 7. August

00:20 Uhr

Carsten Redenius spürte, wie der Schweiß an seinen Schläfen hinunterlief, obwohl die Nacht und die heftigen Windböen die Temperaturen auf Spätherbstniveau abgekühlt hatten. Äste und Blätter wurden von den Bäumen gerissen und wirbelten durch die Luft. Hoffentlich ging alles gut, hoffentlich machte er alles richtig. Das war doch alles irreal. Seitdem er sich aus Kiel hatte hierherversetzen lassen, hatte er gefunden, was er gesucht hatte: einen in sich geschlossenen Kosmos, einen Ort, an dem alles funktionierte, an dem es ruhig war. Kleine alltägliche Probleme, aber keine Katastrophen, ein Traum für Polizisten. Normalerweise waren sie Streitschlichter, kümmerten sich um betrunkene Gäste, die aneinandergerieten, oder spielten Fundbüro für verlorene Sachen. Wenn sich nicht gerade Taschen- oder Trickdiebe hierherverirrten, war der Felsen im Meer ein friedlicher Ort. Der letzte Mord lag schon drei Jahrhunderte zurück. Und jetzt das.

Zum Glück war die Evakuierung gut angelaufen. In der nahe gelegenen James-Krüss-Schule hatten sie mehrere

Klassenzimmer aufgesperrt und notdürftig mit Matratzen und Decken hergerichtet. In kleinen Gruppen liefen die Leute an ihm vorbei, die meisten waren Urlaubsgäste, die in den Ferienwohnungen in der Nähe des Leuchtturms untergebracht waren. In vielen Gesichtern konnte er Sorge ablesen, ein paar wenige sahen verärgert zu ihm rüber. Vielleicht, weil sie die Not der Situation nicht wahrhaben wollten. Nur schnell anziehen und dann das Nötigste mitnehmen, hatte die Anweisung gelautet. Einige hatten ihre eigenen Bettdecken dabei.

Ein Sprengsatz aus dem Zweiten Weltkrieg sei gefunden worden, auf diese Geschichte hatten sie sich geeinigt. Die Schule lag nur knapp hundertfünfzig Meter entfernt. Hoffentlich reichte das, wenn tatsächlich eine Bombe unter dem BOS explodieren sollte. Aber es war die einfachste und naheliegendste Lösung gewesen. Ob das hier alles tatsächlich nötig gewesen war, oder hatten sie Gespenster gesehen? Vielleicht hatten sie, mit ein wenig Abstand betrachtet, überhastet gehandelt.

Dann aber fielen ihm wieder die Toten ein, die Paul und Enike Laninga bereits auf ihrem Gewissen hatten, der entsetzte Gesichtsausdruck von Enna Wenck, die brutale Art, wie sie an den Stuhl gefesselt gewesen war. Das alles war real. Die Schlussfolgerungen von Marten und Iska logisch. Ihm schauderte bei der Vorstellung, was womöglich unter seinen Füßen lauerte. Es wurde Zeit, dass die Leute hier wegkamen.

Zwei Rettungssanitäter brachten eine Frau Mitte fünfzig auf einer Transportliege aus der Krankenstation. Ihr rechtes Bein war steif und geschient, sie hatte sich vor einer Stunde auf der großen Treppe zum Oberland den Oberschenkel gebrochen. Normalerweise hätten die Kollegen sie sofort mit einem Rettungshubschrauber zum Festland gebracht, aber bei dem Wetter war das natürlich keine Option. Los, geht weiter, flehte er sie in Gedanken an. Sie hätten den Rettungswagen nutzen sollen! Bitte, bitte, lass alles gut über die Bühne gehen. Er hatte schon lange kein Stoßgebet mehr formuliert.

Allmählich wurde es leer um ihn herum, die drei müssten die Letzten gewesen sein. Er war allein, die beiden Kollegen, die mit ihm hier oben die Evakuierung organisiert hatten, waren bereits im Schulgebäude. Erleichterung breitete sich aus. Es sah gut aus, sie hatten es geschafft. Noch eine letzte Runde, noch einmal an allen Haustüren klingeln, dann würde er nachkommen.

Keine Lichter mehr in den Häusern, das Klingeln verhallte ungehört, keine Reaktionen. Nur noch zwei Häuser, dann hatte er es geschafft. Die Büsche und Hecken bewegten sich heftig im Sturm, nur rauschende Schatten, wo das Licht der Straßenlaternen nicht hinkam.

Was, wenn da doch noch jemand war? Jemand, der auf ihn wartete? Die Mörder hatten es doch auf ihn abgesehen gehabt, hatten ihn ausgekundschaftet. War diese Situation nicht genau das, was Paul Laninga brauchte? Panik ergriff ihn wie ein heftiger Windstoß. Er war allein, niemand in der Nähe, erst recht kein Kollege, der auf ihn achtete. Er umklammerte den Griff der schweren Stabtaschenlampe. Noch zwei Häuser, dann bist du fertig. Beeil dich. Er trat unter das Vordach, betätigte den Klingelknopf, hörte, wie es im Innern läutete. Durch die Glastür konnte er die Jacken und

Mäntel einer Familie erkennen, die dort im Flur hingen. Darunter Schuhe, fein säuberlich aufgereiht.

Er wollte sich gerade wieder abwenden, als er ein Geräusch über sich hörte, eine Art dumpfen Stoß, gefolgt von einem lang gezogenen Quietschen. Ein Fenster, das sich öffnete? Nein …

»Hallo!« Ein Junge im Grundschulalter erschien im Fenster der ersten Etage, sein Schlafanzug leuchtete rot in der Nacht. »Was ist denn los?«

Ein gleichaltriges Mädchen in einem rosa Nachthemd trat neben ihn. »Sucht ihr Diebe?«

»Ihr müsst sofort das Haus verlassen!«, rief Redenius hoch.

»Sven, Maja, weg vom Fenster. Ins Bett mit euch!« Eine lallende Männerstimme. »Ich hab doch gesagt, keiner macht das Licht an! Das ist nur Wichtigtuerei.«

»Und wenn wir doch …« Eine Frauenstimme schaltete sich beschwichtigend ein.

»Papperlapapp!«

»Lebensgefahr! Sie müssen das Haus verlassen!« Das Fenster schloss sich langsam. »Verdammt, hier ist eine Bombe!«, rief Redenius verzweifelt. Es klackte, das Fenster war wieder zu.

Redenius drückte auf die Klingel, immer und immer wieder. Innen hörte er laute Stimmen, Kinder und Erwachsene, die sich gegenseitig anschrien. Ein erstickendes Weinen und eine plötzliche Stille. »Hallo?«

Endlich flammte Licht im Flur auf. Ein massiger Mann tauchte auf, sein graues T-Shirt zeigte das *Star-Wars*-Emblem. Er öffnete die Tür. »Sie meinen das wirklich ernst?«

»Bitte, vertrauen Sie mir, Sie müssen hier raus.«

Der Mann nickte. »Okay, okay.« Er wandte sich nach hinten. »Okay, ihr habt gewonnen.«

Die Kinder kamen die Treppe hinunter. Sie hatten Pullover und Jeans übergezogen, eine vielleicht vierzigjährige Frau schob sie vor sich her. »Zieht euch die Schuhe an, schnell.«

Ein Blitz zuckte im Westen vom Himmel. Keine drei Sekunden später folgte ein gewaltiger Donner. Nur das Gewitter, beruhigte sich Redenius.

41

Helgoland. Donnerstag, 7. August

00:20 Uhr

»Einen Versuch ist es wert.«

Nicht weit vom BOS entfernt ging es in den Untergrund. Der Museumsführer Lauritsen, ein älterer Mann um die sechzig, die langen weißen Haare waren hinten mit einem einfachen Haarband zusammengehalten, schloss die graue Stahltür zum Luftschutzbunker in der Von-Aschen-Straße auf. Marten folgte ihm zusammen mit Iska und zwei weiteren Kollegen, Andreas und Jürgen. Beide Mitte vierzig, beide sagten kaum ein Wort. Beide Familienväter, wie Redenius ihnen beiläufig erzählt hatte.

»Die Bunkeranlagen sind eine der Touristenattraktionen auf der Insel.« Über eine breite Treppe ging es in die Tiefe. »Normalerweise wäre hier das Ende der Führung. Dieser Bunker, in dem wir uns befinden, heißt Weddigen-Stollen, da gibt es eine Verbindung zum Bunker Fuchsbau, der bis zur damaligen Schule führte. Beide waren Bunker für die Zivilisten. Sie haben bei den Bombenangriffen in der Spätphase des Krieges Hunderte Menschenleben gerettet.«

Marten hatte keine Nerven zu antworten. Lauritsen betätigte einen Schalter, weißes Neonlicht flammte über ihnen auf. Sie betraten einen grauen, niedrigen Stollen, auf der rechten Seite waren in Kopfhöhe Kabel verlegt. Es ging leicht aufwärts. Ab und zu hingen an den Wänden Schaubilder, die den Museumsbesuchern die ungefähre Lage des Bunkers im Felsen und die Lebensbedingungen während der Bombenangriffe vermitteln sollten.

An einer hellgrau lackierten Stahltür blieb Lauritsen schließlich stehen. »Ende der Führung. Hier endet der gesicherte Bereich.« Er öffnete die Tür, gab Marten den Schlüsselbund. »Einige Stollen ab hier sind zumindest früher wohl noch ein Stück weit begehbar gewesen, sagte mein Vorgänger, aber ungesichert, stark einsturzgefährdet und teilweise auch komplett verschüttet. Ich selbst war da nie drin. Äh, ja … Und Sie wollen da wirklich rein?«

Unbedingt, dachte Marten sarkastisch. »Danke.« Na, dann mal los. Er nahm die Waffe in die rechte Hand, mit der anderen hielt er die Stablampe, mit der er in den Gang hineinleuchtete. Tun, was getan werden musste. Der leicht ansteigende Gang glich dem, aus dem sie gekommen waren, nur dass keine Lampen an der Decke montiert waren. Ab und zu lagen Betonreste auf dem Boden.

Behutsam tastete er sich vorwärts. Die Luft war überraschend trocken. Er hörte das leise Schnaufen der Kollegen hinter ihm. Links von ihm öffnete sich ein Raum. Er leuchtete mit der Lampe hinein, direkt hinter der Tür ein Haufen von Sand und Schutt, wie von einer Lawine, die da wohl mal geendet hatte. Er leuchtete nach oben, die Bunkerdecke war eingebrochen.

Weiter vorwärts. Der Gang machte einen Knick nach

rechts. Wieder Öffnungen zu beiden Seiten. Reste von weißer Keramik, eine ehemalige Toilettenanlage.

Vorwärts. Zehn Meter vor ihnen versperrte ein brusthoher Geröllhügel den Weg, auf der rechten Seite war der Gang eingebrochen. Dahinter Schatten. Vorsichtig schob sich Marten über den Geröllhügel, unter seinen Sohlen Sand und Steine. Auf Knien spähte er über den Rand, stieß mit dem Kopf beinahe an die Bunkerdecke, ein Meer aus Trümmern und Geröll lag vor ihm, dazwischen ragten Metallstreben und verrußte und verformte Gerätschaften aus der Dunkelheit auf, deren ursprüngliche Form und Zweck nicht mehr zu erraten waren.

»Wir müssten bald ungefähr auf der Höhe des Leuchtturms sein«, flüsterte einer der Kollegen hinter ihm. Seine Stimme war heiser.

Weiter vorwärts, geduckt, rutschend, stolpernd. Links und rechts erkannte er Öffnungen zu Nebenräumen oder abzweigenden Gängen, die aber verschüttet waren. Endlich wurde der Geröllhügel flacher, sodass er sich wieder aufrichten konnte. Er rutschte weiter auf Steinen und Steinchen nach vorne, die Leuchtkegel der Taschenlampen tanzten über Wände und Decken, bis er endlich wieder festen Boden unter den Füßen hatte. Ein paar Meter weiter endete der Stollen in einer T-Kreuzung.

Hinter ihm kam Iska mit den beiden Kollegen, er leuchtete ihnen den Weg. Schweigend, aber schnaufend erreichten sie ihn. Auch sie waren eher rutschend und rumpelnd denn auf leisen Sohlen unterwegs gewesen. Zu laut, um hier jemanden zu überraschen, fürchtete er.

Links oder rechts? Er hatte hier unter Tage die Orientierung verloren, in welche Himmelsrichtung sie unterwegs waren.

»Aufteilen?«, flüsterte Iska.

Er nickte. Iska winkte sich einen der Kollegen heran und ging nach links.

Iska wusste, dass ihr Begleiter Angst hatte. Sie bewunderte ihn dafür, dass er sie nicht zeigte. Er erinnerte sie an einen Wehrpflichtigen, der zum Krieg eingezogen wurde und nun tatsächlich an die Front ging, voller Überzeugung, weil er sein Heimatland verteidigen wollte. Nicht weil er wollte, sondern weil er wusste, dass jetzt einfach die Zeit gekommen war und es an ihm lag, Schlimmeres zu verhindern. Als Soldat. Soldaten töten, und Soldaten sterben. Nicht jetzt, hoffentlich.

Ich gehe vor, sagte sie sich. Ich habe ihn dort reingezogen. Sie ließ die Waffe dem Lichtschein der Stablampe folgen, der den Gang vor ihr abtastete, über die Wände strich, über die Decke in knapp zwei Meter Höhe, die in einem fatalen Zustand war. Lange Risse zogen sich immer wieder durch den Beton. Aus einem Loch über ihr rieselte Sand. Und sie hätte schwören können, dass es gerade irgendwo geknackt hatte. Keine Zeit dafür.

Der Lichtschein strich über mit feinem Sand bedeckten Boden. Ein Tippen an ihrer rechten Schulter, ein Arm, der in den Lichtschein ragte. Ihr Begleiter zeigte auf das, was auch sie gerade gesehen hatte. Im Sand waren Schuhabdrücke, ganz klar. Viele Schuhabdrücke, über- und nebeneinander, so viele, dass sie sich gegenseitig verwischten.

Frische Spuren. Während des Krieges war hier noch Beton

oder Felsboden gewesen, der Sand … kam woanders her. Iska leuchtete nach vorne. Der Gang vor ihnen machte einen scharfen Knick nach rechts.

Auf Zehenspitzen tastete sie sich an die Kurve heran, lauschte um die Ecke. Nichts zu hören außer ihrem wilden Herzschlag. Wenn er da wartet, hat er einen Vorteil, unser Lichtschein hätte uns verraten. Egal. Sie wirbelte um die Ecke herum.

Der Stollen endete hier. Die Stablampen leuchteten über einen lang gezogenen Geröllabhang, der sich fast bis an die Decke zog, die dort gebrochen war. Und dort oben waren Säcke gestapelt, wie eine Mauer, viele weiße Säcke, jeder vielleicht so groß, dass er gerade noch in einen Wanderrucksack passen könnte. »Oh nein …« Sie trat behutsam näher, Schritt für Schritt den instabilen Schuttberg empor. Ihre Turnschuhe drückten Steine und Sand unter sich weg.

Auf den Säcken waren blaue Aufdrucke. Sie trat noch ein wenig näher heran. Lange Linien kyrillischer Zeichen. Embleme, die ihr nichts sagten. Aber sie erkannte auch die internationalen Warnzeichen für »giftig« und »explosive Stoffe«. Feine Drähte ragten aus einigen Ritzen zwischen den Säcken hervor. Sie folgte den Drähten, sie führten zur Wand. Dort, in einer Mulde, lag etwas. Alle Drähte sammelten sich an einem kleinen schwarzen Gegenstand, von dem ein einzelner Draht zu einem weiteren grauen, faustgroßen Gegenstand führte und dort befestigt war. An dem Gegenstand befanden sich ein Display, kleine Drehknöpfe und eine Stummelantenne.

»Scheiße«, murmelte der Mann neben ihr. Sein Gesicht war kalkweiß.

Sie beleuchtete das Display, es war dunkel, kein Kontrolllicht oder Ähnliches zu erkennen. Verdammt, für so etwas gab es eigentlich Spezialisten. Normalerweise würde sie das nie anfassen. Ihre Gedanken kramten in längst verdrängten Erinnerungen an Seminare, die Jahre zurücklagen. Ihr war klar, dass vor ihr eine Art Funkempfänger lag, der zur ferngesteuerten Zündung dienen sollte. Was, wenn sie den Empfänger von den anderen Drähten entfernte? War der Empfänger irgendwie scharf gestellt? Ich weiß es nicht, sagte sie in Gedanken zu sich selbst. Ich habe keine Ahnung.

Risikoabwägung. Wenn sie die Drähte von dem Empfänger jetzt entfernte, konnte das eine Explosion auslösen. Andererseits. Wenn die Täter den Sprengsatz bereits scharf geschaltet hatten, dann konnten sie ihn sowieso jederzeit zünden. Aber wahrscheinlich war dem nicht so. Als Vorsichtsmaßnahme, um sich während des Aufbaus der Bombe nicht selbst zu gefährden.

Der Mann neben ihr nickte. Sie schloss die Augen, rief sich noch einmal die Bilder von Maaike und Marc in Erinnerung. Und von Daniel.

Mit zitternden Fingern berührte sie das Ende des Drahtes, der am Empfänger mehrfach um einen silbernen Metallknopf gewickelt war. Nichts passierte. Sie bog ihn ein wenig, ein wenig mehr, löste ihn um eine halbe Drehung, um eine ganze. Sie wurde schneller, hektischer. Noch einmal. Nur noch eine letzte Umdrehung, der Draht wackelte bereits.

Der Knall eines Schusses krachte den Stollen zu ihnen empor. Noch einer, gefolgt von ganz vielen.

Marten wandte sich mit dem anderen Kollegen, Andreas, nach rechts. Andreas, Vor- oder Nachname, schoss es ihm absurderweise durch den Kopf? Dann pumpte das Adrenalin durch seinen Körper, jeder seiner Sinne war bis zum Äußersten gereizt, jeder Muskel angespannt.

Der Gang war enger als die vorherigen. Und modriger. Er erinnerte sich, Lauritsen hatte erzählt, an der Westseite gebe es mehrere Entwässerungsstollen, die bis zur Steilküste reichten und die natürlich auch etwas Luft in die unterirdischen Gänge ließen. Feuchte Luft. Er beleuchtete die Wände, bedeckt von grünschwarzen Flechten. Vorsichtig tastete er sich weiter, bemüht, jedes Geräusch zu vermeiden. Was schlicht nicht ging. Trotzdem, er musste weiter. Jede Sekunde kam ihm vor wie Minuten, Stunden. Oder war das auch so? Wie lange waren sie jetzt schon hier? Unwichtig.

Bald musste etwas passieren. Mit jedem Schritt, den er tat, war er überzeugter. Paul Laninga war hier. Irgendwo hier, und er würde auf ihn treffen.

Ein Geräusch, aus dem Gang vor ihnen. Ein Schaben, ein Rutschen. Marten schwenkte die Lampe nach vorne, ein hüfthoher Haufen, grauroter Schutt lag etwa zwanzig Meter vor ihnen, etwas blitzte auf, eine Bewegung.

»Deckung!« Er schubste Andreas zur Seite und warf sich nach unten. Ein Schuss knallte über ihn hinweg, noch einer und noch einer, er hörte, wie die Kugeln gegen die Wände prallten. Die Taschenlampe glitt ihm aus der Hand, kullerte nach vorne, tauchte den Bereich vor ihnen in Dämmerlicht. Zwei weitere Schüsse. Dem Klang nach eine Pistole. Das Mündungsfeuer war gut zu sehen, ungefähr bei dem Schutthaufen.

Zwanzig Meter. Eine hohe Entfernung für einen gezielten Schuss aus einer Pistole. Noch ein Schuss, dieses Mal prallte die Kugel vor ihnen auf den Boden, wurde zurück nach oben katapultiert, zischte dann über sie hinüber. Er kann uns nicht sehen, wurde Marten klar. Wir sind in der Dunkelheit. Und er ist kein geübter Schütze. Bleib ruhig. Ziel auf das Mündungsfeuer, wenn er wieder schießt. Rasendes Pumpen betäubte seine Ohren. Er richtete die Waffe mit beiden Händen aus.

Wieder blitzte es auf, einmal, zweimal, die Kugeln knallten gegen die Wände, auf den Boden, Splitter von Steinen schossen über ihn hinweg. Neben ihm hörte er einen unterdrückten Schmerzensschrei. Andreas?! Nicht denken. Marten zielte. Zog langsam den Abzug zu sich zurück, der Schuss löste sich, hart prallte der Rückstoß gegen die Hände, es krachte, er feuerte, feuerte immer wieder, feuerte, feuerte und feuerte. Er spürte Wut, wahnsinnige Wut, die sich endlich entlud. Auch neben ihm blitzte es, Andreas schoss in dieselbe Richtung wie er.

Wieder ein unterdrückter Schrei, dieses Mal vor ihnen.

Es klickte, der Schlagbolzen fuhr ins Leere. Marten lauschte nach vorne, während er das Magazin herausfallen ließ und dann das Ersatzmagazin in die Waffe presste. Ein Klicken bestätigte das korrekte Einrasten. Das Herz pumpte so laut, und in seinen Ohren dröhnte noch immer der Widerhall der Schüsse, so laut, dass er kaum ein Geräusch wahrnehmen konnte. Schritte. Noch mehr Schritte, hastige Schritte. Vor ihm, hinter ihm. Hinter ihm? Er drehte sich um.

»Polizei! Geben Sie auf, Laninga!«, brüllte Iska aus der Ferne. Danke, dachte er.

»Er haut ab«, keuchte Andreas neben ihm. Jetzt konnte auch er die Schritte vor ihnen einordnen. Sie entfernten sich, sogar ziemlich schnell.

»Sind Sie verletzt?«

»Rechte Schulter. Wird schon nicht schlimm sein. Lassen Sie.« Er stöhnte auf.

Marten rappelte sich auf, zur Taschenlampe, nahm sie, leuchtete den Stollen nach vorne ab, der eine ganz leichte Kurve nach links machte. Leer, so weit er sehen konnte. Der Schutthaufen. Leere Patronenhülsen. Ein ausgeworfenes, leeres Magazin. Noch ein Magazin, voll gefüllt, noch ein weiteres, ebenfalls noch voll, Laningas Munitionsvorrat? Eine Jacke. Dunkle Flecken. Blut? Vielleicht hatte Laninga Panik bekommen, als er getroffen wurde? Als er versucht hatte, seine Waffe nachzuladen?

Hinter dem Schutthaufen fand er einen Seitengang, der steil nach unten führte. Er leuchtete hinein. Am Ende lag eine blaue Isomatte, darauf eine Wolldecke, eine Wasserflasche war umgefallen und ausgelaufen. Ein provisorisches Lager.

»Bist du okay?« Iska war neben ihn getreten. »Du bist ein verdammter Glückspilz, weißt du das?«

»Laninga ist abgehauen. Vielleicht haben wir ihn getroffen.«

Iska leuchtete den Gang vor ihnen ab, in den der Schütze geflohen war. Ihre Waffe folgte exakt dem sich bewegenden Lichtkegel. »Wir haben in dem anderen Gang etwas gefunden, Säcke mit explosivem Inhalt, miteinander verdrahtet. Eine Art Bombe, fürchte ich. Ich hab versucht, sie zu entschärfen, aber ob mir das gelungen ist – keine Ahnung. Wir müssen sofort raus hier.«

Sie lauschten in den Stollen hinein. Die Schritte vor ihnen waren kaum noch zu hören.

Marten stand auf. »Er darf nicht entkommen.« Er tastete nach dem zweiten Ersatzmagazin. Seine Waffe war voll einsatzbereit, mit etwas Glück traf das auf Laningas nicht mehr zu.

»Andreas hat einen Streifschuss abbekommen. Ich bringe ihn jetzt nach draußen.« Jürgens Stimme hallte durch die Dunkelheit. Es klang nach einer Feststellung, nicht nach einer Frage. »Wir nehmen den Weg, den wir hergekommen sind.«

»Ja. Okay, in Ordnung.«

Iska leuchtete weiter nach vorne.

»Schnell!« Lärm von vorne, eine Art Stampfen, dann plötzlich wieder Ruhe. Zusammen mit Iska lief Marten los, über Betonboden, Schutt, Sand, so schnell, wie es beim Lichtschein der Taschenlampen und bei der Angst vor einem weiteren Hinterhalt möglich war. Du weißt es nicht, dachte Marten, du kannst nur hoffen, dass du Laninga zuerst erwischst, wenn er wieder auftauchen sollte. Der Gang wand sich weiter durch den Felsen.

Sie erreichten einen großen, gut zehn Mal zehn Meter großen Raum. Auf der rechten Seite waren die Wand und die Decke eingestürzt. Metallene Geräte, vollkommen verrostet, eine Wendeltreppe, die nach unten führte. Auf der anderen Seite des Raumes ging der Stollen weiter. Iska lief darauf zu.

»Nein!« Marten erinnerte sich an das Stampfen, das sie eben gehört hatten. Er leuchtete auf die nach unten führenden Stufen. »Hier lang!«

Vorsichtig, aber entschlossen stieg er abwärts. Die Stufen

waren uneben. Er lief gegen den Uhrzeigersinn. Versuchte, den Atem zu kontrollieren, Schweiß rann an der Stirn hinab, brannte in den Augen. Er erreichte den unteren Absatz. Ein schmaler Stollen, gerade einmal schulterbreit, in den roten Felsen gehauen, steil abwärts führend. Nur wenige Meter lang, dann bedeckten Trümmer, Steine und Schutt den Boden, und die Decke wurde immer niedriger.

Rauschen. Beständiges Rauschen, ein stetiger Rhythmus. Das Meer, Wellen, die gegen das Land anrollten. Er leuchtete nach vorne. Ein kleines schwarzes Loch, in dem der Lichtstrahl verschwand, auf keine Wand mehr stieß. »Ein Ausgang«, flüsterte er. Das Tosen des Sturms schallte von draußen zu ihnen hinein.

»Pass bloß auf.«

Er bewegte sich darauf zu, erst aufrecht gehend, dann gebückt, dann auf allen Vieren. An einem rostigen Eisengitter vorbei, das verbeult gegen die Wand lehnte. Nur noch ein halber Meter. Was, wenn Laninga jetzt da draußen auf ihn wartete? Er hätte keine Ch… Nicht dran denken, er schob sich mit Schwung durch das Loch, die Hände hatten keinen Halt mehr, er fiel, landete auf spitzen Kanten, ein Abhang, nasse Steine, Beton, er drehte sich, schrammte, fiel, fiel immer weiter, bekam etwas zu fassen, blieb liegen, stemmte sich auf Knie und Hände, blickte zurück.

Er versuchte sich zu orientieren. Niemand da außer ihm, soweit er das erkennen konnte. Vor ihm ein riesiger schwarzer Schatten, dahinter der Horizont, ein dunkles Graublau, kein Mond zu sehen. Die Steilküste an der Westseite. Wenige Meter hinter ihm war das Meer, das sich an der Uferschutzmauer aus Beton brach.

»Du kannst rauskommen!«

Iska zwängte sich aus der Öffnung heraus, die kaum erkennbar über einem Schuttberg versteckt war. Der Form des Schutthaufens zufolge hatte dieser den Eingangsstollen vor Kurzem noch ganz verdeckt.

Nach wenigen Schritten war sie bei ihm angekommen. »Du bist echt lebensmüde.«

»Wenn du er wärst, wohin würdest du fliehen?« Norden oder Süden? Im Süden waren die Hafenanlagen, im Norden … nichts.

»Im Süden besteht das Risiko, dass ich gesehen werde.«

»Dann nach Norden.« Sie liefen los. Der Sturm kam direkt von vorne, machte das Atmen schwer und ließ die Augen tränen. Alles tat weh, als ob er gerade verprügelt worden wäre. Nach ein paar Metern wurde es besser, die Bewegung half. Der schmale Weg am Ufer zwischen Felswand und Schutzmauer war nicht viel besser als in den Bunkeranlagen, nur dass sich zu den Krümeln aus Sand, Beton und Steinen die Überreste von Vogelkot mischten. Wenigstens war es etwas heller als eben, und man konnte die Seeluft atmen. Er leuchtete mit der Taschenlampe nach vorne, während Iska mit ihrem Lichtkegel beständig die Felswand abtastete.

Sie passierten einen Durchgang, der in eine vorstehende Felsklippe gearbeitet worden war, und traten auf der anderen Seite wieder ins Freie. Die Gischt spritzte bis zu ihnen hoch, benetzte Augen und Gesicht.

Schweigend liefen sie weiter. Marten fluchte in sich hinein. Warum taten sie das? Paul Laninga würde nicht mehr von der Insel fliehen können. Er war enttarnt, sein Plan erkannt, vielleicht war er verletzt. Es gab keinen Grund mehr, weiterzuhetzen. Und Iska und sich vielleicht noch in Gefahr zu bringen. Er dachte an die Bombe, die oben im Fels lag. An Andreas. An Jonathan. Wegen ihnen tat er es.

Sie passierten weitere vorspringende Felsklippen und Durchgänge, hinter dem letzten wich die Steilwand zurück, beschrieb einen Bogen bis zur Nordspitze der Insel, wo sich die berühmte steil aufragende, einsame Felsnadel, die Lange Anna, vom Horizont abhob. Dahinter führte eine einsame Betonmauer weit ins Meer hinaus, die Nordmole. Und dort bewegte sich etwas, eindeutig. Die Silhouette eines Menschen.

»Das ist er!« Er sah zu Iska. Sie nickte.

Noch einmal beschleunigte er seine Schritte, lief zum Inselende, betrat die Mole. Sie war nicht breit, vielleicht einen halben Meter. Der Mensch dort hinten, es war ein Mann. Marten lief weiter. In beständigen Böen trieb der Wind die Nordsee gegen den Stein unter ihm, das aufspritzende Wasser tränkte die Hose.

»Laninga?« Marten hob die Waffe. Der Mann vor ihm wandte ihm den Rücken zu, sah aufs offene Meer hinaus. Marten näherte sich ihm. Vielleicht noch dreißig Meter. Noch zwanzig. Wind und Nässe ließen seine Hand zittern. »Hände hoch! Es ist vorbei!«

Der Mann drehte sich langsam zu ihm um. Der linke Arm stützte den rechten. Er trug keine Jacke, das schwarze Hemd war geöffnet, man konnte die nackte Brust sehen. Die blutige Brust. Rote Streifen, die sich über den Oberkörper zogen. Es war Paul Laninga, das Gesicht schmerzverzerrt. In der linken Handfläche lag etwas Blitzendes.

Vorsichtig trat Marten näher, direkt hinter ihm war Iska, er konnte es spüren. »Er ist wahnsinnig«, flüsterte sie.

»Foar de frijheid!«, brüllte Laninga. Sein linker Arm schoss nach vorne, in der Hand eine Pistole. Marten feuerte sofort. Er hörte den Knall, sah, wie Laninga zurückzuckte, der Treffer in seiner Brust, ein zweiter, ein dritter. Laningas Waffe fiel zu Boden, auf die Mole, von dort ins Meer. Er blieb noch stehen, wankend, die Knie knickten ein. Mit einer letzten Kraftanstrengung warf er sich nach hinten, fiel hinter die Mole in die Brandung, verschwand vor Martens Augen.

42

Helgoland. Donnerstag, 7. August

10:15 Uhr

Katharina ging nicht ans Handy. Vielleicht war es gut. Er wusste nicht, was er ihr hätte erzählen sollen, was er ihr überhaupt erzählen wollte.

Geschlafen hatte er noch nicht. Und das würde sich auch erst einmal nicht ändern, das wusste er. Wenn er die Augen schloss, und er hatte es ein paar Mal probiert, dann kamen die Bilder wieder. Wie Paul Laninga ihn angesehen hatte. Marten hatte gewusst, in dem Moment, in dem Laninga von der Mole nach hinten in die Brandung gefallen war, dass er ihn getötet hatte. Er hatte einen Menschen umgebracht. »Paul Laninga wollte sterben. Es ist nicht deine Schuld.« Iska legte eine Hand auf seine. Er wollte es nicht, aber es fühlte sich gut an. »Ich hole uns noch einen Kaffee.« Das war gut. Kaffee hielt die Augenlider oben.

Um neun waren die Spezialisten eingetroffen. Zwei Taucher hatten Paul Laningas Körper aus der Nordsee geborgen. Eine Kugel ins Herz, zwei in unmittelbarer Nähe davon, zwei in die rechte Schulter und den rechten Oberarm. Auf seiner Brust war *Radbod sil de oarloch liede* eingeritzt, die letzten Buchstaben kaum zu erkennen. Sie hatten das Messer am Meeresgrund gefunden, dort, wo Paul hineingestürzt war, einige Meter weiter lag seine Pistole. Auf der Mole war er ohne Deckung gewesen. Vielleicht absichtlich. Womöglich hatte er dort auf sie gewartet, mit dem Ziel zu sterben, statt ins Gefängnis zu gehen. In seinen Augen ein Heldentod.

Im Stollen VS1-15 war tatsächlich eine gewaltige Bombe vorbereitet worden, nach erster Einschätzung des Bombenentschärfungsteams zündfähig. Neunhundert Kilogramm, ein gewaltiger Sprengsatz, hergestellt im Wesentlichen aus importiertem Kunstdünger mit hohem Stickstoffanteil und Motoröl. Die Sprengkraft hätte wahrscheinlich gereicht, um einen großen Teil der BOS-Zentrale und der umliegenden Häuser zu zerstören. Zumindest die Polizeiwache wäre in einen glühenden Feuerball verwandelt worden.

Andreas ging es den Umständen entsprechend gut. Das Projektil war bis zum Oberarmknochen gekommen und hatte diesen glatt durchschlagen. Brutal und schmerzhaft, aber mit besten Heilungschancen. In einem halben Jahr würde er wieder der Alte sein, hatte er lachend kommentiert, als Marten seinen Kollegen im Krankenhaus besucht hatte. »Vielen Dank, dass du mitgekommen bist«, hatte Marten gesagt. »Nein, ich danke dir, Marten«, hatte Andreas geantwortet.

Iska kam aus der Kaffeeküche der Wache zurück. In beiden Händen hielt sie eine Tasse, aus der weißer Dampf aufstieg. »Möchtest du?«

»Beide«, scherzte er. Er wollte nicht ihr Mitgefühl, er wollte einfach nur weiter funktionieren. Aus dem Fenster sah er auf den Leuchtturm. Redenius hatte ihm erklärt, dass die unteren beiden Fenster nur Scheinfenster waren, tatsächlich befand sich in seinem Innern ein massiver Atombunker, eingebaut während des Kalten Krieges. Scheinfenster …

Ja. Es war nur scheinbar vorbei. Mit Laningas Tod war der Fall noch nicht abschließend aufgeklärt. »Ich würde es gerne zu Ende bringen. Ganz zu Ende. Es wäre schön, wenn das BKA mich lässt.«

»Den Mord in Leeuwarden?« Iska nickte, sie wusste, was er meinte. Paul Laninga war am Dienstagmittag auf Helgoland angekommen, das hatten sowohl Enna Wenck als auch Redenius bestätigt. Und Mika Gronsteden wurde erst am Dienstagabend ermordet, also hatte sich Paul zur Tatzeit schon auf der Insel befunden. Er konnte nicht der Mörder von Mika Gronsteden sein.

Sie hatten den Sohn von Paul und Enike, Hendrik Laninga, im Verdacht, noch in der Nacht war er zur Fahndung ausgeschrieben worden. Echte Beweise hatten sie zwar noch nicht, aber die Indizien wogen schwer. Da er Chemie studierte, lag die Vermutung nahe, dass er über die notwendigen Kenntnisse zum Bau der Bombe verfügte. Marten erinnerte sich an ihn. Er hatte die Theke im *Pesel* gemacht, an dem Abend, als Joost Seidel ermordet worden war, sehr wahrscheinlich war er auch in diese Tat verstrickt. Bisher hatte ihn weder Pløen auf Sylt noch die Polizei in Köln in seiner Wohnung antreffen können. Er galt offiziell als flüchtig.

»Dass ein so junger Kerl kaltblütig mordet … Irgendwie schwer vorstellbar. Vielleicht ist es doch ein Trittbrettfahrer?«

Iska schaute ihn mit bittendem Blick an. »Ich will es nicht hoffen. Nein, ich halte es für unwahrscheinlich. Die Morde waren alle von langer Hand geplant. Er passt ja auch genau in die Reihenfolge. Und wenn es nicht Hendrik war, dann vermute ich, dass wir den oder die Täter im Umfeld von Enike und Paul Laninga finden werden.«

»Und was ist mit Enna Wenck? … wissen wir eigentlich genau, wann sie auf Helgoland angekommen ist? Haben wir ihre Angaben überprüft?« Marten dachte an die dicken roten Schwielen an ihren Handgelenken, von den Kabelbindern. Wenck hatte furchtbar ausgesehen. Diese Ängste, die sie durchlitten hatte, wollte er nicht ausstehen müssen. Geschlagen, gefesselt, geknebelt. Diese Ungewissheit, allein in dem halbdunklen Raum. Er sollte aufhören, sie zu verdächtigen. Doch irgendetwas ließ ihn nicht.

Halbdunkler Raum. Warum waren die Rollläden eigentlich nicht ganz geschlossen gewesen? Weil man so noch den Bereich vor dem Haus beobachten konnte? Hatte Enna Wenck sie von oben beobachtet und das alles nur inszeniert? Mit einem Kabelbinder konnte man sich selbst fesseln, mit einem Seil wäre das nicht ohne Weiteres möglich gewesen.

»Haben wir.« Redenius betrat den Raum, auch er hatte eine Tasse Kaffee in seiner Hand. Er war noch gar nicht zu Hause gewesen, hatte sich für ein paar Stunden bei einem Kollegen auf die Couch gelegt. Man sah es ihm an. »Auch Enna Wenck ist schon am Dienstagnachmittag auf der Insel angekommen, aber getrennt von ihm.«

»Das muss nichts heißen.« Er wusste nicht warum, aber er konnte der alten Frau, obwohl sie ihnen geholfen hatte, nicht trauen.

»Sie hat uns den Hinweis auf das Versteck der Bombe gegeben.« Redenius hatte seine Gedanken erraten.

»Und außerdem war sie es, die uns in Hörnum auf *Radbods fjoer* gestoßen hat. Vielleicht kann sie uns auf der Suche nach ihrem Enkel helfen.« Iska setzte sich gerade hin. »Ich sehe, du willst nicht schlafen. Das kann ich verstehen. Dann lass uns die Zeit nutzen.«

Die Kollegen vom BKA hatten sich für zwölf Uhr angekündigt und würden dann den Fall übernehmen. So lange hielt er noch die Fäden in der Hand. Es war gut, etwas tun zu können. Alles war besser, als die Augen zu schließen.

43

Helgoland. Donnerstag, 7. August

10:50 Uhr

Am hellblauen Sommerhimmel hingen nur noch wenige weiße Wolkenreste, Möwen kreisten über den ersten Tagestouristen in der Nähe der Fischbuden, warteten auf mögliche Beute. Im Meer lagen die Seebäderschiffe auf der Reede, gerade stiegen die nächsten Ankommenden in die offenen Börteboote, mit denen sie die Strecke durch das Hafengebiet bis zur Landungsbrücke zurücklegen würden.

Marten warf einen Blick auf das unbekümmerte Schauspiel, dann folgte er Iska über die Kurpromenade, an der Lesehalle vorbei bis zum Nordost-Hafen. Hier lagen knapp vierzig Boote unterschiedlichster Größe, kleine offene Ruderboote, Motorjachten, einige Segeljachten. Die *Kloor Kimmen* schaukelte auf den Wellen. Fünfzehn Meter lang, Stahlrumpf, ein mindestens ebenso hoher silberner Mast, weißer Rumpf. Die Segel waren eingeholt und unter grauen Planen versteckt.

»Frau Wenck?«

»Hallo, Herr Jaspari, ich habe Sie erwartet. Hallo, Iska.« Enna Wenck trat in das Cockpit hinaus. Sie trug einen schwarzen Pullover über einer schwarzen Bluse, die grauen Haare waren offen. Sie sah schlecht aus, Sorgenfalten und traurige Augen beherrschten das Gesicht. Mit einem kaum merklichen Nicken nahm sie die Nachricht von Paul Laningas Tod zur Kenntnis. Sie wandte sich ab, ging in den Innenraum. »Kommen Sie mit.«

Es war eine größere Kajüte als die von Enikes Schiff in De Lemmer, die Raumaufteilung jedoch ähnlich. Der Tisch wurde von einem hufeisenförmigen und deutlich hochwertigeren Sofa umschlossen, außerdem erkannte Marten im Achterschiff eine weitere kleine Kajüte mit einem Schlafplatz. Die Wände waren mit dunklem Teakholz getäfelt, auf dem Tisch standen eine Teekanne auf einem Stövchen, eine Schale mit braunem Kandiszucker, ein Kännchen Sahne, eine gefüllte gläserne, doppelwandige Teetasse und eine hochwertig wirkende bronzefarbene Petroleumlampe. Außerdem lag da ein aufgeschlagenes Buch. Zu seiner Überraschung bemerkte Marten, dass es die Bibel war. »Sie war ganz hinten, wo wir die Seekarten früher verstaut haben, als es noch kein GPS gab. Enike hat sie mal dort hingelegt, denke ich. Sie hat eine Zeit lang nach moralischer Orientierung gesucht, ich heute nach Trost. Das sind diese Momente, in denen man sich der Religion zuwendet, oder?«

»Haben Sie denn jemanden, mit dem Sie reden können?«

Sie setzte sich vor das Buch, schob es weg und nahm einen großen Schluck aus der Tasse. »Ich bin Wissenschaftlerin. Ahnungen und Vermutungen sind das Dunkel. Wissen spendet mir Trost. Was können Sie mir sagen?«

Zusammen mit Iska nahm Marten gegenüber von Enna

Wenck Platz. Er bedankte sich für den Hinweis auf die Bunkeranlagen und merkte an, dass dank ihrer Hilfe wahrscheinlich ein weiterer Anschlag verhindert worden war. »Paul starb, kurz nachdem er das Feuer auf die Polizisten eröffnet hat. Er hinterließ eine letzte Nachricht. Die sechste Zeile von *Radbods fjoer*.«

»Wir haben Sorge, weil es noch eine letzte Zeile gibt.« Iska beugte sich zu Enna über den Tisch. »Weder Paul noch Enike haben den Mord an Mika Gronsteden begangen, das wissen wir. Weißt du, wo Hendrik ist?«

»Mein Enkel? Das glaubt ihr doch selbst nicht.« Entrüstet rückte sie auf ihrem Platz nach hinten. »Er ist grundanständig. Nein, nein, nein, das kann ich mir nicht vorstellen.«

»Bitte, Enna, wenn du weißt, wo er sein könnte, dann sag es uns.«

»Dieses Mal verrennst du dich, Iska. Meine Familie … wir sind nicht alle … zu Mördern geworden. Wartet kurz. Mir hat Hendrik gestern Nachmittag etwas geschickt.« Enna Wenck seufzte. Sie holte ein Smartphone hervor, suchte kurz und zeigte ihnen dann das Display. Ein Foto, auf dem Hendrik zusammen mit einer jungen Frau am Strand zu sehen war. Sie trug einen aufreizend knappen Bikini, fiel Marten auf. »Er hat eine Liebschaft in Westerland. Sie heißt Suke oder so. Wahrscheinlich ist er bei ihr.«

»Hast du eine Adresse? Oder einen Nachnamen?«

»Nein, tut mir leid, keine Ahnung. Aber er hat sie im *Pesel* kennengelernt. Der Wirt, Jörg Wilbert, kann euch da bestimmt helfen.«

»Vielen Dank. Wir geben es sofort weiter.« Marten rief

direkt Pløen an. Weil sie nicht abhob, schrieb er ihr schnell eine Nachricht.

»Tut mir leid für die Verdächtigung.« Iska presste die Lippen aufeinander. »Wer könnte es sonst gewesen sein?«

»Leute, die sich von Pauls und Enikes Ideen angesprochen fühlen. Da könnten noch einige andere mit drinstecken.« Sie nahm erneut einen großen Schluck Tee. »Jetzt, so im Nachhinein, wenn ich die Gesprächsfetzen, die ich von Enike und Paul mitbekommen habe, noch einmal Revue passieren lasse und in diese Richtung denke, dann ergibt das alles einen Sinn.«

»Was meinst du damit?«

»Eine Bewegung.« Sie atmete hörbar aus.

Während er mit dem Smartphone hantierte, bemerkte Marten aus den Augenwinkeln, wie ihr Blick zwischen ihm und Iska hin und her ging. Er drückte auf Senden. »Eine Bewegung?«

»Jetzt verstehe ich auch die vielen Andeutungen, die immer wieder von den unterschiedlichsten Leuten, aus den unterschiedlichsten Kreisen, an mich herangetragen wurden. Berufung auf die Vergangenheit, eigenes Land, altes Volk und so weiter. Es gibt eine Bewegung, noch ist sie im Untergrund, aber sie will ans Tageslicht.«

»Eine Art friesische Freiheitsbewegung?« Marten konnte kaum glauben, dass er das gerade gehört hatte.

»Du meinst, dass es zumindest eine Gruppe gibt, die genau so etwas lostreten möchte?« Iska schien Enna Wenck zustimmen zu wollen.

»Kurz: ja. Genau das. Eine Gruppe, die größer sein muss als nur Enike und Paul. Die beiden haben sich, was ich so verstanden habe, in den letzten Monaten mit vielen ähnlich Gesinnten getroffen. Ich weiß nicht, wie groß dieser Kreis ist, aber im Zweifel sehr groß, vielleicht sehr weit. Sie sind nicht zu unterschätzen. Sie haben mit *Radbods fjoer* einen klugen Schachzug gemacht.«

Ein fünffacher, sechsfacher, kaltblütiger Mord als kluger Schachzug? Ihm gefiel die Formulierung nicht. Trotzdem hakte er in möglichst neutralem Ton nach: »Was meinen Sie damit?«

»Die Berufung auf eine alte, nur mündlich, im Vertrauen tradierte Sage. Diese Morde wurden verstanden, oder werden verstanden werden, von denjenigen, die *Radbods fjoer* kennen, das können Sie mir glauben. Dann waren diese Morde nur der Anfang. Diese Morde waren eine Aufforderung, das Gleiche zu tun.«

»Die letzten Zeilen.« Iskas Stimme war leise.

»*Radbod sil de oarloch liede, it fjoer fan 'e frijheid baarnt*! Das ist für die, die diese Sage kennen, eindeutig.« Enna Wenck hielt sich an der Tischkante fest. Sah ihm direkt in die Augen, er konnte erkennen, wie aufgewühlt sie war. »Herr Jaspari, das ist eine Aufforderung zu einem neuen Freiheitskampf der Friesen. Es wird weitergehen. Da bin ich mir sicher. Wir müssen vor diesem neuen Wahnsinn warnen, bevor noch mehr Morde geschehen, bitte. Wir müssen die Menschen warnen!«

Marten lehnte sich zurück, wollte kurz nachdenken. Enna Wenck war vor ihm zusammengesunken, aus den Augenwinkeln sah er, wie Iska nachdenklich die Arme vor der Brust verschränkte. War das glaubwürdig? Er dachte an Jan, seinen Kontakt zum Verfassungsschutz. Ja, Leute lassen sich durch soziale Medien leichter radikalisieren. Aber werden sie direkt zu Mördern, nur weil sie ein Muster in einem Mord erkennen? Nein, das konnte er sich nicht vorstellen. Menschen morden nicht einfach so. Diese Hemmschwelle war nicht so einfach zu überwinden. Er dachte an die tödlichen Schüsse, die er in höchster Not selbst abgefeuert hatte. Und man trug schwer daran, wenn man es doch getan hatte. »Frau Wenck. Vielleicht hatten Paul und Enike vor, so etwas loszutreten. Einen friesischen Aufstand, eine Bewegung. Aber ich glaube nicht, dass ihnen das gelungen ist. Das ist einfach zu weit hergeholt. Es liegen auch keine entsprechenden Informationen bei den Geheimdiensten vor.«

Iska sah ihn an, nickte kaum merklich.

»Bitte, Herr Jaspari.« Enna Wenck suchte nach Worten. »Ich will es ja selbst nicht glauben, was meine Tochter und mein Schwiegersohn getan haben … Das wird für immer direkt mit meiner Familie verknüpft sein. Es ist furchtbar. Aber deshalb darf ich nicht die Augen verschließen! Wir müssen das verhindern! Ich bitte Sie! Wir müssen an die Öffentlichkeit! Keine weiteren Toten!«

»Das werden wir.« Marten senkte die Stimme. »Und dazu benötigen wir Ihre Hilfe. Sie haben selbst gesagt, dass Paul und Enike Kontakt zu vielen Leuten hatten. Zu wem? Erzählen Sie uns, wie das anfing. Erzählen Sie bitte alles, was Ihnen einfällt. Vielleicht können wir Querverbindungen herstellen.«

»Und damit den nächsten Mord verhindern.« Iska nahm den Ball auf. »Bitte, Enna!«

Enna Wenck sah in ihre Teetasse. »Gut. Es wird etwas

dauern. Warten Sie!« Sie holte zwei Gläser aus dem Regal. »Es wäre schön, wenn Sie Tee mit mir trinken. Es ist zwar kein Rum drin, aber es hilft mir. Es wärmt von innen, verstehen Sie? Manchmal braucht man das. Und das Teein hält mich vom Einschlafen ab, es schützt mich vor den schlechten Träumen, die auf mich warten.«

Marten beobachtete den schwarzen Tee, der vor ihm in das Glas floss. Enna Wenck hatte erst erfahren müssen, dass ihre Tochter landesweit als Mörderin bekannt war und nie wieder in Freiheit kommen würde, dann hatte sie ihren Schwiegersohn, der sie zuvor überfallen hatte, verloren. Jeder hatte seine eigenen Dämonen, Marten konnte allenfalls erahnen, was sie empfinden mochte. Aber er wusste, wie gut es war, wenn man den Horror, der einen erwartete, wegschieben konnte. Sie bot ihnen Kandiszucker und Sahne an. Die Würfel knackten, als sie in die Gläser fielen. Die Sahne bildete eine Wolke. Süßlich-herber Duft stieg aus dem Glas auf.

»Paul hatte schon immer Komplexe. Ich hab nie erkannt, was Enike an ihm fand. Vor ein paar Jahren fing es schließlich an, sie hatten sich vorher nicht so sehr für friesische Geschichte und Kultur interessiert. Vielleicht lag es an *Radbods fjoer*, ich hatte ihnen davon erzählt. Ich fand es erst toll, dass sie etwas über ihre Wurzeln erfahren wollten, aber es bekam einen immer radikaleren Spin …« Sie redete und redete. Der Tee schmeckte gut, vielleicht etwas zu süß. Er beobachtete Iska. Gebannt lauschte sie der Erzählung der alten Dame. Marten musste fast lachen, beinahe wirkte es, als würde sie müde werden. Na ja, auch sie hatte nicht geschlafen. Träge wischte er sich über die Augen, die er kaum noch offen halten konnte. Wie durch Watte hörte er die Stimme Enna Wencks, wie sie immer leiser wurde, und dann war da einfach nichts mehr.

44

Nordsee. Donnerstag, 7. August

11:50 Uhr

Iska lief einen dunklen Flur entlang, es war der in der Wohnung von Daniel und ihr, damals, als sie in Sneek in die größere Wohnung gezogen waren, die mit den vier Zimmern. Dauernd war die Deckenleuchte kaputtgegangen, kein Wunder, Daniel hatte sich immer wieder mit der Wattzahl der Glühbirne geirrt. Sie fand ihn auf dem Sofa sitzend, er hielt Marc, der Kleine hatte sich in seinen Armen eingekuschelt und war dort eingeschlafen. Wehe, man bewegte sich jetzt ruckartig. Maaike war in das Spiel mit ihrer ersten Puppe versunken, wie hieß die noch mal – Emma müsste es gewesen sein. Immer wieder hatte sie sie an- und ausgezogen, Geburtstag gespielt, Essen gemacht, stundenlang. Daniel hatte Iska stets davon erzählt, wenn sie von der Arbeit zurückgekommen war.

»Ich bin wieder da«, sagte sie leise und lächelte. Man konnte die Harmonie, die in diesem Bild lag, beinahe mit den Händen greifen. Wow, dachte sie. Ich habe alles, was eine Frau sich wünschen kann. Einen verständnisvollen Mann, zwei niedliche Kinder und einen Job, den ich liebe.

»Wie schön.« Daniel lächelte zurück. Verlagerte Marcs Gewicht auf den rechten Arm, klopfte mit der linken Hand auf den Platz neben sich. »Komm, setz dich zu uns. Du hast uns gefehlt.«

»Es geht nicht, Süßer.« Sie lächelte ihn an. »Ich muss gleich wieder los.«

»Du wirst gebraucht. Das ist okay.« Es lag so viel Verständnis in seiner Stimme. »Mach dir keine Gedanken um uns. Wir kommen zurecht.«

Maaike lief auf sie zu und kniff ihr in den Arm, es tat weh. Daniel streichelte über ihr Gesicht. Seine Hand fühlte sich fremd und nass an. Dann bemerkte sie das Schaukeln. Das musste ihr Kopf sein. Und dann wieder ein brennender Schmerz in ihrem rechten Arm, der weit nach innen ausstrahlte.

»Aaaah.« Jemand schrie. Es dauerte, bis sie merkte, dass der Schrei aus ihrer Kehle kam. Sie fuhr hoch, ein neuer Raum, alles war weiß, sie wollte raus, aber es war, als stieße sie mit dem Kopf gegen eine unsichtbare Wand. Eine weiche Wand, die sie vor dem Auftauchen hinderte, die verhinderte, dass sie wach wurde. Ihr war kalt, aber der Schmerz in ihrem Arm wuchs, es war die Armbeuge, sie konnte ihren Arm nicht bewegen, irgendetwas fixierte ihn, überdehnte ihn, mein Arm bricht, dachte sie panisch. Und schlug ihre Augen auf.

»Sie wird wach.« Eine männliche Stimme. Durch einen dumpfen Nebel konnte sie einen Schemen ausmachen, etwas Dunkles, einen Kopf, der sich zu ihr herunterbeugte. Wieder wurde es kalt, nass, Wasser tropfte von ihr herab. Sie blinzelte, der Blick war klarer geworden. Ein junger Mann stand vor ihr, einen leeren Plastikeimer in der Hand, und blickte auf sie herab. Dünne blonde Bartstoppeln, blaue Augen, ein hämisches Grinsen. Seine Haare wehten im Wind, vor dem Hintergrund eines blauen Himmels. Wasser rauschte.

»Geben wir ihr einen Moment.« Eine Frauenstimme. Die Stimme von Enna.

Wo bin ich? Iska versuchte sich aufzusetzen, aber das klappte nicht. Alles in ihr war langsam und träge. Sie lag auf dem Rücken, auf ihren Händen, sie konnte sie nicht bewegen, etwas war da an ihren Handgelenken, sie waren zusammengebunden. Etwas, das ihr bereits schmerzhaft in die Haut schnitt.

Unter ihr war eine Holzbank, wie auf einem … Schiff. Sie befand sich ganz hinten, im offenen Cockpit einer Segeljacht. Sie erkannte vor sich den langen silbernen Mast, ganz vorne war das Vorsegel zu sehen, eine Fock, sie wölbte sich nach rechts, ebenso wie das Großsegel über ihr. Der Großbaum, der das Hauptsegel nach unten aufspannte, schwebte in Kopfhöhe steuerbord über dem Wasser. Das Boot tauchte auf und ab, nur eine leichte Krängung. Ein Kurs vor dem Wind. Sie stemmte sich vorsichtig ein wenig hoch. Auch ihre Füße waren gefesselt, um ihre Knöchel schlang sich ein weißer Kabelbinder.

»Ich hoffe, es hat nicht zu sehr wehgetan?« Links neben ihr, in der Mitte des Cockpits, stand Enna Wenck am Steuerrad, das sie mit einer Hand festhielt, und sah zu ihr hinunter. »Eigentlich war es immer unser Bestreben, unnötigen Schmerz zu vermeiden. Aber wir hatten einfach keine Lust mehr zu warten. Und Hendrik kennt diesen Griff, der die ganze Sache beschleunigt.«

Allmählich legte sich der Schwindel. Der junge Mann vor ihr bediente mit der Steuerbordschot die Fock, er ließ das Seil durch seine Hand gleiten, das Segel wölbte sich etwas mehr, dann arretierte er es in einer Klemme. Das Vorsegel blieb in einer stabilen Position.

Vor ihr, auf der Holzbank zu ihren Füßen, lag Marten. Auch seine Hände und Füße waren mit Kabelbindern gefesselt. Er hatte Schweiß auf seiner Stirn, die Augen waren geschlossen, er schlief. Der Tee. Da war etwas drin gewesen, Enna hatte sie betäubt. Aber warum war sie nicht auch … Ennas Tasse war bereits voll gewesen. Sie hatte es schon vorher geplant gehabt. »Enna, bitte, was soll das werden?«

»Ich habe es dir doch schon gesagt. Das hier ist der Widerstand. Das ist das Erwachen unseres Volkes. Ich hätte erwartet, dass du das verstehst. Von dir hatte ich eigentlich sogar erwartet, dass du es direkt erkennst, Iska.«

»Was?«

»Du kanntest *Radbods fjoer* doch.« Sie wirkte beinahe beleidigt. »Was meinst du, warum wir Ruben Veenstra getötet haben, genau dann, als du deinen jährlichen Urlaub auf Schiermonnikoog gemacht hast?«

»Nein …« Iska sah in kalte Augen. »Ruben? Ein so lieber …«

»Es geht nicht um lieb!« Energisch schnitt Enna ihr das Wort ab. »Es geht um Einfluss. Er hat sich auf unserer Insel breitgemacht, sie sich angeeignet, ist in den Inselrat eingedrungen, nur um seine Interessen zu vertreten. Seine Interessen, nicht unsere! Er ist keiner von uns, er ist kein Friese. Da ist die Grenze, Iska. Genau da.«

»Enna, bitte.« Iska kniff für einen Moment die Augen

zusammen, um die Müdigkeit zu vertreiben. »Deshalb hast du Ruben umgebracht? Und all die anderen? Mika Gronsteden …«

»Wegen uns, Iska. Wegen uns.« Wie verbittert sie aussah. »Es geht um unser Volk. Ich kann nicht zulassen, dass wir uns selbst vergessen. Ich habe es ja im Friedlichen versucht. Aber nein, Mika und ihr Wir-sind-Deutsche-und-Friesen-und-Niederländer-und-Friesen-Gesülze hatte ja schon das Denken der Leute durchseucht. Von der Tochter meines eigenen Bruders wurde ich ausgebootet. Er musste sich damals ja unbedingt in diese Holländerin verlieben. Das hat das Blut verseucht, schon da hätte ich es ahnen müssen. Spätestens als Mika begann, sich im Rat zu engagieren. Und dort dann auch noch aufstieg. Ich hab sie so gehasst. Sie hat mich damals eiskalt auflaufen lassen, diese Verräterin.«

»Mika Gronsteden ist deine Nichte, deine eigene Fam…«

»Genau das war der Punkt, bei dem ich wusste, dass ich handeln musste. Für unser Volk. Das hier ist die Notbremse, Iska. Wir drohen auszusterben, Widerstand ist nicht nur legitim. Er ist Pflicht! Das Gift der Assimilation, es hat sogar unser altes Blut erreicht. Wir verlieren uns.«

»Das glaubst du doch alles selbst nicht …«

»Es ist so offensichtlich! Seit Jahren warne ich schon, aber keiner hört mir zu. Allein die Sprache, die nächsten Generationen unseres Volkes lernen doch zuerst Deutsch, dann Englisch, Globalisierung, da ist keine Zeit für Sölring oder Halunder. Unser Land, es wurde von unserem Volk urbar gemacht, und jetzt verschachern es die Besatzer von links nach rechts, an wen und für wen auch immer. Ohne dass jemand unsere ureigensten Rechte berücksichtigt.«

»Uns gehört unser Land. Niemand anderem.« Hendrik drehte sich zu ihr um. »Dein ach so harmloser Ruben war auch ein Teil der Besatzer. Er war ein Besatzer! Ein freundliches Gesicht nach außen, aber das ändert nichts an den Fakten, er ist ein Fremder, und er ist ein Feind.«

»Wir Friesen haben schon einmal Invasoren aus unserem Land geworfen, wir werden es wieder tun. Wir müssen uns nur an uns selbst erinnern. An unsere eigene Stärke. Davon, Iska, handelt *Radbods fjoer*, von nichts anderem. Es gemahnt uns, dass wir für unsere Freiheit kämpfen müssen, so wie wir es schon immer getan haben.«

»Enna, sag mir bitte, dass du das nicht ernst …«

»Und du wirst uns dabei helfen.« Enna schnitt ihr ein weiteres Mal das Wort ab. »Es ist schade, dass du es nicht aus eigenem Antrieb gemacht hast. Du hast doch auch das alte Blut in dir! Dein Großvater war einst ein guter Mann. Es ist so schade.«

Iska schüttelte den Kopf. »Gar nichts werde ich tun.«

»Oh doch.« Enna wies auf Marten, der noch immer wie ein Häufchen Elend in seiner Ecke lag und zitterte. »Das war und ist deine Rolle in der Geschichte. Und du wirst sie spielen, ob du willst oder nicht, glaube mir.«

45

Nordsee. Donnerstag, 7. August

12:20 Uhr

Iska beobachtete, wie Hendrik den schlafenden Marten auf den Bauch drehte, die gefesselten Arme ergriff und sie abwechselnd so brutal nach oben zog, dass die Ellbogen überdehnten. Marten schrie. Weiter und weiter drückte Hendrik seine Arme in die falsche Richtung. Sie drehte sich weg.

»Schau hin!« Enna riss sie an den Haaren zurück.

Hendrik nahm den schwarzen Plastikeimer mit der Leine, trat an den Rand des Bootes und schöpfte Wasser. Langsam leerte er den Eimer über Marten aus, der versuchte, sich dem kalten Wasser zu entwinden. Dann begann Hendrik von vorne. Wieder schrie Marten. Dieses Mal riss er die Augen auf.

»Er ist doch wach.« Iska sah Enna an. »Hört auf!«

»Ich sehe, wir werden uns verstehen.« Enna nickte Hendrik zu, der Marten umdrehte und so aufrichtete, dass er Iska ansehen konnte.

»Was …?« Marten blickte von dem Mann zu Enna zu ihr. Er verdrehte die Augen. »Sch…«

»Wir haben eine Botschaft vorbereitet, Iska.« Enna öffnete

den Reißverschluss ihrer Windjacke, holte einen Zettel aus der Innentasche und legte ihn so auf Iskas Beine, dass sie lesen konnte, was draufstand. »Lies es dir in Ruhe durch. Es ist wichtig, dass du gleich überzeugend rüberkommst, wenn du den Text vorträgst.«

Mein Name ist Iska van Loon, ich bin die leitende Ermittlerin in den Todesfällen Ruben Veenstra, Duuk Mulder und Mika Gronsteden. Sie stehen in engem Zusammenhang mit den Todesfällen von Jonathan Winkler, Joost Seidel und Paul Laninga, die von meinem Kollegen Marten Jaspari untersucht wurden. All diesen Toten ist eine Botschaft mitgegeben worden, die wir entschlüsselt haben, und ich wende mich nun an Sie, weil die Polizeibehörden in den Niederlanden und in Deutschland unsere Ermittlungsergebnisse zu vertuschen versuchen. Sie wollen nicht wahrhaben, dass der Zweite Große Freiheitskampf begonnen hat. Das friesische Volk ist sich seiner selbst wieder bewusst geworden und erhebt Anspruch auf das ihm angestammte Land. Niemand, der kein friesisches Blut in den Adern trägt, ist mehr sicher in den sieben friesischen Seelanden. Diese Gefahr ist real. Bitte tragen Sie diese Nachricht weiter und informieren Sie die Öffentlichkeit, informieren Sie die Menschen, die ein Recht haben, davon zu erfahren. Vielen Dank!

»Du kannst das ruhig schon einmal üben, damit wir nachher nicht so viele Aufnahmen machen müssen. Ist besser für uns alle. Vor allem für ihn.« Sie zeigte auf Marten.

Jetzt verstand Iska. Endlich, dachte sie. Endlich ergibt alles Sinn. Deshalb hatte es keine an die Polizei oder Medien gerichteten Bekennerbriefe gegeben. Wie hatte Marten heute Morgen noch selbst zu Enna gesagt? *Ein friesischer Aufstand, eine Bewegung, das ist einfach zu weit hergeholt.* Niemand würde solchen Bekennerschreiben Glauben schenken. Viel besser war es, wenn die Polizei selbst auf die Idee kam und die Botschaft verkündete. Das war die Rolle, die sie in dem großen Plan spielen sollte, wie es Enna eben erklärt hatte. Sie sollte sozusagen amtlich beglaubigen, dass es die Bewegung gab.

Sie schüttelte sich. Las noch einmal die Namen der Toten. »Paul Laninga. Hattest du geplant, dass er stirbt?«

»Nein. Nein, das war ganz und gar nicht geplant. Es ist eine Schande, dass ich ihn opfern musste. Für die Sache.« Sie zuckte mit den Schultern. »Als Paul und ich mitbekamen, dass man nach ihm fahndete, haben wir uns aufgeteilt. Ich blieb im Haus, um in Erfahrung zu bringen, wie viel ihr schon wisst, und um euch gegebenenfalls in die Irre zu führen. Paul traf die letzten Vorbereitungen mit dem Sprengstoff. Aber ich hatte nicht gedacht, dass ihr schon so viel herausgefunden hattet. Hättet ihr mir nicht den Plan mit Hendriks Gekritzel drauf gezeigt, hätte ich es nicht tun müssen. Aber die Gefahr war zu groß, dass ihr sowieso selbst draufkommt, was es damit auf sich hat. Ihr hättet zumindest das BOS evakuiert, da bin ich mir sicher. Also habe ich spontan umdisponiert. Paul war ja eh schon enttarnt, ich muss sagen, er hat das Beste daraus gemacht, eigentlich hätte die Botschaft auf Redenius stehen sollen. Hätte ich Paul nicht zugetraut.«

»Er hat königliches Blut in seinen Adern«, sagte Hendrik Laninga mit einem stolzen Lächeln. Es war klar, was er über sein eigenes Blut dachte.

»Du hast deine Nichte und deinen eigenen Schwiegersohn auf dem Gewissen.« Iska schaute entsetzt zu Enna. »Du bist …« Ihr fehlten die Worte.

»Ihr habt keine Ahnung! Paul hat hervorragend funktioniert, ich bin stolz auf ihn. Schade, dass er keinen von euch mitgenommen hat.« Enna sah mit Verachtung auf sie und Marten hinab. »Wir sind euch immer einen Schritt voraus gewesen. Ich wusste auch, dass ihr wiederkommen würdet, und konnte alles vorbereiten. Jetzt fügt sich doch noch alles. Ich bekomme meine Rache für Enike und Paul – und die Aussage, die ich von euch brauche. Bist du bereit, Iska?«

»Nein.« Sie schüttelte den Kopf. »Du wirst uns doch eh töten, Enna.«

»Oh ja.« Enna Wenck nickte Hendrik zu. Ihre Augen leuchteten. »Sterben werdet ihr sowieso, macht euch da keine Sorgen, ihr werdet mich noch darum anbetteln. Die einzige Frage ist, wann ihr das tut. Du kannst anfangen, Hendrik.«

46

Nordsee. Donnerstag, 7. August

12:30 Uhr

Hilflos musste Iska zusehen, wie Hendrik eine schwere Leine um Martens Oberkörper und Schultern schlang, wie eine Art Geschirr. An seiner Brust befestigte er eine weitere Leine von vielleicht zehn Meter Länge.

»Ich habe eine Rätselfrage für Sie, Herr Jaspari.« Enna hatte Hendriks Vorbereitungen mit Genugtuung verfolgt. »Was gilt als die schwerste Disziplinarstrafe, die es früher in der Seefahrt gab?«

Vergeblich bäumte Marten sich auf. Hendrik boxte ihm in den Magen, Marten blieb die Luft weg. Dann nahm er ihn an den Beinen hoch und trug ihn über der linken Schulter zum Vorschiff. Es schien so, als wäre das keine große Mühe für ihn.

»Doch jede Strafe wäre zu mild. Sie haben Hendrik seine Eltern und mir die Tochter und den Schwiegersohn genommen. Sie haben weit mehr als den Tod verdient.«

»Enna, bitte, hört auf.«

»Es wird an dir liegen, darüber zu entscheiden. Und jetzt guck zu!«

Hendrik befestigte das Seilende an einem Festmacher auf der Steuerbordseite des Schiffes und ließ es fallen, sodass es zwischen dem strampelnden Marten und dem Festmacher ins Wasser hing, dann ging er nach vorne zum Bug.

»Wir improvisieren ein wenig.« Enna legte ihre Hand auf Iskas Schulter. »Eigentlich wurde das früher nicht bei voller Fahrt gemacht, meine ich zumindest. Aber unser Schiff ist zu kurz. Und es muss ja angemessen dramatisch sein.«

Hendrik hievte Marten über die Reling und hielt ihn mit beiden Armen fest, sodass sie für wenige Sekunden auf Augenhöhe waren. Dann ließ er los, widerstandslos fiel Marten nach backbord. Sein Schrei erstickte, als er im Wasser aufplatschte. Es rumpelte auf der Backbordseite der Jacht, wo sein Körper gegen die Bordwand schlug.

Eigentlich wäre er bei ihrer Geschwindigkeit schon längst vorbeigetrieben, aber das Seil war zu kurz. Und es endete auf der anderen Seite des Schiffes, steuerbord. Sie hörte ein kurzes Luftschnappen, jedenfalls kam es ihr so vor. Vielleicht wollte sie es auch nur hören.

»Wir haben zwei Meter Tiefgang. Er muss unter dem Kiel hindurch.«

»Marten!« Iska hielt es nicht aus. Vorne zog Hendrik jetzt an dem Seil, das er über eine Winde gespannt hatte, mit der sonst der Anker bedient wurde. Er zog mit grausamer Langsamkeit. Sie spähte über den Rand der Bordwand, unter der Reling hindurch. Das Seil war straff gespannt, verlief außen am Schiff hinunter. Stück für Stück, Handbreit für Handbreit kam das Seil aus dem Wasser. Die Sekunden zogen sich zu Minuten, alles war wie in Zeitlupe. Das war viel zu langsam.

»Ihr tötet ihn …«

»Ja«, bestätigte Enna.

Die Jacht fuhr weiter, vorne zog Hendrik, trotz Unterstützung durch die Seilwinde musste er viel Kraft aufwenden. Iska hörte, wie Martens Körper rumpelnd unten gegen das Schiff schlug. Sie erinnerte sich an die grausamen Geschichten über das Kielholen. Die Verurteilten waren meist nicht ertrunken, sondern an den Verletzungen gestorben, die sie am scharfschaligen Bewuchs am Schiffsrumpf, von Muscheln und Seepocken, erlitten hatten. Langsam verlagerte sich das Geräusch, von links zur Mitte, dann nach rechts. Endlich tauchten Haare auf, Martens Kopf, der gegen die Bordwand schlug. Blutende Wunden an Kopf und Hals. Hendrik zog ihn über die Reling, ließ ihn aufs Deck plumpsen. Marten zuckte, er bäumte sich auf, spuckte Wasser, schnappte nach Luft, würgte.

»Marten.« Schwer atmete sie aus.

»Ich will dir nichts vormachen, Iska. Er wird sterben. Wir werden ihn töten, so wie wir auch dich töten werden. Es gibt keinen Ausweg für euch.«

Iska verstand, was Enna ihr anbieten würde.

»Aber wir sind keine Unmenschen. Ihr wisst, wie wir bisher getötet haben. Schnell und schmerzfrei.« Sie zog eine Pistole aus einer Tasche der Windjacke. »Der Tod wird die Erlösung für ihn sein. Und für dich auch. Wirst du tun, worum ich dich gebeten habe?«

Isk a sah zu Marten. Er lag wie ein nasser Sack auf dem Deck, Blut und Spucke liefen ihm aus dem halb geöffneten Mund. Hendrik drehte ihn auf den Rücken, dabei verdrehte sich Martens Arm. Keine Gegenwehr mehr, nur noch ein Wimmern.

»Eigentlich ist er bereits tot, Iska. Der Körper zuckt nur noch, es ist ein Rest von Leiden und Schmerz, der ihn nicht über die Schwelle gehen lässt. Er hat schon aufgegeben. Er will sterben, glaub mir. Mach es dir und ihm einfach, Iska, lies den Text vor. Dann darf er sterben. Schnell und schmerzlos.«

Iska wandte den Blick von Marten ab. Sie konnte nicht nachdenken. Irgendwie musste sie doch aus dieser wahnsinnigen Situation rauskommen. Sie sah auf den Zettel mit dem Text vor ihr.

»Richtig«, bestätigte Enna. »Aufgeben ist keine Schande, es ist die einzig logische Reaktion. Hendrik, komm doch mal her und mach eine schöne Aufnahme von ihr.«

Ennas Enkel sprang zu ihnen ins Cockpit, holte sein Handy hervor, hockte sich vor sie hin und richtete es auf sie aus. Sie sah auf den blutenden Marten, der verrenkt auf dem Mittelschiff lag.

»Fang an.«

Keine Gedanken mehr. Nein, sie musste sich zwingen. Vielleicht fiel ihr noch irgendwas ein, irgendwie. Sie brauchte nur noch mehr Zeit.

»Los! Ich sage das kein weiteres Mal. Dann muss Jaspari noch einmal baden gehen.«

Nein. Keine Geistesblitze, keine Ideen. Sie merkte, wie ihr Wille zerrann. Sie waren allein mitten auf hoher See. Sie hatten verloren, es gab keinen Ausweg. Sie sollte es tun, für Marten. Sie begann vorzulesen. Sie quetschte die Buchstaben heraus, Silbe für Silbe, Wort für Wort, Satz für Satz. Es wurde ihr mehr und mehr egal. Warum kämpfen, warum leiden. Jedes Wort befreite sie mehr. Näher und näher kam sie dem Ende des Textes. *Bitte informieren Sie die Menschen, die ein Recht haben, davon zu erfahren. Vielen Dank!* Sie blickte auf, in die Kamera am Handy vor ihr. Ein zufrieden grinsender Mann, der die Aufnahme beendete. Und dahinter Marten, der gerade die Augen wieder öffnete. Und sie entsetzt ansah.

»Danke, Iska. Ihr dürft nun sterben.« Selbstzufrieden grinste Enna sie an, sie drehte minimal am Steuerrad, um den Kurs zu halten. »In den nächsten Tagen werden eure Körper gefunden werden, irgendwo angespült im Westen der Deutschen Bucht. Du hast die Botschaft verkündet. Darum wird auch auf deinem Körper *it fjoer fan 'e frijheid baarnt* stehen, die letzte, siebte Zeile. Die Botschaft wird verstanden werden.« Sie steckte die Pistole wieder ein. »Der Mann dagegen ist keine Kugel wert. Schmeiß ihn über Bord, Hendrik.«

Wieder trat der Mann auf Marten zu, wieder fasste er ihn an den Armen. Marten stemmte sich gegen ihn, nach oben, wo hatte er denn plötzlich die Kraft her, eine letzte, wahnsinnige Kraft. Aber es war aussichtslos. Mit kühler Gewalt drängte Hendrik ihn zur Reling.

Iska konnte nicht weiter hinsehen, wandte den Blick ab, nach oben den Mast entlang, ganz oben an der Spitze schwenkte der Windrichtungsanzeiger, der Pfeil zeigte fast gerade nach achtern. Und da wusste Iska, was sie tun konnte. Vielleicht würde sie wenigstens ein paar Sekunden mehr Leben herausschlagen.

Sie streckte sich nach hinten, sodass ihre Beine mehr Platz hatten, warf sich auf die Seite, zu Enna hin, und drückte mit aller Kraft das Steuerrad nach unten. Das Schiff schwenkte nach rechts, das Vorsegel flatterte kurz, Hendrik ließ von seinem Gegner ab, richtete sich auf, schaute nach vorne, als durch den Kurswechsel der Wind von der falschen Seite heftig in das Großsegel fuhr und es zur Backbordseite schleuderte. Mit voller Wucht raste der Großbaum gegen Hendriks Schädel. Hendrik sackte in sich zusammen. Marten duckte sich unter ihn, richtete sich dann auf und drückte den taumelnden Gegner über die Reling. Hendrik verschwand in einem Wellental.

»Nein!« Enna schrie, fuchtelte in der Tasche ihrer Jacke herum. Iska richtete sich auf und warf sich, den Kopf voran, gegen Enna. Sie traf sie direkt unter dem Kinn. Zusammen fielen sie auf den Boden des Cockpits, die Pistole schepperte an ihnen vorbei. Iska lag mit dem ganzen Körper auf Enna, aber ihre Hände waren gefesselt. Enna schob sie langsam von sich weg, Iska wusste, dass sie unterlegen war, sie konnte nichts dagegen tun, Zentimeter für Zentimeter kämpfte sich Enna von ihr los. Sie bekam einen Fuß frei, trat nach Iska, traf sie am Arm, an der Schulter, am Kopf. Schmerz zuckte durch ihre Schläfen. Enna befreite sich ganz, robbte der Waffe hinterher, hob sie auf, drehte sich zu ihr, zielte, zog am Abzug.

Martens Fuß traf sie genau am Kinn. Ennas Hand wackelte, der Schuss löste sich. Iska sah alles in Zeitlupe. So endet es …

Dann jagte ein brennender Schmerz durch Iskas Schulter. Die Schulter! Es war der herrlichste Schmerz, den sie je gespürt hatte. Noch einmal trat Marten zu. Iska sah, wie Enna Wenck in sich zusammensackte. Sie sah das Weiße in ihren Augen, dann kippte Ennas Kopf nach hinten.

Marten ließ sich auf die Sitzbank fallen. Schaute zu ihr. Öffnete den Mund, als ob er etwas sagen wollte. Ein Blutstropfen rann vom Haaransatz über seine Wange. Ein wildes Grinsen raste über seine Lippen. Für einen Moment war die Welt eingefroren. Dann hörte sie, wie ihr Herz hämmerte.

Das Steuerrad drehte sich, das Schiff schlingerte, die Segel schlugen im Wind.

47

Helgoland. Samstag, 9. August

11:00 Uhr

Marten blickte vom Oberland in Richtung Düne, beobachtete im Gewässer dahinter eine Jacht, die den Nordost-Hafen verlassen und einen nördlichen Kurs eingeschlagen hatte. Ein Mann stand auf dem Vordeck und zog das Vorsegel hoch. So musste es vorgestern auch gewesen sein, vorgestern, auf der *Kloor Kimmen*.

Er schloss die Augen. Hörte, wie der Wind neben ihm durch das hohe Gras strich, spürte, wie er an seinen Haaren zog. Er roch die See, hörte Möwen kreischen, das Rauschen der Wellen. Schmeckte das Salz auf der Zunge. Fühlte, wie das Dunkle ihn wieder umfing, den Druck des Wassers, die Seile, die ihn festhielten, die Panik, die ihn erfasst hatte, aber auch den Willen, der auf einmal in ihm entfacht wurde, die kalte Rationalität, die ihn gerettet hatte. Wie er sich mit den Beinen gegen das Unterwasserschiff gestemmt hatte, wie er sich um den Kiel herumgewunden hatte, wie er sich gezwungen hatte, die Luft in sich zu behalten. Wie er nach Luft geschnappt hatte, als Hendrik ihn nach oben gezogen hatte, wie er darauf gehofft hatte, dass einfach irgendwas passierte.

Es wäre alles vergebens gewesen, er hätte nie eine Chance gehabt, wenn nicht … dieses Krachen gewesen wäre und Hendrik auf einmal umgekippt wäre. Und er ihn dann über Bord hatte werfen können.

Noch einen Menschen, er hatte ein weiteres Mal getötet. Vater und Sohn. Er wusste es, aber noch war es unwirklich. Keine Ahnung, wie er es in ein paar Tagen oder Wochen sehen würde.

An Bord der *Kloor Kimmen* war alles rasend schnell, wie automatisch, passiert. Iska hatte ihm erzählt, was er getan hatte, und anhand ihrer Schilderung hatte er sich die Erinnerungen an den Kampf nachgebaut. Das Nächste, woran er sich wirklich erinnerte, war, wie er Iska angesehen hatte, die blutend mit ihren gefesselten Händen im Fußraum des Cockpits gelegen hatte, halb unter der regungslosen Enna Wenck. Wie er sich nach unten in die Kajüte gequält hatte, in der Pantry eine Schere gefunden hatte, mit der er die Kabelbinder durchschneiden konnte. Dann hatten sie schweigend den Rückweg angetreten. Hendrik Laninga konnten sie nicht mehr finden, und soweit er wusste, hatten auch die Suchtrupps noch keinen Erfolg gehabt. Trotzdem stand außer Frage, dass er tot war. In der kalten Nordsee konnte er nicht lange überlebt haben. Wahrscheinlich war er bereits bewusstlos ins Wasser gefallen.

Schritte näherten sich. Laute Schritte, kein Trippeln, es war keine der Heidschnucken, die frei auf Helgoland herumliefen, die Wiesen des Oberlandes bevölkerten und manchmal auch zentimetergenau an Felskanten entlangwandelten. Marten zwang sich, die Augen wieder zu öffnen.

»Eine wichtige Frage habe ich noch.« Hauptkommissar

Velten vom Bundeskriminalamt war neben ihm aufgetaucht. Ein Sonderermittler im Staatsschutz, außerhalb der Linienorganisation, hatte Kupernik berichtet. Bestimmt mindestens zehn Jahre älter als er, mit den wirren Haaren und dem Dreitagebart aber der ewig jung gebliebene Typ. Nur seine blauen Augen wirkten alt.

»Bitte, setzen Sie sich.« Marten bot ihm einen Platz auf seiner Bank an. In den letzten zwei Tagen hatten sie intensiv zusammengearbeitet, auch schon, als er noch auf der Krankenstation zur Nachbehandlung war. Am Tag zuvor hatte der Arzt Marten entlassen. Am Morgen hatten er mit Velten und seinem Stab das letzte Übergabegespräch geführt, in ein paar Stunden würde es für ihn zurück nach Hause gehen. »Wie kann ich Ihnen helfen?«

Velten blieb stehen. »Iska van Loon hat den Verdacht, dass Terrorismus das Motiv hinter den Morden sein könnte, noch am Abend nach ihrem Gespräch mit Enna Wenck offiziell in der Akte vermerkt. Am Freitag, den 1. August. Sie dagegen haben das erst am darauffolgenden Mittwoch getan, nachdem Mika Gronsteden ermordet wurde. Warum?«

Martens Mund wurde trocken. Er wusste warum, aber formulieren konnte er es nicht. Es war doch nicht mehr wichtig. Sieben tote Menschen. Inzwischen hatten sie sämtliche Morde weitestgehend rekonstruieren können. Den ersten Mord auf Schiermonnikoog hatte Enna Wenck selbst begangen, gemeinsam mit Enike hatte sie ihren Bruder besucht, der noch auf der Insel wohnte. Nachdem sie erst lange geschwiegen hatte, gab sie inzwischen an, dass sie selbst abgedrückt hatte. Auch Enike hatte mittlerweile ihr Schweigen gebrochen und angegeben, dass sie Jonathan Winkler getötet hatte und Paul ihr beim Auskundschaften sowie beim Transport der Leiche geholfen hatte. Joost Seidel war von Paul hingerichtet worden, nachdem Hendrik mit einem Störsender den Mobilfunkempfang in der Kneipe *Pesel* unterbrochen hatte, in der er wie in den letzten Jahren in den Semesterferien jobbte. Drei gemeinschaftlich durchgeführte Morde. Dann hatten sie sich aufgeteilt. Enike war nach De Lemmer gereist, um Duuk Mulder zu töten. Hendrik hatte in Leeuwarden Mika Gronsteden aufgelauert, seiner eigenen Großtante. Währenddessen waren Paul und Enna nach Helgoland gereist, eigentlich hatten sie sich dort alle treffen wollen, um gemeinsam das Entzünden von Radbods Feuer zu feiern. »Es war eine Familie, die gemordet hat. Es gibt keine Rebellion, keine Bewegung, wie Enna Wenck es glauben machen wollte, und es gab sie nie.«

»Ich hoffe, es ist so.« Veltens Stimme war ruhig und fest. »Aber darum geht es nicht. Das Motiv ist entscheidend. Terrorismus ist das Spielfeld vom BKA. Es geht darum, dass Ihnen vorgeworfen wird, Informationen nicht weitergereicht zu haben. Das kann Ihnen tatsächlich so ausgelegt werden, dass Sie die Ermittlungen verschleppt haben.«

»Es gab immer ein zweites Motiv. Mordlust. Diese seltsame Faszination des Tötens, von der Enike Laninga erzählt hatte.« So wie er es von Anfang an vermutet hatte. »Aber es geht doch um die Sache. Sie hätten die Morde auch nicht verhindern können, Velten. Das wissen Sie genauso gut wie ich.«

»Ich bin kein interner Ermittler. Wenn die auf Sie zukommen sollten, überlegen Sie sich bitte bessere Antworten. In Ihrem Sinne.« Velten schmunzelte, nahm nun doch neben ihm Platz. »Die Fälle sind weitestgehend aufgeklärt. Sie gelten als Held.«

Der Mann soll bloß nicht auf Kumpel machen. »Ich hatte Glück.«

»Unglaubliches Glück.«

Es war klar, er meinte damit, dass es nicht Mut gewesen war, sondern Leichtsinn. Als hätte er eine Wahl gehabt. »Was hätten Sie denn an meiner Stelle getan?«

Velten faltete die Hände zwischen den Knien, schaute auf das grüne Gestrüpp vor ihnen, das den steilen Abhang dahinter verdeckte. Weit unten breitete sich der unbebaute Teil des Unterlandes aus, ein Sportplatz, links der Nordstrand. Vögel zwitscherten. Dann nickte er.

48

Amsterdam. Sonntag, 10. August

18:00 Uhr

Endlich. Katharina tauchte hinter der Sicherheitskontrolle auf. Sie trug denselben schwarzen Hosenanzug wie vor anderthalb Wochen und ebenso wieder eine weiße Bluse. Als wäre es gestern gewesen. Als sie ihn sah, huschte ein schüchternes Lächeln über ihr Gesicht. Sein Herz pochte lauter. In der Innentasche seines Jacketts war der Ring. Er erinnerte sich daran, wie er ihn zu Hause eingesteckt hatte, mit flauem Gefühl im Magen. Er würde sie heute nicht fragen. Der Ring erinnerte ihn nur daran, was einmal sein Traum gewesen war.

Sie würden miteinander reden müssen. Am Handy hatte es nicht funktioniert. Manchmal hatte sie ihn nicht erreicht, manchmal hatte er nicht gewollt, und wenn er abends doch daran gedacht hatte zurückzurufen, war nur noch die Voicemail drangegangen. Also hatte er ihr wenigstens eine Kleinigkeit geschrieben oder zumindest ein Herz geschickt. Morgens hatte sie ihm geantwortet. Gefühlt war jede Nachricht kürzer als die vorherige gewesen. Er wusste nicht, was sie in London getan hatte. Nein, das war falsch, eine dunkle Ahnung hatte er.

Er hielt das Pappschild hoch, auf das er mit schwarzem

Filzstift einen Schmetterling gemalt hatte. Sie kam auf ihn zu, beinahe scheu. Ihre Augen waren feucht. Einen langen Augenblick stand sie einfach da, vor ihm und doch noch zu weit weg. Eine Begrüßung wie ein Abschied. Nein, dachte er nur. Er zog sie zu sich, sie drehte sich weg, aber er suchte ihre Lippen, schmeckte ihren Lippenstift. Zaghaft erwiderte sie dann doch den Kuss. Ihre Hand lag auf seiner Brust, als wollte sie ihn wegschieben, aber es fühlte sich trotzdem gut an. Sie löste sich von ihm. Sprich aus, was dir einfällt, dachte er. »Schön, dass du wieder bei mir bist.«

»… Ja.«

Er zog den Reisekoffer für sie, der ihm überraschend schwer vorkam. Sie erzählte, dass sie in London einiges hatte nachkaufen müssen. »Ich hatte ja nur mit ein paar Tagen gerechnet …« Beinahe hätte sie weitergeredet, es kam Marten so vor, als hätte sie sich dann aber auf die Zunge gebissen. Bitte sprich es nicht aus. Ich weiß, dass du dir danach kein neues Zimmer genommen hast, Katharina, sondern privat untergekommen bist. So hatte es ihm der Portier am Telefon mitgeteilt, den hatte er nämlich im Gegensatz zu ihr erreichen können. Er machte einen Scherz über das Londoner Wetter, sie lachte pflichtschuldig.

Auf der A37 war Stau, also nahmen sie die A7 nach Norden, die über den Abschlussdeich des IJsselmeeres führte. Sie erzählte von den Geschäftsabschlüssen, die sie in London erzielt hatte. In einer Woche hatte sie beinahe die Hälfte der Immobilien verkaufen können.

»Ihr wart ein gutes Team, du und Steffen?«

»Ja.« Sie blickte zu Boden, dann musste sie lachen. »Er nennt sich Stephen, da drüben.«

»Klingt nach einer guten Idee.«

»Ja.« Sie räusperte sich, sprach aber nicht weiter.

»Musst du eigentlich noch mal da rüber?« Er merkte, wie unnatürlich seine Stimme wirkte. »Ich meine, was ist mit der anderen Hälfte der Objekte?«

»Ich denke, das wird nicht nötig sein.« Sie verschränkte die Arme vor der Brust. »Also, wir haben genug Interessenten auf der Warteliste. Selbst wenn jetzt noch jemand abspringt … Nein, ich denke nicht.«

Als sie Leeuwarden passierten, meinte er, den Oldehove entdeckt zu haben. Er erzählte von Duuk Mulder, von Mika Gronsteden. Davon, dass hinter all den Morden eine Familie steckte. Davon, wie es ihnen gelungen war, Enike Laninga in De Lemmer festzunehmen.

»Im Hafen, oder? Ich habe gelesen, dass es dabei eine Schießerei gab?«

»Ja.«

»Warst du dabei?«

»Ja.« Er wägte seine Worte ab. »Aber die niederländischen Kollegen haben sehr gut reagiert. Nach ein paar Sekunden war alles vorbei.«

»Hör auf, bitte. Sie hat auf euch geschossen.« Sie drehte sich zu ihm hin. »Auch auf dich, oder?«

»Ich war dabei, ja.«

»Ich habe mir Sorgen gemacht. Was, wenn du nicht … wenn dir etwas passiert wäre.« Sie wischte eine Träne weg. »Gut, dass es gut ausgegangen ist. Was ist noch passiert?«

Erzähl nicht alles, ermahnte er sich. Tu es nicht. »Über sie kamen wir an ihren Ehemann. Wir fanden heraus, dass er nach Helgoland gereist war.«

»Was ist da passiert?«

»Paul Laninga – er wollte dort einen Sprengstoffanschlag verüben … Wir sind ihm zum Glück auf die Spur gekommen, bevor er seinen Plan in die Tat umsetzen konnte.«

»Ich habe gehört, dass er tot ist. Gab es … wurde er von der Polizei erschossen?«

Noch während sie die Frage stellte, erkannte er, dass sie es eigentlich gar nicht wissen wollte. »Er hat Selbstmord begangen, ein paar Stunden bevor die Bombe hochgehen sollte.« Genau, erzähl Katharina von der Bombe, nicht von dem Schusswechsel mit Laninga. »Die Zünder waren noch nicht scharf. Spezialisten haben die letzten Tage damit verbracht, den Sprengstoff wegzuräumen. Das BKA hat beschlossen, der Öffentlichkeit vorläufig nichts davon zu berichten. Ich denke, das ist eine gute Entscheidung. Denn diese Öffentlichkeit, das wäre es gewesen, was die Mörder eigentlich wollten. Und den Wunsch möchten wir ihnen nicht erfüllen.«

Sie schwieg. Sah ihn an, blickte nach vorne. Schluckte. Sie wusste genau, dass er ihr etwas verheimlichte. Er erzählte, dass sich die erfolgreichen Ermittlungen positiv auf seine Karriere auswirken könnten. Er würde versuchen, die Fühler nach oben auszustrecken. Es würde demnächst eine Koordinierungsstelle beim BKA neu geschaffen werden, da hatte er gute Chancen.

»Du hast dich verändert, Marten.« Sie überlegte. »Du bist ernster. Älter.«

»Und, wie gefällt es dir?« War das wirklich so? Wahrscheinlich ja. Sein Scherz zündete nicht. Was würde sie jetzt tun?

»Bitte, Marten, ganz ehrlich: Warst du in Gefahr?«

Sag jetzt nicht Nein, das würde sie dir nicht glauben. Aber pure Ehrlichkeit wäre auch nicht die richtige Entscheidung. »Ja, es war gefährlich. Aber es ist gut ausgegangen. Ich habe auf mich aufgepasst, so wie ich es versprochen habe. Okay, Süße?« Aus den Augenwinkeln beobachtete er, wie sie zuerst nach vorne, kurz zu ihm und dann wieder nach vorne blickte. Und nickte.

»Okay.« Es klang wie eine Entscheidung.

»Okay.« Erleichterung. »Lass uns Youri abholen.« Es würde Mama schwerfallen, ihn wieder abzugeben. Auch Papa hatte sich wohl mit ihm angefreundet. Aber Youri gehörte zu ihnen, zu Katharina und ihm. Er freute sich darauf, dass sie bald alle drei wieder vereint sein würden. Marten griff nach Katharinas Hand, Katharina umfasste seine, drückte sie zärtlich.

Alles fühlte sich falsch und doch richtig an. Im Rückspiegel konnte er die tief stehende Sonne sehen, die sich über die flache Landschaft gesenkt hatte. Goldenes Licht und lange Schatten. Neben ihm drehte Katharina das Radio an. Die Playlist, die er auf der Hinfahrt gehört hatte, startete mit *Cocoon* von Jack Johnson, zerbrechlich und vorsichtig tastete sich die Gitarre in den Song hinein. Ein leiser, perfekter Moment. Er dachte an den Ring in seiner Tasche, und er wusste, dass dies der falsche Zeitpunkt dafür war. Der richtige würde noch kommen. Obwohl, fragte er sich, vielleicht benötigten Katharina und er das gar nicht. Sie mussten ihren eigenen Weg finden.

49

Amsterdam. Samstag, 25. Oktober

20:30 Uhr

Iska blickte die Tafel entlang. Es waren alle gekommen, die ihr wichtig waren. Ihre Eltern, einträchtig am anderen Ende der Tafel, ihr Vater trug einen Sonntagsanzug, ihm war der Stolz anzumerken. Maaike und Marc, und Maaike hatte sogar ihren Freund mitgebracht. Gut aussehend mit seinen blonden Locken und wachen Augen und vor allem ein lieber Kerl, vielleicht nur ein wenig langweilig. Sie an ihrer Stelle hätte ihn wahrscheinlich bald abgeschossen, aber Maaike war eindeutig noch in der Verliebtheitsphase. Vielleicht war da sogar mehr. Daniel hatte erzählt, dass das eine ernstere Sache zu sein schien.

Daniel war natürlich auch da, mit seiner neuen Partnerin. Sie waren seit einem Jahr zusammen, sie hatte sich an den Namen erinnert, als er letztens von ihr erzählt hatte, und ihn dann doch wieder vergessen. Eine kleine Frau mit roten Haaren. Sie war so alt wie Iska und hatte etwas Mütterliches an sich, hatte aber keine eigenen Kinder. Sie war, das hatte Daniel erzählt, erst unsicher gegenüber Maaike und Marc gewesen, aber inzwischen machte sie das mit den

Kindern eigentlich ganz gut. Und es laufe wirklich prima insgesamt.

»Iska hat ins Steuerrad gegriffen und so die Jacht eine Halse laufen lassen.« Marc ersparte es Iska, ihre Heldentaten erzählen zu müssen. Sie hatte es in den letzten Monaten oft genug machen müssen.

»Eine Halse?«

»Das ist, wenn man das Heck durch den Wind …« Dirk wollte übernehmen, aber Daniel gab ihm mit einer Handbewegung zu verstehen, dass seine Partnerin die Erklärung nicht verstehen würde. »Ein Segelmanöver, das man besser nicht unkontrolliert machen sollte, weil es passieren kann, dass das Segel sehr schnell von der einen auf die andere Seite umschlägt. Das ist gefährlich.«

»Wir haben Fehler gemacht. Es hätte niemals dazu kommen dürfen.« Iska lächelte ihr zu. »Letzten Endes hatte ich, hatten Marten und ich einfach Glück.«

»Manchmal verdient man sich aber auch sein Glück.« Dirk drückte ihr die Hand. »Ich bin sehr stolz, dass ich dein Chef sein durfte. Noch einmal alles Gute zu deiner neuen Stelle!«

»Dir auch!«

Dirk war in das Ministerium für Justiz und Sicherheit gewechselt. Schade, aber nicht zu ändern, und letztlich war es auch für sie eine gute Gelegenheit gewesen, etwas Neues anzufangen. Bei der Nationalen Polizei war eine neue Position für die Koordination grenzübergreifender Ermittlungen eingerichtet worden. Nach dem gemeinsamen Einsatz mit Marten war die Bewerbung beinahe ein Selbstläufer gewesen.

»Das klingt nach einer Rede!« Daniel klopfte gegen sein Glas, wartete, bis er die Aufmerksamkeit aller Anwesenden hatte. »So, jetzt kommt die Rede: Auf dich, Iska! Fertig. Und du darfst keine Gegenrede halten.«

»Prost!«, antwortete sie und hob ihr Glas.

Ein unverhoffter Karrieresprung, und das in ihrem Alter. Doch, das habe ich mir verdient, bestätigte sie sich in Gedanken. Und Marten auch. Ihre gemeinsame Zeit hatte gerade erst angefangen. Sie freute sich auf das, was noch kommen würde.

Nachwort

Die Arbeit an diesem Roman ist für mich auch eine Reise in die Vergangenheit gewesen. Mit sieben Jahren bin ich auf meine erste »große Fahrt« gegangen – mit dem Boot von Köln bis an die Nordsee. Noch heute erinnere ich mich an das Plätschern der Wellen gegen die Bordwand beim Einschlafen und an das Segeln über das IJsselmeer auf einem Kurs am Wind mit entsprechender Krängung, sodass mein Cousin und ich auf den Sitzpolstern durch die Kajüte rutschten und riesigen Spaß dabei hatten. Unsere Fahrt endete damals ganz in der Nähe von Schiermonnikoog. Ihr endloser Sandstrand war ein Lieblingsort meiner Kindheit und damit wahrscheinlich der Beginn meines Faibles für die Nordsee. Viele weitere Reisen dieser Art sollten folgen. Als ich die Idee zu diesem Roman entwickelte, war mir schnell klar, dass diese Geschichte auf Schiermonnikoog anfangen musste. Auch die anderen Schauplätze des Romans kenne ich aus persönlichen Erfahrungen.

Ich habe zu diesem Roman sehr intensiv recherchiert und möchte mich an dieser Stelle insbesondere bei dem Landeskriminalamt Nordrhein-Westfalen und dem Nordfriisk Instituut für die Hilfe, die vielen Informationen und guten Gespräche bedanken. An gewissen Punkten habe ich mich allerdings bewusst dafür entschieden, den Pfad der gesicherten Tatsachen zu verlassen. Zu *Radbods fjoer* gibt es nicht ohne Grund keine schriftlichen Überlieferungen …

Ich hoffe, dass Ihnen dieser Roman gefallen hat, und auch, dass ich Ihnen mein Friesland ein wenig näherbringen konnte. Vielleicht trifft man sich ja mal.

Herzlichen Dank fürs Lesen
Ihr Christian Kuhn